Celebração MORTAL

J. D. ROBB

SÉRIE MORTAL

Nudez Mortal
Glória Mortal
Eternidade Mortal
Êxtase Mortal
Cerimônia Mortal
Vingança Mortal
Natal Mortal
Conspiração Mortal
Lealdade Mortal
Testemunha Mortal
Julgamento Mortal
Traição Mortal
Sedução Mortal
Reencontro Mortal
Pureza Mortal
Retrato Mortal
Imitação Mortal
Dilema Mortal
Visão Mortal
Sobrevivência Mortal
Origem Mortal
Recordação Mortal
Nascimento Mortal
Inocência Mortal
Criação Mortal
Estranheza Mortal
Salvação Mortal
Promessa Mortal
Ligação Mortal
Fantasia Mortal
Prazer Mortal
Corrupção Mortal
Viagem Mortal
Celebridade Mortal
Ilusão Mortal
Cálculo Mortal
Celebração Mortal

Nora Roberts

escrevendo como

J.D. ROBB

Celebração MORTAL

Tradução de
Renato Motta

1ª edição

BERTRAND BRASIL
Rio de Janeiro | 2023

CIP-BRASIL. CATALOGAÇÃO NA PUBLICAÇÃO
SINDICATO NACIONAL DOS EDITORES DE LIVROS, RJ

R545c Robb, J. D., 1950-
Celebração mortal / J. D. Robb ; tradução Renato Motta. - 1. ed. - Rio de Janeiro : Bertrand Brasil , 2023.
(Mortal; 37)

Tradução de: Thankless in Death
ISBN 978-65-5838-171-6

1. Ficção americana. I. Motta, Renato. II. Título. III. Série.

23-83835 CDD: 813
CDU: 82-3(73)

Meri Gleice Rodrigues de Souza - Bibliotecária - CRB-7/6439

Título original: *Thankless in Death*

Texto revisado segundo o Acordo Ortográfico da Língua Portuguesa de 1990.

Impresso no Brasil

Ter um filho ingrato é mais doloroso que a picada de uma serpente.

— *William Shakespeare*

Um homem que acalenta a vingança mantém suas feridas abertas.

— *Francis Bacon*

Capítulo Um

Ele estava farto daquela encheção de saco.

Ela ficava reclamando e reclamando, pentelhando, pentelhando e pentelhando toda vez que abria a droga da boca.

Ele queria era fechar aquela matraca.

Jerald Reinhold estava sentado à mesa da cozinha, enquanto a lista interminável de críticas e exigências da mãe o rodeava como nuvens cinzentas e carregadas.

Todo santo dia, pensou ele, é a mesma coisa. Até parece que ele tinha culpa de ter sido demitido de mais um emprego idiota e sem perspectiva. Só por causa disso sua namorada — outra vaca que nunca calava a boca — acabou o expulsando de casa, e ele teve de voltar a morar com os pais reclamões e tagarelas. Como se fosse culpa dele ter perdido alguns milhares de dólares em Las Vegas e ter feito algumas dívidas no cartão de crédito.

Caraca! Culpa dele, culpa dele, *tudo* era culpa dele. A velha chata não dava nem uma folguinha.

Será que ele não tinha explicado a ela que não teria perdido o emprego se o idiota do supervisor não o tivesse demitido à toa? Tudo bem que ele tinha tirado alguns dias de folga sem avisar, mas quem é que não faz isso? Tudo bem que ele tinha se atrasado para chegar ao trabalho algumas vezes, mas quem nunca se atrasa?

Só se a pessoa for um robô no trabalho, feito o idiota do pai.

Meu Deus, a mãe armou o maior barraco por causa daquilo. Para início de conversa, ele odiava aquele trabalho; só tinha aceitado porque a Lori estava fazendo uma pressão, e agora era *ele* quem estava levando toda a culpa.

Ele tinha só vinte e seis anos, cacete; merecia muito mais do que trabalhar como entregador de comida, ganhando uma mixaria.

E Lori deu um fora nele só porque ele estava desempregado — temporariamente. Depois ainda ficou puta só porque ele torrou alguns dólares numa viagem com os amigos?

Ele poderia estar com alguém muito melhor que a boazuda da Lori Nuccio. A vagabunda ameaçou chamar a polícia só porque ele tinha dado uns tapas nela. Ela merecia muito mais do que alguns tapas de amor, e ele se arrependia muito por não ter dado o que ela merecia.

Ele merecia mais do que um quarto no apartamento dos pais e as incessantes reclamações da mãe no seu ouvido.

— Jerry, você está me escutando? — Barbara Reinhold colocou as mãos na cintura.

Jerry tirou os olhos da tela do tablet, onde *tentava* relaxar jogando um pouco. Encarou com ódio a mãe magrela e metida a sabe-tudo.

— Como *não ouvir*, já que você nunca cala a boca?

— É assim que você fala comigo? É assim que você mostra a sua gratidão pelo teto sobre a sua cabeça, pela comida que a gente te dá? — Ela levantou um prato que tinha uma fatia de pão e um pedaço fino de um ultraprocessado peito de peru. — Eu estou aqui te fazendo um sanduíche, já que você finalmente decidiu acordar ao meio-dia, e é assim que você me trata? Não foi à toa que Lori te expulsou de casa. Escute bem, mocinho: você não vai conseguir a vida boa que tem aqui durante muito mais tempo. Já faz quase um mês que você veio para cá e ainda não fez nada para arrumar um emprego. — Ele pensou: *Cala a boca, senão eu mesmo vou calar.* Mas não disse nada porque queria o sanduíche. — Você é irresponsável, exatamente como o seu pai fala, mas eu sempre refuto: *Ele é nosso filho, Carl, temos que ajudar o nosso filho.* Agora eu pergunto: Quando *você* vai se ajudar? É isso que eu quero saber.

— Eu já disse que vou encontrar um emprego. Eu tenho umas opções. Estou considerando cada uma delas.

— Opções? — bufou ela, e voltou a preparar o sanduíche. — Você passou por quatro empregos só nesse ano. Que opções você está considerando, sentado aí no meio do dia com a mesma roupa molambenta que usou para dormir? Eu já disse que estão precisando de ajuda no estoque do mercado, mas você foi lá procurar saber de alguma coisa?

— Eu não vou trabalhar no estoque do mercado. — Ele era *melhor* que isso. Era alguém. Pelo menos *seria*, se as pessoas lhe dessem um refresco. — Larga do meu pé!

— Talvez a gente não tenha pegado no seu pé o suficiente. — Ela colocou uma fatia de queijo alaranjado e brilhoso em cima do peito de peru, e sua voz assumiu o tom suave e moderado que ele detestava. — Seu pai e eu economizamos a vida toda para que você pudesse ir para a faculdade, mas você não conseguiu passar nas matérias. Disse que queria estudar programação de jogos de computador, que você tanto gosta; a gente te apoiou nisso e investimos nosso dinheiro no seu sonho. Quando isso também não deu certo, seu pai conseguiu um emprego para você no trabalho dele. Só que você não fazia nada direito, falava um monte de bobagens e foi demitido. — Ela pegou uma faca para cortar o sanduíche. — Daí você conheceu a Lori — continuou —, e ela era a coisa mais fofa do mundo. Uma garota inteligente, trabalhadora, de ótima família. A gente ficou tão feliz de ver vocês juntos. Ela fez você trabalhar como ajudante de garçom no restaurante onde ela trabalha e ficou ao seu lado mesmo quando você perdeu o emprego. Depois, quando você mencionou que poderia conseguir uma vaga de mensageiro se tivesse uma boa bicicleta, fizemos um empréstimo, mas o trabalho não durou nem dois meses. E você nunca pagou o empréstimo, Jerry. Agora o seu último emprego também se foi.

— Estou cansado de você jogar o passado na minha cara e agir como se fosse tudo culpa minha.

— O passado continua se repetindo, Jerry, e a coisa parece estar piorando. — Seu rosto adotou uma expressão de reprovação enquanto pegava um pouco de salgadinho de cebola que ele tanto gostava e colocava no prato. — Você está desempregado de novo e não consegue bancar um lugar só seu para morar. Pegou o dinheiro do aluguel e das gorjetas que a Lori tinha economizado e foi para Las Vegas com o Dave e aquele outro Joe, que não vale nada. E voltou de lá sem dinheiro nenhum!

— Isso é mentira. — Ele se levantou, com raiva. — O dinheiro era *meu*, e eu tenho todo o direito de passar um tempo com os meus amigos e me divertir.

Surgiu um brilho nos olhos de sua mãe — não de lágrimas, nem de raiva, mas de decepção. Isso o fez querer socá-la sem parar até que aquele brilho sumisse.

— Aquele dinheiro era do aluguel dela, Jerry. Era tudo o que a Lori tinha economizado com as gorjetas. Ela me contou.

— Você acredita mais nela do que em mim?

Com um suspiro, ela dobrou um guardanapo em um triângulo, como fazia desde que ele era menino. Seu coração destroçado surgiu claramente nas palavras que disse, mas tudo o que ele ouviu foram acusações.

— Você mente, Jerry. Usa as pessoas, e eu acho que a gente deixou você impune por tempo demais. Continuamos a te dar oportunidades, e você continua a jogá-las fora. Talvez parte disso seja culpa nossa, e talvez seja por isso que você acha que tudo bem falar comigo do jeito que fala. — Ela colocou o prato sobre a mesa e serviu um copo da bebida com sabor de café, que ele gostava. — Seu pai e eu estávamos torcendo para que você encontrasse um emprego hoje, ou pelo menos saísse, procurasse por algo e se esforçasse de verdade. Conversamos sobre isso depois que você saiu com os seus amigos, ontem à noite. Depois de tirar cinquenta dólares do meu dinheiro de emergência sem me pedir.

— Do que você está falando? — Ele exibiu o seu melhor olhar de choque e insulto. — Eu não peguei nenhum dinheiro. Você está dizendo que agora eu estou *roubando*? Qual é, mãe!?

— Não seria a primeira vez. — Ela apertou os lábios quando sua voz vacilou um pouco, e ela voltou a falar com o tom determinado que ele sabia que era um ultimato. — Nós conversamos ontem à noite e decidimos que precisávamos tomar uma posição a seu respeito, Jerry. Íamos contar a você hoje, quando seu pai chegasse em casa, mas vou contar agora para que você tenha mais tempo para refletir. Vamos dar a você um prazo: até o primeiro dia do mês que vem... primeiro de dezembro, Jerry... para você encontrar um trabalho. Se você não conseguir um emprego, não vai poder mais ficar aqui.

— Eu preciso de algum tempo.

— Nós já te demos mais de um mês, Jerry, e você não fez nada além de sair à noite e dormir até tarde. Nem tentou arranjar um emprego. Você é um homem adulto, mas age feito uma criança mimada e ingrata. Se quiser mais tempo, se quiser que a gente largue do seu pé, almoce agora e vá procurar um emprego. Passe no mercado e aceite aquele trabalho. Se você mostrar que está trabalhando e tentando, pode ficar o tempo que quiser.

— Vocês não entendem! — Ele forçou algumas lágrimas, o que geralmente o tirava dos problemas. — A Lori me *largou*. Ela era *tudo* para mim, mas me trocou por outro cara.

— Que outro cara?

— Não sei quem diabos ele é. Ela partiu o meu coração, mãe. Preciso de mais algum tempo para superar isso.

— Mas você disse que ela te expulsou de casa porque você tinha perdido o emprego.

— Isso ajudou, claro. Mas aquele idiota da Americana implicou comigo desde o primeiro dia. Só que em vez de ficar do meu lado, ela me largou porque eu não consigo comprar coisas para ela. É por isso que ela conta esse monte de mentiras e tenta colocar minha própria mãe contra mim.

— Almoce com calma, Jerry — disse Barbara, cansada. — Depois, tome uma banho e vá até o mercado. Se você fizer isso, Jerry, a gente te dá mais algum tempo.

— E se eu não fizer isso vocês vão me expulsar? Vão me botar na rua como se eu fosse ninguém? Meus próprios pais?!

— Dói muito, mas é para o seu próprio bem, Jerry. Já é hora de você aprender a fazer a coisa certa.

Ele a encarou; imaginou sua mãe e seu pai tramando e conspirando contra ele.

— Talvez você tenha razão.

— Queremos que você encontre o seu lugar no mundo, Jerry. Queremos que você seja um homem.

Ele fez que sim com a cabeça enquanto cruzava a cozinha na direção dela.

— É... encontrar o meu lugar no mundo. Ser um homem. Tudo bem. — Ele pegou a faca que a mãe tinha usado para preparar o sanduíche e a enfiou na barriga dela.

Os olhos se arregalaram de espanto e sua boca se abriu.

Ele não tinha planejado fazer aquilo, não tinha sequer pensado de forma consciente por mais de um segundo. Mas, caramba! Aquilo foi incrível. Melhor que sexo. Melhor do que uma boa viagem com *race*. Melhor do que qualquer coisa que já tinha experimentado na vida.

Ele puxou a faca e ela tropeçou para trás, jogando as mãos para cima.

— Jerry! — disse, em uma espécie de gorgolejo.

E ele enfiou a faca nela mais uma vez. *Adorou* o som que a lâmina fez. De entrar e sair. Adorou o olhar de choque absoluto que viu no rosto da mãe, e a forma como as mãos dela batiam fracamente nele, como se algo lhe fizesse cócegas.

Então ele esfaqueou-a de novo, e depois mais uma vez nas costas, quando ela tentou correr. E outra vez quando ela caiu no chão da cozinha, despencando como um peixe que cai da rede no chão do barco.

Ele continuou a esfaqueá-la durante muito tempo, mesmo depois que ela parou de se mover.

— Isso foi para o meu próprio bem.

Ele olhou para as mãos cobertas com o sangue dela; olhou para a poça vermelha que se espalhava pelo chão, os respingos selvagens nas paredes e na bancada, num padrão que o fez lembrar de algumas das pinturas doidas que havia no Museu de Arte Moderna.

Um artista, refletiu. Talvez ele devesse ser um artista.

Pousou a faca na mesa e depois lavou as mãos e os braços na pia da cozinha. Ficou observando enquanto o vermelho fazia círculos e escorria pelo ralo.

A mãe tinha razão, pensou, sobre ele encontrar o seu lugar no mundo e ser um homem de verdade. Tinha encontrado o seu lugar agora, e sabia exatamente como reivindicar sua masculinidade.

Ele pegaria o que bem quisesse, e qualquer um que o sacaneasse teria de pagar. Ele *precisava* fazê-los pagar, porque nada mais em sua vida o faria se sentir tão bem, tão verdadeiro, tão *feliz.*

Ele se sentou, olhou para onde o corpo de sua mãe estava estendido e pensou que não via a hora de o pai chegar em casa.

Então comeu seu sanduíche.

A tenente Eve Dallas prendeu seu coldre na roupa, com a arma dentro. Tinha comido uma pequena pilha de *waffles* no café da manhã — algo que costumava colocar um sorriso em seu rosto. Seu marido, inquestionavelmente o homem mais lindo no universo, desfrutava de outra xícara de café de excelente qualidade, na saleta de estar da suíte. O gato do casal, que acabara de ser desencorajado da tentativa de se esgueirar até a mesa, estava sentado no chão lambendo seu flanco gordo.

Aquilo tudo formava um belo quadro, pensou. Roarke e seu cabelo preto solto ao redor de um rosto maravilhosamente esculpido, a boca bonita em um meio sorriso e os olhos azuis selvagens. Os pratos da sua refeição juntos sobre a mesa, Galahad fingindo que não queria enfiar o focinho na calda dos *waffles*... tudo isso adicionava certo charme ao ambiente "familiar e agradável".

— Você parece feliz, tenente.

— Eu estou mesmo — disse ela, e acrescentou aquele murmúrio musical do sotaque irlandês na voz de Roarke à sua lista de prazeres matinais. — Tive alguns dias sem casos complicados e estou quase com a papelada em dia. A previsão do tempo diz que não vou congelar até os ossos hoje, e vou sair de casa com a barriga cheia de *waffles*. Até agora está sendo um ótimo dia.

Ela vestiu um colete marrom sobre a blusa, as duas peças tinham sido aprovadas por Roarke, e sentou-se para calçar as botas.

— Geralmente você prefere os casos à papelada — lembrou ele.

— A gente está no fim do ano 2060, as festas de fim de ano estão quase aí, e sempre fico atolada em trabalho nessa época. Então quanto mais perto eu estiver de terminar meus relatórios, melhor. Os últimos dias foram muito tranquilos, e, se eu conseguir mais alguns dias assim, vou conseguir...

— Agora já era! — Lançando-lhe um olhar de pena, ele fez que não com a cabeça. — Aposto que vai chegar um caso já, já.

— Isso é uma superstição irlandesa.

— Apenas senso comum. Mas falando em irlandeses e feriados, minha família chega na quarta-feira.

— Quarta-feira?

— Já é véspera do Dia de Ação de Graças — lembrou ele. — Alguns primos vão ficar por lá, para que os que não puderam vir no ano passado venham dessa vez. Você disse que estava numa boa com isso.

— Estou numa boa. Estou *de verdade*, sério. Eu gosto da sua família. — Roarke só havia tido contato com a família recentemente. Viveu a maior parte da vida como Eve, sem parentes de sangue... e sem o conforto ou os problemas que a família traz. — Sempre me sinto insegura sobre como agir quando tenho tantas pessoas em casa que não são policiais.

— Eles vão ficar bastante ocupados. Pelo visto estão fazendo muitos planos de sair para fazer compras, passeios turísticos, teatros e coisas do tipo. É improvável que você tenha todos eles de uma só vez em casa, a não ser no próprio Dia de Ação de Graças. E nesse dia também teremos outros convidados.

— É, eu sei. — Ela também tinha concordado com aquilo porque lhe parecera uma boa ideia na ocasião. Estariam juntas todas as outras pessoas que tinham vindo para a celebração no ano anterior, além da sua parceira Peabody e seu parceiro, McNab, que preferiram não viajar.

— Ano passado foi tudo bem. — Dando de ombros, ela se levantou da mesa. — Como é que se diz mesmo?... Quanto mais gente, mais loucuras?

— Acho que é "quanto mais, melhor", mas dá na mesma. E, por falar nisso, gostaria de adicionar mais quatro.

— Mais quatro o quê?

— Convidados. Richard DeBlass e a família. A Elizabeth me ligou ontem. Eles vão trazer as crianças para Nova York, para assistirem ao desfile de Ação de Graças.

— Isso é que é loucura completa. Quem é que gostaria de ficar naquele mar de gente?

— Muitas pessoas, senão não seria um mar de gente, né? Eles vão ficar num hotel bem na rua do desfile. Achei que seria legal chamá-los para o jantar de Ação de Graças. A Nixie quer muito ver você.

Eve pensou na garotinha, a única sobrevivente do massacre a sua família em uma invasão domiciliar.

— Será que é uma boa ideia trazê-la de volta aqui, onde tudo aconteceu, num feriado tradicional de família?

— Ela está se adaptando muito bem, como você sabe, mas precisa desses laços. Eles são uma família, os quatro, mas não querem que Nixie se esqueça da família que perdeu.

— Ela nunca vai esquecer.

— É, eu sei que não. — Ele mesmo sempre se lembrava da imagem da menininha no necrotério, com a cabeça apoiada sobre o coração sem vida do pai. — Não é a mesma coisa de quando você voltou a Dallas. — Ele se levantou e deu um passo na direção dela. — Quando você revisitou e reviveu toda aquela dor e aquele trauma. A família da Nixie amava ela.

— Tudo bem, os laços são importantes. Por mim, tudo bem, mas nada vai me convencer a ir a esse desfile.

— Devidamente anotado. — Ele a puxou e lhe deu um beijo. — Temos muito pelo que agradecer, você e eu.

— Uma casa cheia de parentes irlandeses, além de uma horda devastadora atrás de peru e torta fazem parte disso?

— Sem dúvida.

— Vou contar a você na sexta-feira se eu concordo com isso. Agora, preciso ir trabalhar.

— Cuida bem da minha policial.

— E você, cuida bem do meu multizilionário.

Ela saiu de casa resignada com a invasão que se aproximava.

Qual era o problema das pessoas?, perguntou Eve a si mesma. Congestionando as ruas da sua cidade, inundando as calçadas, engarrafando as passarelas aéreas, enxameando as faixas de pedestres. O que os levava a fazer as malas e ir para Nova York nas férias?

Eles não tinham as próprias casas?

Enfrentou três terríveis nós de trânsito no percurso até a Central de Polícia, enquanto dirigíveis aéreos anunciavam as notícias do céu:

SUPERLIQUIDAÇÃO DE BLACK FRIDAY!
ATÉ OS ESTOQUES DURAREM!
LIQUIDAÇÃO GIGANTESCA NO SKY MALL

Ela pediu a Deus que todos fossem direto para o shopping aéreo e saíssem da sua cidade. Rosnando com motoristas igualmente chateados no meio de mais um engarrafamento, notou que um ladrão de rua com mãos ágeis fazia a festa com um bando de turistas desatentos agrupados em torno da carrocinha que vendia churrasquinhos em uma esquina.

Mesmo que ela não estivesse entre táxis velozes e um maxiônibus que peidava fumaça, as chances de pegá-lo seriam pequenas. Com pés tão rápidos quanto as mãos, o ladrãozinho se afastou do grupo muito mais rico do que tinha chegado, com três carteiras e dois *tele-links* no bolso, numa avaliação superficial.

Os que madrugavam sempre se davam bem, lembrou ela, e algumas pessoas naquela multidão iriam fazer menos compras naquele dia.

Avistou uma brecha no trânsito, disparou na direção dela, ignorou o som irritado das buzinas e seguiu seu caminho para o centro.

No momento em que chegou à Central, já tinha um plano traçado. Ia cuidar da papelada logo de cara e limparia sua mesa de vez, sem pensar em mais nada. Depois, poderia passar algum tempo revisando os casos em aberto dos seus detetives. Talvez jogasse os relatórios de despesas no colo de Peabody; sua parceira que cuidasse dos números e dos cálculos. Talvez sobrasse algum tempo para Eve pegar um dos casos da pasta dos não resolvidos e dar mais uma boa olhada.

Nada era mais gratificante do que pegar um bandido que acreditava ter saído impune.

Saltou da passarela aérea andando em seu ritmo firme de mulher alta e magra, com o sobretudo de couro — e seguiu na direção da Divisão de Homicídios. O cabelo castanho, curto e revolto emoldurava um rosto anguloso, acentuado por uma covinha no queixo. Seus olhos não deixavam escapar nada à sua volta, como acontece com os olhos de bons policiais. Eram olhos castanho-dourados muito observadores, e ela foi andando pelos corredores movimentados até chegar ao seu departamento.

Quando entrou na sua sala de ocorrências, a primeira pessoa que viu foi Sanchez com os pés apoiados na mesa de trabalho enquanto falava no *tele-link*. E Trueheart, elegante, inconscientemente bonito no uniforme, focado no seu computador. O cômodo cheirava ao café ruim típico da polícia e a adoçante artificial barato, sinais de que tudo seguia nos conformes por ali.

Jenkinson saiu da sala de descanso com uma caneca gigante daquele café policial horroroso e uma rosquinha de aparência nada apetitosa. Usava um terno cinza meio fosco e uma gravata com arabescos azuis e verdes entrelaçados sobre um fundo rosa-choque.

Ele a cumprimentou:

— Fala, tenente.

— Gravata e tanto, Jenkinson.

Depois de colocar a caneca na mesa, ele ajeitou a gravata.

— Estou só colocando um pouco mais de cor no mundo.

— Você roubou essa gravata de um dos geeks da DDE?

— Foi a mãezinha dele que comprou — disse Sanchez.

— Na verdade foi a *sua* mãe que comprou para mim; agradecimento pela noite passada.

— Deve ser para ela ver você chegando a dois quarteirões de distância e ter tempo de fugir.

Antes de Jenkinson inventar uma resposta divertida, Baxter entrou com um terno elegante marrom-escuro com gravata em xadrez minúsculo marrom e vermelho... e um nó muito bem dado.

Ele parou como se tivesse sido atingido por um campo de força.

— Meus olhos! — Pegou um par de estilosos óculos escuros e os colocou para analisar Jenkinson. — O que é isso no seu pescoço? Está vivo?

— Sua irmã que comprou para ele. — Ainda trabalhando tranquilamente em seu computador, Trueheart sequer ergueu a cabeça. — Como prova da sua estima.

O mais novo membro da equipe estava se enturmando depressa, pensou Eve, divertindo-se com as brincadeiras; ela deixou seus homens à vontade.

Em sua sala com uma única janela estreita e uma cadeira para visitantes terrivelmente desconfortável, foi direto para o AutoChef. Graças a Roarke, ela não precisava se contentar com um café ruim, como o restante dos colegas. Programou uma xícara de café bem quente e forte, acomodou-a diante de sua mesa e se preparou para lidar com o resto da papelada.

Seu comunicador tocou antes mesmo de ela tomar o primeiro gole.

— Dallas falando!

Emergência para a tenente Eve Dallas. Procurar o policial na porta da Downing Street 735, apartamento 825. Dois cadáveres, um homem e uma mulher.

— Recebi a mensagem, estou a caminho. Vou até lá e contato a detetive Peabody.

Entendido. Câmbio final.

Que merda, pensou, queimando a língua ao engolir o café. Roarke estava certo, no fim das contas. Pegou o casaco que tinha acabado de tirar e saiu da sala.

Outros membros da equipe já tinham chegado à sala de ocorrências, mas a gravata de Jenkinson continuava sendo o assunto do dia. Peabody, ainda com o casaco, comentou que a gravata tinha "vida".

Mas Peabody amava McNab, que só vestia roupas em tons *neon*.

— Peabody, comigo.

— O quê? Para onde? Já?

Eve apenas continuou andando e Peabody teve de trotar atrás dela em suas botas de caubói num tom forte de cor-de-rosa.

A que ponto a sua divisão iria chegar, se continuasse daquele jeito? perguntou Eve a si mesma. *Gravatas e botas cor-de-rosa... Talvez fosse preciso banir* a cor rosa *em toda a Divisão de Homicídios.*

— O que temos?

— Parece um homicídio duplo. — respondeu a parceira. — Dois-por-um, para começar o dia. — Enquanto esperava o elevador, Peabody tirou um lenço do bolso e o enrolou em torno do pescoço. Xadrez cor-de-rosa e azul, notou Eve. Ela realmente precisava achar um jeito de banir o cor-de-rosa no trabalho. — Nossa, hoje o dia está absurdamente lindo — continuou Peabody, seu rosto quadrado enfeitado por um sorriso e os olhos castanho-escuros cintilando.

— Você se atrasou porque transou de manhã?

— Eu não me atrasei. Foram dois minutos — emendou Peabody. — Saltamos do metrô uma estação antes para andar pelo restante do caminho. Dias assim vão ser raros daqui para a frente. — Elas se espremeram no elevador com um monte de outros policiais. — Adoro o outono quando tudo está limpo, o vento fresco e os vendedores assando castanhas em carrocinhas na calçada.

— Com certeza você transou.

Peabody apenas sorriu.

— A gente quis sair ontem. Do nada, tivemos essa vontade. Colocamos roupas legais, fomos dançar e tomamos drinques de gente grande. Estamos sempre tão ocupados que às vezes a gente esquece de fazer programas do tipo "só eu e você". Fazer isso é bom, para lembrar. — Elas saltaram no primeiro andar da garagem. — E depois transamos — completou Peabody. — De qualquer forma, hoje é um dia ótimo.

— Pena que os dois cadáveres na Downing não vão poder se divertir.

— Pois é... Isso prova o que eu disse.

— Prova o quê?

— Que devemos nos vestir bem, sair para dançar, beber drinques de adultos e transar o quanto der, antes de morrer.

— É uma boa filosofia de vida — disse Eve, sentando-se atrás do volante.

— É quase Dia de Ação de Graças — lembrou Peabody.

— Sim, ouvi boatos sobre isso.

— Na minha família tinha uma tradição. Escrevíamos todas as coisas pelas quais éramos gratos e as colocávamos dentro de um potinho. No Dia de Ação de Graças, cada pessoa pegava um papelzinho. A ideia era lembrar coisas pelas quais éramos gratos e descobrir o motivo de outras pessoas se sentirem gratas. Gosto disso, é muito legal. Sei que não vamos passar o feriado com a minha família esse ano, mas vou mandar o meu bilhetinho para eles.

Enquanto lutava contra o tráfego terrível do centro, Eve refletiu sobre a ideia.

— Trabalhamos com homicídios. Isso significa que devemos ser gratas pelos cadáveres, senão estaríamos desempregadas. Por outro lado, os cadáveres provavelmente não são muito gratos.

— Nada disso. Somos gratas por termos a habilidade e a inteligência de encontrar e prender a pessoa ou as pessoas que mataram os cadáveres.

— A pessoa ou as pessoas que pegamos e prendemos não vão agradecer. Alguém tem que perder.

— Esse é um raciocínio interessante — murmurou Peabody.

— Eu gosto de ganhar. — Eve parou atrás de uma patrulhinha na Downing Street. — Gosto muito mesmo. Vamos trabalhar.

Pegando o seu kit de serviço, ela seguiu para a entrada e exibiu o distintivo para o guarda que estava na porta, que disse:

— Estamos no oitavo andar, tenente.

— Sim, já tenho o número do apartamento. Temos a filmagem do sistema de segurança do prédio?

— Temos de verificar, mas você sabe como isso rola. Temos câmeras na porta, mas nenhuma interna.

— Vamos pegar essa então.

— O zelador já foi providenciar isso.

Com um aceno de cabeça, Eve foi até o elevador. Prédio decente, observou. Segurança mínima, mas limpo. O piso do pequeno saguão brilhava, e as paredes tinham sido pintadas recentemente. Notou, com certo alívio, que o elevador não rangeu nem estalou quando a porta se abriu.

— Acesso fácil — comentou. — Basta entrar junto com um morador ou interfonar para alguém abrir a porta. Não tem sistema de segurança no saguão nem câmeras internas.

— Fácil de sair também.

— Exatamente. O local está bem conservado, o que mostra inquilinos decentes e gestão responsável.

Saíram no oitavo andar e se aproximaram do policial parado na frente do apartamento 825.

— O que temos aqui, guarda?

— Tenente. A mulher do ap. 824 teve acesso ao ap. 825 aproximadamente às sete e vinte da manhã de hoje. Ela tem a chave do imóvel e sabe a senha para entrar.

— Por que ela foi lá?

— Ela e uma das vítimas costumavam sair para ir à padaria todas as segundas-feiras às sete em ponto, segundo o seu depoimento. Ela ficou preocupada porque ninguém atendeu a porta, nem ao *tele-link*. Entrou e deu de cara com os corpos que identificou como Carl e Barbara Reinhold, residentes neste apartamento.

— Onde está a testemunha?

— Em seu apartamento, acompanhada por um policial. Ela está muito abalada, tenente. A coisa está feia ali dentro — acrescentou, indicando com a cabeça para o 825.

— Fique de olho na testemunha. — Eve pegou na bolsa uma lata de Seal-It, o spray selante. — Aguarde aqui — ordenou, e ligou a filmadora.

Com as mãos e botas seladas, Eve e Peabody entraram.

"Terror" era uma boa palavra para aquilo, pensou Eve. A sala de estar estava muito bem arrumada. As almofadas do sofá bem recheadas, o chão imaculadamente limpo, os discos de revistas cuidadosamente arrumados sobre a mesinha de centro. Tudo aquilo fazia um contraste estranho com o cheiro de morte — que não parecia nem um pouco recente.

Alguns passos mais à frente a sala fazia um L à direita, onde havia uma mesa que servia de demarcação entre a sala de estar e a cozinha.

A linha divisória entre a vida bonita e a morte feia estava bem nítida ali.

O homem encontrava-se caído ao lado da mesa; a cabeça, os ombros e um dos braços estavam estendidos debaixo dela. Depois de morto ele se tornara uma massa sangrenta e destruída vestida com um terno que fora azul-escuro. Respingos de sangue e massa cinzenta pareciam explodir e manchar as paredes e os armários da cozinha. Um taco de beisebol estava largado em meio ao rio de sangue coagulado, ao lado do corpo.

A mulher estava deitada de bruços no chão entre a outra ponta da mesa e uma unidade de refrigeração. Sangue empapava sua blusa e sua calça, de modo que a cor da sua pele estava indiscernível. As roupas de ambos tinham sido rasgadas e retalhadas, provavelmente pela faca de cozinha enfiada em suas costas até o cabo.

— Foi uma chacina — afirmou Peabody.

— Sim. Vejo muita raiva aqui. Examine a mulher — ordenou Eve. Agachando-se ao lado do homem, ela abriu seu kit de serviço.

Sentiu uma sensação de pena se aproximar, deixou-a partir e começou a trabalhar.

Capítulo Dois

— A vítima masculina foi identificada como Carl James Reinhold. Homem branco de cinquenta e seis anos. — declamou Eve, lendo os dados do seu Identi-pad. — Cônjuge, Barbara Reinhold, nome de solteira Myers, de cinquenta e quatro anos. — Olhou para Peabody.

— Isso mesmo, identificação da vítima feminina confirmada.

— Eles têm um filho, Jerald Reinhold, de vinte e seis anos, com endereço em West Houston.

Os pais de Carl Reinhold ainda eram vivos, observou. Haviam se mudado para a Flórida e tinham um irmão com endereço em Hoboken, Nova Jersey. A vítima trabalhava na Beven & Son's Flooring, empresa de instalação de pisos com escritório e *showroom* a poucos quarteirões dali.

— A vítima foi violentamente espancada na cabeça, no rosto, nos ombros, no peito e nos membros. As lesões são consistentes com o taco de beisebol deixado no local, coberto de sangue e massa cinzenta. O assassino destruiu o rosto da vítima. Foi um ataque em nível pessoal.

— Não é possível contar quantas facadas a mulher recebeu, Dallas. Ela foi retalhada.

— Eu diria que já temos a causa de morte. Vamos verificar a hora exata das mortes. — Eve pegou seu medidor. — Ele já está morto há cerca de sessenta e duas horas. O crime aconteceu na sexta-feira à noite, por volta das seis e meia.

— Ela morreu quase seis horas antes dele. A hora da morte foi meio-dia e quarenta da sexta-feira.

— Quase seis horas entre as duas mortes. — Eve apoiou o corpo nos calcanhares. — Ele matou a mulher à tarde e depois esperou o homem chegar? Não há sinal algum de luta na sala de estar. Nem indícios de arrombamento. — Ela se colocou em pé. — Pode entrar em contato com o necrotério e os peritos.

Aparentemente, um casal normal de classe média, pensou Eve, enquanto vagava pelo apartamento. Será que a mulher deixou alguém entrar aqui no meio do dia? Não houve luta. Ambos foram mortos na cozinha. Ela afastou essa linha de pensamento assim que entrou no que parecia ser o quarto principal.

— Alguém mexeu no quarto! — gritou para sua parceira.

— É tudo muito estranho e cruel para um roubo comum — comentou Peabody, e parou na porta com o cenho franzido. — O quarto parece mais ou menos arrumado.

— Mais ou menos, não tanto quanto a sala de estar. Algumas coisas estão fora de lugar por aqui. As colchas não estão esticadas, as portas do armário estão abertas e tem algumas roupas no chão. Uma das gavetas daquela mesa ali não está totalmente fechada, e cadê o computador? Não tem computador, nem tablet em cima da mesa. — Eve abriu uma gaveta da cômoda. — Tudo bagunçado aqui. Alguma coisa está errada, porque a mulher mantinha a casa arrumada e limpa, num prédio arrumado e limpo. Quem fez isso procurava algo específico. Aposto que a testemunha já esteve aqui e sabe dizer se algo está faltando.

— Você quer que ela volte aqui para verificar?

— Sim, mas só depois de recolherem os corpos. — Ela saiu. — O segundo quarto também não está muito arrumado. O tapete está torto. Os móveis estão um pouquinho empoeirados. Por que ela não limpou esse cômodo? O closet está vazio — acrescentou. — Quem deixa um closet completamente vazio?

— Eu não. Quando a gente tem espaço para guardar coisas, acaba usando.

— Alguém estava ficando aqui. Tem pratos sujos espalhados, recipientes vazios. — Ela foi até a cama, puxou a coberta e se inclinou para cheirar os lençóis. — Alguém *dormiu* aqui. Marque tudo isso, talvez consigamos obter material com DNA. — Ela girou o corpo. — Havia uma pessoa hospedada aqui, alguém que as vítimas conheciam. Ela estava na cozinha, talvez preparando o almoço, a julgar pela hora do dia. Vamos analisar o relatório do AutoChef. Talvez o hóspede quisesse alguma coisa que ela não quis preparar. — Deixando a vista vagar em torno, ela tornou a sair e foi para a cozinha. — Ele estava chateado, e certamente ficou ainda mais puto com algo específico. A faca estava bem ali, foi só tirar da base e atacar a vítima. Repetidas vezes. Tenho a impressão de que ele gostou.

— Por quê? — indagou Peabody. — Por que você diz isso?

— Bem, a pessoa não teve pressa de fugir, não é? Ficou por aqui, esperando para matar o marido depois. Outro crime com violência exagerada. Então é, eu acho que ele se sentiu muito bem com isso tudo. Avise aos peritos para verificarem todos os ralos. Ele teve de se lavar, porque certamente ficou coberto de sangue. Mas ainda teve várias horas antes do marido chegar do trabalho. Teve muitas horas para se lavar, trocar de roupa e andar por todo o apartamento. Ela provavelmente tinha algumas joias valiosas, que seriam fáceis de penhorar ou vender.

— Eles deviam ter um dinheirinho guardado também — acrescentou Peabody. — É o que as pessoas fazem, deixam grana em casa para algum imprevisto.

— Isso. Joias, dinheiro. A carteira da vítima masculina desapareceu, e ele não está usando um *smartwatch*. Quando a gente encontrar a bolsa da mulher, a carteira também não vai estar lá. Sem falar nos aparelhos eletrônicos... algo que não vemos aqui.

— Tudo portátil, fácil de levar. — Eve olhou para as vítimas novamente. — Ele decidiu fazer a limpa *depois*. Você não mata pessoas desse jeito só porque quer umas bugigangas. Não mata pessoas com tanto sangue só por um pouco de dinheiro. O motivo é muito maior. Talvez eles tivessem mais coisas. Vamos ver o que a vizinha tem a dizer. — Eve foi até a porta e olhou mais uma vez para trás. — Investigue o filho — disse a Peabody.

— Você acha que alguém faria isso com os próprios pais?

— Quem te irrita mais do que sua família? — Ela saiu. — O lugar está liberado para a perícia — avisou ao guarda na porta. — O rabecão já está a caminho. Qual é o nome da testemunha?

— Sylvia Guntersen. O marido dela chama-se Walter. Ele também está lá, ficou trabalhando de casa hoje.

— Ok. — Eve bateu na porta do apartamento 824. A policial que atendeu era jovem, loura, com os cabelos bem puxados atrás da nuca.

— Oi, Cardininni!

A loura sorriu e seus olhos duros se alegraram.

— Oi, Peabody. Manhã difícil, hein?

— E como! A policial Cardininni e eu já fizemos rondas juntas, algumas vezes.

— Antes de você nos trocar pela Divisão de Homicídios. Olá, tenente. É um prazer conhecer a senhora. Bem, mais ou menos — completou, olhando por cima do ombro. — A testemunha está muito abalada. O marido dela está tentando segurar a barra, mas não está conseguindo muito bem. Eles eram amigos das vítimas. Moravam do outro lado do corredor há doze anos, mais ou menos. Saíam bastante, já chegaram a viajar nas férias. Os casais eram muito amigos.

— Entendi.

A planta do apartamento era igual à do 825. A decoração era mais simples, mas o lugar estava imaculadamente limpo e arrumado. Os Guntersens estavam sentados à mesa preta com tampo quadrado que ficava na cozinha, e havia canecas diante deles. Eve calculou que ambos tinham mais ou menos a mesma idade das vítimas.

A mulher usava o cabelo curto levemente espetado; o homem tinha um rabo de cavalo comprido. Estavam com os olhos vermelhos e inchados. A mulher olhou para Eve e começou a soluçar.

Eve olhou discretamente para Peabody, numa sugestão de que ela desse o primeiro passo.

— Sra. Guntersen, nossos sentimentos pela sua perda. Esta é a tenente Dallas, e eu sou a detetive Peabody. Faremos o melhor que pudermos pelos seus amigos.

— Eles eram meus amigos, nossos *melhores* amigos. — Ela engasgou e agarrou a mão do marido para ter apoio. — Como algo assim pode ter acontecido com eles?

— É o que vamos descobrir. — Eve se sentou à mesa. — Mas precisamos da ajuda de vocês.

— Eu fiquei preocupada quando ela não atendeu às minhas ligações e mensagens, então entrei no apartamento e encontrei os dois. Vi a Barb e o Carl.

— Eu sei que isso é difícil — começou Peabody —, mas temos que fazer algumas perguntas. — Ela avaliou a mulher e decidiu que ela se sairia melhor se desempenhasse alguma tarefa rotineira. — Será que nós poderíamos tomar um cafezinho, senhora?

— Ah, sim, é claro. — Recompondo-se com dignidade, Sylvia se levantou.

— Quando foi a última vez que você falou ou viu Barbara ou Carl? — perguntou Eve.

— Conversei com ela na sexta-feira de manhã. Só um papo rápido, antes de Walt e eu sairmos. Fomos ver nossa filha e o noivo na Filadélfia no fim de semana. Eles acabaram de ficar noivos.

— Carl e eu nos encontramos e tomamos uma cerveja depois do trabalho na quinta-feira à noite — atalhou Walter. — Foi a última vez que o vi.

— Quando vocês voltaram da Filadélfia?

— Domingo à noite. Liguei para a Barb, mas ela não atendeu. Achei que ela e o Carl tinham saído, não me preocupei com isso. Eles gostam muito de ir ao cinema. — Seu queixo estremeceu, mas ela conseguiu colocar duas canecas de café sobre a mesa. — Geralmente vamos ao cinema juntos às sextas-feiras à noite, mas, como íamos viajar à tarde para ver a Alice e o Ben, não saímos...

— Quem estava hospedado com eles?

— Ah... Jerry. O filho deles. Minha nossa, eu nem me lembrei do Jerry! Não sei onde ele está ou o que pode ter acontecido com ele. — Seus olhos, novamente aterrorizados, dispararam em direção à porta do apartamento. — Ele... Ele também está lá...?

— Não, não.

— Graças a Deus!

— Quando foi que ele voltou para a casa dos pais?

— Faz algum tempo, umas três semanas, talvez... não, quase quatro. Ele veio logo depois de terminar com a namorada.

— Sabe o nome da namorada? — perguntou Eve. — Ou o de qualquer pessoa para a casa de quem ele possa ter ido? Amigos, talvez?

— Ahn... A namorada se chama Lori... Lori Nuccio — informou Sylvia. — Jerry não tinha muitos amigos. Mal, Dave e Joe... Mal Golde, Dave Hildebran e Joe Klein. Esses são os três principais.

— Certo. E colegas de trabalho?

— Ele... bem, ele perdeu o emprego recentemente e voltou para a casa dos pais para dar um jeito na vida. Jerry é meio... Sabe como é, um jovem um pouco problemático.

— Ele é um canalha preguiçoso, isso sim!

— Walter! — Horrorizada, Sylvia sentou-se com força no sofá. — Isso não é coisa que se diga. Ele acabou de perder os pais!

— Isso não muda o que ele é. — Havia uma rouquidão de raiva na voz de Walter, como se areia bloqueasse sua garganta. — Preguiçoso, ingrato e aproveitador. — A dor e a raiva se espalharam pelo seu rosto como uma névoa. — Fui me encontrar com Carl na quinta à noite porque ele precisava desabafar sobre o filho. Ele e Barbara já estavam ficando sem paciência. Aquele menino está desempregado há mais de um mês, talvez um mês e meio, e nem saiu para procurar trabalho. Não que ele fosse manter o emprego por muito tempo.

— Desentendimentos eram comuns entre o Jerry e os pais?

— A Barb estava bem chateada com ele — disse Sylvia, segurando a pequena estrela de Davi que tinha pendurada no pescoço. — Queria que ele crescesse e fizesse algo por si mesmo. E ela gostava muito da Lori, a namorada. Ela achou que a Lori conseguiria fazer com que o Jerry crescesse um pouco e se tornasse um homem responsável, mas não deu certo.

— Ele roubou o dinheiro do aluguel e mais alguma grana da Lori e torrou tudo em Las Vegas. — Sylvia soltou um suspiro e deu um tapinha na mão do marido. — É verdade! Ele é muito imaturo e impulsivo. Barb me contou, na sexta de manhã, que ele tinha roubado o dinheiro de emergência que os pais guardavam em casa.

— Onde ela guardava esse dinheiro? — indagou Eve.

— Em uma lata de café vazia que ficava escondida no fundo do armário da cozinha. — Eve olhou para Peabody, que imediatamente se levantou e saiu. — Eles iam dar um ultimato ao filho: iam dar até o primeiro dia do mês. — Walter pegou uma colher e mexeu o café frio. — Carl me disse na quinta-feira que ainda ia conversar com Barb, mas já tinha decidido o assunto. Eles lhe dariam até o dia primeiro de dezembro para ele conseguir um emprego e passar a ser responsável, senão ele teria de ir embora da casa deles. Barbara estava chateada com essa situação o tempo todo, havia discussões todos os dias e aquilo simplesmente não podia continuar.

— Eles discutiam muito com o filho, então — afirmou Eve, como incentivo para que ele continuasse.

— Jerry dormia metade do dia e ficava fora de casa grande parte da noite — declarou Walter. — Reclamava que a água não estava molhada o suficiente, que o céu não estava azul o suficiente. Não demonstrava nenhum respeito nem gratidão pelos pais, e agora eles estão mortos. Ele nunca mais vai ter a oportunidade de compensar tudo.

Quando ele engasgou com as lágrimas, Sylvia abraçou o marido.

— Vocês sabem como entrar em contato com o Jerry?

— Não, na verdade não. — Sylvia continuava a acalmar e acariciar o marido. — Ele provavelmente viajou com os amigos por alguns dias.

Acho que não, refletiu Eve, mas assentiu com a cabeça.

— Desculpe perguntar, mas vocês conseguiriam descobrir se alguma coisa está faltando no apartamento deles?

Sylvia fechou os olhos.

— Sim. Tenho certeza que conseguiria. Eu... eu conheço a casa da Barb e as coisas dela tão bem quanto as minhas.

— Eu agradeceria muito se você desse uma olhada. Eu aviso quando estivermos prontos para você fazer isso. — Eve se levantou. — Obrigada pela ajuda.

— Faremos tudo que pudermos para ajudar. — Sylvia pousou o rosto no ombro do marido e eles ficaram se consolando.

Quando Eve saiu para o corredor, Peabody parou de conversar com Cardininni.

— Achei a lata de café, mas ela está vazia.

— Que surpresa!

— Os peritos estão subindo.

— Ok. Policial, quando a cena do crime estiver liberada, quero que você acompanhe a sra. Guntersen e anote tudo o que ela disser que está faltando.

— Sim, senhora.

— Peabody, vamos procurar o filho canalha e preguiçoso.

— Mantenha a cena do crime isolada — disse Peabody para Cardininni.

— Pode deixar.

Eve parou por alguns instantes perto do elevador e deu instruções para os peritos que chegavam. Em seguida entrou na cabine com Peabody.

— O que você descobriu sobre o filho?

— "Canalha preguiçoso" provavelmente é uma descrição perfeita — comentou Peabody. — Foi reprovado no segundo ano da faculdade e não tem emprego fixo há mais de seis meses, incluindo alguns dias no local de trabalho do pai. Seu último emprego foi como entregador do restaurante Americana. Tem antecedentes por posse de drogas, bebedeira e vandalismo. Nada muito importante nem violento.

— Acho que se formou.

— Você acha que ele fez isso por causa da grana da lata de café?

— Não. Fez isso porque estava no fundo do poço e os pais decidiram que iam parar de salvá-lo. É assim que eu vejo. Descubra se ele usou algum cartão de crédito ou débito no nome do pai ou da mãe.

Ela parou no saguão para pegar as filmagens do sistema de segurança com o guarda.

— Vamos interrogar os vizinhos do prédio — ordenou ela. — Tentar descobrir se alguém viu ou ouviu alguma coisa estranha. Perguntem se alguém viu Jerry Reinhold. Comecem pelo oitavo andar e cubram o prédio todo.

— Sim, senhora.

Assim que entrou no carro, ela colocou as imagens obtidas na tela do painel.

— Vamos ver a que horas ele saiu.

Ela programou a gravação para começar na sexta-feira de manhã e avançou rapidamente. Viu a partida dos Guntersens, cheios de sorrisos e malas; viu muita gente entrando e saindo.

— Aqui está a nossa vítima voltando do trabalho, dezoito horas e vinte e três minutos da sexta-feira à noite.

— Ele parece cansado — comentou Peabody.

— Sim, ele sabe que vai ter uma discussão grande com o filho. Só que vai ser muito pior.

Eve continuou a rodar o vídeo em alta velocidade durante toda a noite de sexta-feira até a manhã de sábado.

— Ele dormiu no apartamento? — exclamou Peabody, horrorizada. — Ficou lá com os pais mortos?!

— Teve muito tempo para conseguir o que queria e planejar o que fazer. Veja só, aqui está ele saindo de casa, exatamente às vinte horas e vinte e oito minutos do sábado à noite. Passou mais de vinte e quatro horas com os pais mortos. Está carregando duas malas. Vamos verificar as chamadas de táxi para este endereço, ou para qualquer esquina próxima, por volta desse horário. O canalha preguiçoso não ia querer carregar essas malas durante muito tempo.

— Ele está sorrindo — comentou Peabody, baixinho.

— É, eu reparei nisso. Continue avançando a gravação e veja se ele voltou em algum momento. — Enquanto falava, Eve entrou no fluxo do trânsito.

— Para onde vamos agora?

— Vamos tentar descobrir algo no seu último endereço conhecido.

Peabody ia fazendo as pesquisas no banco do carona.

— Nenhuma atividade nos cartões das vítimas.

— Então ele não é completamente burro.

— E não voltou para o apartamento.

— Levou tudo que precisava.

— Mas até onde ele pode chegar só com a grana escondida em uma lata de café, mesmo que os pais tivessem escondido alguns milhares de dólares lá? E isso já é muito dinheiro para guardar em casa.

— Temos que verificar as finanças das vítimas. Quaisquer transferências ou saques de qualquer conta. As pessoas costumam anotar suas senhas — disse Eve, antes de Peabody ter chance de falar. — Ele teve muito tempo para descobrir senhas, códigos e invadir as contas dos pais. Mas antes vamos ver a busca pelos táxis. Talvez a gente tenha sorte.

Eve seguia para o endereço de Jerry quando Peabody soltou um grito.

— Achei! — Ela ergueu o dedo e começou a digitar rapidamente um número no seu *tele-link*. — Entendi. Obrigada. Entrei em contato com o serviço de táxis — disse a Eve. — Ele pegou um táxi na frente do prédio e ele desembarcou no The Manor, um hotel boutique chiquérrimo no West Village.

— Endereço do hotel, Peabody.

Enquanto Peabody passava o endereço, Eve ligou a sirene e as luzes da viatura e virou na esquina. Peabody segurou a alça do carro até seus dedos ficarem brancos, ao mesmo tempo em que rezava.

O hotel The Manor parecia exatamente o que era: uma mansão. Uma casa que poderia ser encontrada no interior da Inglaterra, onde costumava morar um conde afortunado. O lindo e antiquado revestimento em arenito claramente tinha passado por uma reforma havia pouco tempo. O lugar ostentava uma ampla entrada em forma de pórtico, vasos com flores imensas e um porteiro de *libré* que Eve já sabia que iria encher o saco quando ela estacionou a viatura com ar de carro velho na vaga de carga e descarga.

Já estava se preparando para lidar com ele enquanto ele se aproximava rapidamente em seu uniforme azul e detalhes dourados e botas brilhantes até o joelho.

— Escute aqui, meu chapa — começou Eve, mas logo reparou que a expressão do porteiro, em vez de transmitir raiva e desagrado pelo lixo fedorento junto do meio-fio, tinha se transformado em uma recepção calorosa e muito educada.

— Tenente Dallas. Em que podemos ajudá-la?

Eve ficou surpresa e parou instintivamente. Ela odiava quando isso acontecia, mas levou apenas alguns instantes para entender tudo. O hotel The Manor pertencia a Roarke, e o porteiro certamente tinha recebido algum memorando para cooperar com a mulher do chefão.

Ela não chegava a odiar a facilidade que isso lhe oferecia, mas ficava irritada.

— Preciso que você deixe meu carro onde eu o coloquei, e preciso falar com o gerente o mais rápido possível.

— Claro. Diego! — Ele chamou um carregador que vestia um terno preto e empurrava um carrinho cheio de malas. — Garanta que o veículo da tenente Dallas permaneça intacto e exatamente onde está. Permita-me abrir a porta para você, tenente. — Ele abriu a porta alta, pesadamente esculpida, e fez um gesto convidando-as a entrar.

O saguão mais se parecia com um salão grandioso, decorado com perfeição ao estilo do Velho Mundo. *Isso é a cara de Roarke*, pensou Eve, analisando as madeiras e lajotas brilhantes, as luminárias em bronze trabalhado e a abundância de flores artisticamente arranjadas. Em vez de uma equipe na recepção, uma mulher estava sentada em uma cadeira de couro com espaldar alto, junto de um balcão comprido na mesma cor da *libré* do porteiro. Vestia um terno preto simples e elegante; o cabelo ruivo e brilhante balançava em um rabo de cavalo alto.

— Rianna, esta é a tenente Dallas e... Perdão.

— Detetive Peabody — respondeu Eve.

— Elas precisam falar com Joleen imediatamente.

— Claro! Só um instante. Por que não sentam enquanto esperam?

— Estamos bem, obrigada.

Ainda sorrindo, a mulher bateu de leve no fone de ouvido.

— Joleen, aqui é Rianna, da recepção. A tenente Dallas está no saguão e... Sim, sim, pode deixar comigo. — Outro toque, outro sorriso. — Ela já vem recebê-las. Enquanto isso, vocês aceitam uma bebida refrescante? Temos ótimas opções de chás.

— Não, obrigada. — Eve pegou seu tablet. — Dê uma olhada nesse rosto. Este homem deve ter se registrado como Jerald Reinhold. Preciso do número do quarto dele e...

— Ah, mas o sr. Reinhold saiu há cerca de duas horas. — O sorriso de Rianna se transformou em um olhar de angústia quase cômica. — Sinto muitíssimo.

— Droga! Você estava de serviço? — perguntou ao porteiro.

— Estava, sim. Carreguei as duas malas dele para o nosso veículo de cortesia que faz traslados para o aeroporto. Ele comentou que ia pegar um voo bem cedo para Miami.

— Tenente! — Uma mulher de meia-idade vestindo um terninho vinho, o cabelo castanho dourado preso na nuca e saltos altíssimos, estendeu a mão. — Sou Joleen Mortimer. Seja bem-vinda ao The Manor. Em que posso ajudar?

— Preciso ver o quarto em que Jerald Reinhold se hospedou. Preciso saber como ele pagou a conta, os serviços que usou em sua estadia, caso o tenha feito, e quem conversou com ele.

— Claro. Rianna?

Já teclando loucamente em um tablet, Rianna assentiu.

— Estou levantando todas as informações. O sr. Reinhold ficou na Suíte do Escudeiro. Reservou-a na sexta-feira à noite, por e-mail. Essa reserva foi feita através de um cartão de crédito, mas ele pagou em dinheiro assim que chegou, no sábado à noite. Também pagou em dinheiro pelos serviços de quarto, solicitados às nove e cinco da noite de sábado, ontem de manhã às dez e meia, ontem às cinco da tarde e hoje de manhã exatamente às sete. Também pagou os encargos adicionais pelo uso da pequena unidade de refrigeração da suíte.

— Qual foi o estrago? — indagou Eve.

— Oi?

— Quanto ele gastou?

— Ah... — Rianna olhou para sua gerente que assentiu depressa com a cabeça. — Três mil e seiscentos dólares e quarenta e cinco centavos no total, pagos integralmente em dinheiro, como eu disse.

— Vamos precisar de uma cópia de tudo isso. E preciso ver o quarto dele. Agora.

— Podem me acompanhar, por favor. — Joleen atravessou novamente o hall com piso de lajotas até a porta de bronze do elevador. — A suíte está em processo de limpeza e troca de roupa de cama.

— Interrompa esse serviço agora mesmo — ordenou Eve.

— Já fiz isso. Instruí o serviço de limpeza a deixar intactos quaisquer itens do lixo, roupas sujas e louças que estão no quarto.

— Bem pensado. Também preciso de cópias dos seus vídeos de segurança da entrada do prédio, do andar dele, dos elevadores e do saguão do hotel.

— Vou cuidar disso.

Talvez toda a deferência que todos demonstravam com ela não fosse tão irritante, afinal.

— Posso perguntar o que o sr. Reinhold fez, tenente?

— É o principal suspeito de um duplo homicídio.

— Caramba, meu Deus!

Joleen saiu do elevador e seguiu por um amplo corredor à esquerda. Passou seu cartão magnético mestre na fechadura eletrônica de uma porta branca como a neve, onde uma placa de bronze dizia "SUÍTE DO ESCUDEIRO".

— Peabody.

Seguindo na direção que Eve apontou, Peabody foi direto para um saco de lixo bem amarrado junto à porta. Eve observou a pequena mesa de jantar cheia de pratos, xícaras e copos.

— Ele tomou um café da manhã bem farto.

— Ovos beneditinos, uma taça de champanhe, suco de laranja da fruta, chocolate quente, frutas vermelhas com *chantilly*, uma torta de maçã grande e uma fatia de bacon. — Joleen ergueu a cabeça. — Vou confirmar os detalhes, mas posso adiantar que, no dia em que chegou, ele pediu Camarões à la Emilie, uma especialidade da casa, como entrada. Depois, um filé-mignon ao ponto com batatas assadas, manteiga extra e cenouras caramelizadas. Suflê de chocolate, dois cookies com gotas de chocolate e uma garrafa de champanhe Jouët Premium. Ele também consumiu oito Coca-Colas, três garrafas de água mineral, dois potes de castanhas de caju, vários chocolates, balas de gelatina de frutas e uma variedade de bebidas da miniunidade de refrigeração.

— Comeu que nem um rei — murmurou Eve. — E tem um fraco enorme por doces.

Ela deu uma volta pela sala. Ele tinha usado bem todo o espaço, pensou, enquanto analisava os discos de entretenimento jogados sobre as mesas e os copos espalhados.

— Você pode verificar se ele usou isto? — Eve gesticulou em direção ao *tele-link* do hotel, instalado discretamente em uma mesa de pernas curvas.

— Já fiz isso, tenente. Ele só usou para solicitar os serviços de quarto, e depois para pedir transporte até o aeroporto.

— Nada aqui, tenente — anunciou Peabody.

— Miami.

— Já estou vendo isso — disse Peabody, mexendo no tablet. — Vai demorar um pouco para eu analisar todos os meios de transporte, voos comerciais, jatinhos fretados e/ou privados.

Com um aceno de cabeça, Eve entrou no quarto. A arrumadeira já havia tirado os lençóis da cama, mas tinha deixado a roupa suja em uma pilha no chão. Eve revistou o armário, a cômoda, todas as gavetas e o banheiro enquanto Peabody fazia o mesmo na sala de estar da suíte.

— Ele é bagunceiro — calculou Eve. — Espalhou as toalhas por todo lado, usou tudo a que tinha direito, derramou um monte de bebida pelo quarto, usou o sistema de entretenimento, se fartou com o bar do quarto e pediu uma quantidade absurda de comida. Brincou de hotel e quis bancar o figurão, foi isso que ele fez.

— Ele sabia que podia pagar por tudo. — Peabody franziu o cenho para a tela do tablet quando Eve se virou para ela. — Acabei de receber o resultado da pesquisa financeira. Os Reinholds tinham oitenta e quatro mil dólares e alguns trocados em contas conjuntas; outros quarenta mil e alguns trocados disponíveis no limite do cartão de crédito e seis mil dólares disponíveis de imediato no cartão de débito. Cada centavo de toda essa grana foi transferido via wire para a conta de Carl Reinhold na sexta à noite e ao longo do sábado. Ele fez as transferências em partes e enviou o total para três contas diferentes em seu nome. Pegou a grana toda.

— A gente pode bloquear as contas. — Eve pegou seu *tele-link*.

— Não dá mais tempo, Dallas. Ele sacou tudo que tinha. Dinheiro e cheques administrativos, fez tudo pessoalmente. Saiu do último banco há menos de quinze minutos.

— Agora ele tem cento e trinta mil dólares, menos o que já gastou. Ainda tem muita grana para torrar. E certamente não está em Miami.

— Tenente — começou Joleen. — Podemos fazer alguma coisa?

— Vocês fizeram tudo o que podiam. Muito obrigada pela colaboração, não vamos nos esquecer disso. Agora, só precisamos de cópias dos vídeos de segurança e da papelada dele.

— Vamos providenciar.

Pensando e especulando, Eve seguiu até a porta da suíte e saiu.

— Ele não vai voltar ao hotel, mas na possibilidade de isso acontecer...

— Sim, vou distribuir a foto e o nome dele por aqui. Se ele retornar ao The Manor, entrarei em contato com você pessoalmente.

— Ótimo. Há quanto tempo você trabalha para Roarke?

Joleen sorriu.

— Estou há três anos nesta posição. Antes eu era a gerente assistente daqui, na época dos proprietários anteriores. Quando o Roarke comprou o The Manor, perguntou se eu aceitaria assumir posições temporárias em algum de seus outros hotéis durante os seis meses que iria levar para a reforma. Além disso, se eu treinasse funcionários especificamente para trabalhar aqui no The Manor, eu assumiria o cargo de gerente geral quando tornássemos a abrir.

— Roarke sabe como formar uma equipe. E quanto ao gerente anterior?

O sorriso de Joleen se aguçou um pouco.

— Digamos que ele não passou nos testes. — Ela os acompanhou pelo saguão e foi até onde Rianna as esperava, já com uma cópia em disco de todas as imagens da segurança em um envelope espesso. — Espero que você o prenda logo. — Joleen apertou a mão de Eve e Peabody mais uma vez.

— Esse é o plano.

— Isso foi agradável — comentou Peabody, quando elas voltaram para a viatura. — Um pouco frustrante, mas agradável. Se Roarke fosse dono de tudo, essa parte do nosso trabalho seria bem mais tranquila.

— Ele *está trabalhando nisso*. Vou deixar você no primeiro banco, depois vou verificar o último endereço conhecido dele e passar pelo necrotério. Vá aos três bancos e veja o que consegue descobrir. Vamos emitir um Boletim de Busca Completa para todos os centros de transporte e veículos de aluguel.

— Ele não tem carteira de motorista — lembrou Peabody.

— Ele muda isso rapidinho se achar alguém burro o bastante.

— Ele pode ter comprado um carro.

— Isso já custaria grande parte do dinheiro, mas vamos cobrir essa possibilidade e avisar aos hotéis de luxo. Ele só quer vida boa agora.

Depois que deixou Peabody, Eve andou um pouco e tentou imaginar o que Jerry poderia estar fazendo. Ou ele iria sair da cidade, ou então talvez procuraria um lugar para se instalar por ali, pelo menos por um tempo. Carregar duas malas dá muito trabalho e é uma aporrinhação.

Ele já tinha levado tudo o que queria do apartamento dos seus pais. Depois de eliminá-los, raspou toda a grana e os objetos de valor.

Por que se arriscar a ficar em Nova York?

Mas ela achou que talvez fosse exatamente isso que ele iria fazer. Ele não era burro, decidiu, pelo menos não por completo. Mas era idiota. Torrar mais de três mil dólares em um quarto de hotel e em comida para passar apenas uma noite? Foi inteligente se esconder até segunda-feira no horário de o banco abrir, antes de pegar o restante do dinheiro. Foi burrice gastar tanta grana só para se gabar.

Eve parou diante do seu último endereço registrado e acendeu a luz de "Viatura em Serviço". Já que ele gostava de se gabar, será que não iria querer se exibir para os amigos? Talvez voltar para Las Vegas, ver se sua sorte tinha melhorado? Quem sabe pegar um sol em alguma praia tropical?

Ele teve uma namorada, lembrou a si mesma, e fez uma nota mental para interrogá-la.

Usou sua chave mestra para ter acesso ao atarracado prédio de três andares sem elevador, ignorou o elevador precário e subiu as escadas até o último andar.

Capítulo Três

Eve bateu à porta do apartamento achando que aquilo seria uma perda de tempo, pela hora do dia. Poucos instantes depois, porém, ouviu o barulho de trincos sendo abertos.

O homem que atendeu tinha vinte e poucos anos, estatura mediana e o físico de quem malhava regularmente. Ela notou isso logo de cara ao ver que ele usava shorts justos de ciclista e uma camiseta colada na pele. O cabelo castanho ostentava uma única mecha vermelha, presa em um rabo de cavalo curto.

Ele se inclinou contra o batente da porta e colocou uma das mãos na cintura arrebitada. Eve reparou que aquela pose era uma forma de ele mostrar os bíceps e os tríceps.

— Ora... olá! — saudou ele.

— Olá para você também.

O ar de sedutor barato se dissolveu quando Eve levantou o distintivo.

— Algum problema?

— Ainda não sei. Posso entrar e falar com você?

— Ah... — Ele olhou para trás, mudou de posição e fitou Eve. — É, eu acho que tudo bem. Estou trabalhando de casa hoje — explicou, enquanto abria a porta. — Estou num intervalo, para fazer um pouco de bicicleta ergométrica.

Eve viu a mesa encostada contra a janela pequena. Havia grande quantidade de discos sobre ela, além de pastas, arquivos, um saco de batatas fritas de soja e a lata de uma bebida energética. A alguns metros de distância estava uma bicicleta ergométrica reluzente, diante de um enorme telão.

— Escuta, eu sei da multa por excesso de velocidade algumas semanas atrás. Vou pagar.

— Eu pareço guarda de trânsito?

— Hum... Acho que não.

— Sou a tenente Dallas, da Polícia de Nova York. Divisão de Homicídios.

— Homicí... Que isso!

— Você é Malachi Golde?

— Isso. Mal. As pessoas me chamam de Mal. Quem morreu? Eu conheço alguém que foi assassinado?

De repente ele pareceu muito jovem.

— Ainda não sei. Você conhece Jerry Reinhold.

— Jerry? *Jerry?!* — Então ele pareceu jovem e abalado. — Ai, meu Deus, ai meu Deus! Preciso sentar.

Sentou com todo o peso do corpo em um sofá de superfície lisa em prata cintilante.

— O Jerry morreu?

— Eu não disse isso. Minha informação é a de que você o conhece. De onde vocês se conhecem?

— Aqui do bairro. A gente cresceu juntos. Morávamos a meio quarteirão um do outro, crescemos e fomos para a escola juntos. A gente saía para beber, coisas assim. Conheço o Jerry a minha vida inteira. O que aconteceu?

— Vou chegar lá. Em que você trabalha, Mal?

— O quê? Ah, ahn... Eu sou programador. Posso trabalhar em home office na maioria dos dias, se quiser. Trabalho com programação e diagnóstico de problemas para a Global United.

— Você é bom nisso?

— Aham. — Ele passou a mão no rosto, como um homem que tentava acordar. — É um trabalho ótimo, exatamente o que eu queria fazer desde que me entendo por gente.

— Paga bem?

— É, paga bem, se você for bom no que faz. Não entendo do que se trata tudo isso.

Quero apenas ter uma visão geral, pensou Eve.

— Olhando assim por alto, Mal, você tem algumas coisas muito legais... Móveis e eletrônicos caros. Mas o prédio é bem fuleiro.

— Ah. — Ele sorriu ansioso. — É, mas só por fora, sabe? O que importa é o que está dentro. E acho ele bem localizado. Posso ir a pé ou de bicicleta para o trabalho, para a academia e para a casa dos meus pais. Conheço todo mundo por aqui, sabe? Não quis me mudar daqui quando comecei a ganhar grana.

— Sei. A ficha de Jerry lista esse apartamento como endereço dele.

— Sério? — Mal franziu o cenho. — Bem, a gente dividiu o apartamento por uns dois anos, mas isso já faz um tempo, meses já. Talvez oito ou nove meses.

— Por que ele se mudou daqui?

— Ah, bem, ele conheceu a Lori, e...

— Lori Nuccio?

— Isso... A Lori. Ele foi morar com ela.

— Mas não foi por isso que ele se mudou daqui.

Com um olhar meio caído, Mal se remexeu, desconfortável.

— Tudo bem, então, eu banquei o aluguel sozinho durante três meses, quase quatro. Ele não estava arcando com a parte dele e isso não era legal. Ele nem tentava. Saiu daqui e ficou na casa dos pais durante alguns meses, e depois foi morar com a Lori.

— Vocês dois brigaram por causa do que aconteceu? Por causa do aluguel?

— Ah, cara... A gente discutiu um bocado, claro, você sabe como é. Ele ficou meio irritado, né, mas a gente se conhece há muito tempo. Quando consegui um aumento, aluguei uma casa nos Hamptons por uma semana, no verão. Levei o Jerry e uns amigos. Tudo acabou se resolvendo numa boa. O que aconteceu com o Jerry? Como ele morreu?

— Ele não morreu.

— Mas você disse que...

— Não, eu não disse. Jerry não está morto, até onde eu sei. Os pais dele estão.

Ao ouvir isso, Mal saltou da poltrona como se tivesse sido impulsionado por uma mola.

— Como assim? Não! O sr. e sra. Reinhold? Não! Eles sofreram algum acidente?

— Sou da Divisão de Homicídios, Mal, lembra?

— Caraca. Caraca! — Seus olhos ficaram merejados de lágrimas e sua voz ficou embargada. — Foi um assalto, então? Eles gostam de ir ao cinema e às vezes voltam para casa muito tarde.

— Não foi assalto.

Ele se largou na poltrona novamente e cobriu o rosto com as mãos.

— Eu não estou acreditando. A sra. Reinhold sempre me oferece alguma coisa quando eu apareço por lá. Biscoitinho, torta ou sanduíche. Sempre diz que eu tenho que cortar o cabelo e encontrar uma garota legal. Ela é tipo uma segunda mãe, sabe? Quando a minha mãe souber disso, vai ficar arrasada. Elas duas se conhecem desde sempre. Coitado do Jerry. Coitado, cara. Ele já sabe?

— Sabe, sim. Foi ele que os matou.

Mal baixou as mãos lentamente. Seus olhos, vidrados de choque e lágrimas, encararam os de Eve.

— Isso não é verdade. É mentira! Impossível! Nem pensar! De jeito nenhum, dona.

— Tenente, por favor, e sim, é verdade. Onde ele está, Mal? Para onde ele iria?

— Não sei. Não sei mesmo! — Balançando o corpo para a frente e para trás, ele pressionou a barriga. — Para onde você vai quando as coisas ficam loucas e pesadas à sua volta? Você vai para a casa dos seus pais.

— Ele já passou dessa fase.

— Mas ele nunca machucaria os pais. É um engano.

— Tente falar com ele. Tente chamá-lo pelo *tele-link*.

— Escuta, eu sou amigo dele. Você está indo atrás do cara errado. Não é possível!

Eve se inclinou para a frente.

— Ele esfaqueou a mãe na cozinha. Eu ainda não fui ao necrotério, então não posso dizer quantas facadas ele deu, mas ele a rasgou feio. Depois, esperou o pai chegar do trabalho e o desfigurou com um taco de beisebol.

O rosto de Mal assumiu um tom doentio de cinza.

— Não, não, ele... Com um taco de beisebol?

— Isso mesmo.

Mal engoliu em seco.

— A gente jogava beisebol, na liga infantil. Depois meu pai formou uma liga, uns anos atrás. Mas o Jerry nunca faria uma coisa dessas.

— Mas fez. Depois pegou todo o dinheiro que eles tinham em casa, encontrou as senhas de banco e transferiu cada centavo que os pais tinham em contas bancárias para contas no nome dele. E passou as últimas duas noites em um hotel sofisticado e caro, vivendo como um rei.

— Não! — Ele se levantou e foi até a janela em frente à sua mesa. — Não acredito no que você está me contando. Nós nos conhecemos desde os *seis anos!*

— Para onde ele iria?

— Juro que eu não sei. Juro pela minha mãe! Ele não veio para cá. Nem me ligou.

— Ele se livrou do *tele-link* — informou Eve. — Já deve ter um número novo, e você não vai reconhecer o número, caso ele ligue. Se ele fizer isso, Mal, aja naturalmente. Se ele pedir para você ir encontrá--lo em algum lugar, diga que vai e entre em contato comigo. Se ele vier até aqui, não o deixe entrar. Não deixe que ele saiba que você está aqui dentro e entre em contato comigo. — Ela colocou um cartão na mesa quando se levantou e pediu: — Preciso que me dê alguns nomes. Outros amigos. E quero saber como entrar em contato com essa Lori Nuccio.

— Ok. — Ele listou alguns nomes, que Eve anotou. — Ela terminou com o Jerry, sabia? A Lori. Ele perdeu o emprego e parou de pagar a parte do aluguel.

— Um hábito dele.

— É, acho que sim. Ele foi para Las Vegas com alguns amigos, uns meses atrás. Joe e Dave, eles estão nessa lista. Eu não consegui ir. Era aniversário da minha irmã e, nossa, eu reclamei à beça por não ter ido. Ele bebeu todas, pelo que eu soube; na volta, Lori terminou. Então, ele foi morar na casa dos pais. — Mal passou as mãos no rosto. — Preciso ver minha mãe.

— Posso te dar uma carona.

— Não precisa, obrigado. Acho que eu preciso andar um pouco. Quero caminhar. Ele é praticamente meu irmão, entende? Ele era filho único, e eu tinha uma irmã; então a gente era praticamente irmãos. Ele é um merda, ok? Não gosto de ficar falando isso, mas o Jerry é um idiota. Só que entre ser um idiota e fazer o que você diz que ele fez... eu... Preciso ir para casa.

— Ok, Mal. — Eve pegou um cartão e o entregou a ele. — Guarde o meu número no seu *tele-link*. Entre em contato comigo caso você o veja, caso fique sabendo do paradeiro dele, ou se alguém que você conhece o vir. Entendeu?

— Pode deixar.

Depois de ligar para Peabody e despejar nela a procura pelas duas outras amigas que Sylvia Guntersen lhe informara, Eve tentou achar a ex-namorada. Não teve a mesma sorte que tivera com

Mal Golde. Eve tocou a campainha, mas ninguém atendeu, então ela começou a bater nas portas dos vizinhos, até que uma delas se abriu.

— Não vou comprar nada — avisou a mulher.

— Não estou vendendo nada. — Eve mostrou o distintivo. — Estou à procura de Lori Nuccio.

— *Não me diga* que aquele docinho cometeu algum crime.

— Não, senhora. Quero conversar com ela sobre um assunto, mas ela não está encrencada.

A porta se abriu um pouco mais e a mulher com nariz adunco encarou Eve com seriedade.

— É o dia de folga dela. E o meu também. Ela saiu algumas horas atrás, eu acho. Falou que ia às compras, talvez almoçar com uma amiga, talvez ir ao cabeleireiro. Coisas que as meninas dessa idade fazem.

— Sra...

— Crabtree. Sela Crabtree.

Eve pegou o tablet e mostrou a foto de Jerry.

— Sra. Crabtree, já viu este homem por aqui?

A mulher bufou, abriu a porta totalmente e passou a mão de leve sobre as pontas do cabelo louro com tons de cobre.

— Esse aí? Não, desde que a Lori o expulsou, e posso dizer que já foi tarde. Vou te dizer uma coisa: se você me disser que *ele* cometeu algum crime, eu acredito. Nunca tratou bem aquele doce de menina, se quer saber. Eu já disse a ela exatamente isso e garanti que conseguia coisa muito melhor. Tive um namorado desses quando tinha mais ou menos a idade dela. A melhor coisa que fiz foi tirá-lo da minha vida.

Ninguém gostava de Jerry, pensou Eve, mas simplesmente assentiu com a cabeça.

— Se a Lori voltar, você poderia entregar o meu cartão para ela? Peça para ela entrar em contato comigo, por favor?

— Tudo bem, deixe comigo.

— E se ele aparecer, sra. Crabtree, a senhora poderia me avisar?

A mulher abriu um sorriso de deboche.

— Pode apostar que eu ligo, amiga.

— Não entre em confronto com ele.

— Ele machucou alguém, não foi isso?

— Por que diz isso?

— Dava para ver nos olhos dele. Trabalhei em um bar durante trinta e três anos. Conheço os olhos das pessoas, e nos dele havia maldade.

— Sim, ele machucou uma pessoa — confirmou Eve. — Não o confronte, e peça a Lori para entrar em contato comigo o mais rápido possível.

— Pode deixar que eu cuido dela e aviso sobre ele. Só que ele não aparece aqui há mais de um mês. Ei! — Ela levantou um dedo. — Eu tenho o número do *tele-link* de Lori.

— Eu já consegui esse número. Vou tentar ligar para ela agora mesmo. Obrigada.

Eve teclou o número enquanto descia para a rua, mas a ligação não completou. Intrigada, teclou novamente o número do *tele-link*, depois de conferi-lo e tentou uma terceira vez, sem sucesso.

Você trocou de número, não foi?

Eve voltou até a vizinha e pegou o número que ela tinha oferecido, mas era o mesmo.

— Pior que eu acho que ela comentou algo sobre comprar um novo *tele-link* — lembrou Crabtree. — Novo aparelho, novo número, tudo. Ela me disse que ia mudar tudo na sua vida, assim que conseguisse.

Merda, pensou Eve, mas fez que sim com a cabeça.

— Assim que você a vir, diga a ela para ligar para mim.

Desceu novamente e, a caminho do necrotério, decidiu começar a pesquisar a lista de nomes que recebeu de Mal via *tele-link*.

Quando chegou lá, já tinha conseguido entrar em contato com três nomes da lista e deixou recado com o gerente do restaurante onde Lori Nuccio trabalhava, por precaução.

Talvez não fosse necessário passar pelo necrotério. Certamente ela não precisaria perguntar a *causa mortis* de suas vítimas, pois isso estava brutalmente óbvio. Mas aquilo era parte do trabalho, hábito de Eve. Ela queria ver as vítimas mais uma vez, dar uma boa olhada nelas.

E queria a opinião de Morris. O chefe dos legistas muitas vezes lhe dava um ângulo diferente ou lhe trazia algo que a levava a pensar.

Entrou no túnel branco que fazia muito eco e diminuiu a velocidade ao passar pela máquina de vendas. Bem que ela gostaria de tomar algo refrescante, bem gelado, mas as máquinas gostavam de rir da cara dela. Eve não estava a fim de ser sacaneada por uma porcaria de máquina de venda automática.

Colocando as mãos nos bolsos, seguiu em frente e empurrou as portas da sala de dissecção de Morris.

Ele já estava com as duas vítimas limpas nas mesas de autópsia. O peito da mãe estava aberto pelo corte muito preciso em Y, feito por Morris. Ele estava inclinado sobre o corpo e analisava o que havia lá dentro.

Morris usava óculos de visão microscópica sobre seus olhos inteligentes; vestia um jaleco transparente por cima de um terno cinza com toques de azul aço. Tinha prendido seus longos cabelos pretos em um trio de rabos de cavalo que lhe desciam pelas costas e estavam presos por um cordão prateado.

— O filho deles os matou, foi o que me disseram.

— Isso mesmo.

Ele se endireitou.

— Mais aguçada do que os dentes de uma serpente é a ingratidão de um filho.

— Que serpente?

Ele sorriu e um rubor enfeitou seu rosto fascinante.

— Shakespeare.

— Ah. — Não era à toa que ele e Roarke se davam bem. — Não tem nada de poético nisso.

— Shakespeare também escrevia tragédias. Isso aqui é uma tragédia.

— Minha teoria é que o filho é um tremendo imbecil que virou psicopata. Você tem alguma coisa gelada por aqui?

— Tudo é gelado aqui. — Ele deu um sorrisinho. — Mas, se você quer *beber* algo, tem, sim. — Ele apontou com as mãos seladas e manchadas de sangue. — Fique à vontade.

— A máquina de venda automática continua me sacaneando — explicou ela, indo até a pequena unidade de refrigeração. — Acho que é alguma coisa química.

— Sério?

Sentindo-se grata, ela pegou uma lata de Pepsi, abriu-a e tomou um gole.

— Mas enfim.

— Enfim — repetiu ele. — Primeiro as damas, como você vê. Tanto na morte quanto na vida. Ela comeu uma fatia de pão de trigo, tomou um xícara pequena de café de soja com adoçante artificial e meio iogurte grego com granola mais ou menos cinco horas antes da hora exata da morte. Não foi uma última refeição particularmente marcante. Ela estava bem pouquinho abaixo do peso, mas tinha saúde muito boa. No caso, *estava* bem de saúde, até ser esfaqueada cinquenta e três vezes.

— Isso foi um exagero!

— Pelo ângulo, a maioria das feridas foi infligida quando ela estava de bruços. Vários dos golpes foram fortes o suficiente para atingir os ossos, e chegaram a quebrar a ponta da tíbia. — Ele ergueu um frasco com lascas de osso. — Minha opinião é que todas as feridas foram infligidas por uma lâmina que combina com a da faca que você encontrou ainda nela. Não há feridas defensivas.

— Ela não esperava por isso. Provavelmente não acreditou quando aconteceu.

— Concordo. Pela reconstrução, minha conclusão é que o primeiro golpe foi aqui. — Ele colocou o dedo no abdômen do cadáver. — Isso causou danos consideráveis, mas ela teria se recuperado por completo, se tivesse recebido um tratamento médico rápido. O golpe seguinte provavelmente foi este, perto da mesma área.

— Eles estavam de frente um para o outro.

— Sim, provavelmente muito perto. Depois disso, os outros golpes foram mais aleatórios e mais contundentes.

— Ele foi se empolgando — murmurou Eve.

— Veja as costas — Ele ordenou uma imagem na tela e Eve analisou as costas da vítima. — Um ou dois desses golpes, pelo ângulo, foram dados quando ela tentou fugir e caiu no chão. Já estava morta ou pelo menos inconsciente antes da maioria deles. Uma pequena dádiva. Há alguns hematomas nos lugares onde ela caiu, mas não deve ter sentido nada.

— Uma dádiva muito pequena.

— Você já sabe quem foi. Já sabe o porquê?

— Ele é um imbecil. Totalmente despirocado, segundo o amigo mais antigo. Não conseguia ou não se esforçava para manter o emprego que tinha e levou um pé na bunda da namorada. Voltou a morar com a mamãe e o papai, mas eles o colocaram contra a parede: "Cresça ou caia fora daqui." Acho que a mãe avisou a ele que isso estava para acontecer.

— Ser pai ou mãe é um caminho cheio de armadilhas, imagino. Essa não devia ser uma delas.

— Pois é. — *Quantas vezes ela tinha esfaqueado o próprio pai?*, perguntou-se Eve. *Será que alguém contou? Só que no caso dela foi uma questão de vida ou morte... dela.*

— Você já pode me dizer algo sobre a outra vítima, Morris?

— Ainda estou na fase preliminar. — Morris foi até a outra mesa. — Sua avaliação do momento exato da morte foi precisa. O taco que você trouxe como evidência corresponde aos ferimentos. O primeiro golpe foi aqui no rosto, e com a parte mais forte do taco.

— Bota forte nisso — assentiu Eve. — Tem um cantinho entre a sala e a cozinha. Ele ficou escondido ali atrás, foi o que ele fez. Quando o marido entrou e viu a esposa, o sangue e o corpo, pensou em recuar. Mas o filho surgiu e deu uma bela de uma tacada no rosto do pai.

— Quebrou o nariz, o osso da bochecha esquerda e lhe arrancou um olho da órbita. Os golpes subsequentes quebraram vários dentes, mandíbula e fraturaram o crânio em três lugares antes de o assassino descer para o corpo. Minha estimativa, que ainda vou confirmar, é que foram desferidos cerca de trinta golpes. Alguns deles foram dados de cima para baixo, com a ponta do taco sobre o corpo. Neste caso, acredito que o primeiro golpe já tenha deixado a vítima inconsciente.

— Acho que ele sofreu menos que a esposa.

— Sim, ela certamente sofreu mais.

— Você já brigou com os seus pais?

Ele sorriu com descontração.

— Já fui adolescente. Era meu dever brigar e deixar meus pais exasperados.

— Alguma vez você teve fantasias de agredi-los com umas boas porradas?

— Que eu me lembre, não. Eu me imaginava o tempo todo provando que eles estavam errados, mas nunca consegui fazer isso. Às vezes pensava em fugir e virar um músico de blues famoso.

— Você toca um sax que impressiona.

— Toco sim, mas... — Ele levantou as mãos. — Os mortos são o meu trabalho, e o seu também. Agora, faremos o melhor que pudermos pela mãe e pelo pai desse imbecil.

— Sim, faremos. Obrigada pela Pepsi.

— Sempre que quiser. Dallas, mais uma coisa: queria agradecer antecipadamente pelo Dia de Ação de Graças. Significa muito para mim estar na sua lista de família e amigos.

Isso fez Eve se sentir um pouco estranha, então ela simplesmente deu de ombros.

— Caramba, Morris... Quantos mortos eu e você já examinamos juntos? Se não somos família e amigos, o que somos?

Eve saiu de lá direto para a Central. Queria montar seu quadro do crime, anotar tudo e redigir o relatório preliminar. Se eles não capturassem Reinhold até o fim do dia, ela marcaria uma consulta com a doutora Mira para pedir um perfil e uma avaliação psiquiátrica. Quando um grupo liderado por um típico Policial Simpático entrou no elevador, ela pulou fora e optou pela rota mais comprida e menos lotada das passarelas aéreas. Enquanto seguia, atendeu seu *tele-link* e viu Peabody na tela.

— O que você está comendo? — perguntou Eve.

— Um sanduíche de salada com queijo no pão pita com salgadinho de soja — anunciou Peabody. — Estou na carrocinha de lanches do lado direito da Central, já vou entrar. Quer que eu leve alguma coisa daqui para você?

Eve pensou em recusar, pois sua cabeça estava no trabalho, mas teve um desejo repentino.

— Traz um cachorro-quente completo. Também já cheguei aqui e estou subindo.

— Ok. Chego em dez minutos.

Na sala de ocorrências, Jenkinson, ainda usando a gravata atômica, estava sentado olhando de cara feia para a tela. Baxter, ainda com os óculos escuros, cuspia perguntas rápidas em seu *tele-link*. Ela sentiu o cheiro distinto de salgadinho de cebola com café ruim.

Viu o policial Carmichael de volta ao seu cubículo pegando as cebolas de um saco gorduroso, enquanto trabalhava no teclado com a outra mão.

Tudo normal, decidiu, e seguiu para a sua sala.

Ignorou a luz de mensagem que piscava no aparelho da mesa. Aquilo poderia muito bem esperar até que ela estivesse pronta. Imprimiu fotos da cena do crime, das vítimas e de Reinhold.

Sentou-se à sua mesa para montar uma linha de tempo, imprimiu-a e começou a redigir o relatório.

— Cachorro-quente completo! — anunciou Peabody, trazendo o cheiro com ela. — Também trouxe batatas fritas, por precaução.

— Obrigada.

— Ahn... — Peabody apontou para o AutoChef. Como conhecia sua parceira, Eve ergueu dois dedos, sinalizando café para as duas.

— O que você aprendeu com os interrogatórios?

— O tal de Joe Klein é um perfeito babaca. Não acredita que o bom amigo Jerry tenha matado alguém, e deu em cima de mim de um jeito muito pegajoso. Diz que a ex-namorada de Reinhold é uma vagabunda insistente e mandona. Deu boas risadas contando como Reinhold perdeu mais de cinco mil dólares em Las Vegas enquanto ele ganhou oito mil. Acontecimento que o amigo deles, Dave Hildebran... que não é tão idiota... diz que Klein esfrega na cara de Reinhold até hoje. Hildebran atingiu dez na escala de choque — acrescentou, enquanto trazia café para Eve —, mas, quando se acalmou, confessou que sempre se perguntava se Reinhold não era uma bomba instável prestes a explodir. "Revoltado com o mundo", foi a expressão que ele usou. Jerry achava que os pais se metiam na sua vida, exigiam demais dele e os considerava culpados por tudo o que lhe acontecia. — Peabody tomou seu primeiro gole de café e continuou: — A menos que houvesse um ex-patrão, um colega de trabalho, sua ex ou alguém aleatório da rua para culpar. Disse que foi a uma boate com Reinhold e Klein na noite anterior ao assassinato, e Reinhold ficou reclamando da vida a noite toda. Ele, Dave, não saía com eles desde a viagem a Las Vegas. Está saindo com alguém e diz que está um pouco cansado das intermináveis reclamações de Reinhold e das babaquices de sempre de Klein. Tem saído mais com Mal Golde, que você deve ter conhecido, já que ele mora no último endereço que temos.

— Sim, nós nos conhecemos.

— Nenhum dos dois com quem eu falei viu ou falou com Reinhold desde quinta-feira à noite. Klein tentou ligar para ele no sábado à noite, mas ninguém atendeu.

— Reinhold estava muito ocupado. Golde não é um idiota, a propósito. — Eve contou a Peabody os pontos mais importantes da conversa com ele, enquanto saboreava o cachorro-quente. — Teve sorte com as filmagens dos bancos? — indagou, com a boca cheia.

— Recebi cópias dos vídeos de segurança e fiquei assistindo enquanto você não chegava. Ele estava com um ar de "sou um babaca presunçoso" e com uma pasta, nada de malas. De acordo com os gerentes, queria todo o dinheiro, mas alguns dos valores elevados dificultavam isso, então ele se contentou com cheques do caixa. Dois empregados o questionaram educadamente sobre o motivo do depósito e da retirada rápidos. Ele disse a eles para lhe entregar seu dinheiro logo senão ele armaria um escândalo. Tenho a sensação de que não usou termos tão suaves.

— Eu vou ter que dar uma olhada neles. Alguém o viu ir embora do banco? Como ele saiu?

— A câmera de segurança externa o pegou, e ele estava a pé. — Tentando se acomodar com mais conforto, em vão, Peabody se remexeu na cadeira de visitas de Eve. — Pode ser que ele já tivesse um carro à espera, ou pegou algum carro quando ficou fora do campo de visão da câmera.

— Vamos enviar alguns policiais para investigar os prédios vizinhos e ver se as câmeras pegaram mais alguma coisa. Ah, eu ainda não consegui entrar em contato com a ex-namorada. Segundo a vizinha, ela saiu com uma amiga hoje e comprou um novo *tele-link*, com outro número. Depois tenta descobrir mais sobre isso. A vizinha, Sela Crabtree, ficou com os meus contatos, então espero ter notícias da ex quando elas se encontrarem. Caso contrário, vamos procurar por ela amanhã.

— Certo.

— Vou marcar uma sessão com a Mira e notificar o crime. Os pais das vítimas precisam ser informados antes que a imprensa vaze seus nomes. Junte suas anotações para eu poder... — Parou de falar quando o *tele-link* da mesa tocou. Embora pretendesse ignorá-lo, olhou para a tela para ver quem era. — Droga! É o comandante. — Depois de limpar a boca com as costas da mão, atendeu:

— Dallas falando!

Em vez da assistente, o rosto do próprio Whitney encheu sua tela.

— Você pode vir à minha sala, tenente?

— Sim, senhor.

— Agora.

— Já estou indo.

Ele desligou.

— Deus, eu fico com o estômago embrulhado só de pensar dele me ligando desse jeito.

— Merda. Acabei de comer um cachorro-quente completo. Devo estar com bafo de cachorro. — Levantando-se, Eve abriu as gavetas. — Devo ter alguma coisa por aqui.

— Experimenta isso. — Peabody pegou uma caixinha, abriu a tampa e exibiu bolinhas cor-de-rosa.

— Por que são cor-de-rosa?

— Têm sabor de chiclete. É gostoso. E funciona.

Sem opção, Eve pegou duas bolinhas. Cor-de-rosa ou não, elas eram saborosas.

— Se eu não voltar em dez minutos, preciso que você faça as notificações para as famílias.

— Ah, por favor, volte logo.

— Vai depender do Whitney.

Passando pela sala de ocorrências, notou que Jenkinson e sua gravata atômica tinham desaparecido; imaginou que ele e seu parceiro, Reineke, tinham ido seguir alguma pista. Baxter estava trabalhando em seu computador, focado, notou. Seus óculos escuros estavam enganchados no bolso da frente, e ela presumiu que ele os pusera ali com a intenção de colocá-los de volta no minuto em que a gravata voltasse.

Aquela era uma brincadeira que iria durar o dia todo.

Saiu no corredor e viu a detetive Carmichael na frente da máquina de venda automática.

— Oi, tenente, vim pegar uma bebida para o nosso suspeito atual. Sanchez está com ele na Sala de Interrogatório A.

— O que ele fez?

— Empurrou um viciado do alto de um lance de escadas e depois o pisoteou até a morte por tentar enganá-lo com dinheiro falso. Era dinheiro de brinquedo mesmo, como aqueles dos jogos tipo Banco Imobiliário. O cara lida principalmente com viciados.

— O dinheiro de brinquedo provavelmente parecia de verdade para o viciado.

— Pode ser, mas ele não vai sair do ponto de partida.

— Que ponto de partida?

— Você sabe, do jogo. — Carmichael fez um gesto no ar. — Banco Imobiliário. O jogo.

— É, a morte encerra o jogo de vez.

— Exato. O cara está dizendo que o viciado caiu da escada, e ele correu feito uma gazela quando o perseguimos porque estava atrasado para um compromisso. Disse que todos os sacos de *funk* e *zoner* que vimos com ele... conseguimos até pegar alguns antes que os espectadores se aglomerassem... não eram dele. E ele é arrogante, dá vontade de dar umas boas porradas nele.

— Não ouvi essa parte.

Carmichael sorriu.

— Tudo bem, Sanchez me mantém na linha. Ele é um sujeito pacífico.

— Você bateu nele? Como estavam os sapatos do seu criminoso?

O sorriso se ampliou.

— Ele nem se deu ao trabalho de trocar as botas nem de tirar o sangue da vítima de cima delas. Estamos analisando tudo, mas ele deixou uma tremenda marca de pegada no peito da vítima. Nítida como uma pegada em areia molhada. E temos duas testemunhas que viram quando ele empurrou o cara, porque ele não parava de gritar com o drogado.

— Parece que vocês encurralaram o cara. Por que veio pegar uma bebida para ele?

— Sanchez sugeriu que eu me acalmasse um pouco. O idiota me disse que eu precisava ser fodida por um pau grande, colocou a mão entre as próprias pernas e disse que tinha um pau à minha disposição.

— Existe mais de um jeito de dar umas porradas em alguém, Carmichael. A Sala de Interrogatório A fica no meu caminho, vou até lá. — Eve começou a andar. — Qual é o nome dele?

— O apelido é Fang. O nome verdadeiro é Alvar Ramondo.

Concordando com a cabeça, Eve apontou para a porta.

— Abra essa porta e faça um movimento de quem vai entrar, mas não a feche.

Carmichael obedeceu.

— Tudo bem, vejo você depois... Ei! — Eve enfiou a cabeça na porta e apontou para o homem volumoso, de vinte e poucos anos, raça mista com jeito de latino, braço coberto de tatuagens complicadas e elaboradas. — Ei, você não disse que Al estava aqui.

Antes que Sanchez tivesse chance de falar, Eve olhou para ele, que recuou.

— Como vão as coisas, Al? Nada bem, pelo que parece.

— Quem é essa vaca? — perguntou Fang. — Você me trouxe *outra* vaca? Tudo bem, consigo comer vocês duas. — Ele sorriu, provando que não gastava muito em higiene dental, agarrou seu saco e balançou a cintura.

Grunhiu sugestivamente.

— Sim, foi isso que você disse naquela noite, Al, depois de todas aquelas doses de tequila. Eu gostei das tatuagens dele — disse Eve para Carmichael. — Resolvi lhe dar uma chance, mas foi uma merda, vou te contar!

Revirando os olhos, Eve ergueu o dedo indicador e o polegar a cinco centímetros de distância. Então, erguendo o indicador, assobiou e enrolou o dedo frouxo para baixo.

O rosto de Fang ficou vermelho quando ele tentou se levantar.

— Sua vadia mentirosa! *Puta* mentirosa! Nunca te vi antes.

— Não se lembra de mim, Al? Você me disse para te chamar de Fang, certo? Desempenho péssimo! — disse Eve baixinho, para Carmichael, de mulher para mulher.

— Sua vagabunda mentirosa! Eu nunca te vi na vida.

— Excesso de tequila. — Eve deu de ombros. — Tudo bem. Eu me lembro de você. Nunca esqueço um desses... — Eve apontou para baixo com o indicador mais uma vez. — Enfim — disse ela para Carmichael, com empolgação. — A gente se vê mais tarde.

Ela fechou a porta e considerou aquilo uma vingança boa quando ouviu a torrente de xingamentos vindo lá de dentro.

Então foi a passos rápidos para o gabinete de Whitney.

Capítulo Quatro

Viu a antessala do gabinete vazia e a porta de Whitney aberta. Caminhou até lá e esperou por um momento quando o viu sentado à sua mesa, com ar de concentração no rosto largo e escuro, enquanto percorria a tela diante dele.

Whitney combinava com a mesa, pensou Eve, ao ver o ar de comando e as janelas às costas dele, dando para a cidade que ele jurara proteger. Whitney tinha trabalhado nas ruas, no passado, e era muito bom. Agora pilotava uma mesa e era dali que ele dirigia o que Eve considerava a melhor força policial e de segurança do país.

E era muito bom nisso também.

Ela bateu levemente no batente da porta.

— Com licença, senhor. Sua assistente não está no posto dela.

— Eu sei, ela foi almoçar. — Ele chamou Eve com os dedos. — Feche a porta.

— Sim senhor. — Como ela sabia que ele a convidaria para sentar e preferia fazer relatórios orais em pé, foi direto ao assunto.

— Peabody e eu acabamos de voltar das nossas investigações de campo relacionadas aos homicídios Reinhold.

Ele se recostou e ergueu as mãos grandes.

— Sim, um duplo homicídio. Mãe e pai.

— Exato, senhor. Evidências esmagadoras apontam que Jerald Reinhold esfaqueou a mãe mais de cinquenta vezes e esperou o pai voltar do trabalho por mais de seis horas. Em seguida, o espancou até a morte com muitos golpes, usando um taco de beisebol.

Ela descreveu tudo com detalhes, sem muita interrupção. Na maior parte do relato, Whitney simplesmente a observou, fez alguns acenos ocasionais com a cabeça e algumas perguntas para esclarecer certos pontos.

— Pretendo pedir um perfil dele à dra. Mira, mas ainda preciso interrogar a ex-namorada, alguns ex-colegas de trabalho e supervisores. Mas os três homens mais próximos não sabem dele desde os assassinatos.

— Você acredita neles?

— Sim, senhor. Ele já tem o que buscava. E já teve a sua celebração mortal. Estou no aguardo de um relatório da policial Cardininni sobre o que falta na cena do crime para notificarmos as lojas de penhores e artigos de segunda mão. Ele vai querer se livrar do que roubou para ganhar mais dinheiro. Foi esperto o suficiente para não ficar num local onde poderíamos rastreá-lo com facilidade, mas precisa de um novo pouso para breve.

— A imprensa local gostará de ter material para um ou dois dias. Você saberá cuidar disso.

Eve odiava aquilo, mas teria de lidar com essa questão.

— Vou lhe trazer um relatório mais detalhado em breve, senhor — prometeu a tenente.

— Tenho certeza que sim. Estou satisfeito que seja você a cuidar dessa investigação. Mas o motivo de ter chamado você aqui é outro. — Ele colocou as mãos sobre a mesa, numa postura solene. — Você vai ser premiada com a Medalha de Honra.

— Como assim, senhor?

— Mais especificamente pelo seu trabalho exemplar, os riscos pessoais assumidos e as inúmeras vidas que salvou com o seu trabalho; pelos riscos que enfrentou nos recentes incidentes de assassinato em massa por armas químicas; pela apreensão de Lewis Callaway e Gina MacMillon, e o caso que construiu contra eles de forma irretocável.

— Comandante, é uma honra. Mas não investiguei, apreendi nem construí o caso sozinha. Minha equipe...

— Também será reconhecida, assim como a agente Teasdale da Agência Homeland. Você chefiou aquela equipe, Tenente. Comandou e comanda aqueles homens e mulheres. Esta é a maior honra concedida a um policial pelo Departamento de Polícia de Nova York, e não é dada a qualquer um... embora alguns elementos políticos possam influenciar a decisão. Neste caso, na minha opinião, eles escolheram a pessoa que será premiada de forma justa e correta. Você vai contestar a minha opinião ponderada, tenente?

— Não, senhor. — *Fui lindamente encurralada*, pensou Eve. — Obrigada, senhor.

— A apresentação está marcada para a próxima quarta-feira, às quatorze horas. Pediram-me para dar a notícia a você. Tenho orgulho de fazê-lo.

— Obrigada, comandante. — Na verdade, aquilo a deixara com um aperto no peito; uma mistura de orgulho, gratidão e embaraço completo. — Não quero parecer ingrata, na verdade sou muitíssimo grata. Mas seria possível fazer uma cerimônia...

— Discreta, silenciosa, pequena e relativamente privada? — completou o comandante.

Um sopro de esperança lutou para surgir dentro de Eve, em meio a tantos obstáculos.

— Qualquer uma dessas coisas?

Os lábios de Whitney formaram um sorriso leve, antes da resposta.

— Nem pensar! Você terá que engolir isso, Dallas.

A esperança da tenente morreu.

— Sim, senhor.

— Quanto ao outro assunto que também está relacionado com política, tenho uma pergunta a lhe fazer. Você quer ser promovida a capitã?

Eve abriu a boca de espanto. Não conseguia pensar em nada. Por um momento, pareceu não sentir sequer os próprios pés.

— Como assim, senhor?

— É uma pergunta direta, tenente. E gostaria de uma resposta direta. — Mas antes de ela ter chance de formular algo, ele ergueu um dedo para impedi-la de responder. — Você é muito jovem para o posto. Seria a capitã mais jovem sob o meu comando. Se isso fosse apenas uma decisão minha, as divisas de capitã já teriam sido oferecidas a você há muito tempo. Mas as avaliações políticas, percepções equivocadas e preconceitos, tudo isso desempenhou algum papel na decisão de não oferecê-las antes. Nossas vidas pessoais são parte daquilo que somos, e também são parte de como somos avaliados pelos outros.

— Entendi, comandante. — Por realmente entender não apenas o que ele dizia, mas também todo o processo e a si mesma, tudo dentro de Eve tornou a se descontrair. — Eu sempre entendi, e não me arrependo em nada da minha vida pessoal.

— Nem deveria. A questão é que se tornou mais difícil, alguns poderiam dizer impossível, usar o seu casamento como uma barreira contra a sua promoção. Isso seria algo particularmente difícil, em especial agora que Roarke também vai ser premiado com a Medalha de Mérito Civil.

Eve arregalou os olhos e soltou uma risadinha.

— Vou poder usar isso para caçoar dele durante anos.

— Vocês dois têm uma dinâmica muito interessante — observou Whitney. — Agora, porém, eu gostaria da sua resposta.

— Comandante... — Tentando pensar com clareza, para sua resposta ser direta, ela passou a mão pelo cabelo. — Há três anos eu não hesitaria em receber essa honraria. Naquela época, isso teria mais a ver com provar algo a mim mesma. Fora do trabalho, minha vida era muito instável, e eu nem percebia. Não por completo. Então eu aceitaria a promoção para provar que estava pisando em terreno sólido. Mas eu queria *merecer* essa honra.

— E você merece. — Enquanto ele analisava o rosto dela, notou as rugas de preocupação que lhe surgiram entre as sobrancelhas. — Mas está hesitando?

— Senhor, admiro a sua transição de investigador para o posto de comandante; admiro a sua habilidade e a sua visão de mundo. Seu trabalho é mais difícil do que eu consigo imaginar, mas é honroso e necessário.

— Você já conseguiu sua promoção, se a quiser, Dallas.

Isso a relaxou um pouco mais.

— Não estou pronta para ser comandante, senhor. Tenho muita segurança na parte administrativa, mas no fundo sou investigadora. A presença de uma capitã em campo, trabalhando como investigadora, é a exceção e não a regra. Sou uma policial que investiga assassinatos, *esse* é o meu ponto forte. É minha habilidade e minha percepção. Eu não teria recebido a oportunidade dessa promoção se não fosse assim. — Ela pensou na gravata ridícula de Jenkinson e na galinha de borracha colocada sobre a mesa de Sanchez, quando ele era novato. *E tem mais*, pensou. Ela conseguia confiar, sem pensar duas vezes, em qualquer membro da sua equipe quando precisava arrombar uma porta na cena de um crime. — Sabe o que mais, senhor? Não quero criar uma distância desse tipo entre mim e meus homens. Não quero que eles sintam que precisam subir na cadeia de comando para conversar comigo, para pedir minha opinião sobre um caso, para pedir minha ajuda. Não estou disposta a me afastar deles. Eles e o meu trabalho são mais importantes do que o cargo de capitã. Estou feliz por poder dizer e sentir isso.

— Você já refletiu bastante a respeito de tudo.

— Sendo sincera, comandante, já tinha tirado isso da cabeça. Não tenho mais pensado no assunto há muito tempo. — Eve sentiu-se em paz ao dizer isso, e a paz era algo que não lhe era muito familiar. — Estou grata por ser sido ao menos considerada para essa promoção. Porém, acredito que sirvo melhor ao Departamento de Polícia e ao povo de Nova York na minha função atual.

O comandante tornou a se recostar; um homem grande com uma cidade imensa atrás dele.

— Eu poderia ter pressionado a sua indicação em várias oportunidades ao longo do tempo e tive muitos debates comigo mesmo sobre fazer exatamente isso.

— Políticos são assim, senhor. — Ela deu de ombros.

— Alguns sim, mas não todos. A principal razão pela qual eu não insisti é que concordo com você. Seus pontos fortes são suas habilidades investigativas, sua capacidade em lidar com seu departamento, sua visão sobre o agressor e a vítima. Eu nunca iria querer perder isso. Mas agora que certos obstáculos foram eliminados, ou deixaram de atrapalhar, senti que era hora de perguntar isso diretamente a você.

— Posso falar com franqueza, senhor? — Diante da concordância dele, ela seguiu em frente. — Eu sinto que saiu um peso das minhas costas só de saber que os obstáculos foram eliminados e o senhor compreende meus objetivos e minhas prioridades.

— Então vou retransmitir sua resposta para aqueles a quem esse assunto é relevante.

— Obrigada, senhor. De verdade.

— De nada, tenente. De verdade.

Ele se levantou da mesa, deu a volta e fez algo que raramente fazia: pegou a mão de Eve e apertou-a com afeto.

— Dispensada, tenente.

Ela saiu um pouco atordoada, mas estava bem com tudo aquilo. Foi como se tivesse se livrado de um peso que até esquecera que carregava, mas sabia exatamente onde estava, caso quisesse pegá-lo.

Quanto àquele momento, em si? Ela estava se sentindo mais leve.

A gravata atômica estava de volta à sala de ocorrências, ocupada em sua mesa. Baxter e Trueheart confabulavam na mesa de Baxter. Peabody trabalhava com ar de tédio, o que significava que já tinha cuidado das notificações aos familiares das vítimas.

Todos os policiais da sala, incluindo Jenkinson, estava de óculos escuros.

— Parece que estamos em Hollywood.

— Guardei um par de óculos para você, chefe. — Baxter jogou para ela um par com armação escura em forma de chamas e lentes quadradas em âmbar. — Não podemos permitir que os olhos da nossa tenente sangrem e sujem o chão todo.

Disposta a brincar, ela os colocou enquanto ia até a mesa de Peabody.

— Em que pé estamos?

— Fiz as notificações. Eles estão arrasados. Minha mãe sempre diz que não importa quantos anos seus filhos tenham, são sempre os seus bebês. Acho que ela tem razão. Também entrei em contato com os conselheiros de luto nas suas áreas de residência, para ajudá-los.

— Ótimo.

— O relatório preliminar dos peritos chegou, e Cardininni enviou a lista de itens desaparecidos que a vizinha identificou. As cópias foram enviadas para o seu computador.

— Vou verificar.

— Você esteve fora por algum tempo... — Como Eve ficou calada, Peabody foi em frente. — Então, enviei à dra. Mira uma visão geral do crime, caso você ainda quisesse consultá-la.

— Quero, sim.

— Não consegui falar com a Nuccio pelo *tele-link* até agora. Ou ela ainda não o ativou ou existe algum atraso na transferência de dados do número antigo, o que é mais provável. Quando a gente compra um *tele-link* novo — continuou Peabody —, é como se ele fosse um brinquedo que a gente precisasse conhecer antes de usar.

— Quanto tempo costuma levar para os dados serem ativados?

— Normalmente? Pelo menos algumas horas, mas às vezes leva muito mais tempo.

— Tudo bem. Se não surgir nada novo e ela não fizer contato até o final do turno, vou passar outra vez na casa dela. Se ela não estiver disponível, tornaremos a procurá-la amanhã de manhã. Eu quero a lista dos itens desaparecidos.

— Estou trabalhando nisso.

— Ok. — Ela seguiu em direção à sua sala, mas olhou para trás e elogiou: — Bom trabalho, Peabody.

— Obrigada.

Eve entrou em sua sala e fez menção de fechar a porta, mas parou. Não, ela não ia ficar ali sentada, pensando na conversa com Whitney.

Não tinha tempo para analisar promoções, política, percepções. Precisava era fazer seu trabalho.

Pegou a lista de itens desaparecidos, leu tudo e refletiu a respeito.

Algumas peças de joalheria, como já esperava. Brincos pequenos de diamantes em forma de estrela, que a testemunha afirmou ter sido presente de Bodas de Prata de Carl para Barbara. Um antigo relógio feminino de ouro cravejado de diamantes e safiras de meados do século XX, da marca Rolex, com outra nota explicando que tinha sido da bisavó materna da vítima, também segundo informações da testemunha. Duas pulseiras de ouro, um conjunto de pérolas com fecho de ouro — herança da avó materna. E o anel de noivado de diamantes da vítima em ouro, com engaste simples.

Portanto, as vítimas eram tradicionais, pensou Eve. Anel de noivado, algumas peças de família.

No lado do marido, as joias limitavam-se a um relógio de ouro... outro Rolex tradicional gravado com as iniciais da vítima — presente de Bodas de Prata da sua esposa — além de um par de abotoaduras de ouro escovado e outro par de prata martelada.

Havia outras joias na lista, mas a testemunha acreditava que essas peças eram bijuteria; afirmou que estava com a vítima quando várias delas tinham sido compradas.

A testemunha também deu pela falta de dois tablets, dois notebooks, uma menorá de prata esterlina, um aparelho de jantar com talheres em prata esterlina — artigos herdados — formando um serviço para oito pessoas. Uma tigela de cristal lapidada em forma de cesta com pés e alças, que a testemunha afirmou ter sido a única peça que Barbara ganhara diretamente da bisavó materna, e da qual tinha muito orgulho e alegria.

Cardininni acrescentou às suas anotações o que achou estranho não ter sido levado, incluindo uma chupá em seda — a tenda sob a qual se realiza um casamento judaico — com uma árvore da vida pintada à mão.

> *A testemunha afirma que essa peça foi confeccionada para o casamento da bisavó da vítima, e também foi usada no casamento da avó, no da mãe e no da própria vítima. Está em perfeito estado e é assinada pela artista Mirium Greene. A testemunha contou que a vítima esperava passá-la para o filho e já tinha feito um seguro dela no valor de quarenta e cinco mil dólares. Há uma foto em anexo desta chupá. Também há uma caixa de música de madeira, que o homem morto tinha recentemente herdado do pai. Parece uma peça antiga com um mecanismo tipo cilindro e uma incrustação de uma mulher tocando um alaúde, na tampa. A testemunha acredita que a peça também estava no seguro.*

Observação bem abrangente, pensou Eve, assentindo com a cabeça para Cardininni e suas informações interessantes. Reinhold tinha conhecimento limitado, concluiu. A chupá do casamento não significava nada, e ele não tinha conhecimento algum do seu valor de mercado. A caixa de música não parecia grande coisa na foto, e ele provavelmente a considerou lixo.

Mas levou as joias, os eletrônicos e o dinheiro.

Não era completamente burro, decidiu Eve, mas também não era muito inteligente.

Ela leu atentamente o relatório dos peritos, irritou-se por eles ainda não terem identificado o sapato pelas pegadas ensanguentadas no local, revisou as descobertas do legista e depois as adicionou ao próprio relatório.

Enviou cópias para Mira, para Peabody e para o comandante, adicionou os dados ao seu quadro e arquivou o resto.

Com as botas sobre a mesa, recostou-se e estudou tudo que conseguira até o momento.

Eram pessoas comuns, concluiu. Um casal tradicional de classe média, casado há muito tempo. A mulher cuidava da casa, o homem era o provedor. Laços familiares fortes, amizades sólidas, vizinhança amigável. Eles tiveram e criaram um único filho. Que se tornou uma decepção? Não fez faculdade, não conseguia manter um emprego, nem um relacionamento.

Será que eles o pressionavam por isso? Sim, sim, pensou. Isso era comum.

Seja homem, arrume um emprego, pense no seu futuro, pague suas contas.

Você se cansou de ouvir toda essa ladainha, não é mesmo?, refletiu Eve, analisando a foto de Reinhold. Ficou farto de ouvi-los dizer a você o que fazer, *como* fazer, olhando para você com decepção nos olhos. Seu pai sempre ali, trabalhando todos os dias em algum emprego idiota e sendo um pé no saco. Sua mãe cuidando da cozinha, fofocando com as vizinhas, sempre mandando você recolher suas coisas espalhadas. Mulher pentelha!

Ambos afastando você de tudo que você gostava.

— Essa era a sua visão das coisas — murmurou Eve. — Agora você não precisa mais olhar para a cara deles, nem ouvi-los. É um homem livre! — Ela se levantou da cadeira. — Mas não por muito tempo. — Quando pegou sua jaqueta, Peabody surgiu na porta.

— Conseguimos achar o destino dos dois relógios e das pérolas... uma loja de luxo no East Village.

— Vamos dar uma olhada nisso e investigar o último local de trabalho de Reinhold. Só apareceram os relógios e as pérolas? — perguntou Eve, enquanto elas saíam pelo corredor.

— Foi só o que ele levou para penhorar.

— Está espalhando o saque por vários lugares. Não quer que as pessoas façam muitas perguntas e leva as coisas para vender longe do seu bairro.

— O dono da loja ligou assim que recebeu o alerta. Ele me disse que Reinhold chegou por volta das onze da manhã com os relógios e o colar de pérolas.

— Duas horas depois dos bancos. Está recheando o pé-de-meia.

Na garagem, Eve se colocou atrás do volante enquanto Peabody digitava o endereço da loja no GPS.

— Eu teria transferido todo o dinheiro para Nova Jersey — comentou Peabody. — Ou, melhor ainda, Pittsburgh.

— Pittsburgh?

— Sim, talvez Pittsburgh. Teria feito as malas no sábado, depois iria a pé pegar um ônibus; em seguida trocaria de ônibus e pegaria outro para Nova Jersey, onde ficaria num hotel tranquilo para tomar fôlego. No domingo eu seguiria para o sul, depois de cortar e pintar meu cabelo, compraria lentes de contato mais claras e faria tatuagens temporárias em outro lugar.

— Você teria de mostrar sua identidade para depositar tanto dinheiro. E mudar demais sua aparência ia dar bandeira.

— Certo. Ok, então eu daria um tempo. Compraria tudo, mas esperaria um pouco. Talvez procurasse uma loja de objetos usados em Nova Jersey para desovar alguns itens. Na segunda-feira de manhã eu iria pegar o dinheiro, me mudar para uma espelunca qualquer, pagaria tudo em dinheiro, mudaria minha aparência e levaria o resto para liquidar em Pittsburgh.

— Você devia esperar um pouco antes de mudar a aparência, senão saberíamos como está sua cara quando rastreássemos as mercadorias.

— Droga, você está certa, de novo. Então eu iria para uma espelunca *depois* de depositar a grana e usaria parte do dinheiro para conseguir uma identidade falsa.

Aquela troca de ideias divertia Eve, e apontar as falhas nos variados planos de fuga ajudava a treinar Peabody.

— E como é que um idiota preguiçoso do Lower West Side saberia onde conseguir uma identidade falsa em Pittsburgh?

— Ok, então ele troca de identidade *antes* de sair de Nova York.

— A pergunta se mantém.

— Ele deve conhecer alguém que faz isso por aqui. Provavelmente falsificou a carteira de identidade antes de ter idade legal para beber, entrar em boates ou comprar cerveja. Quem nunca?... — Peabody olhou lentamente para Eve. — Você não fez isso?

— Não. — *Ela nunca foi uma pessoa de boates*, lembrou Eve.

— Confie em mim, a maioria dos jovens faz isso. Então eu usaria esse talento como base e gastaria parte da grana em uma identidade nova.

— Só que em Nova York você ainda não estaria com o novo visual.

— Merda! — Encurralada mais uma vez, Peabody deu um soco na própria coxa. — Vamos pensar. O que você faria?

— Eu passaria parte do tempo no apartamento com meus pais mortos, pesquisando como obter uma identidade falsa. Descobriria pelo computador um cara morto e pegaria os dados dele para entregar ao funcionário entediado do centro de identificação. Venderia tudo no sábado mesmo, bem antes de alguém emitir qualquer alerta. Quando saísse de casa levaria só uma mochila e uma mala pequena. Sem muita coisa, porque é mais rápido. Não precisaria nem iria querer todas as minhas coisas. Faria as malas só com o suficiente para passar alguns dias. Depois, iria transferir o dinheiro para uma conta offshore, que não informa transações. Não é tanto dinheiro assim, ninguém vai estranhar. Isso me daria o domingo todo para viajar. Iria sair parecendo eu mesma e dormiria numa espelunca... essa parte eu concordo... e só então mudaria minha cara para combinar com a nova identidade que vou fazer. Iria tirar uma nova foto minha para combinar com os documentos que falsifiquei. Depois iria usar uns complementos para não parecer *tanto assim* com o cara em que iria me tornar. Usaria várias roupas para parecer mais gordo. Guardaria um pouco do cabelo que cortei e tingi para fazer um cavanhaque; talvez colocasse um brinco, ou fizesse umas tatuagens temporárias e passaria uma loção mais escura na pele para parecer bronzeada. Depois pegaria um ônibus e um trem, faria malabarismos com os transportes, mas não iria para Pittsburgh, e sim para algum lugar como Milwaukee.

— Milwaukee? O que tem de tão bom em Milwaukee?

— Acabei de inventar, só sei que é longe, fica no Centro-Oeste. É lá que vou procurar os centros de identificação até encontrar um que pareça certo. Mudo minha aparência e invento que perdi minha identidade original durante uma viagem para mergulhar em Cozumel.

Peabody ficou boquiaberta ao ouvir isso.

— Sério?

— Parece estranho, ou burrice; é por isso que as pessoas vão acreditar se você fizer tudo direito. Saio com minha nova identidade, vou para as Ilhas Cayman... ou para onde quer que eu tenha enviado o dinheiro, pego a grana, faço *check-in* num bom hotel, vou para a praia e tomo um daqueles drinques com guarda-chuvinha enfeitando a taça.

— Você é boa nisso.

Eve fez que não com a cabeça enquanto procurava por uma vaga.

— Não tão boa assim. Essa grana não é o bastante para fazer tudo funcionar ou valer a pena. E ele ainda vai deixar um rastro, caso a polícia investigue com atenção. — Ela avistou uma vaga no segundo andar e outro carro que também a queria. Com determinação, colocou a viatura em modo vertical, inclinou-a e encaixou-a certinho na vaga. — Nós seguiríamos o dinheiro — continuou, saltando do carro —, e o encontraríamos. Teria sido melhor ele se contentar com o dinheiro que pegou no apartamento e tudo o que conseguisse carregar na hora e vender. Depois era só fugir depressa, trocar de identidade, de aparência, usar um novo nome, talvez ir morar em Milwaukee e conseguir um emprego comum. Só que a maioria das pessoas é muito gananciosa e impaciente. Elas querem tudo na hora.

Ao chegar ao nível da rua, ela caminhou meio quarteirão até a joalheria Ursa, que apregoava experiência em vendas, consertos e compras de peças usadas.

Entrou e sentiu perfume de flores, murmúrio de vozes e muito brilho.

Peabody disse:

— Uau!

— Baixa a bola — advertiu Eve.

— Aquele cara com cabelo prateado esvoaçante e bronzeado de turista é o sr. Ursa.

Enquanto o observava colocar joias cintilantes em uma peça de veludo na vitrine, Eve caminhou até onde ele estava.

— Sr. Ursa? — Ela exibiu seu distintivo e o viu assentir e soltar um longo suspiro. — Tenente Dallas e detetive Peabody. Agradecemos a sua cooperação neste assunto.

— Ele parecia um jovem tão simpático...

— Tenho certeza que parecia.

— Disse que tinha perdido os pais recentemente num acidente. Chegou a se engasgar ao contar isso, então eu nem perguntei nada. Ele me disse que não suportaria ficar com os relógios, nem com as pérolas. Tentou usar o relógio do pai, mas me confessou que era muito perturbador.

— Eu imagino.

— Sugeri que talvez fosse bom ele esperar um pouco mais, quem sabe guardar as joias em um cofre. Lembrei que mais tarde ele poderia se arrepender de vendê-las. Mas ele me disse que não, que ia se mudar de Nova York e queria tentar começar uma nova vida, em outro lugar. As peças são lindas, ainda mais o relógio feminino vintage. Um instante, vou pegá-las. Eu as guardei no cofre depois que minha filha recebeu o alerta da polícia. Nunca aconteceu nada parecido por aqui, antes. É muito perturbador.

— Eu entendo.

— Com licença.

Ele se afastou e saiu por uma porta. Logo em seguida uma mulher se aproximou. Tinha os mesmos olhos do pai e o mesmo nariz.

— Sou Naomi Ursa. Meu pai está muito chateado. Eu vi o alerta da polícia sobre duas pessoas... marido e mulher... que foram mortas em seu apartamento no West Side. Não comentei nada com meu pai. Aqueles relógios e lindas pérolas antigas... eles pertenciam a esse pobre casal, não é?

— Ainda não posso dizer com certeza. Seria de grande ajuda se pudéssemos ter as filmagens do sistema de segurança.

— Sim, claro. Papai já fez uma cópia para a polícia, mas, se vocês quiserem dar uma olhada agora mesmo em nosso monitor, é só virem atrás do balcão.

Eve deu a volta e aplicou uma cotovelada em Peabody, que estava diante de um colar que parecia uma corrente de pequenas lágrimas cor-de-rosa.

— Percebi quem vocês eram assim que as vi chegar — disse Naomi, e chamou-as para ver as imagens.

Eve viu Reinhold entrar. Sem malas, notou. Devia ter encontrado um lugar para se esconder e deixá-las guardadas. Estava com uma feição triste e dirigiu-se diretamente ao homem mais velho.

Interessante, pensou Eve. *Ele procurou logo o tipo paterno, a figura de autoridade, e não a mulher mais jovem.*

Eve acompanhou a conversa e viu o ar de pena que Ursa exibiu. Ele colocou uma peça de veludo sobre o balcão para os relógios, e outra para o colar de pérolas.

Ele não estava nervoso, reparou Eve, focando a atenção em Reinhold. Ursa pegou seu acessório de joalheiro, uma espécie de lupa, e começou a examinar as peças.

Reinhold pareceu impaciente, reparou. E empolgado.

Ursa falou novamente, Reinhold fez que não com a cabeça, olhou para baixo e apertou os lábios, desempenhando o papel que criara para si mesmo.

Ursa colocou a mão sobre a de Reinhold e seu ar de lamento era visível, mesmo na gravação. Ursa colocou o veludo de lado, chamou a filha e disse algo em seu ouvido.

— Ele está me mandando guardar tudo para ele não precisar mais ver as peças — explicou Naomi. — Meu pai ofereceu a ele um pouco mais do que deveria; a verdade é que sentimos muito a sua perda. Em termos práticos, o valor do relógio antigo da mulher compensaria esse bônus.

Ursa voltou.

— Está tudo aqui. — Ele colocou três caixas na mesa atrás do balcão e abriu-as. — São peças muito bonitas. O relógio do homem não é uma relíquia, mas tem boa qualidade e foi bem cuidado. O da mulher é uma peça excepcional e está em excelente estado. As pérolas são lindas e estão bem conservadas. Tenho a papelada para você assinar, tenente.

— Obrigada, sr. Ursa. Minha parceira vai lhe informar tudo que é necessário para acionar o seguro, e o senhor ficará com um recibo em troca das três caixas. Pode entrar em contato comigo a qualquer momento, se quiser. — Ela entregou-lhe um cartão. — E, por favor, se o sr. Reinhold voltar, não entre em confronto com ele. Invente uma desculpa para ir para os fundos da loja e me avise imediatamente.

— Você acha que ele vai voltar? — Naomi apertou o próprio pescoço.

— Não, acho que ele não vai voltar. Mas quero que vocês saibam, caso o vejam ou tenham notícias dele novamente, que ele é um homem perigoso e vocês precisam entrar em contato com a polícia. Peabody, certifique-se de que a srta. Ursa tenha tudo o que precisa de nós.

— Srta. Ursa, a senhorita poderia me acompanhar?

Quando teve chance, Eve completou, baixinho para o sr. Ursa:

— Você foi gentil com ele. Não deixe que isso o faça se sentir tolo ou burro.

Um leve sorriso surgiu nos lábios de Ursa.

— Dá para perceber?

— Aposto que o senhor tem um site, negocia joias há várias gerações em um negócio familiar que oferece serviço pessoal personalizado, e é especialista em joias herdadas.

— Acertou em cheio, tenente. Estamos nesse ramo há três gerações. Hoje é dia de folga da minha mãe e do meu pai. O meu filho e a esposa também trabalham aqui. — Ele apontou para o outro lado da loja, onde um homem e uma mulher atendiam alguns clientes.

— Esta é uma das razões pelas quais ele escolheu este lugar — explicou Eve. — Seu negócio é sólido, respeitado no mercado e oferece um preço justo. Ele deve ter pesquisado as suas avaliações de clientes, e certamente também pesquisou o valor básico dos relógios e do colar. Por ser uma empresa familiar, você tenderia a ser solidário com alguém que lhe aparecesse com a história que ele lhe contou.

— O nome do pai dele está gravado no relógio. Pedi a identificação do filho.

— Você não tinha motivos para duvidar da história que ele contou, e também aposto que não foi o único a quem ele contou essa história hoje.

Ao sair da loja, Eve se dirigiu para a vaga do carro.

— Proteja as caixas até voltarmos, Peabody.

— Pode deixar. Ele saiu da loja com quarenta e cinco mil dólares. Não sei quanto vai conseguir pelas outras coisas, porque parece que o relógio antigo era o item mais caro, mas certamente já está preparando a poupança dele, e bem depressa.

— Então vamos encontrá-lo o quanto antes.

Eve abriu a porta do carro e ficou parada por um momento olhando a rua. *Ele está por aí celebrando muito*, pensou, *sentado em uma imensa pilha de dinheiro manchado com o sangue dos próprios pais.*

Capítulo Cinco

Fitz Ravinski colocou uma fatia de torta de maçã *à la mode* com uma fatia finíssima de queijo cheddar. O *à la mode* consistia em uma porção minúscula e redonda de um produto não lácteo com cor de kiwi atômico.

— Iogurte de tofu Minty Fresh — anunciou ele, fazendo que não com a cabeça. — Quem, diabos, coloca isso em um pedaço de torta bonito desses?

— Eu, não — assegurou Eve.

— Ganha de qualquer sabor. — Ele deslizou a torta e uma minúscula xícara de café preto e forte para dentro de uma abertura para entrega de pratos; dançou com os dedos sobre o teclado e dispensou-as.

— Já passa da hora do almoço, mas tivemos clientes vindo aqui para comer as tortas a tarde toda.

— Estou vendo. — Eve olhou ao redor, para onde estavam as mesas. Provavelmente cabiam noventa pessoas ali meio amontoadas, ao estilo de Nova York na hora do rush. No momento, havia vinte pessoas, incluindo um homem ocupado em seu tablet, com fones de ouvido sem fio, que dava a primeira mordida na sua torta com iogurte de tofu Minty Fresh.

Só de pensar nisso o estômago de Eve embrulhou.

— Por favor, eu gostaria de um minutinho seu.

— Sim, sim, claro! Sal, assuma aqui. — Fitz secou as mãos em um avental branco que já tinha sido bastante usado naquele dia. Pegou uma grande garrafa de bebida preta e, com um gesto de cabeça, apontou para Eve e Peabody uma mesa vazia atrás dele. — Vocês deviam experimentar uma torta dessas, por conta da casa. Policiais não pagam no meu turno. Tenho dois primos policiais.

— Aqui em Nova York?

— Sim, os dois no Bronx. A torta é ótima. Minha mãe e minhas irmãs que fazem.

— Então isso aqui é um negócio familiar.

— Dezoito anos neste mesmo ponto. — Ele reforçou a informação dando batidas na mesa. — A gente se vira bem.

— Muito obrigada, mas não vamos tomar muito do seu tempo. — Eve quase ouviu o estômago esfomeado de Peabody gemer. — Gostaríamos de fazer algumas perguntas sobre Jerald Reinhold.

— Nós o demitimos alguns meses atrás. Chegava tarde, saía mais cedo, não fazia as entregas. Poxa, as entregas representam um terço do nosso faturamento. Eu não podia confiar nele e ele não dava a mínima para o trabalho. — Ravinski se inclinou e pousou o dedo mais uma vez na mesa. — Se ele está querendo prestar queixa contra mim, eu tenho registros e imagens para comprovar tudo que eu falei.

— Como ele lidou com a demissão? — quis saber Eve.

— Disse para eu me foder e jogou uma torta de banana no chão antes de sair. Foi embora bem depressa — acrescentou Ravinski, com um sorriso ferino. — O covarde apressou o passo quando a torta caiu no chão, achando que eu ia atrás dele.

— Você foi? — perguntou Eve.

— Não. Era só uma torta, uma ótima torta, mas valeu a pena só de ver o preguiçoso dar as costas. Se ele tivesse empregado no trabalho a mesma garra com que jogou a torta no chão, ainda estaria trabalhando aqui. Foi a primeira vez que o vi fazer algo com alguma energia, se é que você me entende.

— Entendo, sim. Você recebeu alguma reclamação específica sobre ele? De colegas de trabalho ou clientes?

— Quer uma lista? — Com essa observação amarga, Ravinski virou a garrafa de bebida e seu pomo de adão foi para cima e para baixo enquanto bebia. — Minha irmã Fran o pegou bolando um baseado nos fundos da loja. Eu poderia ter demitido o Jerry só por causa disso, mas dei outra chance porque achei que ele era apenas jovem e ingênuo.

— Drogas ilegais eram um dos problemas dele?

— Acho que não. Fiquei de olho nele depois disso, mas nunca o peguei com mais nada. O problema era que ele era preguiçoso e não fazia nada. Chegavam reclamações de clientes sobre a comida estar danificada ou gelada quando a receberam, além de o entregador ter sido rude... e o entregador era o Jerry.

— Você já o viu alguma vez desde que o despediu?

— Não vi, não. Vi a namorada dele, na semana passada... Ex-namorada agora, o que prova que ela não é boba.

— Lori Nuccio?

— Isso. A Lori trabalhou aqui com a gente cerca de três anos atrás. Boa garçonete, gentil, rápida e eficiente. Ficou aqui por alguns anos, antes de conseguir um emprego em um lugar chique por um salário maior, com mais gorjetas, tudo seria melhor. Aliás, eu contratei o idiota porque ela me pediu uma chance. Depois que eu o demiti ela veio me dizer que estava arrependida, até parece que a culpa era *dela*. Lori é uma ótima menina. Parece mais feliz depois que se livrou do traste, é o que eu acho.

— Ele ficou amigo de alguém enquanto trabalhou aqui?

— Eu diria o contrário. Ele não se dava bem com ninguém. Não fez amigos, mas também não fez inimigos. Ele só aparecia para trabalhar. Isso quando lhe convinha. E é só.

— Ok. Obrigada pelo seu tempo.

— Só assim para eu sentar um pouco. Você vai me dizer por que estão vindo aqui perguntar sobre o Jerry?

Se a imprensa já não tinha divulgado os nomes das vítimas e algumas das circunstâncias do crime, em breve o faria.

— Queremos falar com ele sobre o assassinato dos seus pais.

— Sobre o quê? — Com o corpo vibrando de choque, Ravinski baixou sua grande garrafa preta. — Os pais dele foram assassinados? *Os dois*? Meu santo Cristo, quando? Como... — Ele parou de falar e expirou longamente. — Ele matou os pais? Você está me dizendo que o Jerry matou a própria mãe e o próprio pai?

— Precisamos encontrá-lo, precisamos muito conversar com ele. Tenho a sensação de que você não faz ideia de onde ele pode estar, nem para onde pode ter ido, certo?

— Ele não trabalhou aqui nem três meses, e perdi a conta das vezes que ligou dizendo que estava doente ou veio com alguma desculpa de merda. — Ravinski passou a mão sobre o cabelo à escovinha, cortado tão curto e espetado que Eve ficou surpresa ao ver que a palma da mão não sangrou com o gesto. — Ele tinha alguns amigos que vieram aqui algumas vezes. Ahn... droga, estou tentando lembrar os nomes... Mal! Um deles se chamava Mal. Parecia um bom garoto. O outro era meio idiota. Não consigo lembrar o nome dele.

— Já temos essa informação. Se você se lembrar de mais alguma coisa, entre em contato comigo.

— Minha mãe disse que ele ainda iria machucar alguém.

— Como assim?

— Minha mãe. Ela gosta de achar que é médium, ou algo do tipo, que tem umas percepções inexplicáveis. — Ele gesticulou com as mãos no ar. — Os bisavós dela eram sicilianos. De qualquer forma, ela me disse: "Pode escrever o que eu digo, Fitz, aquele garoto ainda vai machucar alguém. Ele tem o mal dentro dele." — Ele balançou a cabeça e completou: — Não sei se ela achou a aura dele malvada a esse ponto, mas posso garantir que quando ela souber do que aconteceu vai ser difícil aturar seu jeito orgulhoso.

Na rua, Peabody lançou para Eve um olhar carrancudo.

— Algumas pessoas gostam de torta, sabia?

— Guarde a barriga para o dia de Ação de Graças. Vamos rodar por aí — decidiu Eve. — Fale com ex-empregadores dele, colegas de trabalho. Talvez a gente consiga mais alguma coisa.

— Ele já deve ter fugido. É a única coisa que faz sentido.

— Se tivesse juízo ele já teria fugido desde sexta-feira. Vamos investigar tudo. Depois você pode passar pela casa da ex-namorada, quando estiver voltando para casa. Vou montar o quadro do crime no meu *home office* e buscar outros ângulos.

— E a Mira?

— Vou marcar uma consulta para amanhã. Ele está entocado em algum lugar, e aposto que se sente muito energizado e poderoso. Então eu acho que o esconderijo dele vai ser algum lugar bem chamativo. Aposto que vai curtir um bom jantar hoje à noite. Talvez até coma torta.

— Canalha! — Peabody olhou cheio de desejo para a torta que ficara para trás quando as duas voltavam para a viatura.

Aquele tinha sido um longo dia, pensou Peabody. Não tinham surgido tantas pistas como ela imaginara logo que o caso começou. Dallas tinha lhe ensinado a nunca achar que um crime era moleza, nem mesmo quando, como naquele caso, já se conhecia o responsável, o motivo e como tudo aconteceu logo de cara.

— Ele está surfando numa maré de sorte — reclamou.

A estrela da DDE, Ian McNab, deu um tapinha na bunda dela enquanto eles seguiam para o prédio de Lori Nuccio.

— A sorte não dura muito tempo. Exceto a nossa, She-Body.

Isso a fez sorrir. Esse era um dos pontos altos de McNab, para Peabody. Sem falar na bunda magra e bonita dele, nos olhos verdes inteligentes, no cérebro ágil e na sua excepcional energia e criatividade entre os lençóis.

— Temos que subir de escada — disse ela.

— Temos?

— Não consigo parar de pensar naquela torta *à la mode*. Só de pensar nela a minha bunda já aumenta de tamanho, ainda mais agora que eu resolvi passar no mercado a caminho de casa e comprar tudo que preciso para preparar uma torta e...

— Você vai fazer torta pra gente?

— Vou fazer a torta de cereja da minha avó, se eu encontrar tudo que precisamos e se você dividir o valor comigo.

— Se você pegar aquele imbecil, eu pago tudo sozinho. — Ele quase saltitou ao andar. — Minha namorada vai preparar uma torta só pra mim!

Com um sorriso no rosto estreito, o longo rabo de cabelo louro que balançava e o monte de brincos que brilhavam em sua orelha esquerda, ele subiu a escada ao lado dela.

Entrelaçou as mãos à de Peabody e fez dançar os seus dedos sobre os dela.

— Gosto quando a gente sai do trabalho juntos.

— Eu também, mas seria melhor se a gente tivesse prendido esse idiota antes do fim do turno.

— Vocês vão conseguir. Chegando em casa você me conta todos os detalhes, vamos colocar nossos cérebros para trabalhar juntos. E talvez algumas outras partes do corpo também.

Ela prendeu a gargalhada quando eles chegaram ao andar de Lori.

— O apartamento dela fica ali. — Peabody foi até a porta e deu duas batidas fortes.

— Você disse que ela estava de folga e passou o dia com uma amiga? Provavelmente estão combinando de jantar no fim do dia, ou ir a uma boate.

— Pode ser, mas eu só quero... — Peabody se virou quando a porta do outro lado do corredor se abriu.

— Sra. Crabtree?

— Isso.

Na mesma hora, Peabody mostrou seu distintivo.

— A senhora conversou com minha parceira hoje mais cedo, a tenente Dallas. Sou a detetive Peabody e este é o detetive McNab.

— A Lori ainda não voltou para casa. Estou começando a ficar preocupada.

— Geralmente ela não fica tanto tempo assim fora de casa?

— Fica, mas não quando o ex-namorado dela acabou de matar os pais. Ouvi a reportagem quando cheguei em casa, uma hora atrás. Não fiquei muito tempo fora, resolvi algumas coisas e deixei um recado na porta de Lori, caso ela voltasse para casa enquanto eu estivesse fora. O bilhete continua lá. Estou de olho para ver se ela aparece.

— Muito obrigada. Seria ótimo se a srta. Nuccio entrasse em contato com a polícia assim que voltar.

— Não foi um bom dia para ela decidir procurar um novo *tele-link* e trocar de número. Mas se eu não consigo falar com ela, pelo menos aquele filho da puta também não consegue. Eu me sentiria melhor se soubesse que ela já está em casa para passar a noite segura. Vou ficar de olho nela — repetiu Crabtree.

Peabody foi alongando os ombros enquanto os dois voltavam.

— Agora *eu estou preocupada*. Não sabemos com quem a Lori saiu, então não podemos ligar para essa amiga e confirmar tudo.

— A gente consegue descobrir isso, eu acho. Pegue os nomes das suas colegas de trabalho e faça uma busca. As garotas costumam andar em bando, então identificamos os nomes e vamos eliminando aos poucos. Leva algum tempo, mas vai funcionar.

— Costumam andar em bando.

— Ei, não é minha culpa. Vocês é que não conseguem fazer xixi sozinhas.

— Eu te daria um tapa se isso não fosse verdade e essa não fosse uma boa ideia. Provavelmente é um exagero, mas não custa tentar.

— Então, vamos começar a montar uma lista e comprar ingredientes para a torta. Você faz a torta e eu fico vendo a lista.

Ela pegou na mão dele quando eles saíram do prédio.

— Depois disso, vamos unir nossos cérebros e outras partes do corpo.

— Gostei do plano.

Por vinte minutos que eles não pegam Lori.

Lori tinha se obrigado a voltar para casa assim que as luzes dos postes de iluminação pública começaram a acender. O plano era se espremer no vestido novo que tinha acabado de comprar — em companhia de Kasey — e depois ir a algumas boates. Tinham acabado de comer um merecido macarrão de berinjela depois de fazer compras, cabelo e unhas. Dividiram o prato para economizar dinheiro e calorias quando Kasey recebeu uma ligação de sua amiga Dru.

Lori não acreditou na notícia. Não queria acreditar. Mas Dru confirmou tudo, e depois elas confirmaram tudo nos *tele-links* recém-comprados.

Jerry, o homem com quem ela havia morado, dividido a cama e amado — pelo menos por algum tempo — estava sendo procurado pela polícia para ser interrogado. Era *suspeito* do assassinato dos pais.

Caramba, os pais de Jerry estavam mortos! Ela gostava tanto deles, e agora estavam mortos. Lori nunca conheceu alguém que tivesse sido assassinado; muito menos tinha convivido com alguém que teve esse fim, como acontecera no caso da mãe e do pai de Jerry.

Ela acreditava, do fundo do coração, que tudo era um grande erro. Sim, Jerry podia se exaltar e ser violento. Aquela vez em que ele tinha batido nela mostrou um lado dele que Lori não conseguiria amar nem aceitar. Mas alguns tapas, por mais errados que fossem, não eram *assassinato.*

Pensou em ligar para ele, mas Kasey cortou essa ideia na mesma hora. E chegou até a insistir, ao ir para casa, que elas fossem de táxi. Nada de andar, nem de pegar o metrô. Lori quase brigou com amiga para convencer Kasey de que ela estava bem, e que não precisava nem queria que ela ficasse em sua casa naquela noite.

Lori só queria ir para casa ficar sozinha e tentar descobrir o que poderia ter acontecido.

E também precisava chorar um pouco. Talvez muito. Pelo sr. e pela sra. Reinhold, e também por Jerry. Pelas coisas que ela uma vez imaginou que poderiam ser.

Ela mudou de mão as sacolas de compras cheias de coisas que nem queria mais e abriu a porta do prédio. Como queria chegar logo em casa e já tinha andado *muito* naquele dia, pegou o elevador. Ele chegou ao seu andar com um estrondo e a porta rangeu ao abrir.

A sra. Crabtree saiu de casa antes de Lori conseguir chegar à porta de casa.

— Finalmente! Eu estava preocupada!

— Eu... Fui fazer compras.

A sra. Crabtree cerrou os olhos.

— Você já sabe. Do Jerry.

— Fiquei sabendo agora. Acho que deve haver um engano, porque...

— Querida, a polícia esteve aqui. Duas vezes. Estão à sua procura.

— Eu? Por quê? Por que eu?

— Querem conversar sobre o Jerry. Por que você não entra aqui em casa? Eu faço um chá para você. Não, que chá o quê, vem beber um vinho. Tenho uma garrafa das boas guardada desde o meu aniversário.

— Obrigada, mas eu só queria ir para casa e... Eu só quero entrar em casa e ficar sozinha, eu acho.

— Tudo bem. Eu entendo, tudo bem. — Crabtree passou a mão pelo cabelo castanho brilhante de Lori. — Você está muito bonita.

— Nós... fomos ao salão.

— Gostei da nova cor. Novidades são ótimas. Aqui, o cartão da primeira policial. Quer que você entre em contato com ela assim que puder. Acho que você vai se sentir melhor quando fizer isso.

Lori nunca tinha falado com nenhum policial... pelo menos não oficialmente... e ela se sentia um pouco mal.

— Mas eu não sei de nada.

— A gente nunca sabe o que sabe. — A sra. Crabtree tentou exibir um sorriso encorajador. — Essa tenente me pareceu inteligente. Ligue para ela. Se você mudar de ideia sobre aquele vinho ou quiser um pouco de companhia, é só bater na minha porta. Mesmo que seja tarde, tudo bem?

— Ok. — Lori olhou para o cartão, leu: *Tenente Eve Dallas*. — Ah, ela é a policial do Caso Icove. É a policial de Roarke.

— Exatamente, é *isso mesmo*! — Crabtree ergueu as mãos como se tivesse tido uma epifania. — Eu *sabia* que já a conhecia de algum lugar, mas não estava conseguindo lembrar. Viu só? A gente não faz ideia das coisas que sabe.

— Acho que a senhora tem razão. Obrigada, sra. Crabtree.

— Estou bem aqui — lembrou a vizinha mais uma vez, voltando para o apartamento um pouco mais relaxada.

Em casa. Sã e salva.

Lori trancou a porta, usou o ferrolho e a correntinha de segurança.

Começou a largar as sacolas. O conteúdo delas já não a interessava mais; na verdade, agora aquilo tudo a fazia se sentir culpada e envergonhada. Esteve na rua comprando coisas de que não precisava, entregando-se a manicures e tratamentos faciais, rindo e bebendo vinho no almoço... e nesse tempo todo o sr. e a sra. Reinhold estavam mortos.

Ela queria falar com a mãe, percebeu. Queria conversar com a mãe e o pai. Sim, é isso que ela iria fazer. Mas antes, faria o que eles a tinham ensinado a fazer.

O próximo passo.

Guardaria suas compras e então ligaria para a polícia.

Movimentou-se pelo seu espaço pequeno e colorido, e foi até o quarto. Seu canto de dormir era separado da sala por um único sofá azul-escuro e caixotes acolchoados vermelhos, tudo encostado a uma cortina formada de contas que iam até o chão.

Talvez um sofá-cama fizesse mais sentido, mas ela se recusava a dormir na sua sala.

No próximo ano, conseguiria se mudar para um apartamento maior, um quarto e sala, quem sabe, no mesmo prédio. Esse era o seu objetivo imediato, mas ele tinha sido cortado quando Jerry pegou o dinheiro do aluguel e suas economias de gorjetas e torrou tudo em Las Vegas. Ela precisava voltar a economizar e compensar as compras daquela tarde.

Mas também estava precisando sair e se soltar, por um dia. Aquilo *a fez* se sentir melhor, mais ela mesma. Kasey tinha razão. Ela já tinha gastado tempo demais pensando em seu "Grande Erro", mais conhecido como "Jerry".

Já estava na hora de voltar para a ativa, pensou enquanto pegava em uma das sacolas de compras o lindo suéter azul-turquesa que tinha comprado em liquidação.

Também decidiu que devia seguir o conselho de Kasey sobre suas ações. Devia pensar no quanto ela era sortuda. Se Jerry tivesse feito o que eles disseram — ainda não conseguia acreditar nisso — ela teve uma sorte imensa ao terminar com ele. Tudo o que lhe custou, na verdade, foi tempo, alguma dor de cabeça, alguns tapas e dinheiro.

Podia ter sido pior.

Ela não o ouviu chegar por trás. O estalo abafado do taco contra seu crânio a lançou para a frente; ela bateu na cama, saltou e deslizou para o chão como se não tivesse ossos.

De pé sobre ela, Jerry sorriu e bateu com o taco na sua perna.

— Levanta!

Ele não tinha batido nela com muita força. Não como no velho, com certeza. Ele não queria matá-la... ainda não. Eles tinham algumas *questões* para discutir antes.

Mas ele sabia bem que o isolamento acústico no apartamento dela era bem ruim, então a discussão teria de ser tranquila.

— Sua vadia burra! — Ele deu-lhe mais uma pancada com o taco no quadril. — Você achou que poderia simplesmente dizer: "Cai fora" e eu não faria cópias das chaves? Onde você esteve a porra do dia todo? Eu estava aqui, te esperando.

Ele fuxicou as sacolas de compras e rangeu os dentes.

Jerry *também* tinha feito algumas compras nos últimos dois dias. Era hora de colocá-las para uso.

Ele ligou a música — não colocou muito alta; não queria que os vizinhos reclamassem. Mas estava na altura de que precisava.

Pegou sua própria sacola de compras no banheiro, onde tinha se escondido ao ouvir o barulho do elevador — e escutado a conversa dela com a vizinha velha intrometida.

Uma pena a velha mexeriqueira não ter entrado com Lori. Seriam dois coelhos em uma cajadada só.

Por enquanto, e só por enquanto, ele iria se contentar com Lori.

Arrastou o corpo inconsciente dela para a cama e, pela primeira vez, notou a nova cor do cabelo. A vadia provavelmente tinha mudado de visual para seduzir algum outro otário. Isso foi tudo que ele tinha sido para ela: apenas um cara para ela foder e ferrar.

Mas agora só ela iria se foder.

Não sexualmente, pensou. Só de pensar em transar com ela o deixava enjoado. Mesmo assim ele a despiu. Apenas para humilhá-la e intimidá-la. Tinha pensado muito nisso.

Amarrou seus pulsos e seus tornozelos, bem apertado, muito apertado, até a corda lhe machucar a carne. Ela merecia um pouco de dor.

Em seguida, colocou fita adesiva na boca de Lori, o que foi uma pena, pois adoraria ouvi-la gritar.

Cantarolando junto com a música, ele a apoiou contra a cabeceira da cama e ajeitou os travesseiros atrás dela, antes de enrolar mais dois pedaços de corda sobre seu torso, ao redor e debaixo da cama. Prendeu tudo à base da cama com um nó forte para deixar tudo bem preparado.

— Assim você vai ficar como eu quero.

De novo, enfiou a mão na bolsa e pegou uma cápsula de Wake-Up, que quebrou debaixo do nariz dela.

Viu os olhos dela estremeceram e a cabeça virar de um lado para o outro. Um gemido abafado soou contra a fita enquanto ela lutava para se concentrar.

Ele montou sobre Lori e socou-a com força na barriga.

— Oi, Lori!

E ele viu o que não tinha visto em seus pais. Não apenas o choque, não apenas a dor.

Viu medo.

Isso o encheu de algo que ele nunca havia experimentado de forma completa. Encheu-o de felicidade.

Sorriu e aproveitou aquela alegria quando ela se contorceu e fez seus olhos percorrerem todo o minúsculo espaço do seu apartamento humilde, enquanto seus sons sufocados pareciam empurrar a fita para fora.

— Fica tranquila, eu não vou te estuprar. Não que seja um estupro, já que você se cansou de dar para mim. Mas eu realmente não tenho vontade de ficar com você. Olha isso, você está bem aqui na minha frente, completamente pelada e indefesa, e eu nem fiquei de pau duro. Então não precisa se preocupar com isso. — Ele deu uma beliscada no seu mamilo, torcendo-o de leve e riu quando ela corcoveou debaixo dele. — Aposto que eu conseguiria te deixar molhada, se eu quisesse. Mas a verdade é que foder você nas últimas semanas em que estivemos juntos foi tipo uma tarefa árdua que eu queria tirar da minha lista. Aqui vai uma dica: se você quiser que um cara te coma, não reclame com ele a porra da noite toda, para começo de conversa; nem chore lágrimas de crocodilo, como está fazendo agora. E *nunca*, nem por um cacete, diga a ele que diabos ele *deve ou não deve* fazer! Você não é minha mãe, sua vadia, e, agora que já soube o que aconteceu com ela, devia me agradecer. — Ele saiu de cima dela, ficou de pé analisando-a e não conseguiu pensar em uma única razão pela qual já tinha sentido desejo por ela. — Tenho algumas coisas para te dizer, e pela primeira vez você vai calar a boca e *ouvir*. Entendeu, vadia? — Ele não apenas se sentia feliz, percebeu. Ele se sentia forte. Ele se sentia importante. — Você achou que podia me largar e me expulsar de casa só porque eu tive um pouco de azar? Achou que podia resmungar e reclamar de si mesma quando *era eu* que estava tendo problemas? Achou que podia me humilhar assim? Tudo sempre tem a ver com você. Sua egoísta! E depois agia como se eu tivesse cometido um crime porque te dei umas porradas. Você mereceu aquilo e muito mais. Agora olha só você. É assim que eles vão te encontrar: nua, indefesa e *humilhada*. Como você se sente?

Lágrimas pesadas caíram pelo rosto dela e fizeram aumentar a euforia dele.

Ele chutou as sacolas de compras dela.

— Você não é a única que foi às compras hoje, sabia? Olha o que eu comprei. — Ele tirou um canivete dobrável do bolso. — É apenas apertar este botão e bum! — Uma lâmina curva e serrilhada, pouco abaixo do limite legal, surgiu. Ele sorriu quando Lori arregalou os olhos e se contorceu; e riu mais ainda quando os gritos se transformaram em gemidos abafados contra a fita colada à sua boca.

— Relaxa, isso não é para você. Usei uma faca de cozinha na minha mãe, e ela deslizou suavemente para dentro dela, como se eu estivesse furando um travesseiro. Fiz uma sujeira bizarra antes de tudo terminar. Mas eu não quero manchar minhas roupas novas com o seu sangue de vagabunda. Gostou do meu novo visual? — Ele deu uma voltinha para ela apreciar. — Estraguei duas das minhas roupas antigas, primeiro com a velha e depois com o velho. Usei meu antigo taco de beisebol nele e... caraca! Sangue e cérebro podem voar pra tudo quanto é lado! — Rindo muito, ele fechou o canivete novamente. — Você me mandou de volta para o inferno. Você imagina como deve ser morar com aqueles dois? Sempre reclamando, sempre me dizendo o que fazer, agindo como se estivessem no comando. *Quem* está mandando agora?

O sangue manchou as cordas nos pulsos de Lori, que se remexia sem parar. Um bônus, pensou ele, e guardou o canivete no bolso.

— E aí, o que você comprou hoje? — Ele agachou e despejou o conteúdo das sacolas de compras no chão; com ar distraído, pegou o canivete novamente e retalhou as roupas espalhadas. Os soluços dela quase a engasgaram, por trás da fita.

— Sapatos de puta, também? Vamos dar uma olhada. — Ele se endireitou e experimentou-os nos pés dela. — Sim, cabem direitinho.

Voltou a montar nela.

— Você errou feio quando me deu um chute na bunda, Lori. Tenho muita grana, agora. Rios e rios de dinheiro. Posso fazer tudo que bem quiser. Posso fazer o que me der na telha com você, e você não vai conseguir me impedir. Ainda continua achando que bater em você foi um grande problema? Aquilo não foi *nada*!

Ele a esbofeteou com as palmas abertas, depois com as costas da mão várias vezes e com tanta força que sua cabeça virou de um lado para o outro e suas bochechas foram ficando vermelhas como uma rosa. — Aquilo não foi *nada*, sua vadia. Vou te mostrar o que é um problema. — Ele fechou a mão com força e deu-lhe um soco violento. Os olhos dela estremeceram e o sangue do seu lábio cortado escorreu sob a fita. — Sabe de uma coisa? Talvez eu consiga ficar de pau duro, afinal. Diz que você quer. Diz que você quer que eu meta em você. Ah, você não pode falar. — Ele bateu com um dedo na fita. — Faz que sim com a cabeça. Faz isso, que você quer que eu te foda agora. Acena a cabeça, senão eu vou te dar mais porrada. — Ela conseguiu balançar a cabeça para a frente, mas o punho dele a golpeou novamente. — Assim está muito devagar! — disse ele, quando o olho dela se fechou. — Acena com a cabeça, vadia. Rápido! — Ela fez que sim com a cabeça, soluçando. — Você quer isso? Quer o que eu tenho aqui? — Ele botou a mão na virilha e tornou a esbofeteá-la. — Você não vai ter isso.

Refletindo um pouco, tornou a pegar o canivete. O olho bom dela girou e seu corpo começou a corcovear.

— Fica quieta, senão eu te furo toda! — Ele cortou uma mecha do cabelo de Lori. — Não gostei do seu penteado novo, vou consertar isso. — Ele cortou, esfiapou e tornou a cortar os fios de forma desordenada, até que o cabelo castanho brilhante virou um monte de tufos dispersos. — É, agora está melhor. Eles vão te encontrar aqui pelada, meio careca e horrorosa. Você merece isso. Tentou me transformar no seu cachorrinho. Você que é a cachorra, aqui. Late, vai! Late bem alto! — Ele espetou a faca no pescoço da ex. — Eu mandei latir, porra! — Ela fez sons abafados e seu olho implorou silenciosamente. — Boa garota! Agora você já sabe quem é que manda aqui. Ele apertou o nariz dela com os dedos, fechando-os, e ela quase explodiu debaixo dele.

— Você nunca colocou tanta energia no sexo, sua vadia burra. É uma preguiçosa até transando!

Quando ele afastou os dedos das suas narinas, ela sugou o ar com força pelo nariz e seu peito estremeceu. Os soluços a sacudiram e ela engoliu em seco atrás da fita.

— O que foi? — Ele virou a cabeça, exagerando o movimento. — Não consigo te ouvir. Você quer me dizer alguma coisa? Quer me dizer que é uma cachorra careca e feia? Quer implorar pelo meu perdão? Quer compartilhar sua opinião, cadela? Bem, isso me parece justo.

Ele estendeu a mão para o canto da fita e a cortou com violência, deixando-a livre.

— Ah, mas tem uma coisa... — Ele colocou a faca contra o seu pescoço. — Grite e eu corto sua garganta. Entendeu?

Ela fez que sim com a cabeça.

— Boa menina. — Ele pegou a fita novamente e inclinou-se sobre ela até que seus rostos ficassem colados. — Ah, esqueci... só tem mais uma coisa. — Ele estendeu a mão para trás e pegou um pedaço de corda no bolso de trás da calça. — Eu não dou a mínima para o que você tem a dizer.

Ele enrolou a corda no pescoço dela, apertou e apertou com mais força.

E sentiu um frêmito de emoção ao ver os olhos dela se arregalarem, o vermelho surgir em sua pele branca, seu corpo se enfurecer e ondular sob o dele, ouvir os gorgolejos abafados.

Quanto mais forte ele apertava, mais a emoção aumentava, queimando-o por dentro. Os pés dela amarrados batiam na cama enquanto ela se convulsionava, e suas mãos ensanguentadas tremiam como as de uma velha. E ele apertou a corda com ainda mais força, gemendo de prazer, o quadril dele balançou quando a sensação aguda e incontrolável o invadiu por dentro e explodiu.

Os olhos dela ficaram imóveis e um orgasmo o rasgou por dentro, forte como ele jamais havia experimentado.

Ele sufocou seu próprio grito, engoliu em seco e quase engasgou em busca de ar, até que seu corpo parou de vibrar.

Então desmoronou ao lado dela, saciado, atordoado e... pela primeira vez em sua vida... totalmente realizado.

— Caraca! Onde você esteve ao longo de toda a minha vida? — Ele deu um tapinha na coxa dela. — Obrigado.

Agora ele precisava tomar um banho, desenterrar o dinheiro das gorjetas que ela juntara e explorar qualquer coisa naquele lixão que valesse a pena vender. Mas antes ele tinha que ir à cozinha comer.

Era como se ele tivesse consumido muito *zoner*. Matar lhe dava uma larica tremenda.

Capítulo Seis

Pensamentos lhe enchiam a cabeça quando Eve passou pelos portões de casa. Muitas vezes — na verdade, quase sempre —, depois de um dia longo demais, ver a linda casa parecida com um castelo de Roarke suavizava as coisas. A forma como ela se elevava, se espalhava e se projetava no céu noturno no fim da longa curva da alameda costumava aliviar todo o cansaço. Aquilo lhe lembrava que tinha um lar. Depois de uma vida de pesadelos, seguira na tristeza de se arrastar por lares adotivos sob o controle do Estado até, finalmente, chegar ao seu pequeno apartamento em Nova York que fora basicamente apenas um espaço para dormir entre as investigações. Depois de tudo isso, ela agora tinha um lar de verdade.

Mas naquela noite estava com muita coisa na cabeça.

Incomodava-a demais saber que um idiota egoísta pudesse fugir dela, mesmo que por um dia. Ela precisava começar tudo de novo, voltar ao início e avaliar todos os elementos, passo a passo. Sem as distrações de uma oferta para ser comandante.

Precisava espairecer e ver tudo com novos olhos.

Precisava de Roarke, admitiu. Queria que ele a escutasse, desse sua opinião; queria o cérebro sagaz dele.

Decidiu que repassaria todo o caso para ele e trocariam ideias, ao parar a viatura diante da entrada principal da casa. Talvez ela tivesse deixado algo passar que ele poderia perceber ou ele poderia pensar em algo.

Ele a ajudaria. Isso não era suposição, era um fato. Algo tão certo para ela quanto as pedras e os vidros sob os quais viviam.

Começou a sair do carro. A noite romântica que Peabody planejava surgiu na sua cabeça. Mas... por Deus, não tinha tempo para isso.

Não tinha tempo algum, conformou-se, e se recostou no banco.

Para Roarke havia. Ele sempre arrumava tempo, e ela não poderia dizer que ele não era uma das pessoas mais ocupadas nesse ou em outro planeta.

Ela quase nunca tinha tempo para outras coisas, e esse foi mais um assunto que ficou na sua cabeça. Mesmo quando ela não estava totalmente imersa em uma investigação, ela não pensava muito nisso.

Pensar nisso a fez sentir uma culpa enorme.

Ela não saberia organizar uma *noite romântica*, simplesmente não conseguiria isso, mas deveria ser capaz ao menos de preparar um jantar legal, com alguns toques sofisticados.

E aproveitar o que Roarke tinha para contribuir com a investigação.

Obrigou-se a saltar do carro, correu para a porta da frente e entrou.

Viu Summerset surgir, de preto, com o gato rechonchudo a seus pés.

— Não tenho tempo para diálogos divertidos — retrucou ela.

— Que coisa triste.

— Ele já chegou?

— Ainda não.

— Preciso preparar um jantar no terraço.

Summerset arregalou os olhos.

— Não tem nada marcado na agenda.

— É que... — Ela acenou na direção do terraço enquanto o gato caminhava para ondular entre seus pés. — Eu posso fazer a decoração, mas me diga o que ele deve comer... o que *nós* devemos comer. Só não sugira algo que eu odeie só de sacanagem.

Até os espantalhos podiam ser divertidos, notou, ao olhar para ele.

— Muito bem. Eu começaria com uma sopa de tomate com camarão escalfado.

— Espera. — Ela pegou o tablet para anotar tudo. — Pode continuar.

— Em seguida, sugiro uma salada verde com peras da estação com um molho de salada. Para o prato principal, Lagosta à Thermidor.

— Que diabos é isso?

— É uma delícia. Vocês vão gostar. Eu harmonizaria tudo com um *sauvignon blanc* ou champanhe; terminaria com um suflê de favas de baunilha, conhaque e café.

— Ok. Entendi. — Ela correu para a escada.

— É essa roupa que você vai usar?

— Ah, não enche!

Eve entrou no quarto. *Droga, droga*, ela não ia usar um vestido extravagante demais. Não era um encontro de verdade. Entrou no closet e o gato dançou em seus calcanhares, como se brincasse.

Eve tinha roupas suficientes para uma centena de pessoas normais, com certeza arranjaria algo decente.

Nem a pau iria pedir a Summerset sugestões sobre o que vestir.

Pegou uma calça preta. Preto combinava com tudo, né? Pegou um suéter muito macio, numa cor que a fazia pensar em folhas de outono, com brilhinho na costura da gola e da bainha. Assim ela não precisaria de acessórios com mais brilho.

Botas provavelmente não combinariam, imaginou, mas ela *não iria* usar saltos altos gigantescos.

Surpreendeu-a encontrar um par de sapatos pretos com um salto tipo cunha brilhante. Aquilo não deveria surpreendê-la, pensou, enquanto os experimentava. Ela nunca sabia o que a fada do armário colocava naquele closet.

Dadas as circunstâncias, passou tintura labial, um pouco de máscara nos cílios e umas coisas quaisquer no rosto.

Aquilo era o máximo que iria conseguir, decidiu, e correu para o elevador.

Saltou da cabine e parou. Supôs que devia a Summerset o fato de ter o teto de vidro aberto para o céu índigo profundo. Os aquecedores internos espalhavam um calor confortável contra a noite fresca de novembro.

Agora o restante era com ela.

Ainda carregando os restos de irritação do dia, Roarke entrou em casa e se surpreendeu ao encontrar o saguão vazio. Nada de Summerset e nada do gato. Tinha que ser num dia em que ele teria gostado muito de receber boas-vindas ao chegar em casa.

Tirou o sobretudo e, num hábito que tinha adquirido com Eve, pendurou-o sobre o primeiro pilar da escada que levava ao andar de cima. Ficaria uma hora na academia, esmurrando alguma coisa, e depois nadaria um pouco. Isso muito provavelmente acabaria com o peso daquele dia. Senão, um drinque bem grande serviria.

Mas quando entrou no quarto, viu a arma de Eve e seu distintivo sobre a cômoda.

Então a tenente já estava em casa, pensou. Talvez ele conseguisse afastá-la do seu duplo homicídio do dia — ele acompanhava todo o noticiário criminal — convencê-la a uma luta rápida corpo a corpo, uma natação competitiva. Ou, melhor ainda, uma boa transa.

Isso certamente daria conta dos aborrecimentos do dia.

Ela devia estar no escritório de casa, decidiu; talvez andando ao redor do seu mais novo quadro de homicídios, ou debruçada sobre o computador. Imaginou que iria comer uma pizza e tomar muito café por causa dos detalhes horríveis do dia dela.

Ele não se importava com isso, pensou, colocando a pasta de lado e afrouxando a gravata. O trabalho dela era quase tão fascinante, para ele, quanto a própria Eve; e o papel que ele próprio desempenhava nele o deixava... satisfeito, concluiu; muitas vezes envolvido e animado, mas, acima de tudo, satisfeito.

Ninguém teria acreditado — inclusive ele próprio — que o rato de rua de Dublin, o ladrão bem-sucedido, o homem de riqueza e poder com origens duvidosas e sombrias trabalharia ao lado da lei ou sequer conseguiria fazer isso. Mesmo que os limites que marcavam os dois lados costumassem se alongar e estreitar um pouco, em alguns momentos.

Mas ela o havia mudado. Não, ela havia feito mais que isso, corrigiu a si mesmo. Ela o havia encontrado. E fez toda a diferença.

Portanto, ele comeria a pizza no escritório de casa, ouviria suas ideias, pensaria e daria uma mãozinha para a sua policial, enquanto ela defendia seus mais recentes mortos.

Quanto às frustrações do seu próprio dia? Bem, elas sempre empalideciam em contraste com todo aquele sangue.

Para economizar tempo, sola de sapato e ter certeza para onde ir, foi até o localizador de pessoas da casa.

— Onde está Eve?

Neste momento, Eve está no terraço da Ala Leste.

Que estranho, pensou. Não era o último lugar onde ele imaginaria encontrá-la, mas quase lá. Curioso, foi até o elevador.

— Terraço da Ala Leste — ordenou.

Ele duvidava muito que ela tivesse ido até lá para apreciar a vista ou pegar ar fresco. Sua esposa fazia poucas coisas sem um propósito específico — ainda mais quando tinha um caso novo em mãos. Portanto, o que aquela mudança de atitude tinha a ver com seu caso atual?, perguntou a si mesmo. Talvez algo a ver com a altura; pode ser que a vista fosse um fator importante a considerar, ou ela precisava daquela atmosfera para descobrir algo. Ou quem sabe...

Ele saiu do elevador e deu de cara com as flores, a luz das velas, o brilho do cristal, e sentiu o calor suave. Por um instante e de forma estranha, sua cabeça deu branco.

— Oi! — Ela lançou-lhe um olhar distraído. — Acabei de preparar tudo.

— É mesmo? — Confuso e repassando seu calendário mental, ele foi até Eve. — O que é tudo isso?

— É o nosso jantar.

Ela já o tinha surpreendido assim uma vez, lembrou, e na ocasião usava um vestido vermelho que pedia para ser arrancado. Hoje o cenário era um pouco diferente, se é que sua percepção das coisas estava afiada. Mas tudo estava tão lindo quanto da primeira vez.

— Estamos comemorando?

— Não. Bem, talvez... mais ou menos.

— Você já encerrou o novo caso? O duplo homicídio que surgiu hoje de manhã?

— Não. É que... há algumas questões, e quando eu comecei a matutar sobre um monte de coisas me deu vontade de trocar ideias com você, mas fiquei com o encontro de Peabody de hoje à noite na cabeça.

— Vamos nos encontrar com Peabody? Vou estar na companhia de duas mulheres atraentes? Como eu sou sortudo!

Ela lançou-lhe um rápido olhar com as pálpebras semicerradas.

— Você vai ter que se contentar só comigo, meu chapa.

— Graças a Deus, então. — Ele segurou seu rosto e inclinou-se para um beijo suave e doce. — Vamos ter uma noite romântica?

— Mais ou menos. Eu não vou conseguir ignorar tudo o que está acontecendo no trabalho, mas achei que poderia te agradecer por tudo o que você faz por mim. Isso é melhor do que comer pizza no escritório.

Ele olhou para ela e se manteve imóvel por um momento tão longo que ela receou ter estragado alguma coisa. De repente ele a puxou, envolveu-a num abraço e apertou ainda mais.

— Obrigado.

— Não é nada de mais.

— Para mim é, ainda mais hoje.

— O que tem hoje? — Merda, será que tinha se esquecido de alguma coisa? Ela se afastou e manteve o foco no rosto dele. Não, era algo diferente. — Alguma coisa aconteceu no Universo de Roarke hoje?

Ele sorriu para ela e bateu na covinha do seu queixo.

— Pode-se dizer que sim.

— O que houve?

— Nada muito importante, ainda mais agora que eu vi que vamos tomar champanhe.

— Não. — Ela se colocou no caminho antes que ele tivesse chance de passar por ela. — Você segura a minha barra e eu seguro a sua.

Ele passou uma das mãos pelo braço dela, sobre a manga macia do seu suéter.

— Regras do casamento?

— Isso mesmo. O que rolou?

— Tive que demitir três pessoas hoje. Eu *odeio* demitir pessoas.

— Por que você as demitiu?

— Basicamente por que elas não estavam fazendo o que eram pagas para fazer. Eu sempre ofereço uma margem de tolerância para todo mundo. As pessoas podem estar passando por uma fase difícil, ter problemas pessoais ou de saúde. Então, dar-lhes um espaço, tempo, um pouco de compreensão e um bom papo pode resolver tudo. Só que quando, além de não fazerem o que são pagos para fazer, ainda agem com desleixo, ou pior... com arrogância... não tem muito o que fazer.

— Então você os demitiu por serem idiotas.

Ele riu e sentiu parte do peso que carregava ir embora.

— Pode-se dizer que sim, foi exatamente isso.

— Isso me soa um pouco familiar — anunciou ela, enquanto ele ia até a mesa arrumada... Tomara que da forma certa... Para abrir o champanhe. — O responsável pelo duplo homicídio de hoje é um idiota que não consegue manter um emprego por causa de arrogância, descuido e acho que um senso distorcido de merecimento.

— Parece que nossos problemas de hoje são parecidos. — Depois do elegante e abafado estouro da rolha da garrafa, ele serviu champanhe em duas taças altas.

— Parte do motivo pelo qual você odeia demitir as pessoas é que sente que cometeu um erro ao contratá-las.

— Você me conhece bem — concordou ele, entregando a ela uma taça e brindando com a sua.

— Você cometeu um erro?

— Obviamente, sim. Mas na época eles se encaixavam bem na posição, em todos os níveis. Com o tempo, no entanto, algumas pessoas podem se tornar complacentes, preguiçosas e... é... um pouco arrogantes.

Ele acreditava veementemente que nunca valia a pena tomar uma única coisa — boa, ruim ou medíocre — como certa.

— Agora essas três pessoas estão desempregadas — acrescentou. — Elas não vão ter facilidade em conseguir um emprego igual, pois suas referências não vão ser as melhores.

— A outra parte que você odeia é que agora a vida deles ficou ferrada, e pode continuar assim por um tempo. É uma ruptura difícil, mas você veste o que costura... se souber costurar.

Passou um momento, ele riu de novo e lá se foi o resto do peso do dia.

— O certo é "você colhe o que planta".

— Mas se você costurar alguma coisa, terá que usá-la. É a mesma coisa. — Ela deu de ombros.

— Tudo bem, você tem razão — concordou Roarke. — Eles costuraram, ou semearam, vestiram ou colheram. E agora estão em um campo árido vestindo algo que não lhes cai bem. Pelo visto isso resolve meu problema, então obrigada.

— De nada. Está com fome?

— Agora, eu estou. O que tem para o jantar, querida Eve?

— De entrada, temos sopa. Summerset que fez o cardápio, então você não precisa ter medo.

— Eu cheguei preparado para comer pizza no seu escritório. — Ele passou a mão pelo cabelo dela e depois, levemente, sobre sua bochecha. — Não somos pessoas que precisam ou fazem questão de alardear seus problemas, pelo menos não fazemos isso com frequência. Combinamos um com o outro e nos damos bem com isso.

— Bom saber disso, porque eu tenho uma pilha de coisas para extravasar.

— Vamos tomar um pouco de sopa e você me conta tudo.

— Fui eu que preparei. — Ela apontou para uma cadeira.

— Que homem não gosta de voltar para casa e comer uma refeição quente preparada por sua linda mulher?

— Então aproveite — murmurou ela, erguendo as tampas prateadas que estavam sobre a comida.

— Se você não se importar, vou usar uma colher. Os relatórios que ouvi dizem que você procura um homem de vinte e poucos anos que assassinou os pais.

— É pior que isso. Ele esfaqueou a mãe mais de cinquenta vezes com uma faca de cozinha, espancou o pai horas depois com um taco de beisebol e o deixou desfigurado.

— Isso demonstra uma raiva considerável. — Ele estudou o rosto de Eve cuidadosamente. — Os pais eram abusivos?

— Não, não há indicação de algo assim. Ele é um fracassado. Foi reprovado na faculdade, não consegue ou não quer ter um trabalho por mais de alguns meses, incluindo o emprego que seu pai arranjou para ele no próprio escritório. Trabalho decente. Conversei com o supervisor de lá e alguns colegas. O pai está na empresa há algumas décadas; é muito trabalhador, sério e responsável. O filho não é nada disso. Mesma coisa com outros chefes dele com quem conversei.

— Portanto, ele tem um padrão de irresponsabilidades e fracassos.

— Sim, em nível pessoal também. A namorada... e pelo que consegui reunir até agora, única mulher com quem ele viveu ou teve um relacionamento por mais de duas semanas... deu um chute na bunda dele. Ele roubou o dinheiro do aluguel e as economias de gorjetas dela, que é garçonete. Depois, torrou tudo e muito mais em Las Vegas. Teve que voltar a morar com os pais e, pelo que eu soube, não se esforçou nem um pouco para encontrar um emprego novo. Os pais decidiram dar-lhe um prazo até dezembro para ele conseguir um emprego ou sair da casa deles.

Ele tomou um pouco de sopa — quente e reconfortante logo à primeira colherada — e considerou o que ouvia.

— Ele matou os pais porque eles não permitiram que ele continuasse a mamar nas tetas deles?

— Basicamente, sim. Ele esfaqueou a mãe na hora do almoço — continuou Eve e repassou para ele a linha do tempo, as transferências financeiras, os roubos e a venda das mercadorias.

— Um cara frio e agora com dinheiro. Mais do que ele já teve na vida. Provavelmente não vai tratar esse dinheiro bem. Além de ser frio e cruel, é jovem e burro. Posso espalhar um aviso de alerta para todos os meus hotéis na cidade.

— Isso já foi resolvido, obrigada. E para sua informação — acrescentou Eve —, você com certeza não cometeu um erro ao contratar Joleen Mortimer, ou qualquer outra pessoa com quem eu falei no The Manor. Ela é ótima.

— Concordo. Neste caso, os proprietários anteriores e o ex-gerente eram os arrogantes. Perdê-los foi um ganho para mim. Posso fazer buscas por contas que o seu suspeito possa abrir. Caso isso aconteça, porque é mais provável que ele guarde o dinheiro. É algo tangível. Ele pode tocá-lo, vê-lo e exibi-lo. Não creio que você consiga rastreá-lo através de depósitos e transferências, não no caso de... quanto mesmo?... cerca de cento e setenta e cinco mil dólares? Ele vai guardar e depois torrar tudo.

— Concordo, esse dinheiro não vai durar muito com ele. — Eve se levantou para limpar a mesa e pegar o prato seguinte. — A venda dos relógios e das pérolas na loja de Ursa foi um bônus. Duvido que ele esperasse essa bolada. Vai ganhar mais alguma grana vendendo as outras coisas, mas já está levando vida de rico. A propósito, já que eu sei que você será compelido a me comprar coisas brilhantes para o Natal, pode procurar lá. A loja de Ursa fica no Lower East Side. Eles são pessoas legais.

— Devidamente anotado — disse Roarke. — Você viu alguma coisa lá de que gostou?

— O dono. Eu não estava focada em joias. Ninguém gosta do meu suspeito... Jerry é o nome dele. Tem três amigos, e dois deles são mais sensatos; ambos já não são tão próximos dele quanto eram. O terceiro é outro idiota, então eles combinam um com o outro.

Eve decidiu que Summerset tinha mandado bem na sugestão da salada. A melhor forma de comer folhas verdes e afins.

— Então o mais provável é que ele fosse procurar o outro idiota?

— Se fosse procurar por algum deles, sim... talvez. — Ela ainda precisaria investigar essa hipótese. — Acho que eu e Peabody os assustamos o suficiente para que eles entrem em contato conosco, caso Jerry apareça. Ele não iria querer se exibir? Especialmente para os amigos? Talvez voltar a Las Vegas para tentar compensar as perdas e a humilhação que sofreu da última vez?

— Você rodou o programa de probabilidades?

— Sim. Consegui setenta e dois por cento de probabilidade disso. Número alto o bastante para emitir alertas de movimentação dele para Vegas, e também para os cassinos de Nova York e Nova Jersey. O problema é que ele nunca jogou antes daquela viagem, então aquilo estava fora do seu padrão usual.

— Ter mais de cento e setenta e cinco mil dólares na mão também está fora do seu padrão usual — assinalou Roarke

— Verdade, foi por isso que eu emiti os alertas. Gostaria de dizer que já conheço a mente do suspeito, e sei que ele chegou até aqui por pura sorte, mas não tenho certeza disso. Vejo um pouco de planejamento nessa mistura. Colocar as mãos em tanta grana exigiu cálculo, algum trabalho, até mesmo habilidade. Bem como escolher Ursa para desovar os relógios. Foi uma jogada inteligente.

— E quanto à ex-namorada? Além de se exibir para os amigos, pode ser que ele queira se exibir para ela, mostrar a ela... ou a si mesmo... o valor do que ela jogou fora.

— Sim, vou conversar com ela amanhã. Ela ainda deve estar fora. — Eve olhou para seu *smartwatch*, sem saber que Lori Nuccio já estava morta e que Jerry comia uma mistureba de tudo que havia na cozinha dela.

— Você está preocupada se deixou alguma coisa passar — comentou Roarke.

— Estou, mesmo. Nada na história desse cara indica essa capacidade de violência. Ele tem alguns delitos pequenos e pode ter... isso ainda não foi confirmado... dado alguns tabefes na ex. Mas ele não se vingou dos patrões que o demitiram, nem da namorada que lhe deu um chute na bunda. Apenas reclamou um pouco, mas logo depois caiu fora.

— Será que tinha um monstro adormecido dentro dele?

— Pode ser. Vou falar com a Mira sobre isso. Acho que matar a mãe foi fruto de um impulso. Ele perdeu a cabeça. A faca estava bem ali e a mãe falando sem parar, dando conselhos ou fazendo ameaças... tanto faz. Ele pegou a faca, furou-a e depois...

Ela parou de falar subitamente e pegou a taça de champanhe.

— Se você está comparando isso ao que você fez quando tinha oito anos, eu vou ficar muito chateado com você.

Roarke enxergava dentro dela, Eve sabia disso. Percebia tudo de forma rápida e profunda.

— Não estou comparando, mas entendo o momento e o que ele pode fazer com alguém. Eu estava sendo estuprada, meu braço estava quebrado, estava com medo de morrer e, quando consegui pegar aquela faca, eu a usei para parar aquela dor e sobreviver. No caso dele, a faca foi usada para atacar alguém que não representava nenhuma ameaça física, que lhe proporcionava um lar e uma família. Mas sim... eu conheço esse momento fatídico e sei que é possível chegar a ele de várias formas. A maioria das pessoas com um interruptor de controle saudável pode perder a cabeça num momento como esse, mas sua reação imediata é: "Puta merda, o que foi que eu fiz?" — Ela tomou um gole lento enquanto refletia. Como se *visse* a cena. — Mas ele e os doentes desse tipo reagem com júbilo: "Puta merda, olha o que eu *consigo* fazer." A emoção e a revelação disso, por mais distorcida que seja, os impele.

— Nós dois conhecemos isso, eu sei. Já vimos gente assim e olhamos nos seus olhos.

— Muitas vezes — concordou Eve. — Ainda assim, a maioria não faz o que ele fez. Mas nesse momento, a pessoa pode simplesmente perder a cabeça. Ela não para, não consegue se impedir, seja pela emoção ou pelo medo que a conduz. — Era disso que ela precisava, percebeu Eve, ao se levantar e recolher a entrada para servir o prato principal. — Todo aquele sangue é poderoso e horrível. No meu caso o choque, a dor, o sangue e a realidade do que eu tinha feito me colocaram em estado de fuga, certo? Foi assim que eu fiquei, simplesmente vagando pelas ruas, sozinha pela primeira vez na vida. O braço destroçado, a dor disso e do último estupro eram tão esmagadoras que eu bloqueei a dor e todo o restante do que aconteceu. E continuei bloqueando tudo que pude, a maior parte da minha vida. Era eu ou ele; eu tinha oito anos e estava morrendo de medo. Fiz o que tinha que fazer, mas ainda fico mal quando penso que não consegui parar. Eu *estava* desligada e não consegui parar. Talvez ele também não tenha conseguido, e, quando o pegarmos, o advogado tentará usar esse argumento. Só que ele não fugiu, e quase todos fariam isso. Simplesmente fugiriam e tentariam encobrir o crime. *Alguém invadiu a casa e matou minha mãe.* Ele não fugiu porque *não estava* horrorizado. Acho que aceitou o que tinha feito e foi capaz de esperar, planejar, se recompor e trabalhar no seu plano até o pai chegar em casa. Então fez tudo novamente.

— E mesmo assim ele não fugiu.

— Pois é. — Na mente de Eve surgiram as filmagens do sistema de segurança do banco. E o seu ar presunçoso. — Não creio que algo funcione mal dentro dele, a questão é que algo está morto em sua consciência. Talvez tenha sido naquele momento, no momento em que ele pegou a faca e a enfiou na mãe, que esse algo morreu.

— Isso vai ajudar você a pegá-lo?

— Tudo isso ajuda. Vou voltar à cena dos crimes amanhã e repassar tudo. Hoje à noite farei outra reconstrução do crime. E se você puder fazer uma busca pelas contas dele, isso cobrirá o resto. Ele não usou o *tele-link*; provavelmente o abandonou e comprou outro. Não foi burro a ponto de usar qualquer cartão de débito ou crédito em seu nome, nem no nome dos pais, mas aquele dinheiro não vai durar para sempre. Já temos o nome e o rosto dele estampados em todos os lugares.

— Você acha que ele vai tentar fugir agora?

— Não vejo o que mais ele vai conseguir fazer. Nova York está bombando para ele nesse momento, e ele tem na mão o que sempre quis. Tem dinheiro, e seus pais não podem mais reclamar dele.

— E quanto ao restante da família?

— Ele tem os quatro avós, e todos já foram notificados. Também tem um tio por parte de pai, uma tia por parte de mãe e cinco primos. Todos também foram avisados. Não posso garantir que eles me informarão, caso ele entre em contato com algum deles, mas é difícil acreditar que alguém ajudaria o homem que matou seu filho, sua irmã, seu irmão.

— Laços de sangue são muito fortes — comentou Roarke.

— Talvez. Mas não tenho como vigiar todos, com os dados que temos. Alguns vivem em Nova York e arredores, outros não. Tudo que podemos fazer é manter contato e continuar pressionando.

Sua mão roçou a dela sobre a mesa.

— Você está preocupada que ele possa machucar outra pessoa.

— Acho que se alguém entrar no seu caminho ou não lhe der o que ele quer, sim. Se ele procurar algum porto seguro ou mais dinheiro, não conseguir e tiver oportunidade, mataria de novo. Só que...

— Só que...?

— Não creio que ele vá procurar alguém da família, pelo menos até o dinheiro acabar ou a pressão sobre ele aumentar muito. Ele não pensa em família, essa é a minha intuição. Ele se incomoda com obstáculos diretos para sua felicidade ou sucesso, com pessoas que o pressionam ou lhe dão ordens. *Quando* e *se* ele procurar alguém, acho que irá ver os avós, primeiro. Acho que ele iria considerá-los mais fracos e mais aptos a ajudá-lo. O restante da família está vindo para Nova York, mas ele não tem como saber disso. Então não vai encontrá-los em casa, ao menos nos próximos dias.

— Já observei que muito da rotina policial é trabalho pesado e penoso; é cobrir o mesmo terreno repetidas vezes, gastar incontáveis horas em interrogatórios, redigir ou gerar relatórios; e há alguns momentos aterrorizantes de risco extremo, ação furiosa, decisões em frações de segundo e planejamento restrito. Hoje você está lidando com o primeiro elemento dessa lista.

— Eles deveriam me oferecer uma medalha por isso — murmurou Eve. Ao ver que ele simplesmente sorriu e serviu mais champanhe, ela se remexeu na cadeira. — Na verdade eu vou ganhar exatamente isso. Uma medalha.

— Que bacana. Parabéns!

— É algo grande. Não estou falando de... — Ela afastou as mãos uma da outra para indicar tamanho. — É um lance importante. Uma Medalha de Honra. Vou recebê-la por...

— Eu *sei* por que e eu sei o que significa. — Ele pegou a mão dela e fitou-a por um bom tempo. — Não existe honra maior em seu mundo. Isso é mais que justo e mais que merecido.

— Eles podiam ficar com a medalha e me oferecer um orçamento maior.

Ele levou a mão dela aos lábios.

— Estou muito orgulhoso de você e acho divertido o seu desconforto em ser reconhecida por sua dedicação e talento.

— Divertido? Vou lhe contar algo ainda mais divertido. Você *também* vai ganhar uma medalha.

Ele largou a mão dela.

— Como assim? Sou só um civil; você me lembra isso o tempo todo.

— Trata-se da Medalha de Mérito Civil, e eles não a distribuem como se fosse bala, meu chapa, especialmente para figuras de passado obscuro.

— Não acho isso apropriado.

Ela curtia muito, simplesmente adorava quando ele assumia aquela postura de dignidade.

— Ah, é? Agora eu é que acho isso *divertido*. Foi você que começou a enfiar o nariz no meu trabalho, e depois o corpo inteiro. Agora vai ter que ficar em pé no palco... quarta-feira às quatorze horas, marque na sua agenda... e receber o que mereceu. Estou muito orgulhosa de você também, então engula isso.

— Não fomos feitos um para o outro? Por Deus, imagina só a zoação que vou ter de aturar dos meus velhos companheiros do passado obscuro. Uma medalha!

— O Departamento de Polícia valoriza você, e é justo que o faça. Então nós agora vamos tomar champanhe e comer essa lagosta saborosa, antes de eu voltar à ação. — Ela tomou mais um gole de champanhe e completou: — Tem mais uma coisa.

— Mais? Mais do que duplos homicídios, vilões idiotas e medalhas?

— Sim, mais que isso. Whitney me comunicou da entrega das medalhas e perguntou se eu queria ser capitã.

— Eve! — A mão dele apertou a dela. — Isso é o que se chama ir direto ao ponto e acertar fundo, sem rodeios. — Eve! — repetiu, e fez menção de se levantar.

— Eu recusei.

— O quê?! — Ele tornou a se sentar. — Como assim?

— Disse a ele que não queria a promoção.

— Você está doida?

Ela estreitou os olhos.

— Isso é o jeito irlandês de dizer "que burrice"?

— "Loucura" seria mais preciso. — Um ar de aborrecimento e perplexidade passou pelo seu rosto. — Por que diabos você não aceitaria uma oferta como essa? É uma grande promoção, uma conquista! Entendo o seu desconforto com a medalha. Você acha que simplesmente faz o seu trabalho e não precisa nem quer um penduricalho pregado em você só por causa disso. Mas ser capitã do Departamento de Polícia de Nova York? Caramba, Eve! É a sua carreira, é o que você é, até mais que isso. Nós dois sabemos que Whitney já teria oferecido isso a você há muito tempo, se não fosse por mim.

— Não, eu não recusei a promoção por sua causa. Foi por mim, fiz a minha escolha. O que quer que você ache, foi escolha *minha*. Eu escolhi você, e, se os chefões da polícia transformaram isso numa questão política, foi escolha deles.

— Agora eles vão me dar uma medalha e abriram essa porta para você. Por que você não aceitou passar por ela desfilando? Ou dançando alegremente?

— Não tem por que você ficar chateado por causa disso.

— Não estou chateado, só chocado. Por que você recusou?

— Não posso abrir mão do que tenho agora — disse ela, com naturalidade. — Não estou preparada para isso. Talvez nunca esteja. Sou uma policial. Eu *preciso* ser uma policial.

— E em que as divisas de capitã mudariam isso?

— Elas me levariam para longe do trabalho de campo. Neste exato momento, outra pessoa estaria procurando por Jerry Reinhold, não eu. Isso resultaria em distância, criaria um abismo entre mim e minha equipe, porque eu já não seria a supervisora imediata deles. Passaria mais tempo em reuniões, na maioria das vezes cuidando de papelada, tomando decisões administrativas, e isso seria a supressão do trabalho no qual eu sou realmente boa.

Ela respirou fundo quando ele ficou calado.

— Eu preciso ser uma policial, boa no que faz, muito mais do que ser promovida. Soube disso hoje, sem qualquer dúvida, quando me ofereceram essas divisas.

Como ele continuou calado, ela deu de ombros.

— Provavelmente eu quebrei uma Regra do Casamento não falando com você sobre isso antes de recusar, só que...

— É assunto seu — interrompeu ele. — É o seu trabalho. Não falo com você sobre os negócios que faço, o que compro, vendo ou desenvolvo.

— O que você negocia e faz girar não te coloca na linha de fogo... Pelo menos isso é raro. Sei que a vida seria mais fácil para você se eu aceitasse a promoção.

— Seria, sim, se você acha que eu me preocuparia menos com a sua segurança. Mas eu me casei com você. Fiz uma escolha e, assim como você, aceitei você pelo que você é, não pelo que eu transformaria você.

— Eu quis muito ser promovida uma época. *Quis muito*, talvez até demais. Queria isso no tempo em que o trabalho não era apenas o que eu fazia ou quem eu era, mas representava *tudo que eu tinha*. Isso não acontece mais, e sou uma policial melhor por causa disso. Preciso pegar os bandidos, Roarke. Preciso entrar na sala de ocorrências todos os dias e ver a equipe que montei fazer o mesmo. Quando eu peso isso e comparo com a promoção, não tenho dúvida sobre o que seria melhor para mim.

— Tudo bem, então.

— Só isso?

— Tenente, não posso discutir com a verdade. Devo dizer que estou feliz, muito feliz por eles terem te oferecido essa promoção. Você pode dizer que foi uma escolha, e isso é verdade. Mas a questão é que estar casada comigo era um bloqueio para isso, e agora não é mais. Então eu vou aceitar a minha medalha e me conformar.

— Ok. — Ela soltou um longo suspiro. — Eu te amo.

— Eu também te amo.

— Mas agora eu não posso mergulhar de cabeça no suflê de sobremesa.

— Suflê? Isso foi uma refeição cinco estrelas. Por que não fazemos uma pausa e podemos curtir o suflê mais tarde? No seu escritório, enquanto trabalhamos.

Ela sorriu para ele.

— Eu fiz uma ótima escolha.

— Ah, fez mesmo. — Ele pegou a mão dela e puxou-a da cadeira. — Mas você seria uma boa capitã.

— Pode ser. A longo prazo, talvez. Tudo bem, eu seria sim.

Ela o fez sorrir.

— Qualquer que seja sua posição hierárquica, querida Eve, você sempre será a *minha* policial.

— Por mim, isso está ótimo.

— Vamos descer, então.

— Preciso lavar e arrumar toda essa louça.

— Summerset cuidará disso.

— Melhor ainda. Eu só queria parar um pouco para vestir roupa de trabalho.

Ele sorriu para si mesmo.

— Vamos passar pelo quarto primeiro, então. Eu também não me importaria de sair deste terno.

Capítulo Sete

Eve tirou os sapatos assim que entrou no quarto. Considerava pés descalços uma indulgência reservada apenas para as áreas privadas da casa, ou para a praia.

— Talvez se eu montar outro quadro de homicídio, começando do zero, consiga ver algo que não tenha visto antes.

— É, pode ser.

Ela despiu o suéter que usava, enquanto Roarke tirou o paletó e a gravata.

— Seguindo a linha do tempo, ele guardou as duas malas em algum lugar depois que saiu do aeroporto. O ônibus do hotel o deixou lá. Seguindo à risca o disfarce, ele supostamente viajaria para Miami. Só que saiu de lá e voltou para a cidade, mas eu não consegui rastrear o transporte que usou na volta. Talvez tenha vindo a pé, mas o mais provável é que tenha pegado um táxi ou transporte público.

— Ele pode ter guardado as malas no aeroporto com a ideia de voltar lá depois de pegar o dinheiro, e só então pegar um ônibus para outro destino?

— Eu não compro essa ideia. Ele tinha todos aqueles objetos de valor para vender, e sabemos que iniciou esse processo *depois* da operação bancária. Então ele voltou para a cidade, arrumou outra toca onde se esconder e guardou as malas lá enquanto ia aos bancos, para não ter que carregar a bagagem. Eu só gostaria de saber que meio de transporte ele usou para voltar aos bancos, apenas para ter uma imagem mais clara da ação. — Ela tirou a calça e, só de calcinha, abriu uma gaveta para pegar uma camiseta e um jeans. — Voltar de ônibus seria mais inteligente — disse ela —, só que...

Ele a interrompeu subitamente, girou-a, puxou-a para junto dele e tomou-lhe a boca com a sua. Um momento quente, cheio de luxúria, posse... e um leve toque de humor.

Quando ela conseguiu recuperar o fôlego, tentou empurrá-lo de leve.

— Ei! — reclamou.

Ele tomou sua boca novamente, rodopiou colado nela por duas vezes e foi em direção à cama. Ela pensou em reagir, mas a vontade não era forte; remexeu-se um pouco mais e fez uma careta para ele.

— Estou trabalhando.

— Não está não e está quase nua. Você fica tão linda assim, é uma das minhas roupas favoritas.

— Então por que aquele closet está cheio de roupas?

— Porque sou um sujeito compreensivo e aprecio sua insistência em ficar totalmente vestida em público.

Ele a agarrou pela cintura e impulsionou-a para levá-la até a plataforma sobre a qual a cama se estendia como uma lagoa azul. Então ele se inclinou para a frente e os dois caíram, ela presa debaixo dele.

— Só porque adiamos o suflê não significa que não podemos saborear outra sobremesa agora.

Para provar o que dizia, ele mordeu de leve o queixo dela.

— E você é a sobremesa que eu gosto.

— Sexo, sexo, sexo.

— Se você insiste...

Sua boca reivindicou a dela novamente, abafando a risada que ela tentou segurar. Que diabos, pensou ela. Ele também estava quase nu. Ela agarrou sua bunda fabulosa e deu-lhe um aperto forte.

— É melhor você fazer essa pausa valer a pena — avisou ela.

— Você sabe que eu fico animado com um desafio.

— Você está sempre animado. — E para provar *isso*, ela deslizou as mãos entre eles e o encontrou. Depois de lhe dar um aperto forte, ele gemeu e cravou os dentes em seu pescoço.

Era espantosa a rapidez com que ele acendia o desejo dela a cada momento, *todas* as vezes. Não importava a familiaridade de tudo aquilo, a onda de sensações parecia sempre nova. E esmagadora.

O peso do seu corpo, a forma dele, as exigências de sua boca inteligente e as mãos habilidosas nunca deixavam de fazê-la querer, ansiar por mais e se deleitar em saber que poderia ter.

Ela deixou que a fome, o tesão, a agitada tempestade de sensações, o calor repentino e as dores maravilhosas a invadissem. Deixou tudo aquilo se espalhar e crescer para poder devolver a ele.

Ela deu e tomou tudo que ele precisava ter e tudo que ele queria lhe dar em troca. Possuindo-o como ele a possuía, ela atendeu a cada demanda dele e fez suas próprias exigências.

Ele conhecia os ritmos do corpo dela e todos os lugares secretos onde explorar, seduzir e excitar. Mesmo assim, ela continuava a ser sempre um fascínio e uma gloriosa surpresa para ele; um presente constante para seu corpo e sua alma.

A forma como as mãos dela subiam devagar e agarravam-lhe o cabelo quando ele se alimentava do seu seio o excitava tanto quanto suas curvas firmes e sua pele sedosa. Sutil como o bater das asas de uma borboleta, seus tremores rápidos, ondulantes, e o corte da sua respiração com o deslizar dele contra ela acrescentava um toque agudo e lascivo a tudo aquilo.

O arco do corpo dela — tão ágil, tão pronto — e o tambor dos seus batimentos cardíacos sob os lábios dele lhe diziam que ela precisava e queria tão urgentemente quanto ele.

Ele se fartou passando as mãos ao longo daquela pele suave e quente, sobre músculos duros e disciplinados. Deleitou-se com o corpo longo e flexível dela... sua guerreira... sua esposa.

E quando os lábios dele tatearam de volta... A boca que encontrou se agarrou à dele como uma febre urgente e um prazer tão intenso que eles explodiram além da razão.

Ele viu que ela estava quente e molhada; provocou-a um pouco mais e engoliu seus suspiros e gritos como um homem faminto. Quando ela se abriu novamente por baixo dele, ele não cedeu e esperou um pouco mais, acariciando aquele fogo úmido até ela corcovear debaixo dele e exigir:

— Agora, agora! Quero você *dentro* de mim!

Quando ela se curvou para trás, tremendo, ele se empurrou para dentro dela com força.

Agora, ela pensou de novo, mas arquejou, soluçou, e suas mãos tatearam no ar. O tremor abalou o núcleo do seu corpo e estremeceu em direção ao seu coração, enquanto cavalgavam. Aquele sexo rápido e furioso governou a mente de ambos e lhes entalhou a própria alma.

Mais uma vez ela pensou... *Você. Você!* E quando ela gozou pela segunda vez, ele explodiu ao mesmo tempo dentro dela.

Ela ficou deitada absorvendo os tremores secundários de seu corpo e do dele. Lembrou-se que um dia, antes de Roarke, tinha considerado o sexo apenas um método básico, às vezes complicado, de liberação de estresse.

Depois de Roarke? Liberação de estresse era o mínimo.

Mesmo agora, depois da rodada de sexo rápido e enlouquecido, os lábios dele roçavam de leve o ombro dela. Um simples e incrível símbolo de carinho.

Aqueles momentos, ela percebeu, significavam tudo que havia de melhor no mundo, para ela.

Em resposta, ela acariciava as costas dele com seus dedos. Então, porque eles eram assim quando estavam juntos, deu-lhe um forte beliscão na bunda.

— Caraca! — reclamou ele, num murmúrio.

— Cai fora, meu chapa. Você já comeu sua sobremesa, com mordidas grandes e gananciosas.

— Você também.

— É verdade. Nada mal. — Ela sorriu quando ele levantou a cabeça, passou as mãos em seu cabelo e ergueu-se um pouco para lhe dar um beijo rápido. — Nada mal mesmo! Só que agora eu preciso trabalhar para dissipar a energia acumulada.

— É justo. — Ele se mexeu, puxou-a até ela se sentar na cama e acariciou seu cabelo. — Obrigado por um jantar lindo e carinhoso.

— E a sobremesa.

— Sim, e a sobremesa.

— Quantas pizzas você acha que equivalem a isso?

— Talvez eu possa criar um gráfico de pizza — disse ele, quando eles saíram da cama.

— Ha-ha. Gráfico de pizza! Você é um cara engraçado, sabia? Quero tomar um banho rápido, depois desse embate.

— Excelente ideia. — Ele deu um longo suspiro quando ela estreitou os olhos para ele. — Sexo, sexo, sexo! Você não pensa em mais nada, não, é?

— Que você é um cara engraçado.

— Engraçado e muito satisfeito por hoje, então você vai ter que se contentar apenas com uma ducha. — Depois de lhe dar um leve tapinha na bunda, ele entrou no box na frente dela.

Ela entrou e saiu dos jatos em menos de cinco minutos, e vestiu suas roupas depois de uma passada rápida pelo tubo de secar o corpo. Tão ágil quanto ela, ele saiu logo depois e a seguiu até o escritório.

— Você vai começar a montar o quadro, né?

— É, eu quero visualizar as coisas.

— Enquanto você faz isso, eu começo a busca por possíveis contas. Ele não é nenhum gênio financeiro nem um *nerd* da computação, pelo que você me disse. Mesmo assim, há muitas sugestões e vídeos que ensinam a enterrar fundos na Internet. — Ele sorriu para ela. — E é muito fácil desenterrar tudo novamente.

— Pode fazer isso, então.

Ela montou o quadro do crime, mudando o padrão para criar um modelo diferente do quadro que montara em sua sala na polícia. Acrescentou a linha do tempo, os relatórios, andou de um lado para o outro e adicionou outras informações.

Por fim, concentrou-se em Jerry Reinhold.

— Quem você é de verdade? — perguntou em voz alta.

Vale a pena conversar com os amigos dele mais uma vez?, ela se perguntou. *Devia insistir um pouco mais nisso?* Ele não parecia o tipo de cara que iria ficar se escondendo. Precisava de alguém com quem reclamar e se gabar.

Mais que isso, pensou, enquanto andava diante do quadro. Ele nunca tinha conquistado nada palpável na vida. Talvez ele não pensasse o mesmo; provavelmente considerava aquilo culpa de todos os outros. Mas pelos passos, o cenário, as imagens dele saindo do prédio, do banco e da joalheria, ele se sentia muito realizado naquele momento.

Será que ele não gostaria de receber alguns elogios?

De estranhos, refletiu. Como ele poderia se gabar para seus amigos de ter matado brutalmente os pais e estar fugindo da polícia? Mas talvez esse papo rolasse com uma mulher que ele tivesse acabado de conhecer numa boate, considerou, ou talvez com uma acompanhante licenciada, dessas bem caras, que ele contratasse para passar a noite.

— Não poderia contar às pessoas que é um assassino — murmurou. — Mas pode se gabar de ter feito um negócio bem-sucedido, de ser um figurão. Ou ter ganhado na loteria. Esse parece ser o seu estilo.

A acompanhante licenciada parecia a possibilidade mais provável. Claro que ele teria que pagar por ela, mas isso o colocava no comando. Ele já era o máximo!

Será que iria querer ou precisar de sexo? Não havia evidência alguma, nem indicação de que ele usava acompanhantes desse tipo desde o rompimento com a namorada, mas sexo era outro tipo de celebração, outra maneira de um homem provar seu poder.

Talvez ela se consultasse sobre isso com o amigo Charles Monroe, ex-acompanhante licenciado e atual terapeuta sexual.

Olhou que horas eram, decidiu que ainda estava cedo o suficiente e foi até sua mesa.

O *tele-link* tocou exatamente no instante em que ela foi pegá-lo. Viu que era Peabody e atendeu.

— E aí? O que foi?

— Oi. Eu queria te atualizar. McNab e eu passamos pela casa de Lori Nuccio quando voltávamos para casa. Já te enviei um breve relatório.

— Ainda não verifiquei minhas mensagens. — Acabei me atrasando com jantares especiais e sexo de sobremesa.

— É, eu vi que você ainda não tinha entrado no sistema. Lori ainda não tinha chegado em casa e a vizinha, a sra. Crabtree, abriu a porta quando nos ouviu chegar. Está de olho em Lori e até deixou um bilhete na porta dela quando saiu para resolver umas coisas. Ela mesma pegou o bilhete de volta quando chegou.

— Ok, vamos procurá-la amanhã.

Na tela do *tele-link*, o rosto de Peabody era só preocupação.

— Sabe o que é, Dallas? McNab teve a ideia de rastrear a amiga que saiu para fazer compras com Lori. Pegar os nomes das suas colegas de trabalho, filtrar as mais prováveis e emitir um alerta para elas.

— Se é isso que vocês querem fazer, ótimo.

— Já fizemos — informou Peabody. — A gente achou que seria uma boa ideia, nem que fosse só para localizá-la. E conseguimos. Ela saiu com uma amiga chamada Kasey Rider, acabei de falar com ela. As duas saíram agora à noite para tomar uns drinques, mas uma das amigas em comum das duas ligou para Kasey e contou sobre Reinhold.

— Então a Lori já sabe. — Eve sentiu uma pontada de preocupação no peito.

— Exato. Foi um baque para a Lori. Ela passou pelo estágio de negação, descrença e depois baixo-astral. Elas decidiram acabar a noite mais cedo, mas Kasey insistiu em pegar um táxi com Lori até a casa dela. Deixou-a na porta por volta das seis e quarenta, o que significa que McNab e eu deixamos de encontrá-la por questão de minutos. Eu estou com o novo número dela, mas ela não atende. Imaginei que, como você ainda não atualizou o arquivo, ela também deve ter entrado em contato com você.

— Não, ela não me ligou. — Já tinham se passado três horas. — Talvez a vizinha não a tenha ouvido entrar.

— Acho que não, Dallas. Ela me pareceu ligadona, uma gavião.

— Ok. Ela provavelmente não quer lidar com tiras hoje à noite. — Eve voltou-se para o quadro, trocou a posição de alguns dados e ouviu seu próprio instinto. — Mas vai ter que me aturar. Vou lá agora mesmo!

— Estou mais perto, caso você queira que eu e McNab passemos por lá.

— Não, eu mesma vou. Se ela vai ter que receber uma tira, que seja a investigadora principal. Ligo para você mais tarde. Obrigada pelo alerta.

— Tudo bem, só que, Dallas, estou achando tudo muito estranho.

— Sim, eu também não a vejo deixando Reinhold entrar em casa, e ele não passaria pela vizinha com olho de gavião, se fosse até lá. Mais tarde eu ligo para você.

Mas sim, pensou Eve, ao desligar. *Algo estava muito estranho.*

Foi direto ao escritório de Roarke; ele estava diante da sua mesa com o cabelo preso atrás da nuca, em modo de trabalho.

— Preciso ir ao centro da cidade.

— Para a Central?

— Não, para a casa da ex-namorada. Acabo de saber que ela já está em casa há três horas e não entrou em contato comigo, nem com Peabody. Ou está evitando ligar ou algo está errado. Quero verificar.

— Tudo bem, mas eu vou com você. — Ele deu ordem ao seu computador para continuar a busca automática e se levantou.

— Preciso pegar a arma e o distintivo.

— Calce as botas também — lembrou ele, apontando para os pés descalços dela.

Armada e calçada, ela o deixou assumir o volante, porque ele mandou vir da garagem uma supermáquina elegante e sexy, de dois lugares.

— Esse carro é novo — disse ele. — Ainda não andei nele direito.

O interior cheirava a couro; uma das fraquezas de Eve. E o painel tinha apetrechos suficientes para equipar um ônibus espacial.

— Quantos destes carros você tem?

— Contando esse, mais um — disse ele, e quase voou pelos portões ao atravessá-los.

— Eu não disse que era uma emergência.

— Eu sei, mas é bom testar a máquina e ver o que ela pode me oferecer. — Ele disparou para a vertical e voou sobre uma serpente de tráfego. — Estou com uma policial ao lado, caso os moradores reclamem. Você está preocupada — acrescentou.

— Ela provavelmente está apenas brincando de toupeira.

— Avestruz, mas dá no mesmo. Se é assim, por que você está preocupada?

— Ela deu um chute na bunda dele. Terminou com ele depois que ele roubou grana dela, e ele ainda supostamente lhe deu alguns tapas. Depois de tudo isso ela não foi falar com a polícia quando descobriu que ele cometeu um duplo homicídio? Eu achei que ela fosse sensata e responsável; além do mais, a vizinha certamente teria insistido nisso. Não estou gostando dessa história.

— Mas ela o teria deixado entrar em casa?

— Acho que não. — Mentalmente, Eve analisou essa possibilidade por todos os ângulos e pelo avesso. — As chances são poucas. Uma amiga a deixou em casa de táxi, e a viu entrar. A vizinha teria pulado no corredor no minuto em que ela chegou lá em cima, então provavelmente estou perdendo tempo. Eu poderia falar com ela amanhã.

— Eu confio nos seus instintos. — Ele acelerou ainda mais.

— Você está querendo quebrar os recordes de velocidade terrestres e aéreos? — Ela curtia alta velocidade, mas gostava mais quando estava ao volante. Entretanto, não pediu para ele ir mais devagar e sentiu um certo alívio quando ele conseguiu estacionar o carro novo numa vaga minúscula no nível da rua, a meio quarteirão do prédio. Esquadrinhou a rua assim que colocou os pés na calçada. Ainda era muito cedo para encrenqueiros em um bairro como aquele, avaliou. Mas o brinquedo novo de Roarke, vermelho, brilhante e estacionado junto do meio-fio, poderia atraí-los. — Isso é o mesmo que o carro ficar aqui dizendo: "Ei, estou aqui, por favor, me roube."

— Então ele é sádico, porque sabe que é completamente blindado, está protegido e armado.

— Ainda bem. — Ela foi até a entrada e pensou em tocar o interfone do apartamento de Nuccio, mas mudou de ideia.

— Você não quer que ela saiba que você está subindo? — quis saber Roarke, ao vê-la usar o cartão mestre da polícia para entrar no prédio.

— Mais ou menos.

— Você está preocupada.

— Estou com um mau pressentimento. Vamos pela escada. — Seus dedos dançaram levemente sobre a arma enquanto subiam. — Você também está tão protegido e armado quanto o seu mais novo brinquedo?

— Sempre.

Ela ouviu o som das TVs ligadas e a gargalhada retumbante de alguém, distante.

Indicou a porta de Lori Nuccio com a cabeça e tocou a campainha. As trancas permaneceram mudas e o olho mágico em completa escuridão.

Tocou mais duas vezes e bateu à porta com o punho.

— Lori Nuccio, aqui é a Polícia de Nova York. Precisamos falar com você.

A porta permaneceu fechada, mas a do outro lado do corredor se abriu.

— Você voltou!

— Sim, sra. Crabtree. Sabe se a srta. Nuccio está em casa?

— Está, sim. Chegou em casa mais ou menos às quinze para as sete. Entreguei o seu cartão para ela. — A vizinha desviou o olhar para Roarke enquanto falava, e Eve percebeu nos olhos de Crabtree o mesmo ar de admiração incontida que já tinha visto em muitos olhares femininos quando o viam de perto. Descrevia isso como "suspirar com os olhos". — Enfim — falou, voltando-se à sra. Crabtree. — Achei que você viria mais cedo, mas imaginei que tivesse resolvido esperar até amanhã.

— Ela *não entrou* em contato comigo.

— Que droga, Lori! — O olhar de Crabtree voltou para Eve. — Ela disse que iria ligar *logo* para você, tenente. Estava muito chateada, nem me deixou preparar um chá para ela. Só queria ficar sozinha, na dela, foi o que me disse. Acho que precisava pensar um pouco.

— Ela não atende a porta.

— Eu não a ouvi sair. O elevador faz barulho e ela pode ter descido pela escada. Só que ela não parecia querer nada além de se encolher num canto. Talvez tenha tomado um comprimido para dormir.

— Vou entrar neste apartamento. Eu não tenho um mandado para isso, mas...

— Espere um pouco, tenente, espere um instante. Não acho isso correto. A Lori não iria gostar dessa invasão de privacidade.

Então deveria ter entrado em contato comigo, pensou Eve.

— Estou preocupada com a segurança dela. Vou entrar! — Eve acenou com a cabeça para Roarke e se colocou de costas para a vizinha, a fim de evitar suas objeções e impedi-la de ver Roarke *hackear* o trinco eletrônico

— Ela deve estar apenas encolhida na cama — insistiu Crabtree. — Você não pode simplesmente entrar na casa dela dessa maneira. Não é certo!

— Então faça uma reclamação — disse Eve, olhando para a vizinha.

— Pronto — murmurou Roarke.

Eve se virou novamente para a porta.

— Ligar filmadora! — Embora seus dedos coçassem para pegar a arma, ela simplesmente abriu a porta e avisou em voz alta: — Lori Nuccio, somos da Polícia de Nova York. Estamos entrando no seu apartamento!

Eve nem precisou entrar na casa para sentir o cheiro forte de sangue e morte.

Quando pegou sua arma, Roarke fez o mesmo com a dele.

— Acender luzes a cem por cento! Quanto a você, fique onde está! — disse para Crabtree. — Volte para dentro de casa. — Ela virou para a esquerda primeiro, depois para a frente. Dava para ver a cara da morte por trás da cortina de contas coloridas. — Vou verificar se não há mais ninguém aqui — disse em voz alta, movendo-se com agilidade pelo espaço tão pequeno que era possível ver quase todos os cantos.

Atrás dela, Crabtree soltou um grito sufocado.

— Volte! Preciso que você fique em casa!

— Mas, mas...

— Roarke.

— Srta. Crabtree, você precisa vir comigo agora.

Ela estava chorando muito quando Roarke a levou para fora e fechou a porta do apartamento.

Eve guardou sua arma no coldre e foi até a cortina.

Havia mais do que raiva, ali. Aquilo era uma vingança, e ele tinha feito tudo com bastante calma. Por raiva ou desforra, necessidade de humilhar e de instaurar medo.

Não, não tinha sido alguém aleatório, pensou. Não foi uma acompanhante licenciada que ele conhecera em um bar. Reinhold tinha encontrado a pessoa certa para se gabar e se exibir.

— A vítima é uma mulher branca na casa dos vinte anos, cabelo ruivo, olhos azuis. Ela foi amarrada nos tornozelos e nos pulsos com corda, e há mais corda enrolada em torno de seu tórax. Está amordaçada com fita adesiva. E está nua, com exceção dos sapatos. Eles são novos, as solas sequer estão arranhadas. Contusões faciais e cortes indicam socos e tapas. Há mais hematomas no abdômen e ao longo das costelas, provavelmente resultado de mais golpes. Há sangue ao redor das cordas, evidência de que a vítima reagiu. O cabelo foi cortado. Há muitos fios de cabelo espalhados pela cama e pelo chão. A corda no pescoço da vítima é indício de estrangulamento. Ele ainda fez um belo laço com a droga da corda.

Ela filmou todo o quarto e as roupas destruídas. Ficou à espera, pois sabia que Roarke traria seu kit de trabalho. Enquanto esperava, ligou para Peabody.

— Ele pegou a Lori.

— O quê? Que merda! O que aconteceu?

— Estou no apartamento de Lori Nuccio, olhando para o cadáver dela. Venha para cá e dê o anúncio à Central.

— Estou a caminho. Que droga, Dallas!

— Pois é.

Eve desligou, recuou um passo e analisou o apartamento. Viu restos de comida, recipientes e garrafas vazias sobre uma mesinha; e mais comida espalhada pela bancada da cozinha.

Nenhum computador no local, notou; era a coisa mais fácil do mundo de liquidar.

Voltou para as portas e estudou as fechaduras. Nenhum sinal de arrombamento, já que Roarke nunca deixava rastros. Nenhum sinal de qualquer mudança recente de fechadura, pelo menos não aparente. Eles confirmariam isso.

Será que ele não devolveu suas chaves? Que tipo de pessoa não exigia a devolução das chaves no fim de um relacionamento? Pode ser que ele tivesse feito cópias. Será que Lori tinha sido confiante ou ingênua a ponto de não considerar essa hipótese?

Pode ser. Pode ser.

Roarke voltou e lhe entregou o kit de serviço.

— Não acho que ela tenha deixado ele entrar. E se ele viesse batendo à porta para tentar convencê-la a deixá-lo entrar, Crabtree teria escutado.

— Vou ver se as fechaduras foram hackeadas.

— Provavelmente não. Acho que ele não tem habilidades desse tipo. Mas poderia ter cópias das chaves dela. Ele pode ter feito uma cópia quando as coisas ficaram estranhas entre eles, só por garantia. Entrou quando ela estava fora; é um lugar agradável e silencioso. Talvez, ou muito provavelmente, entrou no intervalo em que a vizinha saiu. Talvez tenha observado o prédio durante algum tempo. Foi então que entrou e ficou esperando por ela. Já tinha o que queria usar. A corda, a fita adesiva. Não foi um momento impulsivo ou de raiva extrema, não dessa vez.

Ela abriu o kit e pegou a lata de Seal-It, o spray selante.

— Não era algo que nós poderíamos impedir.

— Sempre é possível impedir algo assim. Volte-se para um lado, em vez de se voltar para outro, vá em frente em vez de recuar, chegue dez minutos mais cedo ou mais tarde. Eu não o impedi. Porque não vi isso nele. Não vi esse calculismo, nem essa necessidade. Ele a fez sofrer.

Ela lhe devolveu a lata de Seal-It e levou o kit de serviço para trás das cortinas de contas coloridas.

Foi até a beirada da cama e pegou, antes de qualquer coisa, o seu Leitor de Impressões Digitais.

— A vítima foi identificada como Lori Nuccio, residente deste endereço. Vinte e três anos, cabelo castanho. Ela deve tê-lo pintado e ainda não corrigiu os dados. — Inclinou-se até junto do corpo. — Há um pouco de sangue seco, aqui. — De forma cuidadosa, inclinou a cabeça da vítima para o lado. — Ferimento atrás da cabeça. Ele a estava esperando e atacou-a por trás; ela caiu desmaiada. Isso deu tempo para amarrá-la e amordaçá-la. Um canalha covarde. — Pegou uma cápsula quebrada com uma pinça e cheirou. — Usou isso aqui para acordá-la — anunciou. Roarke abriu um saco para integridade de provas e ela jogou a cápsula quebrada lá dentro. — Por favor, confirme na bolsa dela se Jerry pegou a carteira, procure as chaves e o seu *tele-link*.

Sem dizer nada, ele pegou a bolsa caída no chão.

— A corda está muito apertada — declarou Eve. — Isso cortou a pele dela. Ele queria exatamente isso... infligir dor e medo.

— Não encontrei a carteira — disse Roarke. — Nem o *tele-link*, o notebook e o tablet. A chave dela está aqui.

— Ele pegou todo o dinheiro que a Lori tinha, e os eletrônicos também. Os tornozelos estão amarrados, mas não há hematomas visíveis nas coxas. Não acho que ele a estuprou. Não estava interessado nisso, ou não conseguiu ficar duro. Não, simplesmente não estava interessado — decidiu, tentando enxergar dentro dele. — Se tivesse planejado isso, teria usado algo para estuprá-la. Acho que ele só não pensou nisso. Ele não é uma figura especialmente sexual, ou então não vê o estupro ou o sexo como uma arma de poder. Ainda não.

— Por que tirar a roupa dela?

— Para humilhar; aterrorizar. Ela estava completamente vulnerável. Ele acabou com o cabelo dela pelo mesmo motivo. Porque isso iria desumanizá-la. — *Iria transformá-la em nada,* pensou. Ela conhecia o tipo de homem que queria fazer de alguém nada. Seu pai era assim. — Ele a socou com força várias vezes, no rosto e na barriga. Foi algo mais pessoal do que no caso dos pais. Ou talvez ele simplesmente tivesse mais tempo e mais espaço aqui. Estava experimentando, talvez?

— Ela tinha feito compras. Então ele espalhou as coisas que ela comprou e destruiu tudo.

Com seu medidor, ela calculou a hora exata da morte.

— Dezenove horas, cinquenta e cinco minutos. Ele levou pouco mais de uma hora com ela. Foi arriscado, mas ele gostou muito disso. Há um pequeno corte aqui na garganta. Talvez ele tivesse uma faca.

Ameaçou-a, assustou-a, mas não chegou a cortá-la de verdade. O estrangulamento foi algo mais pessoal, deu para ver a vítima sofrer e morrer, cara a cara.

— Ela é muito jovem — comentou Roarke, em voz baixa.

— É o máximo que viveria. — Uma declaração cruel, pensou Roarke, a menos que você conhecesse a sua tira e percebesse a raiva amarga sob aquelas palavras. — Nenhuma joia — acrescentou Eve. — Aposto que ela estava usando alguma peça. Tinha saído com uma amiga... É, ela estava usando algo. Que ele pegou, quer valesse alguma coisa ou não. Ela não podia ficar com a peça. *Você me expulsou, sua vadia? Pois vai pagar por isso. Mandou eu conseguir um emprego, exigiu que eu desse o fora? Agora você que se foda!*

— Por que os sapatos?

— Porque eles são sexy. É meio pornô, certo? Uma mulher nua de salto alto sexy. Coisa de vagabunda?

— Hummm.

— Provavelmente ela os comprou hoje. Isso o irritou. Ela vivia contando dinheiro, preocupada com o aluguel, reclamou por ele ter ido se distrair um pouco com os amigos em Las Vegas. Depois sai por aí, gasta só Deus sabe o quanto com toda essa porcaria. Vadia egoísta! — Ela pausou por um momento, um breve instante, porque a raiva amarga que Roarke percebeu em sua voz precisava ser extravasada. E isso não era aceitável. — Os sapatos a fazem parecer vulgar, como se estivesse pedindo pelo que recebeu e ele não quis dar o que ela queria. Mas quando a encontrarmos, ela realmente vai parecer barata e usada; o cabelo... presumo que ela o tenha mudado hoje, pela nova cor e o penteado, diferentes da sua identidade. Agora o cabelo novo está estragado, despedaçado. O mamilo direito foi machucado. Ele provavelmente o beliscou. Para diminuí-la, para humilhá-la. Você me humilhou, agora é a sua vez. — Ela examinou as mãos da morta enquanto falava e foi descendo pelo corpo para ver se havia mais ferimentos ou qualquer outra coisa deixada para trás. — Ele conta a ela o que fez com os próprios pais. Ela é a primeira com quem ele consegue falar sobre isso e se gabar. É seguro contar-lhe tudo porque ela vai morrer, então ele se gaba do que fez, conta que agora está montado em dinheiro, enquanto ela não tem nada. Porque ela não é *nada*.

Eve saiu para examinar o resto da cena do crime.

Roarke ficou onde estava durante mais um tempo. *Você não é nada*, pensou ele. Mas ela está ao seu lado e não vai descansar. Você é *dela* agora, então você importa, sim.

Ele desejou poder cobri-la, mas sabia que não devia fazê-lo.

Em vez disso, passou a fazer o que podia para ajudar enquanto Peabody não chegava.

Capítulo Oito

Eve examinou o banheiro minúsculo, as toalhas ainda úmidas no chão e a cueca preta jogada no canto.

— Ele gozou. Provavelmente enquanto a estrangulava. Não chegou a estuprá-la; só que matá-la, vê-la morrer e *sentir* tudo isso acabou fazendo-o gozar. Aposto que isso o surpreendeu. Ele não esperava o benefício do lado sexual, então gozou na calça. Não deu a mínima para esconder a cueca, simplesmente a deixou no chão, junto com as toalhas que usou para se limpar. — Ela encontrou os olhos de Roarke no espelho em cima da pia. — Ele é igual a uma criança, joga coisas no chão; aposto que essa cueca era nova, que ele tinha acabado de comprar, mas jogou fora. E tem mais... não se importa com o exame de DNA. Tudo bem, porque sabemos que foi ele que a matou. Ele quer o crédito pelo que conseguiu fazer.

Ela começou a marcar as toalhas e a cueca para os peritos.

— Deixe que eu faço isso — ofereceu Roarke.

— Tremendo erro de julgamento meu — lamentou Eve.

— Por que diz isso?

— Achei que ele já tinha o que queria. Mas matar os pais, tirar tudo o que podia deles, mostrou a ele o que podia fazer, o que podia ter. Agora ele quer mais.

Ela saiu e girou para o lado quando Peabody entrou, seguida por McNab.

— Os guardas estão chegando para proteger o local — avisou Peabody. Parou de andar e olhou através da abertura que Roarke fizera, amarrando as contas da cortina e prendendo-as no teto. — Meu Deus, ele fez uma estrago nela.

— Pois é. Precisamos alertar a todos contra quem ele possa ter algum rancor. Seus amigos, ex-empregadores, colegas de trabalho, até os avós.

— Você acha que ele vai tentar atacar algum deles?

— Não achei que ele fosse matar a ex-namorada — disse Eve, com voz firme. — Eu estava errada; agora ela está morta. Eu supus que ele poderia matar de novo, mas não identifiquei a vítima. Quero todos eles protegidos.

— Deixa comigo.

— Posso investigar os eletrônicos da vítima — ofereceu McNab.

— Ele levou o computador e o *tele-link* dela. Não há sistema de segurança aqui, nem câmeras, nem *tele-link* doméstico, então ela devia usar só o *tele-link* de bolso. Ainda não procurei nenhum outro eletrônico. Se encontrar algum eu passo para você.

— Então eu posso interrogar a vizinhança.

Ele usava um casaco comprido laranja, largo e solto, por cima de calças vermelho-cereja e uma camiseta listrada colorida. Eve enxergava o policial focado dentro daquelas roupas, mas a maioria das pessoas não veria.

— Isso economizaria tempo, obrigada, mas, pelo amor de Deus, coloque seu distintivo à vista para as pessoas não acharem que você fugiu de um circo.

Ele sorriu, pegou o distintivo em um dos muitos bolsos e enganchou-o na gola da camisa, antes de sair.

— Ninguém hackeou as fechaduras antes de mim — lembrou Roarke.

— Então ele tinha as chaves ou fez cópias antes de ir embora. Ela guardava as gorjetas, economizava tudo. Teve algum tempo para voltar a poupar desde que ele torrou a poupança antiga. Não vi nada. Talvez ela escondesse bem o dinheiro.

— Vou dar uma olhada.

— Obrigada. Eu preciso de...

— Os guardas estão subindo — informou Peabody, enfiando a cabeça na porta entreaberta.

— Faça com que um deles se sente com Crabtree e pegue o depoimento dela. Quero saber exatamente *quando* ela saiu do prédio, para *onde* foi e a hora em que voltou. Quero a informação mais precisa que conseguir.

— Entendido.

— Quero falar com Mira. Agora mesmo — disse Eve a Roarke. — Preciso ter uma noção melhor desse cara, e tenho que falar com ela bem depressa, antes que ele decida matar mais alguém. — Ela se virou para o policial que guardava a porta. — O detetive McNab já começou a interrogar os vizinhos. Junte-se a ele. Pegue a foto do suspeito com a detetive Peabody. Quero o prédio coberto, depois vá para a rua e cubra o restante do quarteirão. Quero falar com qualquer pessoa que o tenha visto. — Ela puxou o *tele-link*, foi para um canto e ligou para Mira. — Dra. Mira, desculpe incomodá-la em casa.

— Está tudo bem, Eve. Você precisa mudar o horário da nossa consulta de amanhã?

— Sim, preciso ver a senhora *agora*. Ele matou a ex-namorada.

— Uhum.

— Tudo indica que ele conseguiu entrar no apartamento enquanto ela estava fora e ficou de tocaia, à espera. Trouxe ferramentas com ele... uma fita adesiva, corda, uma faca. — Eve descreveu o básico do que tinha acontecido.

— Eu gostaria de ver o corpo e a cena do crime.

— Já gravei tudo. Posso enviar para a senhora agora mesmo.

— Não, acho que seria melhor se eu fosse até aí.

Estranho, pensou Eve, e boba a sua relutância inicial instintiva para evitar que Mira visse, ao vivo, a morte, o sangue, o horror daquilo. Mira não tinha atingido o seu alto nível profissional por ser melindrosa nem precisar ser protegida.

— Isso seria de grande ajuda, doutora, mas...

— Já tenho o endereço da vítima aqui no relatório. Daqui a pouco eu chego aí.

— Obrigada. Vou liberar a sua entrada.

Ela guardou o *tele-link* no bolso enquanto ia até a porta e ordenou ao guarda que protegia o apartamento para liberar a entrada da dra. Mira. Quando se virou novamente, percebeu o olhar de Roarke.

— Aposto que ela já viu coisa pior — disse ele.

— É. Sempre tem coisa pior.

— Tem um pote vazio aqui. — Ele ergueu um frasco azul-claro com uma flor em relevo. — Estava jogado entre os escombros na cozinha, que eu suponho ter sido obra dele. Eu diria que ele a roubou novamente, e depois comeu e bebeu tudo que havia no apartamento.

Eve foi até a cozinha e viu no AutoChef um registro completo das refeições preparadas.

— Isso mesmo. Ele comeu várias trouxinhas de pizza cerca de quinze minutos depois da hora da morte. Vasculhou os armários, comeu salgadinhos de soja e palitinhos de queijo; também tem uma garrafa de vinho e uma lata de Coca-Cola, ambas vazias. Fez um belo de um lanche. Ficou com fome depois que a matou. — Ela repassou mentalmente a cena do primeiro crime. — Igualmente quando matou os pais. Ele devorou toda a comida que tinha no apartamento. Fez a mesma coisa quando se hospedou no The Manor. Matar abre o apetite dele.

— Se ele continuar assim, você o levará rolando até a cela.

Isso a fez sorrir um pouco.

— Ele esvaziou o pote de gorjetas dela, levou a carteira, o *tele-link*, vasculhou tudo que pudesse ter algum valor, fez as malas, se limpou e saiu daqui quase saltitando. — Ela ergueu a mão quando os primeiros peritos chegaram. — Fiquem fora do quarto e longe do corpo, por enquanto. — Foi até a porta, deu instruções mais detalhadas e deixou-os entrar.

— Já entrei em contato com todos — anunciou Peabody, ao voltar. — Mal Golde vai para a casa dos pais. Ele surtou ao saber o que houve, e agora está com medo de que Reinhold possa ir atrás deles. Encontrei Joe Klein, que eu chamo de Joe Babaca, em uma boate. Ele me pareceu moderadamente surpreso, mas não especialmente chateado ou inquieto.

— Faz jus ao seu apelido.

— Ah, faz sim. Também entrei em contato com Dave Hildebran, ex-empregador e supervisor do assassino nos últimos doze meses. Também liguei para Kasey Rider. Achei que talvez Reinhold a conhecesse, soubesse que ela era amiga da vítima e quisesse lhe fazer uma visita.

— Bem lembrado.

— Ela está arrasada, Dallas. Decidi chamar um conselheiro de luto e uma policial. Provavelmente vamos ter que conversar com ela em algum momento, mas enquanto isso ela vai se sentir mais segura.

— Ótimo.

— Ela estava tentando falar com a vítima no novo *tele-link* desde que McNab e eu a localizamos, mas sempre caía na caixa postal.

— Ele levou o *tele-link*. Não o encontramos na cena do crime, não o ouvimos tocar. O aparelho é novo. Ele imaginou que poderia ganhar alguns dólares extras.

— Vou ampliar o alerta. McNab está com uma testemunha no térreo. Ele viu o suspeito entrar. Não o conhece, nem a vítima, mas já os viu juntos e os cumprimentou. Como estava acostumado a vê-lo e não sabia que ele não devia estar aqui, simplesmente disse um oi e foi para casa.

— A que horas foi isso?

— Ele viu Reinhold entrar no prédio por volta das cinco da tarde, e subir a escada. Não o viu sair. Crabtree disse que deu uma saída para resolver assuntos mais ou menos por essa hora, mas voltou quinze minutos depois.

— Não foi coincidência. Ele ficou de tocaia perto do prédio, pensando em como entrar e subir sem que alguém que soubesse que eles tinham se separado visse. Ou talvez estivesse esperando a vítima e aproveitou a chance de entrar quando Crabtree saiu.

— Conseguiu quinze minutos para isso — comentou Peabody. — Teve sorte.

E nós não, pensou Eve.

— Quero que os guardas pesquisem qualquer lugar do outro lado da rua ou perto daqui, onde ele poderia esperar. Retransmita isso e torne a falar com a testemunha. Mira está vindo e eu preciso estar aqui quando ela chegar.

— Ela vem *aqui*? — Peabody olhou para o corpo e estremeceu.

Por alguma razão, Eve se sentiu menos boba ao ver que Peabody teve a mesma reação que ela.

— Mira já viu cadáveres antes.

— Verdade. Vou repassar tudo para os guardas e falar com a testemunha.

— Não tem nenhum *tele-link* por aqui, como você já imaginava — anunciou Roarke, aproximando-se dela. — Fiz uma verificação rápida nas finanças de Lori para ver onde ela usou seus cartões hoje; assim, você vai conseguir refazer seus passos. Enviei a lista para você.

— Isso pode ajudar. Ele tentou sacar algum dinheiro dela?

— Ainda não. Mas talvez tente, já que está com o computador dela. A DDE consegue descobrir isso rapidinho.

— Talvez a gente tenha sorte e ele seja burro a esse ponto.

— Você não acredita nisso.

— Não. Tenho que ir para a Central quando terminar aqui. Você deveria ir para casa e dormir um pouco.

— Vou ver o que mais consigo achar por aqui e vou com você. Mandei buscar sua viatura, e ela estará aqui quando você sair.

— Você é muito útil.

— Considere tudo isso parte da nossa noite não romântica.

Ela conseguiu esboçar um sorriso, mas ele logo desapareceu quando viu Mira.

— Obrigada por vir até aqui, doutora.

— Não foi nada. Olá, Roarke.

Aparentemente Mira não considerou o beijo no rosto que ela e Roarke trocaram, nem a ajuda dele para lhe tirar o casaco como falta de profissionalismo na cena de um crime.

Mira não estava usando um de seus lindos e estilosos terninhos, nem saltos altos. Em vez disso, estava com uma calça escura justa e um suéter azul-claro e botas cinza curtas que pareciam macias como nuvens.

Seu cabelo castanho-escuro esvoaçava ao redor de seu rosto atraente, e seus lindos olhos azuis permaneceram frios e atentos enquanto examinavam a cena.

— Vi Peabody lá embaixo e ela me ajudou a selar as mãos e os pés. Estou autorizada a examinar o corpo?

— Autorizada.

Eve foi com ela informando-lhe o básico. Idade e nome da vítima, hora exata da morte e *causa mortis*.

— Ainda não encontrei o que ele usou para nocauteá-la. Pode ser que tenha trazido a arma do crime e a tenha levado embora. Ele gosta de um taco de beisebol, e a lesão parece indicar isso. Morris vai nos dizer com certeza.

— Tudo bem. Você falou que ele trouxe a fita adesiva e a corda.

— É, ele se preparou para isso.

— Planejamento, em vez de impulso. Foi mais parecido com o pai do que com a mãe. Mas diferente também, de certo modo. Ele não queria apenas matá-la e destruí-la. Queria machucá-la, aterrorizá-la, humilhá-la. Imagino que você tenha concluído a mesma coisa.

— Sim, mas é bom ter a sua confirmação. Repicar o cabelo dela desse jeito... Existe uma maldade nisso, a mesquinhez de alguém que entende o que o cabelo de uma mulher significa para ela.

— É. Eu concordo.

— Tenho certeza de que ela havia acabado de cortar o cabelo, de mudar a cor e o penteado.

— Ah, foi mais que isso. Ela não tem permissão para ficar atraente. Não vejo sinais evidentes de abuso sexual, exceto pelo hematoma no mamilo direito.

— Ele ejaculou na calça e deixou a cueca no banheiro depois de se limpar.

Mira fez que sim com a cabeça.

— Matar o excitou, ou talvez torturar. As duas coisas. Ele deixou evidências aqui, bem como o seu DNA. Ele quer que você saiba que ele é um homem... não um fracote, mas um homem de verdade. Você me entende?

— Ah, sim.

— Ele a atingiu principalmente no rosto. Para machucá-la, para marcá-la, para sentir o poder disso. Vejo sacolas rasgadas. Ela saiu para fazer compras hoje?

— Saiu. Acho que ele jogou as coisas fora e rasgou o restante.

— Ela não pode ter nada, ele fez isso antes de matá-la. Mais uma vez, para machucá-la. Sapatos novos... ele os colocou nela para fazê-la parecer pornográfica, talvez.

— É o que eu acho também.

— O estrangulamento, cara a cara. Isso indica intimidade. O laço que ele fez com a corda mostra de novo o egoísmo e a maldade. Eve, acho que ele levou partes do cabelo dela.

— Por que você acha isso?

— Não quero tocar em nada, mas está vendo o comprimento de algumas das mechas que ele cortou? Acho que deveria ter mais cabelo por aqui. Seus peritos vão confirmar isso, se eu estiver certa.

— Então ele pegou algo dela, um troféu. Não vi nada disso na primeira cena. Talvez eu não tenha me atentado a isso.

— Duvido. Ela significava mais para ele do que os pais. Eles estavam apenas atravancando o seu caminho, eram uma amolação, e matá-los foi só um meio para alcançar um objetivo.

— Eu fiz essa mesma análise — concordou Eve.

— Ela era mais importante. Ele dormiu com ela nesta cama, fez sexo com ela nesta cama. E ela o negou, o rejeitou, o mandou de volta para a casa dos pais, como um garotinho. Depois sai e compra coisas novas, muda o cabelo? Não, isso seria inaceitável. Ela era tão jovem — completou Mira, baixinho, e voltou para a sala de estar.

— Se a senhora já terminou com ela, posso deixar os peritos entrarem com a equipe do necrotério?

— Pode, já vi o suficiente. Foi ele que fez isso? — quis saber, apontando para a pequena cozinha.

— Aham, comeu de tudo depois que a matou. Pelo menos um pouco depois. Usou o AutoChef depois da hora exata da morte. — Eve mandou os peritos entrarem.

— Comeu besteira. Comida divertida. Comida de festa. Foi a sua pequena celebração, ainda mais agradável porque ela está morta ali, bem perto. Ele levou mais alguma coisa?

— A carteira dela, o dinheiro das gorjetas, o computador e o *tele-link* novo. É tudo que tenho certeza, por enquanto. Provavelmente também levou algumas joias. Se ela fez compras com uma amiga e um penteado novo, entre outras coisas, certamente estava usando alguns brincos, e talvez alguma outra peça.

— Concordo. Ela é jovem, garçonete, então acho difícil que tivesse alguma joia particularmente valiosa, a não ser que fosse herança de família.

Observando Mira vagar pelo ambiente, Eve sentiu a sensação ruim crescer.

— Eu estraguei tudo.

Com um ar calmo e interessada, Mira olhou para trás.

— Por que diz isso?

— Eu não achei que ele fosse atrás de outra pessoa, muito menos com essa pressa toda; a menos que estivesse fugindo, tentando defender a própria vida, ou se alguém se recusasse a ajudá-lo. Mas não imaginei uma coisa dessas.

— Não sei como você poderia ter previsto tal coisa, nem ter motivo para tal. Vir até aqui e fazer isso foi arriscado e calculado. Foi totalmente diferente da morte dos pais, que mostrou, em primeiro lugar, impulso e, depois, oportunidade. Mesmo com isso, você tentou falar com ela várias vezes. As circunstâncias impediram.

— Tive a percepção errada. Ele nunca mostrou comportamento particularmente violento antes disso, nem ambição ou cálculo. Matar a mãe foi um impulso e depois uma raiva cega.

— Isso.

— Então, horas depois, matou o pai. Foi raiva de novo, mas ele ficou feliz também, além de ter tido a capacidade e o sangue-frio para ficar naquele apartamento, primeiro esperando pelo pai enquanto formulava ideias, depois por ficar lá com os dois mortos pelas suas mãos, enquanto arquitetava os outros planos. Ele comeu, dormiu e conspirou com os corpos dos pais a poucos metros de distância.

— Ele não sentiu nada — disse Mira. — É um sociopata, um narcisista. Acha que tudo gira em torno dele e das suas necessidades... Ou devia girar. Usa o recurso de projeção para transferir toda a culpa e responsabilidade do que faz para os outros. Acredita nisso e não sente culpa nem remorso pelo seu comportamento, muito menos necessidade de mudar.

— Ele mudou — opinou Eve —, quando pegou a faca e a enfiou na mãe.

— Ele não mudou, sua raiva aumentou — corrigiu Mira. — Ele rompeu as amarras. E para ele, foi tudo culpa dela.

Eve passou a mão pelo cabelo e fez que sim com a cabeça.

— Tudo. Eu estava achando que, com eles fora do caminho, ele teria acesso total ao dinheiro, uma forma de viver como um rei, no curto prazo. Exatamente o que ele queria. Sem culpa ou remorso, isso eu entendi. Foi mais um sentimento de euforia. Só que... será que matando os pais ele não matou algo nele também?... Aquela pequena centelha de consciência, humanidade, a necessidade de ser parte do todo?

— Depois de eu ver o que ele fez aqui, o que ele *gostou* de fazer, não, isso não matou uma parte dele, simplesmente libertou algo que ele tinha reprimido, provavelmente por medo de punição. Uma parte que talvez ele não tivesse consciência total, até ser libertado. Ele se encontrou.

— Desculpem interromper — disse Peabody, segurando uma bandeja. — Roarke mandou isto. É chá para a senhora, dra. Mira, e café forte para você, Dallas. O café normal é para mim. Roarke está com McNab em um café que funciona 24 horas, do outro lado da rua. O atendente reconheceu o suspeito. Eles estão verificando as filmagens do sistema de segurança da rua.

— Isso é ótimo.

Mira tomou um gole de chá.

— Esse chá também. É o meu chá favorito. Como ele acerta essas coisas?

Eve deu de ombros.

— Eu parei de fazer essa pergunta há muito tempo.

— Tudo bem se eu me sentar um momento?

— Claro! — disse-lhe Eve. — Eu ainda não consigo sentar.

— Mas eu consigo, dois minutos — disse Peabody, falando depressa, e se acomodou sobre uma das caixas acolchoadas.

— Ele conseguiu uma validação aqui — continuou Mira, ao se sentar. — Todos os trabalhos subalternos que ele foi forçado a aceitar ou lhe foram impostos? Não eram para dar certo. Ele sempre *soube* disso e agora provou a si mesmo. Todos aqueles chefes que exigiam que ele trabalhasse segundo as suas regras? Eram pessoas com a cabeça fechada, ou que queriam diminuí-lo porque viam que ele era muito mais. Ele matou três pessoas e está livre e solto por aí. Você sabe quem ele é, mas não consegue detê-lo... Ele acabou de provar isso com essa última morte. Tem dinheiro agora, descobriu sua verdadeira liberdade, seu verdadeiro eu.

— Ele vai precisar matar de novo.

— Com certeza! A reação sexual a essa morte adiciona mais um nível a essa necessidade. Matar alguém o recompensa.

— E vai ser uma pessoa que ele conhece? Um estranho não vai proporcionar a mesma adrenalina, pelo menos não tão cedo.

— É o que eu acho, também. Conhecer a vítima, saber que essa vítima sempre o subestimou, o considerou uma pessoa menor, até o machucou ou insultou de alguma forma é só uma parte disso.

Sim, Eve conseguia entendê-lo mais agora, ver nos cantos escuros da sua mente.

— Vingança é outro fator, aqui. Os pais atrasaram sua vida, o pressionaram, o incomodaram, o ameaçaram e estavam a ponto de expulsá-lo de casa. Foi demais para ele. E existem por aí muitos outros que ele veria da mesma forma.

— Uma longa lista de desfeitas, e ele vai ter uma chance de provar a si mesmo o quanto vale; chance de ter mais dessa emoção e recompensa que teve.

— Já entramos em contato com todas as pessoas que soubemos ter alguma ligação com ele, até agora. — Eve olhou para Peabody.

— Ex-patrões — confirmou Peabody. — Colegas de trabalho, família e amigos.

— Vão ter mais — disse Eve. — Algum vizinho que o humilhou ou incomodou; um professor ou instrutor, e até mesmo uma garçonete qualquer, ou um balconista.

Mira apreciou mais um gole de chá.

— Também acho. Ele vai atrás de qualquer um que o fez se sentir um homem menor, que o menosprezou ou rejeitou.

— Temos o nome e o rosto dele estampados em todos os lugares agora. Ele certamente sabe disso. Vai ter que mudar sua aparência.

— Ele estava de terno — disse Peabody. — Perguntei à testemunha o que Reinhold vestia. Primeiro ele disse que não tinha reparado, mas pedi com carinho que ele se esforçasse. Disse que nunca tinha visto Reinhold de terno e reparou nisso.

— Interessante — murmurou Mira. — Ele queria parecer um profissional.

— Ele se aprumou para a Lori — acrescentou Eve. — Enfeitou-se para ver a ex. *Olhe para mim, sua vadia. Sou um cara estiloso, agora.* Deve ter ido a algum salão — disse a Peabody. — Cortado e ajeitado o cabelo, feito algum procedimento estético, trocado a cor dos olhos. Ele mudou seu método de matar. Foi da faca para o bastão de beisebol, e agora para o estrangulamento. Está experimentando as opções? — perguntou a Mira.

— Pode ser que sim. Ou se aprimorando.

— Métodos para ajustar a matança aos pecados que cometeram contra ele. Sim, aposto que sim. Isso faz com que ele se sinta... Habilidoso e inteligente. Mas ele precisa parar em algum canto, dormir, morar em algum lugar. E não vai se contentar com um buraco qualquer.

— Seria abaixo do nível dele — concordou Mira.

— Talvez no curto prazo, se estivesse fugindo, mas não vejo isso. Não agora que ele teve o gostinho de curtir o grande momento.

— Existem muitos hotéis em Nova York — lembrou Peabody.

— Vamos olhar em todos.

— Ele vai passar muito tempo assistindo às notícias sobre ele na TV e nos jornais — acrescentou Mira. — Mais uma validação. As pessoas sabem o nome dele agora, o respeitam e o temem. Elas sabem que ele é um *homem*. E um homem perigoso.

— Do jeito que ele está gastando o dinheiro que tem, vai precisar de mais muito em breve.

Ele descobriu como obter dinheiro e muito mais. Tinha esquecido de obrigar Lori Careca — ele sempre pensaria nela desse jeito, agora — a transferir suas economias para a conta dele.

Eu me empolguei na hora e esqueci, pensou Reinhold. Lori tinha alguns milhares de dólares guardados e ele sabia disso, mas ela o distraiu com toda aquela choradeira e tremedeira, então ele a matou antes de pegar o dinheiro.

Vadia burra e egoísta.

Mas aquilo não importava. Ele não ligava. Não precisava daquelas gorjetas patéticas de garçonete.

Achou que ficaria cansado, mas descobriu que se sentia energizado, como se tivesse consumido drogas de qualidade. *Algo que*, refletiu, *poderia entrar em sua lista de compras.*

Mas por ora, ele precisava de um bom lugar para ficar. Pegaria mais uma boa parcela do seu fundo "Que se fodam todos" e uma bela identidade falsa para combinar com o novo visual que planejara para si mesmo.

Tudo isso, e muito mais, certamente estaria disponível na bela casa com revestimento de arenito em Tribeca.

Não, ele não precisava das poucas economias de Lori Careca. Conseguiria muito mais!

Ele só tinha de esperar que a vaca da sra. Farnsworth saísse de casa com seu cãozinho Snuffy, aquele montinho de merda, para o passeio noturno.

Ou melhor, seu *último passeio.*

Caramba, aquilo era divertido!

Ele não tinha como ficar vigiando a casa dela de um café do outro lado da rua, como fizera com Lori Careca. Precisava ficar escondido, nas sombras, ou fingir ser um pedestre em seu *tele-link*.

Pouco depois das onze da noite, viu a porta da casa se abrir e a gorda da sra. Farnsworth sair cambaleando com o vira-lata feio na coleira. Ela falou alguma coisa para o cão com sua voz velha e aguda e irritante, a mesma voz com que ela o humilhara quando o reprovou em informática, no ensino médio.

Ela recebeu uma grande homenagem quando se aposentou. Ele até tinha recebido a porra de um convite eletrônico para sua festa de aposentadoria. Tremenda cara de pau a dela, depois de tê-lo reprovado por puro capricho.

Quando ela estava a meio quarteirão de distância e parou para o cachorro cagar no quadrado de terra ao redor de uma árvore, ele passou pelo portão de seu estreito jardim da frente e se escondeu bem junto à porta da frente.

Casa bacana, pensou. Ele passaria alguns dias ali feliz. A vaca tinha herdado aquela casa quando o pai corretor de imóveis morreu. Vivia sozinha ali desde que o marido idiota tinha batido as botas. Não era à toa que morava sozinha, gorda do jeito que era, feia e mesquinha como um rato de rua.

Pegou o taco de beisebol da sacola e aproveitou a sensação em suas mãos, sabendo o que faria com ele.

Refletiu que poderia ter sido um assassino profissional. Um daqueles agentes secretos com licença do governo para matar. Talvez ainda pudesse virar um desses, depois de terminar sua missão.

Seria divertido matar pessoas que ele nunca tinha visto, mas no momento ele conhecia muita gente que realmente precisava morrer.

Ele ficaria ocupado por um bom tempo. Aquela era uma oportunidade de carreira que teria de esperar.

Ele a viu voltar com o cachorro feio de focinho empinado. Quando entraram pelo portão, seu coração acelerou na expectativa.

O cachorro parou, estremeceu e latiu.

Merda! Ele não tinha pensado nisso.

— Ora, o que foi dessa vez, Snuffy? É aquele gato mau de novo? Aquele velho gato nojento?

Isso mesmo, pensou Jerry, sorrindo. *Sou um gato mau.*

— Venha, não seja bobo. — Ela pegou-o no colo, silenciosamente o ninou e foi até a entrada da casa.

Enfiou a chave, girou-a e abriu a porta.

Ele foi para cima dela como uma sanguessuga. Empurrou-a com força e lançou-a para a frente. Batendo a porta, ele respirou rápido e ofegante, enquanto lutava contra o desejo de simplesmente sair dali correndo.

Em vez disso, deu um chute forte no cão que latia e tremia. Isso fez Snuffy bater a cabeça contra a parede e depois cair no chão, como sua dona.

Ele precisou desacelerar sua respiração. Forçou-se a respirar mais devagar e esperou até o rugido do tornado de sangue em sua cabeça se acalmar, para poder pensar novamente.

Então, com um aceno de cabeça satisfeito, apoiou seu fiel bastão contra a parede. E esfregou as mãos diante da expectativa de tudo que estava para acontecer.

Em Chelsea, Eve falava brevemente com o funcionário que tinha atendido Reinhold.

— Ele chegou por volta das quatro ou quatro e quinze, talvez. Pediu um *Maxima latte* com caramelo extra e um *cookie* grande. Ficou olhando para o *tele-link* e o tablet, mas muita gente faz isso.

— Você o viu falando com alguém?

O atendente coçou a orelha, como se isso o ajudasse a pensar.

— Eu acho que não. Ele estava só sentado lá vendo o movimento pela janela; consultava o *tele-link* de vez em quando e pesquisava coisas no tablet. Achei que talvez estivesse esperando por uma pessoa. Perguntei se mais alguém iria chegar e ele disse que não, que estava apenas fazendo hora antes de um compromisso. Pagou em dinheiro. Depois de ficar ali um tempão ele se levantou de repente e saiu rápido. Deixou o dinheiro em cima da mesa, pegou sua sacola grande e saiu, quase às pressas. Fui ver se ele tinha deixado o dinheiro certo, e tinha. A gorjeta era pequena, mas cobria o valor do que ele tinha consumido. Ele atravessou a rua e ficou perambulando pelos carros parados no semáforo. Só isso.

— Que tipo de sacola?

— Como assim?

— A tal sacola — repetiu Eve. — Você disse que ele pegou uma sacola antes de sair.

— Ah, é, tá. Era uma bolsa bem legal. Parecia nova, era preta e imensa. Uma espécie de mochila comprida, mas mais elegante. Não prestei muita atenção.

— Já dá para eu ter uma ideia. Caso você se lembre de mais alguma coisa ou ele apareça aqui de novo, entre em contato comigo.

— Pode deixar.

Ela foi até onde McNab e Roarke estavam, na calçada; conversavam em idioma *geek*. Ela ergueu a mão para interrompê-los.

— Encontraram mais filmagens em que ele aparece?

— A gente estava falando disso.

— Não no nosso idioma.

McNab simplesmente sorriu.

— Nós o vimos em algumas câmeras de rua e podemos juntar as peças. O que estávamos imaginando é como refazer o seu caminho para saber de que direção ele veio.

— Por que não disseram logo?

— A gente estava te falando... — disse Roarke. — Como as Leis de Privacidade proibiram o uso de observação via satélite, dependemos das câmeras dos prédios, daqueles que têm câmera. Estávamos tentando descobrir um jeito de segui-lo de volta de onde ele saiu, ou o meio de transporte que usou.

— Ok, continuem fazendo isso. Avisem-me quando surgir algo que possamos usar. Um minuto — pediu a Roarke, e se afastou alguns passos. — Você não vai para casa, vai?

— Quero brincar com meus amigos mais um pouco. Vou perder o toque de recolher.

Ela olhou para McNab, que falava com Peabody e fazia gestos típicos da DDE. Seu corpo colorido não conseguia ficar parado quando ele estava energizado, no modo eletrônico.

E ali estava Roarke, calmo como um gato, de calça preta e jaqueta de couro perfeitas.

No entanto, eles eram amigos, ela pensou, com todas essas características opostas.

— Fique à vontade.

— Estou à vontade. — Ele a agarrou e beijou-a com força antes que ela tivesse chance de se esquivar. — Estamos em serviço *e* em público, mas você falou para eu ficar à vontade, tenente.

Ela o socou de leve na barriga e replicou.

— Eu também estou. Peabody! Venha comigo.

Ela atravessou a rua até onde seu carro — conforme prometido — já a esperava.

Enquanto Eve trabalhava, o homem que ela caçava, fazia o mesmo. Ali ele poderia levar o tempo que quisesse, desfrutar da emoção de vagar por uma casa sem precisar de permissão. Podia fazer o que quisesse e ter o que bem quisesse.

Havia um monte de aparelhos eletrônicos na casa para vender, trocar e somar ao seu fundo "Que se fodam todos". Uma óbvia *geek* eletrônica de coração e alma, a sra. Farnsworth adorava brinquedos sofisticados, incluindo um androide doméstico de terno preto, e, felizmente, em modo soneca.

Ele sabia o suficiente sobre programação pelos cursos que fez — e que seus pais avarentos e mortos reclamaram tanto de pagar — para zerar os chips de memória do androide. Reprogramá-lo era mais complicado, mas ele sabia o básico. E faria com que a Baleia Farnsworth lhe mostrasse as coisas sofisticadas mais tarde, caso necessário.

Comeu um lanche depois de amarrar e amordaçar a vaca velha em sua cadeira do escritório de casa. Como eles trabalhariam lá, ele ordenou que o androide reiniciado levasse a vaca gorda para o andar de cima e voltasse para o modo soneca.

Então Reinhold fez seu *tour*.

O lugar cheirava à senhora e ao cachorro que ainda tremia no canto, com olhos vidrados. Provavelmente ele tinha quebrado alguma coisa no bostinha, com o chute. Decidiu enfiar mais batata-chips de sal e vinagre na boca. Deu um gole na Coca-Cola para ajudar a descer.

De vez em quando limpava as mãos salgadas em algumas das cortinas espalhafatosas da casa ou no encosto de uma poltrona.

Vasculhou o quarto dela. Havia um puta telão lá, a velha tinha muita grana. Aquilo não era o tipo de coisa que ele conseguiria levar dali sozinho. Talvez usasse o androide para fazer isso, considerou. Ele também poderia mandar o androide penhorar alguns dos eletrônicos. Mas não muito perto da casa, onde a velha vadia fazia compras.

Ele precisava planejar tudo. Por enquanto, porém, iria aproveitar o telão como se estivesse na própria casa.

Gargalhou sobre sua boa sorte ao descobrir que a velha não só tinha uma banheira imensa, mas também um chuveiro grande e chique, cheio de jatos para massagear o corpo.

Aquilo sim era vida!

Ele não manjava nada de arte, nem ligava para isso, mas pensou que talvez fosse uma boa ideia levar algumas pinturas a uma galeria e contar uma história triste sobre sua tia Martha, recém-falecida para ver se conseguia algum dinheiro.

Mas sua maior descoberta, sua grande emoção, foi o cofre.

Era grande, embutido na parede atrás da pintura de uma casa de fazenda idiota e um campo de alguma merda agrícola.

Um cofre antigo — pelo menos era o que parecia — com o clássico segredo de combinação por números. Provavelmente estava na casa há muitas décadas. Talvez mais. E o que quer que estivesse ali dentro, agora pertencia a ele.

De volta ao quarto dela, ele tirou todas as roupas de velha gorda do armário e as colocou em sacos. Talvez conseguisse algo por elas, mas basicamente queria aquilo longe dali. Arrastou tudo aquilo, mais a cama inútil do cachorro e sua cesta fedorenta de brinquedos para o outro quarto. Um quarto de hóspedes, imaginou, cheio de coisas rendadas e quadros de flores.

Ela agora tinha um hóspede inesperado.

Ele voltou, trocou o terno por um jeans novo, uma camiseta de grife e tênis novos. Roupas de trabalho, pensou, conferindo o visual no espelho. Guardou suas coisas no banheiro, para mais tarde. A tintura capilar, a máquina de cortar cabelo e barba, o bronzeador de rosto e corpo.

Queria fazer aquilo num salão chique, mas não era *burro*. De qualquer forma, tinha visto vídeos na Internet que ensinavam a fazer uma transformação total. Ele poderia fazer algo agora, e depois procuraria um salão chique para finalizar o trabalho. No momento, ele só precisava ficar com uma aparência diferente e ter outra cara para a nova identidade que a velha o ajudaria a criar.

Ele sabia exatamente como convencê-la.

Pegou o alicate de corte, o cutelo de cortar carne que encontrou na cozinha — muito útil e cheio de potencial — e uma pequena furadeira manual.

Aquilo tudo deveria bastar pelo menos por enquanto, pensou, voltando ao escritório.

Sorriu de forma brilhante e alegre quando viu os olhos dela arregalados, aterrorizados e confusos. Aumentou o sorriso ainda mais quando os olhos dela pousaram nele. Percebeu que ela o tinha reconhecido ao ver o horror florescer em seu rosto.

— Oi, sra. Farnsworth! Lembra de mim? Você me reprovou da turma de informática e fodeu com a minha vida. Vamos fazer uma pequena reunião entre professora e aluno — Para impressioná-la mais, jogou o cutelo sobe a mesa. — Vamos começar *agora*!

Capítulo Nove

Ele puxou uma cadeira para que os dois ficassem de frente um para o outro e apoiou um tornozelo sobre o joelho.

— Tive que assistir às suas aulas extras horrorosas porque você tinha implicância comigo. Fiquei sem sair por um mês, preso em casa com meus pais rabugentos e reclamões. Você contou um monte de mentira quando eles foram à reunião de pais e professores. Disse que eu era preguiçoso e descuidado, disse que eu só queria aprender jogos de computador em vez de aprender a ciência idiota, estúpida e inútil. Eu perdi as minhas férias de verão por sua causa. Em todas aquelas semanas de aulas extras, enquanto meus amigos se divertiam eu não pude nem ir à praia. — Ele ergueu as pinças, estudou-as e sentiu no ar o cheiro de medo. — Foi o pior verão da minha vida. Meus amigos me zoavam todos os dias, e eu fiquei preso numa sala cheia de *fracassados*, só porque você quis me sacanear. — Ele se inclinou para frente e, embora ela tentasse encolher os dedos em forma de punho, ele puxou um deles para fora, encaixou as pontas do alicate de corte sobre ele. E sorriu para ela. — Vou tirar a fita para que você possa me explicar tudo. Quero a sua versão da história. Se você gritar eu corto a ponta desse dedo. Entendeu?!

Ela fez que sim, os olhos colados nos dele enquanto ele erguia uma ponta da fita.

— Um grito... um dedo — avisou ele, e puxou a fita.

Ela engoliu o grito quando sentiu a fita sendo puxada e balbuciou, tremendo:

— Eu não vou gritar, Jerry.

— Ninguém vai ouvir você mesmo, graças ao jeito como você deixa esse lugar, mas *eu* não quero ouvir. — O que ele queria era apertar o alicate de corte na junta dela, sentir o estalo e ver o rosto dela quando isso acontecesse. Mas lembrou que ela poderia precisar dos dedos para fazer a nova identidade para ele.

De qualquer modo, ela não precisaria dos dedos dos pés, se eles chegassem a esse ponto. Lentamente, recolheu o alicate e o colocou no chão.

— Então, qual é sua versão disso tudo, sra. Farnsworth? — Ele simulou uma expressão atenta, mas não conseguiu esconder o brilho medonho de alegria em seus olhos. — Estou muito interessado.

— Eu queria te ajudar. Queria sim! — insistiu ela, quando ele tornou a pegar o alicate de corte — Mas eu tive uma abordagem errada. Eu errei. — Ela teve de lutar contra as lágrimas de alívio quando ele tirou a mão do alicate e deu a si mesma um momento para se recompor. — Eu não devia ter sido tão dura com você.

— Você pegou no meu pé desde o primeiro dia de aula.

— Você tinha tanto potencial! — Ela não tinha certeza de que aquilo era uma mentira. Ela *tinha visto* potencial nele. E preguiça extrema. Mas tentou muito e lhe deu várias chances. Por Deus, ela fizera quase um trabalho individual com ele, escolhera um dos melhores alunos da turma para ser o seu parceiro de laboratório.

— Eu não sabia como explorar aquele potencial, como chegar até você. — Isso *era mentira*, pensou. Ela tinha sido uma boa professora e tentara de tudo em seu arsenal de recursos para ajudar Jerald Reinhold. Ele foi um dos seus poucos fracassos porque não tinha interesse em melhorar, sempre preguiçoso e descaradamente ingrato. — Esse foi o meu erro. Culpa minha.

— Você me dava notas menores do que eu merecia.

Uma parte dela quis se levantar em protesto e arrasar com ele com seu tom de professora indignada, porque ela não tinha feito tal coisa. Pelo contrário, tinha dado a ele notas ligeiramente mais altas, a princípio, na esperança de aumentar sua confiança e inspirá-lo a se esforçar mais.

Então usou esse argumento.

— Vi um grande futuro para você, Jerry, e acabei forçando a barra. Fui muito dura. Não percebi isso até ser tarde demais. Eu me arrependo daquilo. Me desculpa, por favor. Eu gostaria de poder voltar no tempo e consertar tudo.

— Consertar? — Ele bufou com o termo, mas ela o confundiu. Ele nunca imaginou que ela fosse admitir tudo. Nunca esperou que ela mesma iria *enxergar* a própria culpa.

Não importa, pensou. O plano já estava traçado.

— Qual é a combinação do cofre?

Ele falou tão rápido que ela estremeceu, e, embora seu estômago tenha se revirado, disse a ele os números de forma pausada e clara.

— Se os números não forem esses, você perde um dedo.

Ele colocou a fita de volta no lugar com um tapa e saiu.

Sozinha, ela tentou se mexer, se virar e torcer o corpo. Não conseguia ver as cordas ao redor dos pulsos e dos tornozelos, mas sentia os cortes. Ele tinha coberto as cordas com fita adesiva, em torno dela e da cadeira, para que ela ficasse quase imóvel.

Mas talvez com movimentos repetitivos ela conseguisse afrouxar tudo, pelo menos um pouco. Quem sabe ela conseguiria convencê-lo a liberar suas mãos.

Onde estava Snuffy? O que ele tinha feito com o pobrezinho? Não fazia mal a uma mosca aquele lá, pensou, e lutou novamente contra as lágrimas.

Ele havia matado os próprios pais. Ela tinha ouvido isso no noticiário da TV. Matou os pais e roubou todo o dinheiro deles.

Ele a mataria também, a menos que ela encontrasse um jeito de dissuadi-lo. Ou conseguisse fugir.

Ao ouvir ele voltando, ficou petrificada.

Coopere, ordenou a si mesma. *Concorde com ele. Demonstre arrependimento.*

Ela passara mais da metade da vida dando aulas, principalmente para adolescentes, o que muitas vezes pode ser um trabalho frustrante e ingrato. Até que eles amadureciam lentamente e começavam a se interessar um pouco mais pelas aulas. Ver esse processo tinha sido uma das suas maiores alegrias.

No caso de Jerry Reinhold, porém... ela nunca vira sequer um broto minúsculo que servisse de sinal de amadurecimento.

— Você tem um tesouro ali dentro, hein, sra. Farnsworth? Dinheiro, joias. Um monte de merdas herdadas, certo? Tudo aquilo vale muito. Também vi um monte de discos... você vai me explicar por que alguns estão marcados com a palavra "apólices de seguro". Aposto que um pouco de toda a merda que você tem aqui vale uma bela grana. Você me deve muito, então vamos começar logo com isso. Talvez a gente passe a noite toda aqui.

Ele virou a cadeira dela um pouco para o lado, para aproximá-la do computador.

— Antes de mais nada... Vou precisar das suas senhas. Vamos começar pelas suas contas bancárias. — Só porque deu vontade, ele deu uma bofetada nela com as costas da mão, de um jeito quase descuidado. — Eu disse que preciso das suas senhas! Ah, desculpa! — Riu. — Acho que você não pode falar com a boca tapada. — Ele arrancou a fita e viu as lágrimas brotando pelos cantos dos olhos dela. — Hora da vingança, sra. Farnsworth.

Em sua mesa, Eve fez das suas anotações um relatório mais detalhado. Concentrou-se nisso e tentou deixar de lado o que restava de agitação emocional que sentiu ao bater na porta dos pais de Lori Nuccio para comunicar-lhes a morte da filha.

Ela não conseguia estancar a dor deles, e sabia que não conseguia lidar com isso.

O que ela poderia fazer... e faria... era ir atrás e prender o homem que levou a vida da filha deles e mudou suas vidas para sempre.

O rosto de Lori tinha um lugar no quadro, agora. Como ela era e como Reinhold a deixou. A imprensa teria aquele rosto pela manhã — o de antes — e o publicaria vezes sem conta. Mas Eve iria impedir que eles divulgassem a foto do estado de Lori depois.

Quem mais estava na lista dele? Qual seria a próxima vítima?

Ela se levantou para pegar mais café e bebeu em pé na frente da janela, olhando para Nova York.

Todas aquelas luzes — janelas, calçadas, o zigue-zague do tráfego cortando a escuridão. Tantas pessoas indo e vindo, se acomodando em casa, festejando, fazendo sexo, procurando o que fazer ou relaxar.

Quantas delas, de alguma forma, teriam ofendido ou irritado Reinhold ao longo de seus vinte e seis anos? E quantas ele conseguiria atacar em sua sanha de vingança, antes que ela o detivesse?

Virou-se para o quadro.

Mãe, pai, uma ex-amante. Foi algo pessoal, íntimo.

Ele seguiria essa linha? Avós? Eles se enquadravam? Primos? Seria a família em primeiro lugar? Vingança por desrespeitos na infância, por falta de apoio, por críticas?

Os amigos viriam a seguir, certo, se ele seguisse esse padrão? Seria o amigo que ganhou muito em Las Vegas, quando ele perdeu? O mesmo que o expulsou por ele não ajudar no aluguel?

Ele iria precisar de uma oportunidade, um jeito de chegar até eles.

Ela tornou a sentar-se à sua mesa e rodou o programa de probabilidades.

Em seguida recostou-se, com o cenho franzido e tamborilou os dedos na mesa avaliando os resultados.

O computador sugeriu que as próximas vítimas poderiam ser os avós no Brooklyn. Era a maior probabilidade. Mas eles moravam fora do centro, o que diminuía as chances. Os amigos ficaram empatados no resultado do programa.

Ela não iria correr riscos. Colocaria os avós sob proteção policial.

Mas aquilo não combinava bem com o que o instinto lhe dizia, pelo menos por enquanto. Avós não costumavam ser um pouco mais indulgentes que os pais? E Reinhold não iria considerar esse padrão?

Por outro lado, os avós do Brooklyn tinham uma boa grana, pelo que ela pesquisara. Não era dinheiro para ele fazer a festa e dançar, mas era uma soma considerável. Ele queria e precisava de mais dinheiro.

A grana deles iria compensar? Ir até o Brooklin? Sair de Manhattan, gastar um tempão, planejar tudo aquilo?

— Não... O Brooklyn não é a próxima parada. Eu simplesmente sinto isso.

Os amigos não tinham dinheiro de verdade. Mas Joe Babaca, como Peabody o apelidou, tinha ganhado uma boa quantia em Las Vegas. Ele podia matar dois coelhos com uma só cajadada, não podia? Fazer sua vingança e pegar de volta o dinheiro que ele perdeu e o amigo ganhou.

Talvez *três coelhos* com uma cajadada, refletiu, pois ele ficaria feliz de se gabar para Joe Babaca por ter matado Lori. Ele era alguém que a conhecia; era um *amigo* que provavelmente concordou, após o rompimento, que Lori tinha sido uma vagabunda.

Considerando amigos e familiares — embora ainda precisasse se aprofundar nos primos — Joe Babaca estava no topo da lista de Eve.

Mas mesmo ele não se encaixava por completo no *modus operandi.*

— Dallas — tentou falar Peabody, ao entrar na sala. — O McNab...

— Ele não vai querer falar com os amigos, em algum momento?

— O quê?

— Reinhold. Ele não é um lobo solitário. Tudo que sabemos sobre ele até aqui indica que gosta de sair com amigos, ir a bares e boates.

Ele quer alguém, e alguém familiar, com quem beber e reclamar da vida. Está energizado agora, a adrenalina está correndo solta. Tudo saiu conforme o planejado. Ele está curtindo essa pequena comemoração pessoal, mas alguma hora ele vai querer falar com os amigos, certo?

— Eu... Não sei. Ele já matou três pessoas. Seus amigos provavelmente não vão querer confraternizar com ele.

— Você não está pensando como ele. Afinal, ele é rico... No seu ponto de vista. É famoso. Tem poder e glória. Se você não pode esfregar isso na cara dos seus amigos, então vai esfregar na cara de quem? Agora a vida dele se resume a hotéis caros, comida sofisticada e roupas novas. Mas ele já deve saber que isso exige mais dinheiro do que ele tem, se quiser manter o novo estilo por mais tempo.

— Talvez, só que... Temos quase a mesma idade. Se, digamos, cento e setenta e cinco mil dólares caíssem no meu colo, minha reação inicial seria "Puta merda, fiquei rica". Iria comemorar também. Compraria coisas novas e torraria um pouco da grana. Não conseguiria evitar.

— Mas logo iria parar de fazer isso, porque você não é burra.

— Sim, mas ele é. — Considerando essa linha de pensamento, Peabody deu um passo na direção do quadro. — Ela não vai pensar em investir para o futuro, pagar as contas ou qualquer coisa que pessoas maduras fazem quando ganham dinheiro do nada.

— Entendi. Sei disso. — Eve apontou para Peabody e, ao ver que o olhar da sua parceira mirou o AutoChef, deu sinal verde. — Mas ele tem uma ambição agora — continuou, enquanto Peabody programava o café. — Ele nunca teve uma ambição antes. Isso foi intuição de Mira. Algo se liberou dentro dele e liberou esse assassino onde antes havia um idiota preguiçoso. Agora ele tem uma ambição e acho que, em algum nível, está pensando no futuro.

— Tipo um fundo de investimento?

— Não. Um jeito de continuar fazendo o que descobriu que realmente gosta de fazer, e com isso ganhar grana suficiente para manter um estilo de vida elevado. O idiota provavelmente se imagina tornando-se uma espécie de assassino pago bem caro... Um matador profissional. Mas antes disso ele precisa equilibrar a balança e se vingar de todos que o deixaram revoltado, de um jeito ou de outro. Não pode continuar pulando de hotel em hotel. Precisa de uma base, um ninho... um QG.

Embora conhecesse os perigos daquilo, Peabody se arriscou a sentar na cadeira bamba para visitantes, a fim de beber o café.

— Ok. Entendi aonde você quer chegar. Ele precisa atacar mais pessoas para conseguir um lugar fixo onde morar. Um lugar bem sofisticado. Ele teria que ganhar uma bolada para isso, mas...

— Não precisa de uma bolada se ele alugar. Só que para alugar ele precisa de mais dinheiro, ou melhor, uma conta segura porque dinheiro vivo levanta suspeitas. Ele vai precisar de uma identidade nova e mudanças suficientes na aparência para conseguir se movimentar pela cidade.

— Os avós no Brooklyn estão muito bem de vida.

— Sim, o programa sugeriu isso. Seus avós já irritaram você?

— Na verdade, não. — Enquanto pensava neles, um sorriso fácil surgiu no rosto de Peabody. — Acho que eles meio que me mimaram. Bem, mimaram todos os netos.

— É isso que geralmente acontece, né? Mesmo assim, considerando o histórico agressivo de Jerry e o fato de ele ter sido um grande fracasso durante toda ou a maior parte da vida, provavelmente há motivos para ele ir até lá. Vou providenciar proteção para os avós. Parece que ele é pelo menos inteligente o bastante para imaginar que eu vou fazer isso.

— Joe Babaca se deu muito bem em Las Vegas.

Eve fez que sim com a cabeça e massageou a nuca para dissipar a tensão.

— Pode ser que seja o próximo, ainda mais porque isso aconteceu há pouco tempo. Mas as probabilidades são de que Joe já tenha torrado boa parte da grana. Ele precisa de mais que isso, outro grande aporte de dinheiro. No lugar dele, eu começaria com ex-patrões. Mesmo que eles não estejam exatamente ricos, ele provavelmente os veria assim, não é? Eles são donos ou administram um negócio e exerciam autoridade sobre ele... Assim como seus pais.

— É uma boa abordagem.

— Acho que a gente podia seguir essa linha de raciocínio. Vamos começar dando uma olhada em apartamentos de alto luxo, condomínios fechados e casas que estão atualmente para alugar.

— Temos milhares de lugares assim, Dallas.

— Ele só precisa de um... e nós também. — Na esperança de estimular o cérebro, ela se virou para o quadro e apoiou os pés na mesa, na sua posição de costume de "pensar". — Ele não pode se instalar no seu antigo bairro, se tiver pelo menos meio neurônio ativo. Seria um risco grande demais, porque, mesmo que ele se disfarce, alguém fatalmente o reconhecerá. Não se mudará para o bairro da ex também — decidiu. — Mas certamente vai se instalar em um local próximo. Ele iria querer um ambiente familiar, o conforto disso, pelo menos enquanto planeja os próximos passos. Vai ser gratificante poder se sentir superior a tudo e a todos. Instalar-se num lugar chique e caro, em comparação às espeluncas onde seus amigos moram.

— Rode alguns programas de probabilidades sobre isso, Peabody.

— Ok. Nesse meio-tempo, McNab já me disse que eles estavam acabando de criar uma sequência de imagens de câmera de rua para refazer os passos de Jerry. Eles já estão no laboratório da DDE.

— Vou até lá. Rode as probabilidades e envie os resultados para mim. Depois, vá para casa e durma um pouco, ou tire um cochilo no dormitório aqui da Central. Voltaremos ao caso amanhã de manhã.

— O que você vai fazer ao longo da noite?

Eve tirou as botas de cima da mesa.

— Vai depender do que McNab e Roarke conseguirem.

— Vou ficar aqui, caso surja alguma pista quente. Tenho uma muda de roupa no armário do vestiário. Você pode avisar isso ao McNab, por favor?

Satisfeita, Eve se levantou e saiu.

Evitou a sala de ocorrências da DDE. Mesmo no meio da noite aquele lugar ficava lotado; saltitava e balançava com cores vibrantes e movimentação constante. Seguiu em frente, mas fez uma nota mental para conseguir um tempo a sós com Feeney — seu ex-mentor, parceiro e capitão da Divisão dos *geeks*.

Avistou Roarke e McNab pelas paredes de vidro do laboratório e quase cambaleou ao entrar e ser atingida em cheio pela batida de uma música barulhenta.

Reconheceu Mavis nos vocais, mas, por mais que ela amasse sua amiga, havia limites.

— Como vocês conseguem pensar com todo esse barulho? — indagou.

— O sangue fica bombeando assim — explicou McNab, mas curvou-se à vontade de oficial superior a ele. — Encerrar música! — ordenou, e cortou a voz de Mavis no meio do lamento. A sala caiu num silêncio abençoado.

— O que vocês conseguiram? — perguntou Eve, andando até um telão onde imagens passavam em alta velocidade, como um borrão.

— Um quebra-cabeça — respondeu Roarke. — Mas acabamos de encaixar as últimas peças. — Ele girou em seu banco de trabalho e olhou para ela. — Quer o resumo em linguagem simples?

— Isso, por favor.

— A partir do prédio da vítima nós conseguimos correlacionar várias imagens de câmeras de segurança ao longo da rota de Reinhold para um lado e, num grau menor, para o outro. Levou um tempo a mais porque ele fez alguns desvios para se manter longe de todos os prédios nesse setor que têm câmeras... Pelo menos câmeras que funcionam.

— Acertamos em cheio na chegada dele, Dallas. — McNab bebia algo com canudo de um copo gigante. — Mas ele entrou em um quarteirão residencial que fica fora do alcance de qualquer câmera e não conseguimos pegá-lo. Ele pode ter entrado em um táxi ou ônibus, mas também pode ter continuado a pé. Nós pegaríamos sua imagem se ele entrasse no metrô. Analisamos todas as estações dessa área. Mas ele pode ter se enfiado em outro lugar. Podemos continuar procurando.

— Quero ver o que vocês já conseguiram.

— Acabamos de encaixar todas as imagens — McNab ordenou os resultados no telão. — Vamos avançar as imagens para que você possa vê-lo chegar e depois se colocar em posição.

Ela observou o táxi da Cooperativa Rápido sair do trânsito emaranhado e frear rente ao meio-fio. Reinhold, em seu terno novo e óculos escuros, saltou do veículo e puxou lá de dentro uma mochila comprida.

— Dê um zoom e me consiga a placa desse táxi.

McNab pausou o vídeo no instante em que Reinhold prendia a alça da mochila no ombro.

— Ele parece bem feliz — afirmou Eve. — Animado. Está estampado em seu rosto. Está pensando no que vai fazer com a ex-namorada. E como.

— Já pegamos a placa — disse McNab, mas ordenou o zoom para que Eve pudesse ver por si mesma. — Queríamos comunicar isso a você antes de dar o alarme.

Ela pegou o *tele-link*.

— Continuem vendo as imagens — ordenou, enquanto ligava para a central da empresa de táxis. — Aqui é a tenente Eve Dallas, Divisão de Homicídios da Polícia de Nova York. Meu distintivo é o 43578Q. Preciso saber o local exato da coleta de um passageiro.

Ela transmitiu a informação enquanto observava Reinhold caminhar pela rua, seus movimentos reproduzidos pela habilidade dos *geeks* em coordenar as câmeras que o filmavam enquanto caminhava.

Viu-o virar a cabeça e seu olhar mirar para cima. Ele estava diante do edifício de Lori e olhava para as janelas de seu apartamento, pensou Eve. Ele pegou seu *tele-link* e tentou ligar para ela, para saber se ela estava em casa. Era o seu dia de folga, ele certamente sabia disso.

— Ele foi pego na porta do Grandline Hotel na Quinta Avenida? Entendi, obrigada. Continue rodando as imagens — disse a McNab. Ela queria observá-lo. Estudou seu rosto quando conseguiu vê-lo e notou sua linguagem corporal ao mesmo tempo em que ligava para o hotel. — Quero ver a parte que mostra a saída dele — disse a McNab, ao ver Reinhold entrar no café.

Eve repetiu seu nome e dados de identificação para o funcionário do hotel.

— Vocês têm um hóspede chamado Jerald Reinhold?

— Um momento, tenente... Não temos ninguém com esse nome hospedado aqui.

— Ele não saiu do hotel na manhã de hoje?

— Não há nada em nossos registros.

— A que horas seu turno começou?

— Nove da noite.

Muito tarde, pensou Eve, mas haveria câmeras de segurança.

— Vou até aí. Preciso ver as filmagens das câmeras de segurança de hoje, a partir das sete e meia. E o restante das imagens das últimas 24 horas. — Ela não esperou resposta e desligou. — Vocês o pegaram seguindo para o sul?

— Isso mesmo, até chegarmos nesta área aqui. Voltamos a pegá-lo indo para oeste e nesse ponto o perdemos — McNab tomou outro gole imenso de uma das bebidas doces demais que ele amava. — A maioria das câmeras de segurança têm um alcance limitado. Mas se ele tivesse entrado em qualquer um dos prédios, isso apareceria.

— Ele seguiu para a direção oposta do hotel onde pegou o táxi — considerou Eve. — Acho que não voltaria para lá. — Ela andou pela sala por um momento. — Ele sabe que estamos atrás dele e sabe que encontraríamos o corpo de Nuccio bem depressa. Talvez achasse que isso só fosse acontecer amanhã, mas, ainda assim, bem depressa. Ele não vai chamar um táxi perto da casa dela, então precisa andar a pé algum tempo para colocar alguma distância entre o transporte que ele pegar e a cena do crime. Tem um sorriso presunçoso em seu rosto, está só passeando. O mundo é sua concha.

— O mundo é sua ostra — corrigiu Roarke, e a testa de McNab franziu em perplexidade.

— Ele é muito arrogante para não ter outra espelunca para onde voltar. Talvez no Village, no SoHo ou em Tribeca. Ou talvez ele tenha ido para o sul pegar um ônibus rumo à parte norte da cidade. Está escondido agora, onde quer que esteja. Vou examinar os registros do hotel.

— Vou com você — disse Roarke, e se levantou.

— Quer que eu continue executando a busca, tenente? — perguntou McNab.

Ela considerou a situação e fez que não com a cabeça.

— Já temos tudo que vamos conseguir, e isso tem de bastar. Peabody está tirando um cochilo no dormitório aqui da Central.

O rosto de McNab se iluminou.

— Ah, está?

— Nem pense em fazer sacanagens lá! — Ela saiu, sabendo que ele provavelmente faria mais do que pensar. Decidiu arriscar o elevador e respirou com mais leveza quando o encontrou vazio. — Que tipo de lugar é o Grandline? — perguntou a Roarke

— Imaginei que você fosse perguntar. — Roarke abriu seu tablet. — Hotel de negócios de médio porte; serviços 24 horas, para atender a executivos.

— Um lugar inferior ao The Manor.

— Bom... a maioria dos hotéis é.

Ela fez uma careta quando as portas se abriram e entraram dois guardas arrastando duas acompanhantes licenciadas ensanguentadas e surradas que cuspiam uma na outra.

— Aquele é o *meu* ponto, sua ladra vagabunda.

— Você não é dona da calçada, Xerecazilla.

— Você tentou roubar um cliente bem na minha cara!

— Não tenho culpa se eu estava passando e ele me escolheu em vez da sua bunda gorda e caída.

Observando o fogo no olhar da mulher de bunda gorda e caída, Eve instintivamente cutucou Roarke um segundo antes de erguer o pé espremido num sapato de bico fino e afiado como um estilete — que atingiu a canela nua da oponente. A ladra vagabunda soltou um uivo ensurdecedor e revidou com suas unhas muito compridas e tão pontiagudas quanto os sapatos.

Desta vez o sangue voou e o pandemônio se instalou, enquanto os guardas lutavam para separar as mulheres.

Bunda Caída rasgou a blusa rosa cintilante da Ladra, expondo o seu impressionante seio esculpido pela mão do homem.

— E você ainda pergunta por que os homens gostam de ver mulheres lutando... — comentou Roarke.

— Ah, pelo amor de Jesus siliconado! — Eve agarrou uma delas pelo cabelo, sem saber qual das duas, e sem se importar. Puxou com força, arrastou-a e conseguiu colocar uma bota no pescoço da outra. — Parem com essa porra! — Sua voz ecoou dentro do elevador. — Senão vou atirar nas duas com minha pistola de atordoar. E calem a boca! — acrescentou, quando as duas xingaram e reclamaram.

— Segurem essas duas, droga! — ordenou aos guardas.

— Vamos lá, Dorie, que diabos! — Um dos guardas se agachou para colocar algemas em uma delas, enquanto seu parceiro fazia o mesmo com a outra.

As portas do elevador se abriram.

— Tirem essas duas daqui de dentro imediatamente!

— Mas, tenente, íamos levá-las para...

— Agora!

— Sim, senhora. — Erguendo-as do chão, os guardas arrastaram as acompanhantes licenciadas para fora do elevador. As duas choravam e lamentavam.

— Até que foi divertido. — Roarke pegou um lenço e segurou o queixo de Eve.

— Que foi?

— Um pequeno corte feito por um golpe de unha. Pronto, já limpei.

— Caramba! — Foi tudo que ela disse até chegarem à garagem. — Você dirige — disse ela. — Quero verificar algumas coisas ao longo do caminho.

Ele se instalou atrás do volante.

— Coisas?...

— Quero ter certeza de que o Morris já está examinando o terceiro cadáver. Já descobri como e quando, certamente sei o responsável e o motivo; o caso está consistente. Também quero alertar Harpo... a Rainha dos Cabelos e das Fibras... no laboratório. Mira acha que ele pegou um pouco do cabelo da vítima. É um troféu pessoal, se for o caso. E quero verificar o programa de probabilidades que Peabody rodou sobre a próxima vítima.

— Você acha que vai ter uma próxima vítima.

— Acho que ele já até escolheu a próxima vítima. Se não o pegarmos logo, teremos outro cadáver para Morris. — Ela parou de falar durante alguns instantes e passou as mãos pelo rosto. — Se ele empregasse metade desse tempo, dedicação e planejamento em qualquer um dos empregos que teve, já estaria pelo menos numa gerência média.

— Desse jeito é mais divertido.

— Pode crer. Ele encontrou sua vocação. Existem lugares, certo? Existem acessos e caminhos para ele se promover como matador de aluguel, ou para procurar por um.

Ele lançou-lhe um olhar de soslaio.

— Você certamente saberia onde procurar... conhece pessoas que conhecem outras pessoas.

— Possivelmente. Essa nunca foi a minha praia, e nunca paguei rodadas em pubs para quem está nessa.

— Mas você conhece as pessoas certas.

— Conheço, sim.

— É apenas uma hipótese secundária, mas ele gosta de fazer isso, e até agora a coisa está dando certo. Ele gosta de viver em grande estilo e curte matar. Por enquanto mata pessoas que conhece e das quais guarda algum rancor, mas matá-las não vai manter sua vida de luxos. Então... Por que não transformar o hobby em profissão? Pode ser que ele pense nisso.

— Sim, é uma hipótese interessante. Vou perguntar por aí.

— Ele não devia ter chegado tão longe. — Ela recostou a cabeça no banco. — Teve sorte com Lori Nuccio. Ela tirou o dia para ficar longe de todo mundo, trocou de *tele-link* e de número. Se não fosse isso, eu teria ligado para ela e perguntado sobre as fechaduras da casa. Além do mais, ele tentou ligar para o número antigo dela, sei que tentou. Mesmo de um *tele-link* clonado, eu saberia que ele tentou encontrá-la. Tudo funcionou a seu favor.

— A sorte é uma coisa poderosa. Mas a habilidade é melhor.

Ele parou em frente ao Grandline.

O porteiro apressou-se a recebê-los.

— Tenente Dallas? Nós a esperávamos. O sr. Wurtz está na recepção.

O lugar lhe pareceu limpo e iluminado demais. Cheio mesmo àquela hora, o saguão vibrava com o movimento intenso de pessoas. Gente de negócios, supôs Eve, que chegava nos últimos voos ou saía para o aeroporto. Alguns, sentados com ar cansado, digitavam mensagens ou murmuravam coisas em seus *tele-links*.

Um homem de presença marcante, com um rosto jovem demais para a juba de cabelo prateado que exibia — e talvez fosse essa a intenção —, deu a volta no balcão preto comprido da recepção quando ela se aproximou.

— Olá, tenente, sou Michael Wurtz, gerente da noite. Tenho as informações de segurança que você solicitou. O funcionário me informou que você procura por Jerald Reinhold. Ninguém se registrou com esse nome, mas já divulgamos um alerta.

— Ele pegou um táxi aqui na calçada pouco antes das dezesseis horas de hoje. Preciso ver suas imagens de hoje.

— Já providenciei tudo na minha sala. Acompanhe-me, por favor. Devo dizer que fiquei apreensivo quando Rissa me contou.

Acompanhei as notícias sobre esse homem o dia todo. — Ele abriu a porta atrás do grande balcão, entrou em um pequeno labirinto de salas e estações de trabalho, até chegar à sua sala. — As pessoas costumam esperar os táxis aqui — continuou ele. — De qualquer forma, a segurança fez cópias do período solicitado.

— Mostre as filmagens das câmeras do saguão, primeiro — pediu Eve.

Wurtz pegou um controle remoto e lançou as imagens em um telão.

Eve reconheceu Reinhold entrando no hotel exatamente às 8h23 daquela manhã.

— É ele ali. Boné, óculos escuros e duas malas.

— Caramba. Um instante, por favor. — Ele se virou para um computador de mesa e digitou muito depressa. — Registramos um hóspede chamado Malachi Golde às oito e vinte e oito. Ele solicitou um quarto para um dia. Mostrou a identidade; pagou a diária adiantada e em dinheiro, pois, segundo as anotações, tinha perdido o seu cartão de crédito no aeroporto. Meu Deus! — repetiu.

— O que foi?

— Estou vendo aqui que a carteira de identidade que ele apresentou está vencida há mais de um ano. O funcionário não pediu para ver o documento ou não notou.

— A que horas ele fez *check-out*?

— Oficialmente, não fez. Mas entramos no quarto às seis da tarde, pois ele só tinha deixado pago meia diária. Ele não estava lá, nem a bagagem dele.

— Deixe-me ver as imagens dos trinta minutos antes de ele pegar o táxi. — Wurtz ordenou que o tempo corresse. — Pode avançar as imagens depressa — disse ela, assistindo a tudo com atenção. — Pare bem aí! — Ele estava de terno, agora, sem malas, apenas com a mochila comprida. Tinha entrado e saído do hotel pelo menos uma vez entre o *check-in* e aquelas imagens. — Vou precisar das imagens do dia todo. O quarto que ele usou já foi ocupado?

— Não, está livre.

— Quero vê-lo.

— Vamos agora mesmo. Isso tudo é muito perturbador. — Com dedos nervosos, Wurtz ajeitou a gravata. — Eu não gostaria que nossos hóspedes soubessem que ele esteve aqui.

— Não vou divulgar isso. Vamos ver o quarto.

— É no décimo segundo andar.

Ele os levou até o saguão e apontou na direção dos elevadores.

— Vou levá-la até o quarto, tenente; em seguida, a menos que a senhora precise de mim, vou providenciar as cópias do sistema de segurança.

— Por mim está ótimo. Também vou precisar de uma lista de nomes: de quem fez o *check-in*, da pessoa que o ajudou com as malas, o nome do porteiro que chamou o táxi para ele e qualquer pessoa da equipe que tenha tido contato direto com ele.

— Vou providenciar tudo.

Ele os deixou no quarto do décimo segundo andar e saiu apressado.

— Ele tem que tirar o dele da reta... Ou dos outros, no caso, porque ele não estava em serviço — comentou Eve. — A identidade expirada devia ter sido questionada, e ele não se parece nem um pouco com Mal Golde. Mesma idade, é claro, e basicamente a mesma altura, mas só. O funcionário não prestou atenção; então, de novo, ele teve sorte. Como não fez *check-out*, ninguém mais prestou atenção nele. Apenas um quarto de hotel pago em dinheiro, a sua versão de "espelunca".

Ela olhou ao redor do espaço simples, mas eficiente. O quarto tinha piso de ladrilhos, decoração em prata e cores vibrantes, um cantinho para trabalho e uma minicozinha.

Ela mandaria os peritos examinarem tudo, mas não esperava muita coisa dali.

— Foi só um lugar para ele ficar durante algumas horas, enquanto pesquisava dados, fazia planos, tomava banho e colocava a nova roupa. Vamos vê-lo sair com as malas de novo. Ninguém prestaria atenção em um hóspede com malas no saguão de um hotel, mas já sabemos que ele saiu para negociar o que não tinha vendido no domingo. Leva objetos ou joias; faz algumas vendas e algumas compras. O terno, talvez outras roupas, a mochila comprida e o taco de beisebol. Ele precisa da mochila para carregar o taco. — Ela vagou pelo quarto enquanto pensava nisso. — Ele entrou e saiu daqui, usando esse lugar como base temporária. Procurou joalherias, lojas que vendem artigos de segunda mão, casas de penhores, vendeu e comprou coisas. Comprou até as malas, em algum momento, e provavelmente se livrou de algumas das roupas velhas. Vendeu tudo para conseguir mais alguma grana. Então, depois de resolver tudo, simplesmente saiu daqui, pegou um táxi e saltou para matar Lori Nuccio. — Ela ia de um lado para outro na suíte executiva de primeira linha. — Sacolas de compras. Ele deve ter voltado com sacolas de compras, poderemos saber ao menos onde ele foi. — Ela esfregou os olhos para afastar o cansaço. — Escuta, vou trabalhar mais um pouco, revisar as imagens do hotel na Central, e depois vou dormir algumas horas no dormitório de lá.

— Tenho uma ideia melhor — anunciou Roarke. — Reservei um quarto para nós no The Manor, que fica perto daqui. Você pode analisar as imagens lá e nós dois poderemos dormir algumas horas em um lugar onde não estarão Peabody, McNab e provavelmente outros policiais.

Foi o quarto sem outros tiras que a convenceu.

— Fechado!

Capítulo Dez

O quarto no The Manor tinha cores quentes que acalmavam, tecidos macios e tapetes grossos espalhados sobre o piso brilhante da madeira de lei.

Sobre uma pequena lareira de pedra, um espelho de moldura larga refletia o estilo e a dignidade do hall de entrada. Ao toque de um botão dentro de um nicho na parede, o espelho cintilou e se transformou numa tela.

— Puxa, isso é... Muito legal — opinou Eve.

— Os hóspedes do The Manor preferem a estética do Velho Mundo, mas as conveniências das coisas modernas. Misturamos as duas coisas, sempre que possível.

Ela precisava da tela para visualizar as imagens de segurança, mas havia outras prioridades.

— Isso inclui um AutoChef com café decente?

— Claro, mas nós já tomamos cafeína demais por hoje. Vou propor algo diferente — e completou depressa, antes que ela reclamasse:

— Se você encontrar alguma pista que possa ser seguida ainda hoje, eu programo café para nós dois.

Isso lhe pareceu justo. Ela não gostou, mas provavelmente era justo.

Enquanto ela estava com a cara fechada, ele entrou por uma porta e voltou poucos instantes depois com dois copos altos de água com uma fatia de limão em cada um.

— Sério?

— Sim. — Ele beijou o nariz dela. — Sério.

Ela estava com sede suficiente para se contentar com aquilo, e cansada o suficiente para se sentar no braço do sofá grande e macio enquanto ele preparava as gravações.

— Ele não iria se contentar com um hotel para executivos — presumiu Eve. — Algo assim seria bom enquanto ele estava circulando pela cidade, mas não era um lugar onde iria gostar de dormir. Foi bem inteligente usar a identidade antiga de Golde. Precisaria da própria identidade para apresentar um cheque, mas é inteligente o bastante ou estava nervoso, e usou um estratagema para se registrar no hotel. Talvez tente fazer isso de novo hoje, procurando um lugar para passar a noite.

— Seria mais esperto usar um pouco do tempo que ficou na cidade e fazer outra identidade falsa.

— Precisaria saber fazer isso. Mas sim, pode ter achado um meio. Rode a filmagem — disse ela.

Roarke se sentou no braço oposto do sofá para analisar os vídeos de segurança com ela.

Menos de vinte minutos após o momento do *check-in*, eles o viram sair do hotel novamente. Roarke diminuiu a velocidade do vídeo.

— Está com a mesma roupa do *check-in*. E só com uma mala. É hora de ir ao banco e sacar todo o dinheiro antes que os primeiros corpos sejam descobertos. Ele conseguiu fazer isso numa boa — murmurou.

Ela o viu entrar novamente no saguão com um sorriso largo e presunçoso no rosto. O relógio marcava 9h38 da manhã.

— Teve sorte de novo — disse ela. — Passou numa boa pelo banco, e agora a mala está cheia de dinheiro e cheques administrativos.

Ele entrou no elevador quase saltitando de alegria e saiu de novo apenas com uma mala, onze minutos depois.

— Só uma mala. Precisa se livrar de tudo que conseguir, mas não do dinheiro. Ele não tinha uma mala grande quando entrou na loja do Ursa, só as pequenas. Sacou os cheques antes de os corpos serem descobertos e de ter o rosto e o nome divulgados pela imprensa. Continua alguns passos à nossa frente, mas só um pouco. Acelera de novo a filmagem.

Ele voltou sem a mala, agora usando um terno e carregando um porta-terno.

— Ele conseguiu fazer tudo e ainda deu tempo de fazer umas comprinhas. Será que você consegue...?

— Consigo, sim — disse Roarke, antecipando-se a ela e dando zoom na imagem.

— *On The Rack*, roupas masculinas — leu Eve, no porta-terno. — Você conhece?

— Não, mas eu descubro em um minuto.

— Ele está andando bem depressa — notou Eve. — E olha a linguagem corporal, a expressão facial dele. Está gostando da roupa nova, de como ele se sente nela.

— Eles têm uma loja a um quarteirão do hotel, um boa localização para executivos que precisam de uma roupa depressa. Fazem ajustes no próprio local e por uma taxa adicional, ficam prontos em uma hora. Vendem ternos, roupas casuais, sapatos, acessórios e assim por diante.

— Vamos passar lá. — Ela ficou assistindo e esperou pela próxima aparição do suspeito. — Ali! Pelo tempo, ele deve estar saindo com os relógios. Está de terno e pasta. O sr. Ursa olha e pensa: "É um bom rapaz." Um homem ocupado que só. Vamos confirmar com o porteiro do hotel. Provavelmente ele pegou um táxi. Por que não? Está montado na grana. — Ela se levantou para andar um pouco, os olhos grudados na tela enquanto Roarke acelerava as imagens. — Ali, de novo! Passaram-se quase três horas e meia dessa vez. Ele está muito atarefado. De que loja são essas sacolas?

— Village tintas, ferragens e equipamentos... In Style... Running Man... Essa última loja é minha, é especializada em calçados esportivos, roupas e acessórios masculinos. A mochila comprida pode ter vindo de lá.

— Tudo se encaixa. Ele é um homem adulto agora, que gosta de fazer compras em lojas dedicadas ao mundo masculino. Ferragens e equipamentos? Pode ter comprado a corda e a fita adesiva lá. Vamos verificar. A In Style vende o quê?

— Roupas e acessórios da moda.

— Ok.

Ela se sentou de novo. Ele tornou a sair com a segunda mala, cerca de dezoito minutos depois. Dessa vez carregava a mochila e estava com os novos e estilosos óculos que usava quando saltou do táxi perto do edifício de Lori Nuccio.

— Se livrou da outra mala, e aposto que o taco está na mochila nova. O taco e as outras coisa que comprou nessa última saída. Foi um dia produtivo. Olha lá! — disse, quando Roarke pausou uma última vez. — Está saindo com a mochila, de vez do hotel. Pega um táxi na frente do hotel e está pronto para matar. — Ela se levantou pela terceira vez e andou de um lado para o outro, pensando. — Ele tinha um cronograma, um esquema pronto, uma lista de afazeres. Talvez tenha variado um pouco e feito compras por impulso; ou talvez tenha tido que tentar em vários lugares, antes de vender as mercadorias, mas não se afastou muito do comportamento inicial. Teve muito tempo para pensar em tudo enquanto esteve com os pais mortos e depois aqui no The Manor. A "espelunca" para passar o dia, os bancos, cheques administrativos, vendendo e comprando, vendendo e comprando; almoçou em algum lugar, vendeu mais, comprou mais e arrumou as coisas novas. Ficou de terno para cometer o assassinato.

Quer que ela o veja todo produzido. O terno faz com que ele se sinta importante, bem-sucedido e rico. Todas as coisas que não sentia quando ela o expulsou de casa. — Ela pressionou os dedos sobre os olhos novamente. — Deu uma andada ali por perto, tomou um café sofisticado, viu uma oportunidade de entrar, e aproveitou. Mas para onde ele foi depois de matar a Lori? Ele tinha que ter outro buraco para se enfiar. Será que comprou produtos para rosto e cabelo, para ficar mais parecido com Golde na identidade vencida? Será que vai se arriscar a usá-la novamente?

— Seria burrice — especulou Roarke. — Ele tem grana suficiente para conseguir uma identidade falsa e também para pagar pela hospedagem em dinheiro.

— Verdade. Ele usou a identidade de Golde no segundo hotel porque, muito provavelmente, já tinha torrado a grana que levou da casa dos pais. Só que agora ele tem muito mais. Mesmo assim... vamos colocar o nome de Golde no alerta que emitimos. A DDE vai passar um pente-fino no computador do hotel para ver se ele tornou a usar a identidade vencida depois de Nuccio. É preciso equipamento e material muito específicos para forjar uma identidade falsa; sem contar a habilidade especial para inserir os dados falsos no sistema do governo, para que a carteira falsa passe. A menos que ele tenha conseguido isso na última viagem e tenha colocado o equipamento na mochila, mas não há sinal de que tenha conseguido algo assim.

— Ele tem um cronograma a seguir — repetiu Roarke. — E teve bastante tempo para planejar tudo. Qualquer plano certamente incluiria uma nova identidade. Ele conseguiria obter uma identidade razoavelmente boa com o dinheiro que tem, mas isso comeria uma boa parte da sua bolada.

— Concordo. Então temos que descobrir para onde ele iria e como conseguiria forjar uma.

— Você não vai fazer isso agora. Precisa dormir.

— Ele está enfiado em algum lugar para passar a noite.

— Sem dúvida. — Roarke se levantou para ejetar o disco da segurança. A tela vibrou novamente e voltou a aparência de espelho. — E nós também devemos dormir.

— Posso ir direto para a Central daqui, amanhã bem cedo. Tenho uma muda de roupa no armário.

— Temos mudas de roupa aqui também — informou ele, enquanto a conduzia para o outro aposento. — Mandei Summerset enviar o que nós dois precisaríamos para hoje à noite e amanhã. E não precisa fazer cara de indignada. Vai nos economizar tempo e trabalho. Além do mais, eu disse a ele especificamente o que enviar, então não foi ele que escolheu as roupas.

— Já é alguma coisa.

E a cama grande com seu edredom fofo e um monte de travesseiros parecia muito melhor do que o dormitório da Central. No momento em que Eve se arrastou até ela, estava pronta para parar e descansar o resto da noite.

O dia seguinte? Bem, no dia seguinte Eve estaria na cola de Reinhold.

Ela se aninhou quando Roarke a abraçou. Deixou-se levar pelo sono.

Em seus sonhos, ela estava sentada ao lado de Lori Nuccio nos caixotes acolchoados do minúsculo apartamento. O cabelo de Lori ia até os ombros, muito lisos, num castanho avermelhado brilhante. Seus olhos azuis refletiam tristeza em seu rosto intacto.

— Eu não queria ficar com o aspecto que ele me deixou.

— É, eu sei disso.

— Achei que tudo que ele precisava era de motivação e... Sabe como é. Inspiração. Ele era bonito e engraçado. Não era burro, nem do mal. Pelo menos, não no início. Ele me tratava bem e eu queria ajudar. Eu fui a burra.

— Não acho. Você gostava dele. Achou que poderia ajudá-lo a amadurecer um pouco.

— É, acho que sim. Eu queria um namoro estável. Ter alguém ao meu lado, e ele teve um pouco de má sorte na vida. Era o que ele dizia. Muito azar! As pessoas tinham inveja dele e sempre o sacaneavam. Mas a coisa não era bem assim. Ele tinha pais muito legais, e eu achei que ele fosse mudar. — Ela enxugou uma lágrima. — Só que ele só piorou, em vez de melhorar. Não trabalhava direito, reclamava o tempo todo e nunca me ajudava a limpar o apartamento. Um dia ele pegou o dinheiro... O *meu* dinheiro... E quando eu fiquei revoltada, ele me bateu. Depois disso, eu tive que expulsá-lo de casa. Não havia outra coisa a fazer.

— Exato. Você não fez nada de errado.

— Mas ele me matou por causa disso. Agora eu nunca vou poder me casar, nem ter filhos, nem fazer compras com as minhas amigas. E ele me machucou, acabou comigo de verdade. Cortou meu cabelo, que estava lindo. Agora estou assim.

Nesse instante seu cabelo caiu por completo, mecha por mecha; seus olhos ficaram inchados e enegrecidos; seus lábios ganharam cortes.

— Sinto muito pelo que ele fez com você. Eu deveria tê-lo impedido.

— Eu só queria um novo começo. Mas ele não deixou. Não quero que meus pais me vejam assim. Você consegue consertar isso? Você pode me consertar?

— Farei o que puder. Vou encontrá-lo, Lori. Vou me assegurar que ele seja responsabilizado pelo que fez com você.

— Eu preferia não estar morta.

— Eu sei, é difícil contrariar você.

— Ele não concordaria com você — declarou Lori, solenemente. — Ele quer um monte de gente morta.

— O meu trabalho é garantir que ele não consiga o que quer.

— Espero que você faça o seu trabalho, porque até agora ele está conseguindo tudo o que quer.

Era difícil contrariá-la nisso, também, pensou Eve, e se deixou levar para a escuridão do sono profundo e reconfortante.

Enquanto Eve falava com os mortos em sonhos, Reinhold se regozijava com seu mais recente golpe de sorte.

Ele sabia que a velha tinha algum dinheiro, mas não sabia que estava montada numa *fortuna*. Quando esvaziasse as contas dela ele teria três milhões, novecentos e oitenta e quatro mil dólares em seu novo nome — o nome que escolhesse assim que eles forjassem sua nova identidade.

Quando ele somasse toda essa grana ao que tinha... *haha*... herdado dos pais, mais o que ganhara da ex-namorada vagabunda, estaria com mais de quatro milhões de dólares, cacete!

Caraca! Ele achava que os cento e setenta e cinco mil que tinha conseguido... Ou pouco menos, contando o que gastou... Já era muita grana. Mas era uma merreca comparada a isso.

Agora ele poderia ter qualquer coisa que quisesse. Poderia ter *qualquer pessoa* que quisesse.

Nunca mais teria de trabalhar um único dia na vida para viver como rei. Isto é... sem contar o trabalho de matar pessoas. Mas como era mesmo aquela merda que seu pai sempre dizia?

"Se você ama o seu trabalho, você nunca vai trabalhar." Algo parecido com isso.

Quem diria que o canalha burro tinha razão?

E agora ele havia conseguido um androide, um bem maneiro, e devidamente reprogramado para seguir suas ordens, e apenas as suas.

Ele curtiu muito isso quando pediu um lanchinho à meia-noite.

— Sra. Farnsworth, sua vaca dissimulada. Se você estava sentada em tanta grana debaixo dessa bunda gorda, por que diabos passou tanto tempo arrastando o traseiro de um lado para outro na sala de aula?

Ela simplesmente olhou para ele com os olhos cansados, avermelhados pela fadiga, pelas lágrimas, e pelas ocasionais bofetadas que ele lhe aplicava, para mantê-la alerta.

Ela sempre gostou de ensinar, pensou. Ele nunca entenderia a satisfação e a gratificação de um trabalho honesto. Aquele rapaz era podre até o fundo da alma. E agora ela sabia que ele a mataria, no fim.

Ele a faria sofrer, antes; iria machucá-la de todas as formas que pudesse imaginar. E depois a mataria.

— Ainda temos trabalho a fazer, mas parte dele terá que esperar. Tenho que dormir um pouco. — Ele se levantou e se espreguiçou de forma exagerada. — Você devia tirar um cochilo também. Está com uma cara péssima! — Ele riu tanto ao dizer isso que teve de segurar a barriga, dolorida com as gargalhadas. — Amanhã a gente termina de transferir toda essa grana. E sabe qual é nossa grande missão? Vamos fazer uma nova identidade para mim. Preciso que você se esforce, se lembra disso? Lembra de como você me disse isso um milhão de vezes? "Preciso que você se esforce, Jerry." Sua vaca burra! — Ele lhe aplicou um último golpe com as costas da mão, para o caso de ela ter esquecido. — Até amanhã. — Ele empurrou a cadeira dela para que ela batesse contra a parede e saiu em seguida, mandando que as luzes se apagassem enquanto andava.

Ela ficou sentada tremendo, no escuro. Então forçou-se a continuar se contorcendo, balançando e forçando os pulsos doloridos, na tênue esperança de conseguir afrouxar as cordas.

Eve acordou em um ambiente caseiro, ou talvez nem tanto. O aroma de café que confirmava a vida chegou pelo ar, e ela ficou eternamente grata. Percebeu a familiar *sensação* de uma cama vazia, mas com Roarke ali por perto. Era assim todas as manhãs.

Mas a cama não era a sua, e não tinha claraboia acima do leito mostrando o céu acima dela.

Um hotel, ela lembrou. No centro, perto do trabalho. E havia um cadáver à sua espera no necrotério.

Ela se sentou na cama, viu com olhos turvos o bege forte das paredes, a única orquídea branca (pelo menos achava que era uma orquídea) que se arqueava em um vaso azul forte sobre uma cômoda.

E captou o murmúrio abafado da sala ao lado do quarto. Noticiários na TV, relatórios de ações, concluiu. Roarke geralmente mantinha o som baixo enquanto revisava tudo isso na saleta de estar da sua suíte de casa.

Ela se levantou, pegou o robe ao pé da cama onde o deixava de costume, ficava o gato, e, encolhendo-se, saiu para se juntar a ele.

De banho tomado e com um terno escuro Roarke estava pronto para dominar o mundo dos negócios. Uma loura de vermelho estava sentada diante de uma bancada de vidro na tela. Falava sobre o mercado, que estava ansioso diante da potencial aquisição da EuroCom pela Roarke Industries.

Eve pegou a caneca de café dele e tomou alguns goles.

— Você pode fazer uma xícara para você, sabia?

— Vou pegar. O que é essa EuroCom, por que você talvez a compre e por que o mundo financeiro está ansioso?

— Ela tem sido a principal empresa da área das comunicações na Europa, ao longo dos últimos dez anos. Vou comprá-la porque posso, e porque isso combina muito bem com outras participações que eu já tenho lá. E além disso, a empresa tem sido mal administrada nos últimos anos, o que gerou perda de receita e muitas demissões. Com a aquisição ela deve voltar a gerar lucros.

— Então tá... — Ela foi até a mesa, onde os pratos já estavam sob tampas prateadas; pegou uma xícara e voltou para servir o café do bule que estava sobre a mesa baixa diante de Roarke.

— E por que você não está lá fechando essa compra?

— Porque a EuroCom é quem está com problemas, e eu os fiz vir até mim aqui, em Nova York.

— Seu território, uma perda para eles.

— Mais ou menos. Muito disso foi negociado através do *tele-link*, por holo conferências e pelo meu representante lá. Por acaso, acabei de assinar o contrato definitivo, dez minutos atrás, enquanto tomava café... Antes de alguém roubar da minha mão. O anúncio oficial será feito em breve.

Eve apontou a tela.

— Essa loura acha que vai ser um grande negócio.

— A loura tem razão. — Ele ergueu sua caneca para que Eve tornasse a enchê-la. — Depois da transição... que pelos meus termos será rápida, limpa e definitiva, haverá alguma reestruturação.

— Cabeças vão rolar.

— Eu diria que traseiros serão chutados. Mas também haverá alguns acertos na estrutura da empresa. No próximo trimestre vamos gerar cerca de meio milhão de novos empregos.

Ele mudava vidas, pensou Eve, mesmo sentado ali em seu terno lindo e elegante, tomando café. Sempre visando ao lucro, é claro... E o crescimento, com certeza. Mas o seu sinal verde mudaria a vida de alguém sentado em um pub ou café do outro lado do Atlântico, preocupado com as contas do aluguel.

A tela se iluminou como uma explosão e surgiram letras grandes: ÚLTIMAS NOTÍCIAS! Mesmo com o som baixo, Eve percebeu a empolgação na voz da loura, ao anunciar que o acordo EuroCom/Roarke Industries tinha sido confirmado.

— Muito bem, então. — Roarke se levantou da poltrona e deu um leve beijo de bom-dia em Eve. — Vamos comer. Eles servem um ótimo café da manhã irlandês completo aqui.

Tudo num estalar de dedos, pensou Eve.

Ela se sentou com ele, destampou os pratos e revelou uma abundância de comida. *Meu Deus, que irlandês faminto tinha inventado tudo aquilo?*

— Quanto dessa grana vai para a Irlanda? — Quis saber ela. — Essa compra da EuroCom.

Ele atirou-lhe um sorriso divertido.

— Você quer saber os números completos, afinal? Devo lhe enviar um relatório?

Ela pegou o garfo.

— Nem pensar! Só estou curiosa para saber se algo nisso tudo vai afetar sua família irlandesa.

— A maior parte dos meus parentes são agricultores, como você sabe, mas há alguns que não trabalham na terra e poderão entrar na folha de pagamento. Você não me parece tão descansada quanto eu esperava.

— Tive um sonho estranho. Sonho! — ressaltou ela, para deixar claro que não havia sido um pesadelo. — A última vítima e eu tivemos uma longa conversa no apartamento dela. Ela estava muito chateada por estar morta.

— Dá para entender.

— Pois é. Ela... Ela não quer que os pais a vejam do jeito que Reinhold a deixou. Quer dizer, isso no sonho. Estou projetando tudo que aconteceu — disse Eve, e começou a comer. — Não deveria estar.

— Por que não? Você *sente* por ela.

— Não é meu trabalho sentir por ela. Meu trabalho é encontrar e parar o Reinhold.

— Você consegue fazer as duas coisas; é isso que faz de você o que você é.

— Meu subconsciente estava colocando palavras na boca da Lori.

Observando-a, Roarke cortou um bacon carnudo, em estilo irlandês.

— Sim, o seu subconsciente, impulsionado por suas habilidades inatas de observação e sua empatia única. Eu levaria algo em consideração.

— Nada do que você disse me diz onde ele está agora, nem o que planeja fazer em seguida.

— Você conseguiu dados consideráveis em pouco tempo.

Ela tinha conseguido, sim... eles tinham. Eve sabia disso, só que...

— O problema é o tempo. Reinhold é como... Como uma criança com um brinquedo novinho e nenhum adulto para lhe dizer quando deixá-lo de lado. Ou como um viciado que acabou de descobrir uma droga nova e acha que existe um suprimento ilimitado dela. Ele não vai se controlar.

— Concordo com tudo isso. E também diria que é um erro dele, pelo menos um dos seus erros. Vai ser justamente essa gula e pressa que o farão cometer um erro.

— Gula, isso mesmo. Ele passou a vida toda empilhando e acumulando mágoas, e agora descobriu o que fazer com elas: esfaquear, espancar, estrangular. — Ela pegou um pouco mais de ovo enquanto falava. — É tudo tão divertido que ele não consegue decidir o que fazer em seguida. Existem muitas maneiras de matar. E o melhor: são inúmeras formas de causar dor e tormento, antes do fim. — Lutando contra a frustração, ela espetou as batatas com o garfo. — Ele já pensou em alguém para matar, e eu não consigo saber quem é.

— Já que você não tem como identificar a próxima vítima dele, pode ao menos tentar descobrir onde ele está ficando. Como você disse, ele vai ter que se enfiar em algum lugar.

— Sim, ele precisa de um lugar próprio... Precisa de dinheiro para comprá-lo e mobiliá-lo do jeito que merece.

Um narcisista, foi o que Mira disse. *Ele achava que merecia o melhor.*

— Talvez ele torre grande parte do que tem para montar seu quartel-general. Pela linha do tempo, ontem ele não teve muita chance de explorar lugares. Pode ter comprado alguma coisa via *tele-link* ou Internet, mas precisaria visitar, *ver* o lugar, andar pelo espaço, imaginar-se ali. Talvez esse seja o compromisso do dia. Mas ele tem que mudar sua aparência física antes, tem que alterá-la bastante. Ele sabe que temos o rosto dele, não é burro. Isso foi outra coisa que Lori Nuccio me disse.

— Vocês conversaram bem, hein.

— Bem, nós duas estávamos nos sentindo muito mal.

— Será que a maioria das vítimas em potencial não tem planos para o feriadão? — Diante do olhar vazio de Eve, ele balançou a cabeça. — O Dia de Ação de Graças, Eve. É daqui a dois dias.

— Merda. É verdade! Grupos familiares, pessoas saindo e entrando na cidade. Isso é algo para a gente prestar atenção. Seus parentes! Eles vão chegar amanhã!

— Vão, sim, e vão entender perfeitamente se você estiver ocupada em uma investigação e não tiver muito tempo para eles.

Mas a casa ia ficar cheia de gente, de barulho, conversas e perguntas. Ela gostava deles, gostava de verdade. Só que...

— A vida continua acontecendo, querida — lembrou-lhe Roarke. — Por mais inadequado que pareça.

— Acho que sim. Talvez a sorte dele acabe, venha para o nosso lado e eu o prenda antes de o peru ser recheado.

— Vamos torcer por isso.

— Vai ser preciso mais que torcer. — Ela se afastou da mesa. — É melhor eu começar a trabalhar para reverter essa sorte dele, porque o pequeno canalha está em algum lugar neste exato momento, pensando na sua próxima empreitada.

Ele se sentia *ótimo*! Tinha curtido uma boa noite de sono, tomado um banho demorado bem quente e se deliciado com um farto café da manhã preparado e servido por Idiota, seu novo androide. Ele ordenou que o androide limpasse tudo, não transferisse ligação alguma do *tele-link* e ignorasse qualquer pessoa que batesse na porta durante todo aquele processo e, no fim, mandou que ele voltasse para o modo soneca.

A ideia de alguém tentar entrar em contato com Farnsworth o fez lembrar que talvez ela tivesse compromissos. Munido das senhas dela, verificou tanto a sua agenda quanto o histórico dos seus e-mails pelo *tele-link* do quarto dela.

A gorducha feia tinha hora marcada no salão para as duas da tarde daquele dia. Até parece que alguém iria olhar para ela duas vezes. Ele encontrou o contato do salão e mandou uma breve mensagem desmarcando.

Ela também tinha sido convidada para um jantar do Dia de Ação de Graças por umas perdedoras chamadas Shell e Myra, que provavelmente eram tão feias e inúteis quanto a sra. Farnsworth. Analisou esse último convite e decidiu deixá-lo de lado, por enquanto. Se ele ainda precisasse dela e da casa dela na quinta-feira, inventaria alguma desculpa no último minuto.

Surpreendeu-o ao ver quantos encontros e compromissos havia na agenda dela. Almoços, jantares, mais salões, tosadores para o cachorrinho-rato, que continuava meio morto, largado no corredor.

Talvez ele devesse matá-lo logo. Por outro lado...

Servindo-se de um cappuccino logo após tomar o café da manhã, Reinhold subiu a escada.

Torceu o nariz quando entrou no escritório e sentiu o cheiro, a sra. Farnsworth largada na cadeira com urina lhe escorrendo pelas pernas e sangue manchando a fita ao redor dos pulsos e dos tornozelos.

— Caraca, você se *mijou* toda! Está fedendo! — Ele tapou o nariz com uma das mãos e abanou a outra diante do rosto, e seus olhos brilharam quando a cabeça dela se ergueu. — Agora eu tenho que chamar Idiota... Eu mudei o nome do androide, vou ter que chamar ele para limpar essa lambança. Ah, falando nisso, cancelei a sua consulta no salão. Você vai economizar uma boa grana, porque nenhuma quantidade de cremes vai te fazer menos feia, gorda e nojenta. — Foi até a porta e berrou lá para baixo: — Ei, Idiota! A sra. Farnsworth mijou por todo lado, sobe aqui e limpa essa sujeira! — Voltando para o quarto, ele fez o que considerou uma pose viril, mostrando-se. — E então, o que você achou do meu novo visual? Top demais, né não?

Ele tinha levado um tempão passando produtos no cabelo para clareá-lo em *dégradé*, usando os produtos adequados para fazer algumas mechas. Agora ele ostentava um tom de louro lavado pelo sol, com algumas mechas mais escuras. Também tinha aparado as pontas, mas precisava de ajuda profissional para o acabamento. Mas os fios lhe escorriam de forma natural pela testa, onde ele tinha passado camadas de bronzeador artificial. Ele estava satisfeito com o resultado; achou que estava com aparência de quem havia passado um mês em algum resort tropical chique.

A questão dos olhos tinha sido mais complicada, ele precisaria de um profissional para cuidar melhor daquilo. Mas agora eles eram azul-claros. Com um pouco do cabelo que tinha cortado, tinha feito um cavanhaque bem centralizado. Depois, embora isso tivesse doído pra cacete, usou o kit próprio para furar a orelha esquerda, que agora ostentava uma argolinha de ouro.

— Eu não pareço um cara bem-sucedido agora? Jovem, descolado e rico, certo? Tenho uma consulta com uma corretora de imóveis para visitar alguns apartamentos hoje. Preciso estar bem apresentável. — Ele nem olhou para trás quando o androide entrou com as ferramentas de limpeza. — Ele é meu agora. — Deu um tapinha nas costas do androide que antes se chamava Richard e tinha uma aparência muito digna, em seu uniforme escuro e cabelos grisalhos. — Ele é meu, assim como tudo o mais que era seu. Então nem pense em dar ordens a ele. Ah, eu não me toquei... você ainda não pode falar, não é? Vou resolver isso assim que Idiota terminar o seu serviço aqui. Volto logo.

Quando ele saiu, a sra. Farnsworth mirou no androide e tentou gritar "*Socorro!*", mas tudo que saiu da boca tapada foi um gemido fraco. O androide cuidava do seu trabalho com muita eficiência, pois ela mesma o programara para fazer todos os afazeres domésticos. Tentou balançar e se debater na cadeira, mas seus membros já estavam dormentes; a única sensação que tinha era de queimação nos locais onde havia esfregado a pele nas tentativas de se libertar, até ela ficar em carne viva.

Tinha conseguido afrouxar um pouco a fita em alguns lugares. Talvez isso fosse apenas uma impressão desesperada, mas, se ela pudesse recuperar um pouco das forças, conseguiria afrouxá-la ainda mais. Se ao menos ela pudesse tomar uns goles de água para aliviar a garganta ressecada, que ardia... ou qualquer outra coisa para aliviar a dor...

Nem mesmo a humilhação a incomodava mais. No entanto, quando ela não conseguiu mais segurar o xixi, tinha chorado.

Não importava, não importava, nada daquilo importava, disse a si mesma naquele momento. Simplesmente faça o seu xixi. É uma função humana normal. Se ela fizesse xixi, iria viver. E enquanto estivesse viva, teria chance de escapar dali para se vingar do canalha.

Ela o mataria, se pudesse. Nunca tinha ferido outro ser humano em sua vida, mas acabaria alegremente com a vida dele, por qualquer meio no qual ela conseguisse botar a mão.

Tentou falar de novo, devagar e com mais clareza. Se ao menos conseguisse fazer o androide entender algumas palavras... Mas os murmúrios distorcidos não significavam nada, e ele continuou sua tarefa e, quando acabou, recolheu o material de limpeza.

Reinhold entrou no quarto assim que o androide saiu, como se estivesse esperando na porta.

— Você ainda está fedendo, mas está um pouco melhor. Às vezes, temos que trabalhar em condições desagradáveis. — Ele estava com o alicate de corte e mostrou-o para ela, ao se aproximar. — Se gritar, perde um dedo.

Ele arrancou a fita com força. Ela soltou um suspiro chocado ao sugar o ar com sofreguidão.

— Você... — Sua voz era fraca, quase inaudível. — Você já tem o dinheiro.

— Claro que sim, mas vamos esconder todo ele e muito, muito bem. Você sabe como fazer isso e vai me ensinar. Também quero outras coisas.

— Preciso de água. Por favor.

— Você vai acabar se mijando toda novamente.

— Estou desidratada.

Pentelhar e reclamar, era só o que ela sabia fazer, pensou ele, e sua mandíbula se apertou. Igual à sua mãe. Igual à Lori Careca.

— Uma pena! O que nós vamos fazer agora de manhã é conseguir uma nova carteira de identidade legal para mim e colocar os dados no sistema oficial. Já decidi tudo que quero. Seu trabalho é me orientar para eu fazer tudo acontecer. Entendeu?

— Não.

Ele pressionou o alicate de corte sobre a bochecha dela.

— Vou precisar repetir?

— Vá em frente, use isso em mim, faça o que quiser. — Ela tossiu forte quando as palavras lhe arranharam a garganta como agulhas quentes. — Cansei de ajudar você.

— De me ajudar? É isso que você acha que está fazendo?... Está me *ajudando*? — Ele se virou rapidamente e golpeou o rosto dela com a parte de trás do punho. — Você está seguindo ordens, vadia! Não preciso da porra da sua ajuda. Você faz o que eu mando!

Ela se obrigou a olhá-lo nos olhos, mesmo sentindo o sangue escorrer do nariz. E fez que não com a cabeça.

Ele se virou e saiu.

Ela se recompôs, procurou fôlego, tentou reunir forças. Ia gritar, por mais que doesse, por mais que ele a machucasse por causa disso. Iria gritar e alguém a ouviria.

Por favor, Senhor.

Antes de conseguir gritar, ele voltou, segurando o seu cãozinho. Snuffy choramingou quando viu a dona, e ela notou pelos seus olhos que o pobrezinho estava ferido. Mesmo assim, ainda abanou o rabo.

O medo voltou e a rasgou com força, como fizera com a pele dos seus pulsos.

— Não o machuque. Ele é só um cachorrinho!

— Tarde demais. Ele *já está* machucado. Provavelmente precisa de um veterinário. Talvez eu o leve ao veterinário, se você fizer tudo que eu mando.

— Você não vai levar.

Ele deu de ombros.

— Talvez sim, talvez não. Mas se você não fizer... — Ele abriu o alicate de corte e puxou a pata dianteira de Snuffy para fora —, vou começar a cortar essa pata fora.

Seus olhos arderam com as lágrimas, assim como sua garganta.

— Não! Por favor, Jerry.

— Não seriam precisos muitos cortes para acabar com um cachorrinho como este. — Para motivá-la... E porque achou divertido...

Com a ferramenta, ele deu um beliscão no cãozinho, que ganiu de dor. — Mas eu faria isso aos poucos. Primeiro essa pata, depois a outra, e talvez a língua, para ele não poder latir.

— Eu faço o que você quiser. Não o machuque, que eu faço.

Sorrindo, ele apertou o alicate um pouco mais.

— Talvez eu corte só uma pata dele, porque você se negou a fazer o que eu queria logo de cara.

— Por favor. Por favor! — Agora as lágrimas escorriam e ela não conseguiu detê-las. Ele era um cachorro muito idoso e doce, era parte da *família*. E estava indefeso. — Me desculpa. Eu faço uma nova identidade para você e alimento os sistemas com todos os dados que você quiser. Vai ficar perfeita. E vou esconder o dinheiro. Vou enterrá-lo de um jeito que ninguém vai conseguir rastreá-lo.

— Mas é claro que vai. E se cometer um erro?... Unzinho?... Ele perde uma pata e você perde um dedo.

Ele jogou Snuffy no colo dela e o cãozinho choramingou ao olhar para a dona.

Reinhold sentou-se diante da mesa de trabalho e estalou os dedos.

— Vamos começar!

Capítulo Onze

Eve foi direto para o necrotério. Não viu necessidade de convocar Peabody para acompanhá-la, não para aquilo. A investigação ficaria mais bem servida se sua parceira verificasse as lojas que elas já tinham certeza de que Reinhold visitara, e trabalhasse remotamente para rastrear outras lojas de penhores que poderiam estar sem muita pressa, ou relutantes em reportar a compra de itens vendidos por um assassino.

Seguiu pelo longo corredor branco, como fizera na véspera, e pensou que sim, já estava na hora de a sorte virar de lado.

Morris estava examinando Lori Nuccio. Como de costume, seu médico legista preferido escolhia uma música para se adequar ao seu estado de espírito, ou à vítima, durante o trabalho, e naquele dia ele ouvia algo leve, quase alegre, com uma voz feminina alta e clara que cantava com muita esperança sobre o que havia atrás da curva na estrada.

Ele ergueu os olhos do trabalho quando Eve entrou e ordenou que a música baixasse quase para um sussurro.

— Eu não esperava ver você aqui de novo tão cedo.

— Eu também não — replicou ela, ao se juntar a ele.

— Ela era jovem. Muito bonita.

— Difícil dizer agora, depois do estrago que ele fez nela.

Morris fez que não com a cabeça.

— Não, na verdade não é difícil. A estrutura óssea, a coloração da sua pele... Certamente há algo muito feio no que ele fez aqui, mas ela, a beleza dela aparece mesmo com todo o estrago.

— Ela ia gostar de saber disso. — Eve deu de ombros ao ver a testa franzida de Morris. — Você sabe como são essas coisas. Eles entram na sua cabeça e você sente que sabe.

— É, eu entendi.

— Ela importava para ele, no seu jeito especial e distorcido. Ele a odiava por isso. Ele não a estuprou.

— Não — confirmou Morris. — Não houve atividade sexual, consensual nem forçada.

— Ele pode chegar a fazer isso com a próxima vítima, se tiver chance. Ele teve um orgasmo no instante em que a matou e descobriu uma conexão sexual no que faz. Uma espécie de bônus.

— Essa vítima é mais difícil para você.

— Não sei por quê; toda vez que a gente tentava falar com ela, não conseguíamos. É como se a sorte estivesse do lado de Jerry. Tentamos entrar em contato com ela, a vizinha já estava preocupada... E mesmo assim ele entrou, fez tudo isso e foi embora. — Estudando o corpo como ele fazia naquele momento, Eve enganchou os polegares nos bolsos da frente da calça. — Ela vivia uma vida simples, sabe? Caixotes acolchoados, cortina de contas em um apartamento pequeno. Mas trabalhava duro, tinha amigos, tinha família, se bancava com dignidade. Ele lhe tirou tudo porque ela não quis mais que ele sugasse tudo que era dela. Os pais estão arrasados. — Ela parou de falar e beliscou a parte alta do nariz, como se quisesse liberar a tensão. — Eles falaram que a irmã mais velha, o marido e o filhinho deles viriam de Ohio para celebrar o Dia de Ação de Graças com ela. Iam curtir um grande jantar em família, que aconteceria no restaurante caro onde ela trabalha. Não sei por que eles me contaram tudo isso. Às vezes as pessoas falam coisas banais porque não têm mais nada a dizer.

— A morte é cruel. Mais cruel ainda quando acontece às vésperas do dia em que as famílias tradicionalmente se reúnem.

— Pois é. Falando nisso, eles vão vir aqui vê-la. Não sei o quanto você consegue fazer por ela, considerando o estrago, mas eles não deviam vê-la nesse estado.

— Fica tranquila. — Ele tocou no braço dela de leve. — Vamos cuidar dela... e deles.

— Ok. É bom escutar isso. Então... — Ela precisava colocar aquilo de lado, afastar a dor da cabeça e fazer seu trabalho. — De acordo com o que pegamos na cena, ele certamente tinha as chaves do apartamento, ou fez cópias. Entrou lá quando viu a vizinha sair. Temos imagens dele sentado em um café do outro lado da rua, de onde tinha uma boa visão do prédio. Era o dia de folga da vítima e, segundo declarações que pegamos, ela geralmente saía de casa nesse dia, resolvia pendências, fazia compras, passava o dia com uma amiga. Assim que teve chance, ele entrou no prédio. Antes disso, ele também foi fazer compras. Nós o pegamos entrando e saindo várias vezes pelas câmeras de segurança do hotel. Foi comprar a fita e a corda. Também acredito que tenha comprado um novo taco de beisebol.

— Eu concordo com isso. O ferimento na cabeça é consistente com um taco. Isso com certeza a deixou desacordada, mas não foi um golpe mortal.

— Talvez não fosse a intenção — atalhou Eve.

— Ele usou uma corda de boa qualidade, forte e flexível. Como dá para ver pelas marcas dos nós, ele a amarrou o mais forte que conseguiu, muito mais do que o necessário para contê-la. Ela lutou, mas isso não a ajudou em nada. A fita também é de boa qualidade. Ficaram marcas de dentes e de sangue no lado de dentro. Parte desse sangue foi dos lábios, cortados por um golpe. Ele a acertou com o punho.

Morris fechou a própria mão.

— Socos no rosto, no abdômen, no lado direito do corpo. Há um arranhão junto do nariz e uma contusão mais profunda no mamilo. Foi feita por um beliscão.

— Eu não tinha reparado a marca no nariz.

— É pequena, você precisaria de um óculos de visão microscópica para ver. Este pequeno corte aqui foi feito por uma lâmina fina e afiada, de borda serrilhada. Não sei dizer que tipo de faca, foi um corte pequeno.

— Um aviso. Só para mostrar o que ele poderia fazer.

— Provavelmente, sim. — Como se quisesse confortá-la, Morris colocou a mão no ombro de Lori. — O laboratório poderá identificar o tipo de faca usado para cortar o cabelo.

— Pedi que Harpo examinasse o cabelo.

— Você não poderia escolher alguém mais qualificada. Ele cortou o cabelo dela antes de matá-la.

— Sim, foi parte da tortura.

Mudando de posição, Morris voltou sua atenção... e a de Eve... para os ferimentos na garganta.

— Ele usou muita força no estrangulamento. Usou todo o peso do corpo para fazer isso. Dá para ver o quanto foram profundos os cortes da corda. Pelos ângulos e pelas imagens da cena do crime, ele deve ter montado nela, enroscado a corda em torno do pescoço, e depois enrolou as pontas nas próprias mãos para ter mais pega na hora de puxar. — Ele afastou as próprias mãos fechadas bruscamente, para demonstrar. — Ficou um padrão de hematomas neste ponto, onde as linhas da corda se cruzaram.

Eve conseguia ver a cena perfeitamente; o posicionamento, os movimentos, a alegria e o terror.

— Foi isso que o fez gozar na calça. Essa conexão. Estar em cima dela, cortando seu ar e sentindo seu corpo convulsionar sob o dele. Ser capaz de ver seu rosto enquanto ela lutava por ar... Enquanto ela perdia a luta. Depois, ele foi na cozinha dela e fez um lanche.

— Ele acha que está enganando você.

Ela voltou para o momento presente.

— Como assim?

— Ele acha que é mais esperto que você e que toda a polícia. Ele não faz ideia do quanto você já o conhece bem a essa altura, e o quanto mais ainda vai conhecê-lo.

— Eu o conheço, sim — concordou ela. — Mas se eu não encontrá-lo ainda hoje, estarei de volta aqui amanhã e teremos essa conversa ao lado de outro corpo. Ele tem uma longa lista, Morris, e não vai esperar muito para sentir novamente a emoção que sentiu com ela. Ele nunca ficou tão animado na vida, e agora virou um homem que ama o trabalho.

Em vez de esperar pelo relatório, Eve foi direto para o laboratório assim que saiu do necrotério. Não precisava consultar Dick Cabeção — ou Dick Berenski, o chefe dos exames de laboratório —, então abriu caminho pelo labirinto de salas com paredes de vidro até os domínios de Harpo.

Harpo tinha feito alguma mudança no cabelo. Dessa vez escolhera um corte em cuia, curto e reto, quase idêntico ao que Peabody costumava usar. Só que o de Harpo era em azul-gelo cintilante.

Por motivos que Eve nunca seria capaz de expressar ou compreender, combinou com Harpo.

Ela estava com um jaleco branco sobre um macacão roxo muito justo; complementou tudo com um trio de brincos de prata pendurados em uma orelha e uma série de pequenos brincos roxos na outra.

Estava com botas transparentes que iam até o joelho, algo que Eve imaginou ser uma moda recente que — conforme notou — dava mais destaque aos dedos dos pés, pintados na mesma cor do cabelo e ressaltava a tatuagem do pé — temporária ou permanente, vai saber — na forma de um pássaro de pernas compridas.

Não importava quais fossem suas escolhas de guarda-roupa, Eve tinha motivos para saber que, quando se tratava de cabelo e de fibra, Harpo era um gênio.

Naquele instante, Harpo estava sentada em sua bancada de trabalho com um fio de cabelo ruivo diante de uma lupa e sua contraparte microscópica realçada em sua tela.

— Essa é a minha vítima?

— Oi, Dallas.

— Oi.

— Ela pintou o cabelo recentemente. Consigo dizer a marca, o nome da cor e os produtos usados para o procedimento, se for necessário.

— Mal não faz, mas não acho que seja relevante, aqui. A dra. Mira acha que o assassino levou com ele algumas mechas desse cabelo.

— Sim, eu vi que você descreveu isso no pedido... Ou na ordem — emendou, com um sorriso cheio de dentes. — Mira tem razão, ela tem um olho ótimo. Ele pegou um tufo de fios com uns treze centímetros e meio de comprimento e três centímetros de largura. Consigo informar até o número exato de fios no troféu que o assassino levou com ele, mas provavelmente isso também não é relevante.

Sem saber se era pela irreverência de Harpo ou pela esperteza, Eve não conseguiu evitar um sorriso.

— Não, mas é impressionante.

— Sou impressionante! É um cabelo muito bonito. Saudável, limpo. Ela não usava muita química, nem o aquecia muito. Castanho natural, mas fez uma bela escolha com esse novo tom.

— Não conseguiu usar o novo estilo por muito tempo.

— Que pena, porque ficou o máximo! Ele não cortou um único fio dela, a propósito. Picotou, retalhou e serrou os fios, mas não usou tesoura, nem navalha. — Ela fez com que a imagem dos cabelos cortados girasse na tela, fazendo aparecer cores diferentes. — Ele usou uma lâmina afiada e serrilhada. Ainda estou analisando tudo para reconstruir a sequência do ataque, mas me parece uma faca com lâmina de gume único, entre nove e dez centímetros de comprimento, dois centímetros de largura e cabo com dois centímetros de espessura. Acho que vou conseguir o tamanho exato.

— Pouco abaixo do limite legal para uma arma de bolso.

— É o que parece — disse Harpo, confirmando com a cabeça. — Não sei dizer a marca. Provavelmente posso lhe dar uma lista de marcas possíveis. Se ele tivesse enfiado a faca nela, Morris provavelmente poderia chegar mais perto, e Passarinho confirmaria ou não. Passarinho é o mestre dos instrumentos afiados por aqui.

— É bom saber.

— Os peritos enviaram algumas fibras achadas sobre o corpo, mas você disse que não havia pressa.

— A gente sabe com que roupa ele estava e a marca. Eu só precisava saber se ele tinha levado o troféu com ele.

— Ah, levou com certeza! Aposto uma grana nisso.

— Seria bom eu ter a lista das marcas de faca, quando você a tiver.

— Sem problemas. Vou mandar Passarinho dar uma olhada. Talvez ele consiga encurtar a lista de marcas.

— Por falar em passarinhos... — Eve olhou para a tatuagem no pé, facilmente visível na bota transparente.

— Gostou? Tenho uma queda por flamingos, mas ainda não sei se é exatamente o que eu quero. Fiz uma tatuagem temporária porque preciso ter certeza absoluta.

Eve não podia discutir com isso.

— Obrigado, Harpo. Trabalho bom e rápido.

— Especialidade da casa.

Ela voltou ao trabalho quando Eve saiu da sala.

Eve deu dois passos na sala de ocorrências e sentiu-se paralisada diante da gravata de Sanchez. Desviou o olhar depressa com medo de ficar cega, como se estivesse olhando para o sol.

A gravata era no tom virulento de uma laranja repetidamente exposta a excesso de radiação. Nela, via-se pontos amarelos bem vivos... A menos que eles estivessem apenas aparecendo diante dos seus olhos como moscas volantes, devido aos cincos segundos a que ela expôs suas córneas.

— Pelo amor de Deus, Sanchez. O que é essa coisa?

— Vingança. — Ele olhou para trás, para a mesa atualmente vazia de Jenkinson. — Não se preocupe, chefe, não vou usar isso quando sair na rua. Quer dizer, nem poderia usar, certo? Eu poderia cegar as pessoas.

— Nós também somos pessoas — lembrou Baxter, atrás da segurança dos seus óculos escuros.

Confirmando a declaração com a cabeça, Eve seguiu em direção à mesa de Peabody, mas mudou de ideia e fez sinal para sua parceira segui-la. Talvez assim ela não precisasse olhar para ele e ficar cega ou começar a sangrar pelos ouvidos.

A sala de Eve era mais segura.

Peabody correu atrás dela.

— O dormitório aqui do prédio é uma porcaria de lugar para dormir. Sinto como se tivesse passado a noite em cima de paus e pedras.

— Eu falei para o McNab que não era para vocês fazerem sexo lá.

— Haha. Até parece que dá para pensar em sacanagem lá dentro. Além do mais, McNab pode ser ossudo, mas é mais macio que as camas de lona do dormitório. Enfim, vou começar a ligar para as lojas que identificamos; nesse meio-tempo eu levantei algumas informações sobre alguns itens que Reinhold vendeu.

— Quais itens e onde foram vendidos?

— Eu pensaria com mais clareza se tomasse café de verdade.

— Pelo amor de Deus, pegue um pouco de café. Quais e onde?

— A tigela de cristal foi oferecida numa loja na esquina do Hotel Grandline. O lance com essa peça foi que... Uau, *minha mãezinha do café saboroso*! — exclamou, ao tomar o primeiro grande gole de cafeína de qualidade misturada com leite e açúcar. — O lance com essa peça foi que ele não imaginou que ela valesse muita grana. O sujeito da loja de penhores tinha um olho treinado e ofereceu pouco. Pelo menos essa é a minha opinião, pela forma como o cara fez mil malabarismos para desembuchar tudo, quando eu o pressionei.

— Seja mais coerente, senão eu vou pegar o resto do café e entornar tudo na sua cabeça.

— Certo. Comecei a fazer minhas pesquisas e quando cheguei nesse lugar o cara ficou nervoso. Ouvi o papo furado do "só vi o alerta há poucos minutos", mas ele acabou abrindo o bico numa boa. Acho que depois de ter visto tantas matérias sobre os assassinatos ele ficou nervoso.

— Ele entrou nessa loja de manhã, não muito depois de voltar dos bancos. Eram cerca de dez da manhã — disse Eve.

— Sim, entrou mais ou menos às dez, levando a tigela de cristal, os brincos de diamante e as pulseiras em uma das malas. Aceitou a primeira oferta de novecentos dólares pela tigela, seiscentos e cinquenta nos brincos, trezentos e vinte e cinco nas pulseiras de ouro. Acontece que só a tigela vale dez vezes o que Reinhold conseguiu por ela.

— Isso é um pequeno consolo. Precisamos que essas evidências sejam coletadas.

— Mandei a guarda Carmichael para lá — confirmou Peabody. — Logo em seguida, outra loja entrou em contato comigo. Não sei se a história se espalhou ou se foi sorte. Reinhold vendeu o resto das joias lá e conseguiu outros dois mil e duzentos dólares; depois mil e quinhentos pela menorá e dois mil e seiscentos pelo aparelho de jantar em prata.

— A reserva dele não para de crescer.

— Sim, não é muito, mas somando tudo já dá uma boa grana. A segunda que ele procurou fica na mesma área, a cinco quarteirões do hotel.

— Ele se manteve na mesma área, pois era mais fácil para se locomover. Mas saiu de sua zona de conforto quando chegou aos itens mais caros: os relógios e as pérolas.

— Liguei para Cardininni — continuou Peabody. — Ela pegou a lista feita pela vizinha. Vai se encontrar com Carmichael e vão às duas lojas para pegar as provas.

— Assim está ótimo — respondeu Eve, com ar distraído, ainda analisando mentalmente a rota traçada e as escolhas dos locais para Reinhold desovar os itens. — Ele vendeu a tigela por uma fração do valor, mas provavelmente conseguiu mais do que imaginava.

Para confirmar, Peabody pegou seu tablet e suas anotações.

— Kevin Quint, dono de uma das lojas de penhores, declarou: "Dava para ver que ele não tinha noção do valor das coisas, então baixei a oferta para testar isso, entende? Ele abocanhou a primeira oferta, como se fosse um caipira do Kansas ou algo assim. Imaginei que fosse regatear um pouco, ou lamentar a perda das peças dizendo que eram da avozinha morta, mas ele simplesmente disse: 'Pague logo!', e foi o que eu fiz."

— Quase mil dólares por uma tigela idiota, foi isso que ele pensou. Seu dia de sorte. Mas quando conseguiu mais do que imaginava por todo o resto, notou um padrão que até mesmo para ele foi fácil de perceber, então escolheu um lugar mais sofisticado para as peças que ele sabia que tinham uma valor mais alto.

— Começou a negociar — sugeriu Peabody.

— Exatamente. Três gerações nos negócios e especialistas em peças de família, e ele vem com a história triste sobre os pais mortos. De repente a ficha caiu... seus pais tinham coisas muito melhores do que ele imaginava. Tudo aquilo era lixo para ele, só tralhas para vender. Ele resolveu procurar um lugar de alta classe porque queria ter certeza de que conseguiria o máximo pelas peças.

Eve levou um momento pensando e levantou-se para pegar café.

— Aposto que ele ficou chateado por não ter levado mais objetos... as coisas antigas, como o dossel do casamento e a caixinha de música. Tudo que ele considerava lixo. Essa foi mais uma pequena satisfação para este dia — murmurou Eve. — O que mais você tem?

— Ainda estou trabalhando para encontrar os eletrônicos — respondeu Peabody. — Ele teria que ficar na mesma área. Qual o sentido de correr por todo lado transportando computadores e *tele-links*? Acabei de gerar um mapa e uma linha do tempo de tudo que temos até agora.

— Mande isso para mim. Vou juntar com as informações que recebi do segundo hotel. Vamos colocar tudo no quadro.

— Espere um instantinho só. — Peabody debruçou-se sobre o computador de Eve e deu alguns comandos. — Pronto, já anexei todos os novos dados.

— Fique com os eletrônicos e com as lojas que já temos. Estou achando que vamos ter que passar por essas lojas para um encontro frente a frente. Vamos tentar encontrar um padrão. Se Feeney puder me emprestar McNab, ele certamente terá uma noção melhor de onde Reinhold tentaria repassar o material eletrônico que levou e poderá mapear tudo. Tenho mesmo que ir à DDE e vou tentar trazer McNab. — Ela olhou para o quadro. — Já passei no necrotério e no laboratório. As descobertas de Morris confirmam as nossas, e Mira estava certa sobre o cabelo. Segundo Harpo, Reinhold levou uma mecha grande com ele. Harpo está usando a sua magia para trabalhar na identificação da faca que ele usou para feri-la. No laboratório tem um cara especializado em lâminas que pode nos ajudar.

— O Passarinho?

Eve franziu o cenho.

— Ele mesmo. Quem diabos é esse tal de Passarinho?

— Ele se transferiu de Chicago para cá faz uns seis meses. Callendar saiu com ele algumas vezes. Não rolou nada, mas ele é um cara legal. E conhece muito bem facas e lâminas em geral.

— Então, por que ele não se chama "o Faquinha" ou "o Lâmina"?

— Ele tem um papagaio.

— Ah, está explicado. Você leu meu relatório de hoje de manhã?

— Li e acrescentei o nome de Mal Golde aos alertas para os hotéis. Ele provavelmente já vendeu tudo, Dallas. Talvez tente fugir.

— Ele ainda não terminou. Deixe-me falar com Feeney e depois vamos gerar uma lista de todos os lugares para onde ele pode ir. Casas de parentes, amigos, ex-namoradas, chefes, colegas de trabalho, pessoas que o incomodavam na escola, professores, médicos, vizinhos...

— Vai ser uma longa lista.

— É por isso que eu sei que ele ainda não terminou.

Ela pegou a passarela aérea para subir e entrou no circo de três picadeiros que era a DDE. A gravata de vingança de Sanchez não chamaria a atenção entre aquelas cores explosivas, as padronagens vertiginosas e o movimento implacável que havia ali.

Ela caminhou direto até a paz do que pensava ser o ambiente brando e suave da sala de Feeney, mas parou quando o viu conversando com um de seus funcionários *geeks*.

A roupa de Feeney era um contraste forte ali, com um casaco esporte marrom cor de cocô de cachorro e camisa bege genérica. Seu cabelo ruivo e prateado provocava a sua própria miniexplosão ao redor do rosto de cão bassê, confortavelmente caído.

Feeney passou algo em uma tela que dava para os dois lados e o *geek* respondeu com um rápido e incompreensível palavreado em idioma *e-geek*.

Depois de alguns grunhidos, Feeney fez que sim com a cabeça.

— Beleza, faça assim.

— Tudo em cima, capitão.

O *geek* saltou em suas botas amortecidas a ar e saiu da sala.

Eve inclinou-se para a porta aberta.

— Oi.

Feeney se recostou e tomou um gole de uma caneca com cores de explosão estelar que Eve imaginou ter sido criada pela esposa dele.

— Oi!

— Tenho algumas coisas para conversar. Posso falar com você?

— Já está falando.

— Certo. — Ela entrou e fez algo que nunca tinha feito naquela sala: fechou a porta.

As sobrancelhas de Feeney se ergueram.

— Algum problema, garota?

— Além do escroto que estou procurando? Na verdade, não. É que eu queria te pedir o McNab emprestado, se não tiver problema. Estou tentando rastrear os aparelhos eletrônicos que o escroto roubou das vítimas. Ele anda espalhando seus saques por toda a zona sul de Manhattan, principalmente no West Side. Estamos criando um mapa de rotas possíveis. Se fixarmos os lugares que compram eletrônicos usados, poderemos fechar o cerco.

— Meu garoto é bom em multitarefas. Se ele conseguir fazer tudo o que precisa, pode levá-lo.

— Agradeço muito.

— Esse foi o tal que matou os pais, não é?

— Isso. Matou os pais e depois torturou e estrangulou a ex-namorada. Ele é um idiota do cacete, Feeney. — Ela colocou as mãos nos bolsos e fez tilintar algumas fichas de crédito soltas. — O problema é que ele é mais esperto do que eu imaginei a princípio. Agora está curtindo o melhor momento da sua vida. Não vai querer desistir disso, nem abrir mão dessa vida boa.

— Quem é a próxima vítima?

— Essa é a grande pergunta.

— Conte-me o que você tem até agora.

Aquilo era generoso da parte dele. Feeney tinha seu próprio trabalho, mas costumava ouvir, dar palpites, sugeria caminhos e deixava que ela refutasse suas ideias. Isso gerava bons resultados.

— Na verdade eu ia falar de outra coisa, sem relação com os crimes. Ou talvez, de certa forma, tenha alguma relação. Fazer esse trabalho é o que você mais curte, certo? Foi para isso que você trabalhou. Esse gabinete, essa mesa, as responsabilidades de capitão.

Observando-a, Feeney pegou uma amêndoa caramelizada do potinho que tinha na mesa.

— Eu não estaria sentado aqui se não fosse o caso.

— Isso mesmo. — Ela assentiu e ficou andando pela sala de um lado para outro, balançando as fichas de crédito no bolso. — Você foi um grande policial de homicídios, Feeney.

— E também sabia treiná-los.

Ela sorriu de leve.

— É verdade.

— Você vai receber a Medalha de Honra — disse ele, e seu rosto de cão bassê se iluminou. — Isso é um grande reconhecimento.

— Sim, é. Acho que a notícia já se espalhou.

— Eles não distribuem essas medalhas por aí como se fossem balas, garota. Você fez por merecê-la. E seu marido também vai receber uma bela medalha civil. Estou muito orgulhoso dos dois.

— Obrigada. — Aquilo significava mais do que qualquer medalha. — Só que é uma sensação estranha.

— É o oba-oba ao redor que parece estranho — corrigiu ele, com precisão. — Mas eles têm que jogar todos os confetes e tocar seus trompetes, Dallas. Isso promove o Departamento lá fora, e não só pelo blá-blá-blá na área de Relações Públicas. Serve para levantar o moral de todos nós.

Ela não tinha pensado por esse lado, mas até que fazia sentido, agora. Feeney tinha entendido tudo desde o início, pensou. É por isso que ele era quem era.

— Eu poderia ficar sem os confetes e o blá-blá-blá, mas você tem razão. Feeney... Você poderia ter se tornado capitão da Divisão de Homicídios quando lhe ofereceram o posto. Mas não quis.

— Já tive cadáveres suficientes por um bom tempo.

Eve fez que não com a cabeça.

— Não foi esse o principal motivo, foi?

— Parte dele. Eu precisava parar de ver gente morta — admitiu. — Você os vê nos seus sonhos, não vê?

Ela pensou em Lori Nuccio... uma entre tantas.

— Vejo, sim — admitiu Eve.

— Eu precisava de um tempo disso. Ahn... é claro que ainda vemos mortos, mas quando oferecemos suporte às investigações, não na linha de frente. Mas o maior motivo, e talvez o mais importante, é que eu queria me envolver com investigação eletrônica.

— Você é o melhor que existe.

Ele comeu mais uma amêndoa.

— Não vou reclamar do elogio. Esse trabalho deixa o meu sangue circulando com mais força. E você é a prova viva de que eu tenho talento para treinar pessoas. Tive que fazer uma escolha entre a DDE e a Divisão de Homicídios. Segui meu instinto e estou aqui. E tenho os meus garotos.

Ele apontou com a cabeça para a sala de ocorrências, onde seus *meninos* de jeito e roupas descoladas trabalhavam em ritmo frenético.

— Eu era um bom investigador de homicídios. Mas sou um investigador eletrônico ainda melhor.

Não totalmente satisfeita, ela provou algumas amêndoas da tigela dele.

— Você sente falta do trabalho de campo? Sei que ainda passa muito tempo nas ruas, mas...

— Passo muito mais tempo com a bunda colada na cadeira, mas estou numa boa com isso. Para onde você está levando esse papo?

— Whitney me ofereceu o cargo.

Primeiro o queixo de Feeney caiu, mas logo ele se recuperou, exibiu um sorriso amplo, feliz, e bateu com a mão na mesa, gritando:

— Já estava mais do que na hora!

— Eu recusei a promoção. Meu instinto disse "não" — completou ela depressa, antes de ele ter a chance de responder. — Disse a Whitney que estou fazendo o que devia estar fazendo, e do jeito certo. Acho que seria uma boa capitã, só que sou melhor como investigadora de homicídios, então recusei. Foi burrice?

Ele teve que soltar um longo suspiro e parou para avaliar a decisão durante alguns instantes.

— Ainda preciso superar essa recusa. Ok, droga. A meu ver, burrice seria você não ouvir seus instintos. Você vai aceitar a promoção quando se sentir pronta, mas o bonito é que você mereceu o posto, e merecia há muito tempo.

— É assim que eu me sinto — disse ela. — Eu não esperava a oferta, muito menos dizer "não" quando ela chegasse. Mas é assim que eu me sinto, disso eu tenho certeza.

— As divisas são importantes, garota, mas elas não são o dia a dia de policiais como você e eu. É o *trabalho* que importa. Eu não precisei te ensinar nada disso. Você veio sabendo de tudo.

— Penso em alguém como Reinhold à solta e em mim lendo relatórios sobre a investigação, em vez de investigar. Supervisionando ou aprovando operações, em vez de executá-las. Eu não quero desistir disso, Feeney.

— Como Reinhold.

— Sim, exatamente como acontece comigo e com você. De um jeito distorcido, ele encontrou o que realmente quer fazer na vida. Descobriu isso no instante em que enfiou a faca na barriga da mãe. Ele não trabalhou para isso, não treinou para isso, não arriscaria a vida por isso, mas aprenderá tudo, Feeney. A cada um que ele mata, ele aprende algo novo.

— Volte ao início de tudo.

— Sim, vou fazer isso. Obrigada. — Sentindo-se mais tranquila, ela comeu mais uma amêndoa. — Obrigada por tudo.

Ela saiu, andando pelo movimento e pelo caos até chegar ao cubículo de McNab.

— Se não há nada de urgente agora, você é meu para o dia.

— Tenho algo morno, meio quente, mas não pelando. Consigo fazer várias coisas ao mesmo tempo.

— Coordene tudo com Peabody. Descubra os eletrônicos. Quando você encontrar tudo, vá fundo. Quero tudo e qualquer coisa que você encontrar neles. Ele certamente usou os computadores da casa dos pais para fazer pesquisas e planejar manobras financeiras. Deve ter apagado tudo depois.

McNab sorriu.

— Ele *pensa* que apagou. Nada fica totalmente apagado.

— Encontre tudo — repetiu Eve.

Ela voltou para a Divisão de Homicídios. Peabody se levantou e a seguiu até a sua sala.

— A loja de ternos é a *On The Rack*, Dallas. Ele foi lá no domingo, comprou o terno, umas camisas, gravatas e meias. Pediu alguns ajustes no terno e ficou de pegá-lo na segunda-feira de manhã. Disse ao vendedor que tinha outras compras para fazer. O balconista o descreveu como um babaca esnobe, quando eu o deixei à vontade.

— Parece um bom juiz de caráter.

— Tenho uma lista do que Reinhold comprou lá, e também na Running Man. Nessa última eles já tinham a lista pronta.

— A loja pertence a Roarke — comentou Eve.

— Sim, eu saquei. O relatório já foi enviado para o seu computador.

— Ótimo. McNab vai coordenar com você a busca dos eletrônicos. Pode continuar a trabalhar.

— Estamos abertos o dia todo — disse Peabody, e voltou para sua mesa.

Eve se fechou em sua sala. Trabalhou com os mapas e expandiu seu quadro do crime. Em seguida sentou-se, tomou café, analisou o caminho que Reinhold tinha feito e o tempo que tinha levado.

Deu uma olhada nos relatórios de Peabody sobre suas compras e consolidou a imagem que tinha dele.

Ternos, gravatas, camisas... Em sua maioria os modelos que estavam na moda. Tênis com amortecimento a ar, botas, jeans, uma jaqueta de couro, calças cargo, de que McNab tanto gostava. Além de roupas esportivas de primeira linha e cuecas de seda.

Roupas, pensou, que refletiam a imagem que agora ele tinha de si mesmo. Alguém importante, elegante, ousado, bem-sucedido.

Rico. Ele se via como um homem rico agora.

Ela ligou para as lojas que ele visitou, adicionou mais dados, calculou rotas e horário mais prováveis e acrescentou tudo ao quadro.

Ele contornava o seu antigo bairro, mas sempre ao largo, nunca entrando por completo nos espaços antigos. Seguia na direção do East Side — um território novo.

Comprava coisas para compor seu novo visual ao longo do caminho, segundo sua nova vocação. Um terno, sapatos, uma corda, fita adesiva, roupas esportivas, uma faca. Um novo *tele-link* que fosse descartável, pelo menos por enquanto. Um tablet, talvez? Ou um laptop? Ele precisaria continuar pesquisando e acompanhando as reportagens enquanto estivesse na rua, certo?

Providenciar novos documentos de identificação era o mais importante, decidiu. Ele precisava de uma nova carteira de identidade. Será que tentaria criar uma nova por conta própria, como Roarke sugeriu?

Por curiosidade, abriu o arquivo dele e percorreu seu histórico de empregos e educação. Não viu nenhum tipo de destaque em suas experiências com Tecnologia da Informação, apesar de uma tentativa frustrada de trabalhar como designer de videogames.

Foi reprovado em várias matérias e passou raspando em informática no ensino médio... isso mesmo com um semestre de aulas extras. Também tinha passado raspando nos dois cursos de TI que fez na faculdade.

Não, ele não teria coragem de criar uma identidade plausível por conta própria. Teria que pagar por uma, ou encontrar alguém competente para fazer isso por ele.

Examinou todos os instrutores que ele tinha tido, do ensino básico à curta carreira universitária. Parceiros de laboratório, talvez?, imaginou. Iria investigar isso depois de falar com os instrutores.

E havia Mal Golde. Ele tinha habilidades, imaginou Eve, mas não aceitaria cooperar com Reinhold. Mesmo assim resolveu contatá-lo, para confirmar sua segurança.

Soube que ele ainda estava na casa dos pais e pretendia ficar lá.

Satisfeita com isso, ao menos por enquanto, Eve voltou a olhar para o quadro que montara. Comece pelo início, lembrou a si mesma.

Assim que ela gerasse o que seria uma lista muito longa de possibilidades, voltaria ao início, ao apartamento de Reinhold.

Aquilo estava começando a irritá-lo.

— Você está me enrolando, sra. Farnsworth. Sinto que meu alicate de corte vai entrar em ação, hein.

Os olhos dela encontraram os dele, com ar cansado.

— Já tentei te explicar isso, Jerry. Montar um projeto desse tipo, de forma correta, leva tempo. Se você não fizer isso direito, não vai passar nem convencer ninguém. E se não passar, sei que vai me machucar. Não quero que você me machuque mais, Jerry.

Ela estava tentando protelar um pouco. Realmente levaria algum tempo para montar um projeto de forma correta, ainda mais porque precisava inserir no programa um sinal que... Pelo menos ela esperava... Alertasse a polícia *se* e *quando* a nova identidade fosse escaneada.

Também precisava dele para inserir um código no roteamento financeiro, que ela rezou para que alguém com habilidades eletrônicas excepcionais conseguisse encontrar.

As habilidades de Jerry eram boas. Um potencial desperdiçado, pensou. Mas ele era indolente, preguiçoso demais para ir fundo e aprender mais.

Forjar uma identidade era trabalho delicado e complicado, e ele era desajeitado e impaciente. Mas eles estavam quase lá.

Ela conseguiu um pouco de água para ela e Snuffy, embora ele tenha pingado a água em sua boca e depois na de seu cachorro; poucas gotas mesquinhas de cada vez.

— Tenho um compromisso marcado, cacete — explicou ele. — Se eu perder a hora porque você está me enrolando, vai perder dois dedos e seu cachorro feio vai perder um olho.

Ele pegou sua faca, exibiu a lâmina e a balançou para a frente e para trás diante do rosto dela.

— Aposto que consigo arrancar o olho dele com isso.

Por pura força de vontade, ela manteve o olhar calmo e firme, colado no dele.

— Não vai demorar muito mais tempo, Jerry. São muitos dados para inserir no programa, se quisermos criar um histórico completo. Agora você precisa digitar o próximo código, exatamente como eu falei.

— Sim, já sei, já sei! — Ele olhou para o *smartwatch*, que pretendia substituir por um mais moderno e caro antes de se encontrar com a corretora de imóveis. Idiota, o seu androide pessoal, voltaria da rua a qualquer minuto com o dinheiro de venda da primeira rodada de eletrônicos.

— Você tem vinte minutos — avisou ele.

— Comando Master D... Barra invertida... Clicar...

Tinha que estar certo, ela pensou, sem nenhum defeito, senão ele escaparia sem ser pego. Tinha que ser perfeito, ou o próprio programa o alertaria sobre a adição de um alerta.

Se isso acontecesse, ele cumpriria sua ameaça. Embora ela já não conseguisse sentir mais os dedos, queria mantê-los. Snuffy dormia em seu colo, um peso morno. Seu pequeno peito subia e descia. Enquanto isso acontecesse, ela faria o que pudesse para salvar a ele e a si mesma.

Se o canalha a matasse, pelo menos ela morreria sabendo que tinha fornecido a ele os meios para encontrar o próprio fim.

— Insira o código vinte e cinco... Barra invertida B — continuou, com voz suave e lenta. Seus olhos se encheram de um ódio frio e feroz.

Capítulo Doze

Eve rompeu o lacre da porta do apartamento dos Reinholds e entrou. Ainda cheirava a morte, mas agora com um pouco dos produtos químicos dos peritos.

— Vamos vasculhar tudo mais uma vez.

— O que estamos procurando, exatamente? — indagou Peabody.

Eve esquadrinhou a sala de estar, que ainda continuava espantosamente limpa e arrumada depois do assassinato.

— Ele jogou beisebol na escola e guardou o taco da época. Os pais que devem ter guardado, na verdade. Eles devem ter guardado outras coisas também, certo? Não é assim que funciona? Os pais se apegam às coisas, aos fragmentos do passado dos filhos. Fotos, claro, mas também outras lembranças.

— Desenhos, boletins escolares, troféus e prêmios, é o normal. A maioria dos pais faz isso. Os meus fizeram; ainda fazem.

— Tudo o que eles guardaram e que ele não levou, a gente dá uma olhada. Fotos de família também. Lembranças de férias e viagens.

Qualquer coisa que mostre alguma conexão com alguém de quem ele guarda rancor, ou algum lugar para onde ele voltaria. — Ela entrou na cozinha. — Tudo começou aqui. Quando ele pegou a faca e a enfiou na mãe... Foi aí que tudo começou para ele. A equipe de reconstrução da cena determinou que ela estava bem aqui. Era hora do almoço. Ele estava fazendo o próprio almoço, ou ela fazia para ele. Provavelmente era isso. — Eve trouxe à própria mente a foto da mãe, como aparecia na carteira de identidade. — Ela está preparando a comida dele porque é isso que ela faz: prepara as refeições, cuida da casa. Provavelmente era um sanduíche, por isso a faca estava na mesa. Estava bem próxima quando ele resolveu usá-la. Ela estava enchendo o saco de Jerry, ou pelo menos é o que ele acha. — Imaginando tudo por si mesma, Eve caminhou ao redor da mesa. — Você precisa arranjar um emprego, amadurecer, organizar sua vida. Talvez ela tenha dito que ela e o marido iam dar um prazo para ele sair de casa. Talvez não tenha esperado para confrontar o filho ao lado do marido. Então ele pegou a faca e enfiou nela. E esse momento foi tão *bom* para ele, a expressão no rosto da mãe foi tão *satisfatória* que ele tornou a esfaqueá-la e continuou repetindo o gesto mesmo quando ela tentou fugir, quando ela caiu, e até mesmo depois que já estava morta. E então ele almoçou.

— O quê?!

— Ele comeu depois de matar a Lori Nuccio. Fez um tremendo lanche. Aposto que se sentou aqui mesmo na cozinha, comeu e começou a planejar como ia matar o pai. Não teve pressa. Estava com tempo suficiente para juntar tudo que queria, procurar pelas senhas deles e conferir as contas bancárias. Ele teve bastante tempo. Não entrou em pânico em momento algum. Não tentou limpar nada, não escondeu coisa alguma. Foi como se ele tivesse... Amadurecido aqui na cozinha, sobre o cadáver ensanguentado da mãe.

— Nossa... Meu Deus!

— Ele tem ambição e inteligência para correr atrás do dinheiro e do que reconhece ou considera valioso. Decidiu ter todo o tempo que quisesse antes e depois de matar o pai. Foi por isso que pegou o velho taco de beisebol... Uma recordação. Talvez o pai dele tenha lhe atirado algumas bolas para rebater e criticado o seu desempenho. Ele não levou o taco com ele. Não importava. Preferiu comprar um novo para montar o seu kit de ferramentas.

— Deixou as coisas infantis para trás.

— Como assim?

— É que eu pensei... Você disse que ele sente como se tivesse amadurecido. Então deixou para trás o taco que usava quando criança e comprou um novo. Provavelmente alguém tinha comprado para ele o primeiro taco, a arma do crime. Agora ele que quer comprar um novo.

— Boa análise — assentiu Eve. — É exatamente assim que ele pensa. Mas ainda sente um pouco de medo do pai. Ele se esconde, fica à espreita e o pega de surpresa. Preferiu uma emboscada, em vez do confronto. Depois, deixou os dois ali mesmo, onde tinham caído; deixa-os boiando no próprio sangue, come mais alguma coisa, dorme e faz planos. Sente-se como uma criança novamente, talvez um adolescente; joga suas coisas no chão e pisa nelas, em vez de pegá-las e guardá-las. Não há mais ninguém aqui para mandar que ele limpe o seu espaço. Foi tudo deliberado.

— Que parte?

— Ficar aqui até sábado à noite. Deixá-los no chão, os pratos espalhados pela cozinha. A mãe sempre deixava a casa arrumada, exigia que ele não espalhasse as coisas, ficava reclamando. Agora, ela que se foda, ele ia fazer toda a bagunça que quisesse.

— Ele não bagunçou nada na sala nem no quarto dos pais.

— Ele não se interessa por esses cômodos. Tudo tem a ver com o seu pequeno espaço no escritório, na cozinha, no quarto dele e no banheiro. Ele odeia a forma como tudo aqui parece velho, os detalhes extravagantes da sua mãe, as coisas velhas que ela e o pai guardam, usam como enfeite ou mantêm nos armários. As tradições o irritam. Ele quer tudo novo... Um novo taco, um traje novo. Quer um pouco de brilho. — Eve deu uma volta pela casa mais uma vez. — Ele vai procurar um lugar que lhe dê status. Quer o oposto disto aqui, o oposto do que é acomodado, caseiro, tradicional. Ele quer isso de imediato.

— Um prédio mais moderno ou recém-reformado.

— Moderno, provavelmente. Sofisticado e elegante. Tudo que ele nunca teve porque não valorizava o que tinha aqui; não é grato por ter crescido num lugar que as pessoas se preocupavam em tornar agradável, limpo, onde heranças de família e tradições eram valorizadas. Ele odeia tudo isso. Vamos analisar esses elementos em partes e seguir o rastro dele.

A torre de prata e vidro com vista para o rio Hudson tinha uma agência bancária, uma academia de ginástica de última geração de dois andares, piscina, um spa cinco estrelas, um seleto grupo de butiques sofisticadas, portaria vinte e quatro horas, dois restaurantes exclusivos, três bares e — por uma taxa adicional — serviço de limpeza diário, semanal ou mensal.

O apartamento no décimo oitavo andar era, para ele, o sonho dos sonhos.

Janelas que iam do chão ao teto cobriam toda a parede voltada para o rio. Ao toque de um botão ou comando de voz, elas se abriam para o terraço.

A enorme sala — gigantesca, com telão embutido na parede, pisos de porcelanato e paredes em um amarelo-claro — se abria para uma sala de jantar mobiliada com uma mesa cromada de formato abstrato que parecia flutuar, tudo em estilo moderno, cadeiras pretas estilosas e brilhantes. A cozinha, mais adiante, era toda em prata fosca, num tom forte de amarelo, quase dourado, e vidro canelado; continha os mais avançados aparelhos elétricos e eletrônicos que ele poderia imaginar, e muitos que nem conhecia.

Ele escutou meio distraído enquanto a corretora falava a metragem quadrada do apartamento, a excelência da localização, as instalações mais avançadas — isolamento acústico, comando de voz completo, elevador privativo — blá-blá-blá.

Ele assentiu, tentando parecer experiente e sofisticado enquanto ia para a suíte master.

Quase sentiu lágrimas lhe surgirem nos olhos.

Assim como na sala de jantar e de estar, tinha um sofá de gel sobre uma plataforma, mesinhas cromadas, cadeiras douradas, já todo mobiliado

A corretora tocou no controle remoto e fez a cabeceira da cama preta acender. As telas de privacidade na parede de vidro deslizaram para cima e para baixo, e a porta de vidro da suíte abriu para o terraço.

Ele lutou para manter a compostura olhando de soslaio para o banheiro. Viu uma banheira de hidromassagem rebaixada gigante, chuveiro multijatos com vidro transparente. Tubo de secagem de corpo, tubo para bronzeamento, outro telão de entretenimento, uma pequena lareira a gás e um closet completo, já com algumas roupas.

O segundo quarto, descrito pela corretora tagarela como "o escritório perfeito para um solteiro", também tinha o seu próprio banheiro — menor que o da suíte master, mas não menos sofisticado.

Ele bisbilhotou tudo: abriu os armários, andou pelo terraço e limitou-se a falar com a corretora com respostas breves e nenhum comentário.

Para Reinhold, aquele lugar era dele já. Era tudo o que ele queria... Tudo o que merecia.

Torceu para que a corretora desse logo o fora dali para ele poder se jogar no sofá, jogar os pés e as mãos pro céu em comemoração.

— É um imóvel top de linha — continuou ela... Blá-blá-blá. — O prédio ficou pronto há seis meses só e já tem noventa e três por cento das unidades ocupadas. O inquilino anterior ainda não tinha se mudado de vez para cá e ainda estava mobiliando o apartamento... Dá pra perceber... Mas o trabalho o obrigou a se mudar para Paris. Este apartamento acabou de entrar para locação e deve ser alugado até a semana que vem. Só vai levar tanto tempo assim por causa do feriado.

— É, acho que serve... — Reinhold tentou exibir um ar de tédio. — Eu não tenho muito tempo para gastar procurando um imóvel.

Ela lançou-lhe um sorriso suave e profissional. Era uma mulher baixa que exalava confiança, de terninho roxo e sapatos na mesma cor.

— Você comentou que acabou de chegar da Europa.

— Uhummm... — Ele simplesmente fez que sim com a cabeça. Vagou por todo o espaço, franziu a testa ao ver a cozinha, abriu algumas portas e gavetas. — É pequeno para a quantidade de pessoas que eu recebo, mas pelo menos está pronto.

— A gastronomia do condomínio é uma das melhores da cidade. Obviamente, ninguém esperaria menos de uma propriedade Roarke.

Ele olhou para ela.

— Roarke? — Sentiu a excitação formigar por dentro dele e não conseguiu suprimir um sorriso. — Roarke é dono deste prédio?

— Isso mesmo. Ou seja, pode ter certeza que o sistema de segurança, a equipe e todas as comodidades são da melhor qualidade.

— Sim, claro. A esposa dele é policial, não é?

— Isso mesmo. Você assistiu ao filme *A Agenda Icove*? É baseado num caso real. Um filme excelente, simplesmente fantástico.

— Já ouvi falar. Não tenho muito tempo para ver filmes. — Ele balançou a mão no ar como se essas coisas fossem frívolas demais para interessá-lo. Por dentro, porém, divertiu-se com a situação: a policial que estava atrás dele era casada com o homem que tinha construído seu novo Quartel General.

Não tinha como melhorar.

— E quanto aos móveis?

— Como eu disse, o inquilino anterior teve de partir para a Europa às pressas. Vai providenciar a retirada dos móveis, mas está disposto a vender tudo e negociar qualquer peça.

— Ok. Isso me economizaria tempo, e tempo é dinheiro. — Ele olhou para seu novo e elegante *smartwatch* como se estivesse vendo as horas. — Vou ficar com tudo, inclusive a mobília.

— Você... Você não gostaria de visitar outros imóveis?

— Tempo é dinheiro, e esse aqui vai servir. Quanto ele quer pelos móveis?

— *Todos* eles?

— Isso que eu disse. — Ele fez um gesto com a mão, apressando-a. — Eu não perco tempo.

— Por favor, me dê só um instante para eu verificar o preço. A administração do prédio precisará receber o aluguel do primeiro e do último mês, além de um depósito de segurança na assinatura do contrato de locação.

— Certo. Vou mandar minha secretária enviar tudo on-line. Vou me mudar para cá hoje à noite.

— *Hoje...*

— Prefiro não passar nem mais uma noite num hotel — disse ele, atropelando-a. — Não tenho muita bagagem. Vou mandar alguém trazer o restante das minhas coisas assim que tudo estiver resolvido. Agite a papelada, por favor.

Com essas palavras ele foi embora, deixando a corretora para trás, muito agitada, tentando providenciar tudo.

Eve seguiu todos os passos de Reinhold. Foi a bancos, hotéis, lojas, casas de penhores. Conversou com os funcionários, revisou as imagens dos sistemas de segurança. Analisou-o e o viu se deleitar com sua nova vida graças a seu monstro assassino livre.

Encontrou mais fotos que estavam escondidas. Como Peabody havia dito, boletins escolares. Desempenho mediano, na melhor das hipóteses. Desenterraram um vídeo antigo de infância cuja etiqueta informava: "Show de Talentos Jerry — Quinta Série." Ele competiu com uma música e fez uma performance muito boa, até.

Isto é... Boa o suficiente para ficar em terceiro lugar. O vídeo mostrava claramente a raiva e o mau humor ao aceitar seu pequeno troféu. Outro vídeo mostrava a participação do seu time da liga de beisebol no campeonato. Eles perderam o jogo quando Reinhold os eliminou na última rebatida.

Outros vídeos mostravam férias em família. Reinhold mergulhando de barriga em uma piscina e nadando de forma pouco coordenada. Não era muito atlético, percebeu Eve. Havia vídeos de férias, aniversários e da formatura do ensino médio.

Andando a pé desse vez, Eve e Peabody foram de uma casa de penhores para outra. Foi quando Eve parou na porta de um salão de beleza sofisticado.

— Ele precisa de um novo visual.

— Ele não mudou nada. Nós o vimos nas imagens do hotel.

— Isso não significa que não tenha mudado tudo desde aquele momento.

Ela entrou, procurou a primeira esteticista que viu e mostrou a foto de Reinhold.

Voltaram a sair, seguiram até outra casa de penhores e viram mais um salão de beleza no caminho.

Peabody parou e apontou.

— Olha lá! Ele pode ter parado ali para mudar o cabelo e o rosto. Ele com certeza passou por aqui.

— *True Essence*? O que é isso?

— É uma rede famosa, só gente rica entra aí. Eu não costumo comprar aí, exceto quando eles fazem alguma promoção. Trabalham com melhorias, mexem com cabelo, cuidam do corpo, têm spa — explicou Peabody. — Trabalho completo! A filial na parte norte da cidade fica na Madison Avenue. Lá existe um spa espetacular. Dá para fazer uma repaginada geral, da cabeça aos pés. Quem entra lá acaba comprando alguma coisa, mas a equipe é muito solícita. Esse é o ponto forte da fama deles. Atendimento completo e personalizado.

— Vamos ver se eles fizeram alguma coisa dessas com Reinhold.

Eve não entendia lugares como aquele. As paredes artísticas eram iluminadas de um jeito artístico; os balcões e quiosques em toda a área do primeiro andar estavam carregados de produtos criados para melhorar você, mudar você, transformar e aperfeiçoar qualquer coisa: pele, cabelo, rosto, olhos, lábios e bunda. Havia até uma seção dedicada unicamente a gargantas e peitos; chamavam esse tratamento de *décolletage*.

Eve foi forçada a reconhecer que a equipe elegante, estilosa e vestida de forma impecável não ficava esvoaçando em volta dos clientes, como em alguns lugares.

Foram recebidas por uma mulher que vestia um terninho preto clássico de Nova York. A loura alta com uma roupa incrível parecia bem normal aos olhos de Eve. Sem espetos no corpo, nem piercings, nem tatuagens visíveis; nada de explosão de cabelos em cores estranhas.

— Bem-vindas à *True Essence*! Posso fazer alguma coisa pelas senhoras?

— Pode, sim. Você viu esse homem?

Eve exibiu a foto e, como a loura não parecia idiota, exibiu discretamente o distintivo na palma da mão.

— Ah, esse foi o homem que matou os pais. — Na mesma hora sua voz se tornou um sussurro teatral. — Eu o vi nas reportagens. Vocês estão à procura dele?

— Isso mesmo.

— Eu não o vi por aqui, nos dois últimos dias estava de folga. Vocês querem falar com a gerente? Posso chamá-la.

— Muito obrigada.

— Claro, só um instante.

— Uhh!... Olha só para essa tintura labial.

— Não — disse Eve, de forma categórica, quando Peabody pegou uma amostra.

— A cor se chama Rosa Brilhante! Quem não quer brilhar? — Peabody apertou um pouco do produto sobre um aplicador e passou-o nos lábios.

— Corta essa! Você não é uma mulher aqui. É uma policial.

— Mas sou uma policial mulher. — E se virou rapidamente em direção aos produtos para os olhos.

Pelo visto, reparou Eve, o cargo de gerente exigia bem menos em termos de aparência normal. Ela analisou a mulher que se aproximava: cabelo cor de ameixa, tachinhas prateadas em cima das sobrancelhas, botas de cano alto listradas em padronagem de zebra.

— Sou a gerente. Vocês são...

— Tenente Dallas e detetive Peabody. Estamos procurando por este homem.

— Então... Eu o vi no noticiário de ontem na TV. Por que você acha que ele pode ter vindo aqui, tenente?

— Ele estava nesta área e fez compras nos arredores. Também estamos verificando em outros locais.

— Entendi. Você tem ideia do que ele poderia querer aqui, ou que tipo de produto poderia ter comprado? Sinceramente, não consigo imaginar um suspeito de homicídio comprando acessórios e produtos de beleza para o corpo. Não somos um antro de iniquidades.

— Mas você reconheceu o rosto dele.

— Eu disse que o vi no noticiário de ontem à noite.

Se liga, querida, pensou Eve, mas se conteve e explicou com voz calma:

— Aposto que muitas outras pessoas também o viram. E muitas dessas pessoas poderiam reconhecê-lo se, digamos, ele entrasse em uma *délicatessen* para tomar a porra de uma sopa. Então, como é do tipo desconfiado, acho que ele pode ter tido a ideia de mudar a cor do cabelo.

— Ah!... — A gerente respirou fundo e exibiu algo como aborrecimento misturado com preocupação. — Vamos à seção de cabelo, então. Talvez uma das nossas cabelereiras possa ajudá-la. Essa sombra que você está segurando ficaria linda em você — disse para Peabody, com um sorriso muito mais caloroso. — Não vá embora sem adquiri--la. Posso reservar, caso você queira.

— Ah, eu... Ela é realmente *mag*.

— Não. — Eve cortou o papo das duas. — Acho... Não sei, pode ser que eu esteja dizendo besteira, mas será que não devíamos nos concentrar apenas em rastrear um assassino? Onde fica a seção de cabelo?

— É claro. — O sorriso desapareceu e seus olhos ficaram gélidos. — Venham comigo, por favor.

Ela foi serpenteando pelos balcões, junto das prateleiras e das clientes que, como Peabody, brincavam com amostras de maquiagem ou enchiam cestinhas prateadas com produtos que — na visão delas — iriam torná-las mais sexy, mais bonitas, mais macias, com pele sem imperfeições e aparência mais jovem.

Sentindo a atenção de Peabody vagar por todo lado, Eve arreganhou os dentes e isso fez sua parceira acelerar o passo.

— Marsella? Veja se consegue ajudar essas mulheres.

— Ah, eu adoraria! — Marsella, com seu cabelo preto curto liso e pontas em rosa-algodão-doce, abriu um sorrisão de boas-vindas. — Que corte incrível e interessante o seu! — exclamou, elogiando Eve. — Pouca gente consegue se dar ao luxo de fazer isso com o cabelo. Tenho um produto maravilhoso que vai ressaltar suas pontas. E amei o estilo casual do seu penteado — disse, olhando para Peabody. — Aposto que você ficaria ainda mais *mag* com uns cachos para um encontro à noite. Nosso kit para cuidados pessoais em casa é extremamente fácil de usar. E você poderia...

— Muito fascinante — interrompeu Eve, num tom que dizia o contrário. — Só que nós estamos mais interessadas nele.

Ela mostrou a foto de Reinhold e seu distintivo.

— Ah! Ah!... — Marsella arregalou os olhos, as pálpebras carregadas de sombra, e olhou para a gerente. — Eu não estou entendendo.

— Você o reconheceu? — perguntou Eve.

— Ué... sim. Eu não estou entendendo — repetiu.

— De onde você o reconheceu?

— De ontem, quando eu o atendi. Mas eu...

— Não está entendendo — completou Eve, meio irritada. — A que horas você o atendeu?

— Humm... Ahn... Ele chegou por volta de uma e meia da tarde. Não tenho certeza, mas foi logo depois que eu voltei do almoço.

— Preciso das filmagens de ontem do seu sistema de câmeras. Da hora que a loja abriu até a hora que fechou. — Depois de passar essa exigência à gerente, Eve voltou-se novamente para Marsella. — Você se lembra que tipo de... Atendimento fez com ele?

— Pintei o cabelo dele com Tropical Hair Color em louro, com um toque de luzes em tons de caramelo; shampoo e condicionador para tons de louro. Ele levou o kit de luxo da linha "Dono de Si". — Ela recitou as palavras num ritmo firme e veloz, como se já tivesse tudo decorado. — Ele queria outros produtos de outras seções, e eu o acompanhei e recomendei o Bronzeador Sun Blast para rosto e corpo, número 4. Depois... ahn... O kit Solie Quench, também para rosto e corpo. Por fim, ofereci o kit para clareamento de olhos em azul-claro da marca Francesco. Ele queria tudo do bom e do melhor. Sugeri que fizesse o cartão de crédito exclusivo aqui da loja, pois isso lhe daria dez por cento de desconto imediato em tudo, mas ele queria pagar em dinheiro. — Ela mordeu o lábio e completou: — Eu ofereci a ele uma consulta grátis e recomendei a Aly para clarear os olhos dele por um preço de promoção, mas ele dispensou o serviço. Avisei que clarear os olhos em casa de forma incorreta poderia provocar inchaço ou vermelhidão, mas ele insistiu em pagar depressa e ir embora logo. Assinou uma declaração onde afirmou saber de todos os riscos. Não sei por que ele chamou a polícia.

— Você não assiste aos noticiários, Marsella? Não acompanha os jornais?

— Ando ocupada porque minha irmã e toda a família dela vão chegar para o Dia de Ação de Graças, e estou ajudando minha mãe em casa... Por quê?

— Se você assistisse, saberia por que estou aqui. Seu nome é Jerald Reinhold, e ele matou três pessoas nos dois últimos dias.

— Ele... Eu... *Meu Deus!* — Recuando um passo, ela colocou a mão no coração. — Ai meu Deus! Ele esteve bem aqui e eu o atendi durante pelo menos meia hora. Estou encrencada?

— Por que estaria?

— Não sei. Eu vendi a ele todos aqueles produtos, recebi uma comissão alta. Fiz até uma metamorfose digital para mostrar como ele ficaria depois de aplicar tudo.

Ao ouvir isso, Eve sorriu.

— Você ainda tem o registro disso para nos mostrar?

— Eu... Claro, vou fazer isso. Acho que... Estou me sentindo meio... Posso beber uma água? Fiquei meio abalada. Ele parecia tão *normal.* Meio sem noção, talvez; tentava agir como se soubesse tudo a respeito dos produtos. Ah... Ahn... Ele também comprou um kit para aplicar piercings. Tinha até me esquecido disso. — Parando de falar por alguns segundos, ela abanou a mão diante do rosto. — Ele comprou o kit da marca AutoPierce... E uma argola de ouro na seção de acessórios. Me esqueci disso também.

Tentando ser solidária e mostrando-se impressionada com a memória da funcionária, Eve tentou acalmá-la.

— Não se preocupa, você não se esqueceu de nada e isso vai nos ajudar muito. Vá pegar sua água, Marsella. Respire fundo e depois quero ver as simulações dessa metamorfose.

— Obrigada. Estou um pouco enjoada. Quem ele matou?

— Os pais e a ex-namorada.

Os olhos exóticos de Marsella se encheram de lágrimas.

— Não pode ser! Eu não acredito!

— Estou falando sério. Vamos, Marsella.

— Ok. Ok. — Ela se afastou, caminhando de forma insegura em seus saltos altos.

— Excelente palpite o seu, de nos trazer até aqui, Peabody.

— Acertamos em cheio.

— Não consigo entender por que ele não distribuiu as compras por vários outros locais, como fez com as roupas, as ferramentas e a venda dos objetos.

— Porque você não entende o fascínio desse lugar, Dallas. — Soltando um suspiro sonhador, Peabody deu uma voltinha e admirou em torno com olhos cheios de reverência e desejo. — Se eu pudesse pagar tão caro, passaria *horas* aqui. Não conseguiria sair deste lugar sem levar algum produto, ainda mais se uma das vendedoras me incentivasse. Eu não resistiria.

— Hum...

— A música está bombando, a iluminação é ousada. Energia sensual. Muita! Todos os produtos gritando no seu ouvido como você ficaria perfeita se os comprasse. Todos esses atendentes, homens e mulheres lindos, repetindo a mesma coisa. "Gaste uns poucos milhares de dólares e saia daqui outra pessoa, alguém melhor e mais bonito."

— Alguém compra essa história?

— Estou comprando agorinha mesmo, e debatendo internamente comigo mesma. Eu poderia levar a tintura labial. Não vou gastar nada em viagens no Dia de Ação de Graças. Já tenho um monte de tinturas labiais, mas ainda não conhecia *essa* nova cor fodástica. Ela é muito cara, mas é um investimento na aparência pessoal. Eu...

— Entendi. Agora cala a boca. Vai cobrar a gerente para conseguirmos logo as imagens das câmeras de segurança — ordenou, quando Marsella voltou trotando com um tablet na mão.

— Malachi Golde! Esse é o nome dele. Lembrei depois de tomar um pouco de água e me acalmar.

— Não, não é o nome verdadeiro dele. Foi esse o nome que ele te deu?

— Foi. Perguntei a ele, para programar a metamorfose; foi o nome que ele me deu. Nós mantemos todos os arquivos por uma semana, para o caso de algum cliente voltar, trocar o produto ou fazer uma reclamação. — Ela bateu na tela e deu alguns comandos. — Olha ele aqui! Temos que tirar uma foto de antes e do depois. Essa é a de antes.

— Sim. — Eve olhou nos olhos presunçosos e sorridentes de Reinhold. — Quero ver a metamorfose.

Marsella bateu com os dedos na tela novamente e virou o tablet para Eve.

— Se os produtos fossem usados da forma correta, com todo o potencial, ele sairia daqui assim. Não é uma imagem cem por cento realista, mas dá para ter uma ideia.

— Aposto que dá. — Eve analisou o Reinhold agora louro, de olhos azuis, muito bronzeado e de piercing.

— Ele comprou um kit com várias opções de estilo para o cabelo, mas foi muito vago sobre qual delas escolheria. Então eu lhe mostrei essas novas cores e luzes.

— Isso é bom. Excelente! Preciso que você envie tudo para esse código, e preciso de uma cópia impressa desse rosto agora mesmo.

— Pode deixar. Posso enviar direto aqui do tablet, mas vou ter que ir lá dentro pegar a cópia impressa. Vai demorar só um minuto.

— Está certo. Você foi ótima, Marsella.

— Obrigada. — Ela exibiu um sorriso leve, meio sem graça. — É meu primeiro assassino.

— Que seja o último, também. E, por favor, traga uma embalagem daquela tintura labial... Como é mesmo o nome da cor nove? Rosa Brilho... Rosa Cintilante, algo assim.

— Rosa Brilhante, da La Femme? Essa cor é totalmente *mag*... Mas preciso ser sincera. Não é a melhor cor para você. Sugiro a Papoula Florescente ou a...

— O produto não é para mim. — Eve procurou fichas de crédito nos bolsos. — Quanto custa?

— Sessenta e dois dólares.

— Você está de sacanagem comigo!

O rosto de Marsella se desfez em desculpas.

— Não. É um produto realmente excelente: estou falando a verdade, ele dura o dia todo. É à prova d'água, à prova de manchas, tem hidratante para manter a textura labial e...

— Tudo bem, tudo bem. — Chocada com o preço, Eve pegou um cartão de crédito. — Vou pagar com isso aqui.

— Claro. Mas olhe... Essa tintura labial também combina muito com o delineador Pétalas de Rosa.

— Não insista, Marsella. Quero só a porcaria da tintura labial e a imagem impressa que eu pedi. Estou com pressa, por favor.

Marsella passou o cartão no próprio tablet e virou-o para Eve digitar a senha.

— Vou pegar a foto impressa e já volto com o produto também. Só dois minutos — prometeu, e se afastou dali quase correndo... Dessa vez com passos decididos.

Olhando ao redor por mais alguns instantes, Eve enfiou os polegares no bolso da frente da calça. Não, ela não entendia o fascínio daquele lugar. O que viu foi um monte de produtos que a Terrível Trina poderia usar para espalhar, escovar, pintar, esfregar e cobrir todo o seu rosto, cabelo e corpo.

Isso, por si só, foi o suficiente para fazê-la querer dar o fora dali o mais rápido possível.

— Peguei as filmagens de segurança — disse Peabody, ao encontro de Eve. — A gerente cooperou muito mais depois de saber que ele comprou seus produtos aqui. Ofereceu tudo o mais que precisarmos, quisermos ou que ela possa fazer. Obviamente quer tirar o dela da reta.

— Por mim está ótimo. Vi a imagem final da "metamorfose". Marsella vai enviá-la para o meu tablet e imprimiu uma cópia.

— Podemos divulgar isso para a imprensa; eles podem colocar a imagem no ar em dez minutos.

— Não. — Eve fez que não com a cabeça. — Ele vai se ver na TV, vai mudar de cara novamente... E vai ser muito mais cuidadoso da próxima vez. Sabemos exatamente como ele está *agora*, quase com certeza. Vamos deixar esse material longe da imprensa, pelo menos até que as circunstâncias permitam a divulgação.

— Trouxe tudo — anunciou Marsella, voltando com uma bolsa rosa e preta com estampa de leopardo, que entregou a Eve. — A metamorfose está no envelope branco, e coloquei o item comprado na bolsa lateral. Adicionei amostras grátis de vários produtos, acho que você devia ao menos experimentar a Papoula Florescente.

— Obrigada. Caso você se lembre de mais alguma coisa, entre em contato comigo.

— Farei isso. E vou assistir mais ao noticiário. Isso é assustador. Como eu disse, nunca atendi um assassino antes.

Que você saiba, pensou Eve, quando elas saíram.

— Você comprou alguma coisa! — A voz de Peabody era um sussurro acusatório. — Eu viro as costas por *um segundo* e você compra algo, depois de zoar todos os produtos da loja. — Ela bufou com força. — O que você comprou, afinal?

— Uma porcaria chamada tintura labial Rosa Brilhante. — Ela pegou o envelope e entregou a bolsa para Peabody, que ficou muda de espanto.

— Você... Você... Você comprou isso para mim? — O "mim" quase saiu como um grito estrangulado. — Dallas!

— Se você me abraçar eu enfio essa tintura labial na sua bunda.

Peabody fez uma dancinha festiva com suas botas de cowboy cor-de-rosa.

— Mas eu *quero* te abraçar. Quero de verdade! Só não faço isso porque não terei lábios rosados cintilantes se você enfiar o troço na minha bunda.

— Lembre-se disso, então.

— Isso foi muito legal.

— Foi a melhor forma de fazer você parar de choramingar.

— Sério, foi muito legal — repetiu Peabody. — Obrigada.

Eve consultou o mapa das rotas de Reinhold que havia sido traçado.

— Você deu a ideia dessa loja e nós acertamos em cheio. Só por isso já mereceu um prêmio.

— Um prêmio totalmente mais que demais! — Ela vasculhou a bolsa. — Uhh, amostras grátis!

— Peabody!

Peabody parou de mexer na bolsa, mas continuou sorrindo.

— Ok, agora ele é louro de olhos azuis, né? Tem o bronze de um homem rico e a orelha furada, muito provavelmente colocou uma argola de ouro. Ele precisaria de algumas horas para fazer tudo isso. Mais ou menos quatro horas, pelos meus cálculos, para se produzir direito.

— E um lugar para fazer tudo. Será que ele voltou para um hotel? Entre como está e saia com outra cara? Se esse for o caso, não é um hotel pequeno. Alguém poderia notar, *deveria* notar. Talvez outro hotel de negócios, um bem grande e movimentado. Ou então...

— Ou então?...

— Ele passou a noite com os pais assassinados e várias horas com a ex-namorada morta. Talvez já tenha escolhido sua próxima vítima e tenha montado o seu novo visual lá.

— Isso é assustador!

— E ele não é? Mas não será o local onde mora uma família. Ele não gostaria de lidar com esposa e filhos. Procure por pessoas solteiras e começamos por aí. Entre em contato com cada uma delas via *tele--link*. Quem não responder ou estiver com o aparelho desligado vai receber uma visita nossa. Quero conversar com Golde novamente, cara a cara. Como Reinhold conseguiu a identidade antiga do amigo?

— E por que a está usando? Acho que isso coloca Golde na nossa lista de possíveis alvos de Jerry.

— Concordo. Comece a procurar — disse Eve, quando elas chegaram à viatura. — Entre em contato com todos os nomes da lista. O primeiro é o próprio Golde, que está na casa dos pais. Avise a ele que estamos indo para lá.

— Deixa comigo.

Capítulo Treze

Enquanto Eve dirigia, usou o *tele-link* do painel para enviar a imagem da metamorfose de Reinhold para Baxter. Em seguida, mandou ele distribuir cópias para o restante do departamento e adicionou um bloqueio de mídia. Enquanto atualizava a situação para o comandante e verificava suas próprias chamadas em busca de algo relevante, Peabody trabalhava em seu próprio *tele-link*.

E quando sua parceira ficou em silêncio, Eve deu uma olhada para o lado.

— O que foi?

— Os avós que moram no Brooklyn. Eu falei com a avó. Ela diz que Reinhold não entrou em contato com eles, e me pareceu sincera.

— Não imaginei que ele fosse para lá; pelo menos, não por enquanto. Qual foi o problema?

— Não é um problema — tentou Peabody, mas logo suspirou. — Os outros avós de fora da cidade vão chegar hoje, mais tarde, e vão ficar na casa dos avós do Brooklyn. Juntos. Há irmãos e familiares de ambos os lados chegando, ou abrindo suas casas para quem chega. O Instituto Médico Legal vai liberar os corpos amanhã, mas eles vão esperar até sábado para fazer uma cerimônia fúnebre dupla. Eles vão passar o Dia de Ação de Graças juntos. "Família precisa de família", foi o que ela disse.

Peabody olhou para o seu *tele-link* e lamentou:

— Isso é triste, muito triste, mas também é ótimo.

— Ótimo?

— Eles vão todos se encontrar, se reunir, ficar juntos. Acho que Reinhold tem uma família muito boa, dos dois lados. Ele nunca reconheceu o que tinha, nem o que lhe deram. E agora, quando eles estão enfrentando uma das tragédias mais difíceis que podem acontecer a uma família, ficam juntos. Isso me fez perceber que vou sentir falta de estar com a minha família no feriado esse ano. Também fiquei me perguntando se mostro o quanto sou grata por todos.

— Eu sei que você é, toda vez que fala de algum deles. Não caia nessa. — Como viu que Peabody fazia exatamente isso, Eve insistiu no tema. — Você e sua família são um grupo grande, alegre e choroso de seguidores da Família Livre que mostram apreço uns pelos outros o tempo todo. É meio constrangedor.

Peabody deu uma risadinha e seu olhar melancólico se tornou um sorriso sentimental.

— Verdade, acho que é um pouco constrangedor, sim.

Satisfeita com a resposta, Eve considerou a possibilidade enquanto dirigia.

— Ele não vai atacar ninguém da família, então. Pelo menos agora, não. Haverá muitos parentes juntos. Ele não deve saber desse encontro, mas iria reparar bem depressa se decidisse atacar um deles. Amigos, colegas, patrões, mágoas de infância, professores... ex-namoradas. É isso que vamos procurar primeiro. Elimine qualquer pessoa que tenha crianças em casa, por enquanto. Eu não acho que ele estaria disposto a lidar com crianças.

— Sim, é muita bagunça, complicação e problema.

— Exatamente. Ele pegou um de cada vez até agora, e em todas as vezes teve uma vantagem inicial. Vamos seguir esse padrão.

— Ele provavelmente não vai atrás de Golde. Não creio que esteja no topo da sua lista, já que Golde está na casa da mãe e trabalha on-line, quase o tempo todo. Ele tem medo de deixá-la sozinha durante o dia, enquanto o pai está no trabalho.

— Ele poderia estar na lista, mas não no topo — concordou Eve. — Mas eu quero falar com ele, de qualquer modo.

— Ele já está nos aguardando. Disse que ia chamar Dave Hildebran, que também está hospedado na casa dos pais.

— E quanto ao outro amigo... O Joe Babaca?

— Já entrei em contato com ele. Está trabalhando e disse que não está preocupado. Acha que estamos erradas, muito longe da verdade. Disse que, mesmo que Reinhold tenha enlouquecido, ele não acha que possa ser um alvo. "Somos superamigos, cara, somos *brothers*!", foram suas palavras. E como são amigos tão próximos, ele tem certeza de que Reinhold vai procurá-lo em breve. E jura que vai nos avisar assim que isso acontecer, para podermos esclarecer tudo.

— Ele vai entregar o *brother*?

— Não pareceu ter problema com isso. Acho que é por isso que chamamos de Joe Babaca.

— Devemos lhe arranjar um crachá com esse nome — disse Eve, e começou a procurar vaga no quarteirão de Golde.

O inquilino mais orgulhoso e feliz do sofisticado Condomínio New York West voltou para a tradicional casa de tijolinhos da sra. Farnsworth. Tinha se imaginado morando lá por alguns dias, talvez até uma semana, mas tinha tirado a sorte grande.

Passaria aquela noite mesmo no seu novo apartamento espetacular. Assim que resolvesse algumas pendências.

Tudo aquilo levou mais tempo do que o calculado, então ele ligou de novo o androide e ordenou que ele lhe preparasse um lanche. Toda aquela papelada para assinar o contrato, pensou. *Pilhas* de documentos. Admitiu a si mesmo que suou frio quando eles investigaram cada um dos seus dados com a porra de uns óculos de visão microscópica. Mas ele passou pelo teste numa boa. Mais um ponto para a velha da sra. Farnsworth.

Sorte dela, pensou ele, enquanto comia um sanduíche Reuben com picles *kosher*. Agora ele não precisaria cortar os dedos das mãos e dos pés.

Provavelmente.

A primeira coisa a fazer era revirar a casa toda de novo e terminar de empilhar o que parecia valer a pena levar. Ele mandaria o androide embalar tudo e transportar a bagagem para a sua nova casa. Seria bom ficar com o androide para fazer todo o trabalho pesado.

E um homem em sua posição precisava de um androide em casa. Era esperado de um morador do Condomínio New York West.

A sra. Farnsworth com certeza não precisava dele — ou não iria mais precisar.

Ele já tinha esvaziado o cofre e guardado tudo em uma das malas vermelhas da velha gorda.

Ele não tinha certeza se gostava da cor nem da marca da mala, nem se elas realmente combinavam com sua nova personalidade. Mas não tinha tempo para se preocupar com isso.

Tempo é dinheiro, pensou, e gargalhou.

Ele já tinha remexido todas as joias. Sabia muito bem identificar objetos de valor, mas sabia que qualquer coisa guardada num estojo certamente valia alguma coisa, mesmo que fosse feia.

Ordenou que o androide formatasse e limpasse todos os drives dos componentes eletrônicos restantes. Depois ele iria desconectar o resto dos componentes e equipamentos, para em seguida levar tudo até o andar de baixo.

Havia um monte de coisas eletrônicas ali, refletiu. Ainda bem que ele tinha pensado e mandado o androide começar a vender vários itens.

Escolheu o que queria para o seu novo escritório e separou do resto.

— Leve aquela pilha ali! — Reinhold pegou um dos tablets que tinha levado para a sua pilha e ordenou: — Siga estas instruções.

Ele deu o nome de uma loja e um endereço.

— Consiga o que puder por eles. Você deve conseguir fazer tudo em uma única viagem. Receba em dinheiro vivo. Só em dinheiro — repetiu. — A quem você pertence agora, Idiota?

— Sou propriedade de Anton Trevor, presidente e CEO da Trevor Dynamics.

— Não se esqueça disso. Pegue o dinheiro e volte logo, sem paradas no caminho. Temos muito trabalho a fazer.

Enquanto o androide cuidava de tudo, Reinhold fez mais um tour pela casa. Talvez a moldura daquele porta-retrato fosse prata de verdade. Talvez aquela tigela de cristal grande e elaborada valesse alguma coisa. A velha tinha tanta porcaria em casa, quem poderia saber o que era lixo e o que tinha valor de venda?

Ele provavelmente poderia levar as sacolas de roupas dela para tentar conseguir algum dinheiro, mas não queria tocar naquelas roupas de velha. Além do mais, como estava nadando em dinheiro agora, para que ligar para essas coisas pequenas?

Tinha todo o equipamento que queria. O androide poderia encaixotar, transportar e configurar os sistemas na sua nova casa. E poderia fazer o mesmo com as roupas e a mala cheia de tralhas que ele o mandaria vender, nos próximos dias.

Talvez conseguisse mais grana se ficasse mais tempo naquela casa, mas tudo que passava em sua cabeça era ir para o novo apartamento e beber um drinque que o androide prepararia para ele. Talvez experimentasse um martíni ou algo do tipo, bem sofisticado. Iria beber no terraço.

Assistiria ao telão e faria o androide lhe preparar um belo jantar.

Agora ele tinha alguém só para servi-lo. Alguém que não iria importuná-lo, nem reclamar das coisas e tentar fazê-lo se sentir um inútil. Agora tinha alguém para cuidar dos detalhes de merda; ninguém falaria para ele procurar um emprego, amadurecer, ser responsável e fazer seu trabalho.

Que se foda tudo aquilo. Que se fodam todos eles!

A começar pela sra. Farnsworth, lembrou a si mesmo.

Pensou em como realizar o trabalho. Ele gostou de usar a faca. Tinha adorado de verdade a sensação de quando a lâmina entrou e saiu. Mas também fez uma bagunça danada, e ele estava com roupas novas e bonitas.

Seria bom comprar algum equipamento de proteção para uso futuro.

E foi a mesma coisa com o taco. Sangue e partes de cérebro espalhados por toda parte. Isso o encheu de adrenalina, mas acabou sujando toda a roupa.

Ele definitivamente precisava comprar equipamentos de proteção.

Poderia estrangular a velha, mas queria tentar algo novo. Expandir seus horizontes. Não era uma das coisas que ela mais gostava de dizer? Expanda seus horizontes.

Sim, ele os expandiria nela. Veria se *ela* gostava daquilo.

Pegou o que queria e entrou no escritório.

Ela não parecia nada bem. E cheirava ainda pior.

Tinha se mijado toda de novo, isso o surpreendeu. Ele não tinha dado a ela mais que alguns goles de água durante o dia todo, e nenhuma comida.

Achou que ela parecia ter perdido alguns quilos.

A Dieta Jerry Reinhold era um sucesso, pensou, com uma gargalhada que fez a cabeça dela se erguer.

Não, vamos rebatizá-la de Dieta Anton Trevor. Aparência nova, casa nova, nome novo. Um novo homem.

— Oi, tudo bem?! — cumprimentou-a.

Ele não tinha visto o cachorro; nem se lembrava mais de Snuffy. O que os olhos não veem, o coração não sente.

Mas reparou que ela tinha tentado se libertar. A fita em torno da sua mão direita estava mais frouxa, e ela já tinha conseguido puxar para fora quase a metade de uma das mãos. O pulso que aparecia por baixo das cordas e da fita estava em carne viva.

— Ai! — Ele estalou a língua e balançou o dedo indicador para a frente e para trás, como se ralhasse com ela. — Isso é o que acontece quando você não escuta as regras. Para onde você achou que ia, caso conseguisse se soltar? O que achou que poderia fazer? Porra, se liga, sra. Farnsworth! Sou muito mais inteligente do que você imaginava. — Ele fez uma pose, batendo com os polegares no peito. — Peguei *todo* o seu dinheiro. Peguei *todas* as suas merdas que valem a pena ser vendidas. Pareço um cara bem-sucedido e você parece que está no fundo do poço. — Sorrindo sem parar, ele se aproximou dela. — Você fez tudo o que eu te mandei fazer. Você é a inútil, agora. Você é a burra. Eu sou o cara que vai morar num apartamento *mag* demais. Provavelmente vou conseguir mais um em Londres e outro em Paris. Assim que terminar de resolver minhas... Pendências pessoais e arrumar quem me contrate. As pessoas pagam muito dinheiro por um assassino experiente. Os governos também. — Ele semicerrou os olhos ao notar o olhar de escárnio dela. — Você ainda não acredita que eu consigo ganhar muito dinheiro, sua vaca? Eu já ganhei, e a maior parte da minha grana já foi sua um dia. Com a minha reputação vou poder cobrar o preço que quiser. Sou rico e famoso agora, e você está sentada no próprio mijo. Quem é o fracassado agora, hein? Quem é o fracassado?

Ele puxou a fita da boca dela com violência e arrancou junto um pouco de pele.

Ela o olhou fixamente. Sua voz era pouco mais que um resmungo, tão seca quanto sua pele. Mas ela daria a sua opinião sobre ele.

— Você é um nada! Não passa de um pequeno cagalhão nojento.

Ele a socou com força. Não pretendia fazer isso e agora... *porra*... aquilo tinha machucado a sua mão. Só que ninguém mais iria falar com ele daquele jeito. Ninguém!

— Você se acha melhor do que eu. Acha que eu não sou nada? Eu vou te mostrar o "nada".

Ela sabia que estava morta antes mesmo de ele colocar o saco plástico na sua cabeça. Já tinha aceitado o seu destino, mas mesmo assim lutou. Não para sobreviver, não mais. Para infligir alguma dor nele. Para que ele enfrentasse alguma resistência.

Ela se balançou na cadeira, apesar de ele torcer a ponta do saco plástico com mais força... mesmo quando ele tentou enrolar a fita em volta do seu pescoço várias vezes. Ela deu um impulso para trás com a força que lhe restava e amou quando sentiu a cadeira atingi-lo com força no peito. Ouviu-o gritar e xingar por sobre o rugido de sangue que lhe invadiu a cabeça.

A cadeira se desequilibrou novamente e o peso dela a levou de volta. Embora ela engolisse em seco como um peixe, seu corpo gritando por ar, em algum lugar por dentro ela sorriu quando ele urrou de dor.

Então ele a chutou. A barriga da sra. Farnsworth explodiu de agonia, seu peito ardeu e tudo começou a tremer.

De repente ela se acalmou... E tudo acabou.

Ela morreu com um sorriso profundo em seu coração.

Ele continuou chutando-a muitas vezes depois de ela ficar imóvel. Não conseguia parar.

Ela o tinha chamado de "nada". Ela o tinha ferido.

Aquilo não era justo, não era certo. Então ele a chutou mais, chorou e se enfureceu até se cansar.

Deixando-se cair em outra cadeira, lutou para recuperar o fôlego. Seu pé latejava como um dente podre no lugar onde a cadeira, com todo o peso da bunda gorda dela, tinha caído com a força de uma pedra. E seu peito também doía, estava machucado e sensível no lugar onde ela o atingira forte, com o movimento da cadeira.

Ele devia tê-la retalhado. Que se foda a sujeira e a lambança, ele devia tê-la cortado em pedaços, como tinha feito com a sua velha.

Agora ele estava suado, trêmulo, e tinha a impressão de que seu pé podia estar quebrado.

Ele devia incendiar aquela casa com a velha dentro. É isso que devia fazer.

Mas não era burro, pensou, enquanto enxugava as lágrimas. Ele *não era* um "nada". Quanto mais tempo levassem para encontrar a bunda gorda dela, melhor.

Além disso, eles nunca iriam ligar o nome dele ao dela. Quem iria fazer a conexão de nomes? Uma vaca que tinha sido sua professora de Ciência da Computação no ensino médio?

Tudo o que ele tinha que fazer agora era ir embora dali, bem depressa. Poderia mergulhar a si próprio e o seu pé dolorido em sua nova banheira de hidromassagem.

Ele se levantou, soltou um gemido e saiu mancando do quarto, forçadamente. Piscando para conter lágrimas de autopiedade, desceu a escada mancando ainda mais; o androide o aguardava no último degrau.

— Leve o resto disso tudo a pé. — Reinhold entregou-lhe um tablet com o endereço e as instruções — Vai logo para este endereço e dirija-se ao balcão de recepção. Entregue à atendente essa lista e arrume as coisas no apartamento. Cadê o dinheiro?

— Aqui, senhor. — O androide entregou-lhe um envelope.

Após um momento de hesitação. Reinhold tirou algumas notas.

— Vai até a West Broadway, acho que lá já está longe. Quando chegar, pegue um táxi. Não, pode deixar isso comigo — disse ele, quando o androide pegou a mochila e uma das malas. — Vou levar comigo. Quero tudo pronto antes de chegar ao novo apartamento. Depois, saia para comprar o que for preciso para me preparar um belo bife e um martíni.

— Sim, senhor. Gim ou vodca?

Reinhold não respondeu de imediato. Ele não sabia que existiam martínis em mais de uma variedade.

— O que você acha, Idiota? Vodca, mas não compre merdas baratas. Agora caia fora.

Reinhold entrou mancando na cozinha. Tinha visto analgésicos lá. Procurou-os e tomou dois. Então, por pura pirraça, arrancou pratos e copos dos armários, e atirou-os contra a parede; usou uma faca de cozinha para riscar a unidade de refrigeração e a frente da máquina de lavar louça; arranhou toda a bancada e as portas dos armários.

E se sentiu melhor.

Satisfeito, voltou à sala, pegou sua mochila comprida, a última mala vermelha e saiu da casa. Mesmo com os analgésicos e a alegria de quebrar e destruir tudo, o pé o incomodava demais. Depois de andar dois quarteirões, procurou a clínica mais próxima pelo tablet da sua última vítima e mancou por mais um quarteirão, antes de conseguir pegar um táxi.

Ele devia ter cortado os dedos dos pés dela, decidiu. Deveria tê-la feito gritar de dor. Estar morta não era suficiente, ainda mais depois que ela o machucara, antes de morrer.

Ele se jogou no canto do táxi e sonhou com seu novo apartamento, uma banheira de hidromassagem, uma bebida viril e muito dinheiro para torrar.

Eve tocou a campainha na porta do apartamento da família Golde. Em questão de segundos, ouviu as trancas que bateram, estalaram e deslizaram. A mulher que atendeu tinha cinquenta e poucos anos e usava uma tintura labial que Eve imaginou que Peabody iria achar o máximo. Ostentava seios impressionantes, ombros largos e lançou para Eve um longo olhar de cima a baixo.

— Você é mais alta do que eu imaginava.

— Então tá... — Foi a melhor resposta que Eve conseguiu dar.

— Mas precisa de um pouco mais de carne em você. É difícil entender garotas magras demais — disse ela, olhando para Peabody com um sorriso rápido e torto.

— Sim, senhora.

— Entre, por favor. Mal está no escritório instalando um novo telão. Eu não permito telas na sala de estar. Salas de estar são para "estar", e isso significa conversar e interagir.

Havia muitos lugares para isso ali — cadeiras, sofás, pufes. Onde a maioria instalaria um telão, ela optara por prateleiras cheias de fotos, peças exóticas de decoração e vários livros.

— Gosto de livros físicos — explicou ela, notando o olhar de Eve. — São mais caros que e-books e audiobooks, mas gosto de segurá-los e olhar para eles.

— Meu marido é igualzinho.

— Claro, ele pode pagar por eles. Meus filhos me dão livros em ocasiões especiais. Fiquem à vontade, sentem-se. Vou chamar o Mal, ele está com Davey lá atrás. Vou preparar um lanche para vocês.

— Não precisa se preocupar com isso, sra. Golde.

A sra. Golde tornou a lançar para Eve aquele seu olhar demorado e fixo.

— Vou preparar um lanche para vocês! — Saiu da sala com seus sapatos macios em azul-marinho.

— Vamos fazer um lanche! — Peabody sorriu.

Eve balançou a cabeça, conformada. A sra. Golde parecia administrar bem a casa e a família, e demonstrava entusiasmo suficiente para mandar na maior parte do bairro. Aquilo a deixava meio intimidada.

Mal surgiu ao lado de um cara mais baixo e mais musculoso, com muito cabelo castanho. Eve reconheceu Dave Hildebran da sua foto de identificação e notou em ambos uma expressão de nervos à flor da pele.

— Ahn... Olá, tenente. — Mal começou a estender a mão, obviamente se perguntando se deveria fazer isso, e decidiu recolhê-la. Eve resolveu o dilema tomando sua mão para um aperto rápido e firme.

— Olá, Mal. Como vai, sr. Hildebran?

— Dave, por favor. Legal te ver por aqui. — Na mesma hora ele corou. — Quer dizer...

— Eu entendi.

— Pedi a Dave para vir quando você avisou que vinha. Nós dois estamos simplesmente... Caraca, toda essa porra é simplesmente horrível.

— Olha o palavreado nessa casa! — A feminina voz de trovão veio dos fundos do apartamento e fez com que os dois estremecessem.

— Desculpa, mãe! Como eu disse, vou ficar aqui até... — Ele não completou a frase. — Dave vai ficar com os pais dele, também. Parece que é a coisa certa a se fazer.

— Só se fala nisso aqui no bairro — completou Dave. — As pessoas gostavam muito do sr. e da sra. Reinhold. E mesmo se não gostassem... Porra, cara... Puxa, caramba — corrigiu depressa, dirigindo um olhar preocupado para a cozinha.

— Eles eram boas pessoas — afirmou a sra. Golde, voltando com uma bandeja enorme.

— Deixa que eu pego isso, mãe. — Mal pegou a bandeja da mão dela e colocou-a na mesa em frente ao sofá. Além de pratinhos, copos e um grande jarro transparente com um líquido âmbar profundo, a bandeja continha pequenos sanduíches; basicamente davam para uma só mordida. Biscoitos brilhavam debaixo de uma camada do que devia ser açúcar, e um círculo de barrinhas de cenoura tinha sido feito em volta de um molho branco bem grosso salpicado de verde.

— Nós poderíamos ter ido para a cozinha, mãe.

— A sala de estar é para receber pessoas. — No que Eve agora via como seu jeito direto e franco, a sra. Golde ergueu o jarro e serviu o conteúdo nos copos. — Isso é um chá especial de sassafrás, é muito bom para vocês. Receita da minha avó.

— A *minha* avó também prepara isso! — Encantada, Peabody aceitou um copo.

— É mesmo?

— Sim, senhora. — Depois de um gole, Peabody sorriu feito uma criança. — Só pode ser a mesma receita, ou perto disso. Nossa, parece que eu voltei no tempo.

— Qual é o seu nome, garota?

— Detetive Peabody. Minha avó é da família Norwicki.

— Uma família polonesa! — Com um sorriso largo e radiante, a sra. Golde apontou para si mesma, com ar de aprovação. — Minha avó também era polonesa. Família Wazniac. Ela morreu no ano passado, aos cento e dezoito anos. Saltou de paraquedas duas semanas antes de morrer dormindo. Não há nada melhor que isso.

— Não, senhora.

Eve supôs que aquilo era um papo furado de sala de estar, mas elas não tinham tempo para essas coisas.

— Temos algumas perguntas de acompanhamento — começou. — Acreditamos que Jerald Reinhold tem planos de ir atrás de outras pessoas.

— Fiquei pensando que... Sei lá... Que ele podia ter sofrido algum ataque momentâneo de loucura. Mas depois que soube da Lori e o que ele fez com ela... — Mal olhou para as mãos. Elas se mantiveram firmes, mas sua voz tremeu. — Não sei como ele conseguiu fazer tudo aquilo. Não sei como conseguiu fazer o que fez.

— Ele é um chorão mimado e inútil, sempre foi!

Mal olhou em direção à mãe.

— Mãe!

— Na verdade, eu gostaria muito de ouvir sua opinião, sra. Golde.

Depois de enviar a seu filho um olhar presunçoso, a sra. Golde acenou para Eve.

— Você parece ter bom senso. Eu o vi crescer, não vi? A mãe dele, eu e a mãe de Davey passamos muito tempo juntas, ou cuidando dos filhos umas das outras. Meu Mal é um bom menino, e não estou dizendo isso para me gabar. Teve seus momentos difíceis, com certeza, e levou uns tabefes por causa disso, sempre que foi preciso.

— Ainda levo — murmurou Mal, mas com um sorriso.

— E vai levar sempre. Sou sua mãe desde o nascimento até a morte. O Davey aqui é um bom menino. Não que a mãe dele e eu também não lhe tenhamos dado uns tapas, uma ou duas vezes... e ainda podemos fazer isso — acrescentou, apontando um dedo para ele. — Barb e Carl eram boas pessoas e fizeram o melhor que puderam com aquele garoto. Mas ele nasceu reclamão e nunca deixou de ser, mesmo depois de crescido. — Ela pegou uma barrinha de cenoura e a balançou na mão. — A culpa de tudo de ruim que acontecia era sempre dos outros. Nunca agradeceu nada do que seus pais faziam por ele, sempre achava erros em tudo. Eu poderia dizer que eles o mimaram mais do que deveriam, mas ele foi o único rebento do casal, e eles fizeram o melhor por ele. Sempre o ajudavam nos deveres de casa, e até contratavam professores particulares quando ele não se saía bem na escola. Quando o garoto quis jogar bola, seu pai Carl... e Deus sabe que ele não era nada atlético... passava horas atirando a bola ou recebendo-a de Jerry. Lembro-me de quando esses dois aqui, Jerry e aquele tal de Joe Klein, roubaram doces e revistas em quadrinhos do Schumaker's. Todas nós... Barb, a mãe de Davey, Joe e eu... Arrastamos os meninos até a loja para fazer a coisa certa.

— Foi o pior dia da minha vida — murmurou Mal.

A expressão da sra. Golde mostrou claramente que ela ficara satisfeita por saber disso.

— Davey e Mal ficaram envergonhados e arrependidos, e com razão. Joe parecia envergonhado, mas era apenas arrependimento por ter sido pego. No caso de Jerry?... Ele ficou revoltado!

— Ficou mesmo — confirmou Dave, e pegou um biscoito. — Partiu para cima de mim, disse que eu tinha estragado tudo e ficou me socando na barriga; o Mal teve que tirar o Jerry de cima de mim.

O dedo da sra. Golde apontou para um e depois para o outro.

— Vocês nunca me contaram isso.

— Mãe, eu não posso te contar tudo.

— Sei! — Uma fungada foi sua opinião sobre isso. — Jerry se desculpou com os Schumaker, claro; não teve escolha porque sua mãe o arrastou pela orelha e não largou até ele se desculpar. Quando uma pedra quebrou a vitrine dos Schumakers uma noite, algumas semanas depois eu *sabia* que o Jerry a tinha atirado.

— Você não tem certeza disso, mãe. A gente nem estava lá. Jurei a você na época e juro agora, não fizemos aquilo.

— Não estou dizendo que vocês fizeram. Se eu achasse o contrário vocês iam estar sem poder sentar direito até hoje. Barb também sabia. Não quis comentar a suspeita com Carl, mas me contou. Sentada naquela cozinha, chorando muito por causa disso. Ela não conseguiu fazê-lo confessar, mas *sabia*.

— Os Schumakers ainda moram lá?

— Há cinquenta e um anos, no mesmo local. Frank e Maisy.

Eve anotou os nomes.

— Quero de vocês os nomes de qualquer pessoa de quem ele tinha alguma bronca, com quem teve problemas e de quem reclamou, desde lá de trás; não me refiro apenas a problemas recentes.

— Espero que você tenha muito tempo — disse a sra. Golde, e de uma mordida num sanduíche. — Porque aquele garoto empilhou rancores como criança empilha bloquinhos de construção. Eu sou uma das pedras no sapato dele.

— Ele não vai te machucar, mãe. Eu o mataria, antes. — O rosto de Mal ficou feroz quando ele se virou para Eve. — Estou falando sério.

— Você é um bom menino. — A sra. Golde deu um tapinha no braço do filho. — Mas acho que essa policial magrela e sua amiga com vovó polonesa conseguem cuidar do Jerry.

— É isso que vamos fazer — prometeu Eve. — Listamos seus antigos patrões, seus colegas de trabalho, vocês e suas famílias... Joe Klein e os pais dele. Quem mais vem à sua mente? Outras ex-namoradas?

— Lori foi a primeira com quem ele morou, quando o namoro ficou sério — começou Mal.

— Teve a Cindy McMahon — lembrou Dave. — Eles namoraram direto por vários meses, uns anos atrás.

— Ela mora na vizinhança? — indagou Eve.

— Morava. Mudou-se para East Washington... Não sei quando, acho que foi em junho.

— Ela conseguiu um ótimo emprego — acrescentou a sra. Golde. — É um trabalho de mídia, ela redige notícias e coisas assim. Mas vem visitar a mãe, agora no Natal. Já conversei com a mãe dela.

— Acho que ele vai atacar pessoas que moram perto, por enquanto.

— Tem a Marlene Wizlet.

— Mas ele nunca namorou com ela — ponderou Dave.

— Ele *quis* namorar, mas ela deu um fora nele. É esse o tipo de coisa que você quer saber, certo? — perguntou Mal a Eve.

— Sim, isso mesmo. Você tem informações de contato?

— Posso pegar. Ela mora no Upper East, com um cara. Trabalha como modelo. Marlene é um mulheraço e Jerry tinha uma queda por ela. Só que ela nem olhava para ele e o mandou passear.

Eles percorreram alguns outros, de volta aos dias agitados da adolescência, com a sra. Golde acrescentando um ocasional pai, lojista, irmão mais velho, irmã mais nova.

Ela tem razão, pensou Eve. A lista é longa.

— E quanto a professores, instrutores, treinadores?

— Ele ficou muito puto... Perdão, revoltado — corrigiu Mal, depressa — com o treinador Boyd. Ele foi nosso treinador no time do ensino médio durante três anos. Jerry foi pego duas vezes tentando roubar no jogo, mesmo depois de o treinador chamar atenção dele; então o treinador colocou o Jerry no banco de reservas durante três jogos. Depois, quando estávamos num outro jogo do campeonato, o treinador o mandou entrar em campo. O jogador adversário jogou um monte de bolas e ele queria que Jerry as rebatesse, mas ele se recusou e saiu de campo. Perdemos o jogo e ele culpou o treinador. Nunca mais voltou a jogar depois daquele dia. Merda.... Desculpe, mãe! É que só agora eu notei a quantidade de pessoas de quem ele tinha bronca. Pessoas que não fizeram nada contra ele.

— Você é um amigo leal, Mal. — Ela lhe entregou um biscoito. — Não precisa se desculpar.

Quando chegaram ao ensino médio, a lista de nomes aumentou muito. Enquanto tentava descobrir um meio de encurtar a lista, Eve pegou um biscoito sem pensar.

— Estes biscoitos são... Deliciosos!

A sra. Golde se empinou de orgulho.

— Receita de família, mas é preciso usar açúcar de verdade, e muito! Vou pegar mais alguns para você levar.

— O sr. Garber o pegou colando na prova de Estudos Globais. Ele foi suspenso e ficou de castigo em casa por causa disso.

Mal deu de ombros para Dave.

— Verdade, mas no fundo ele não se importou nem um pouco com aquilo. Disse que foi uma folga incentivada.

— Ninguém gosta de ser pego colando — comentou Eve, e anotou o nome do professor.

— Bem, teve uma vez que ele ficou muito mais chateado, puto de verdade.... Droga, mãe, desculpe.

— Está desculpado, considerando as circunstâncias.

— Foi com a sra. Farnsworth, nossa professora de informática.

— Ah, é mesmo! — assentiu Dave. — Aquilo o deixou muito pu... revoltado. Ele acabou sendo reprovado. A verdade é que, embora eu tenha dito, na época, que estava do lado dele, a sra. Farnsworth lhe deu seis oportunidades e até trabalhou com ele depois das aulas; o Jerry não se importou. Ele a odiava de verdade. Quando foi reprovado, ele ficou de castigo novamente; pior que isso... teve que assistir às aulas de recuperação durante todo o verão.

— Nós o zoamos muito por causa daquilo — acrescentou Mal. — Exageramos de tanto tirar sarro dele, especialmente Joe. Sei que Jerry também teve problemas com outros instrutores quando entrou para a faculdade, antes de cair fora, mas não sei quem são. Fui para a NYU e não nos vimos muito durante aquele semestre.

— Vamos adicionar um elemento. Ele precisa de dinheiro, ou coisas que possa transformar em grana. Alguma dessas pessoas que vocês mencionaram tem muito dinheiro, por acaso? Ou qualquer tipo de coleção valiosa, que vocês saibam?

— Marlene está ganhando uma boa grana, agora. Vem se dando bem na careira de modelo, e ouvi dizer que o cara com quem ela está morando tem rios de dinheiro. — O rosto de Mal se contorceu ao pensar algo. — E nós sempre achamos que os Schumakers tinham muito dinheiro. Lembrei agora de mais uma coisa... quando está com bronca de um de nós, Joe gosta de comprar roupas e objetos de marca só para se exibir. Mas não guarda dinheiro porque gasta tudo com coisas que custam o olho da cara.

— Joe é um exibido, sempre foi. E também tem algo de mau nele. — A sra. Golde apontou para o filho antes de ele protestar.

— Ele tem, sim — confirmou Dave. — É um cara difícil de ter como amigo, analisando bem. Farnsworth! — acrescentou Dave, com um sorriso. — Todo mundo dizia que ela nadava em dinheiro.

— É verdade. — A sra. Golde ergueu um dedo. — A maior parte da fortuna dela foi herança do pai, pelo que eu me lembro. Ele morreu muito jovem. O marido dela também tinha alguma grana, mas morreu em um acidente de carro há seis ou sete anos. Lembro-me de lhe ter enviado um cartão de condolências. Ela tem muito dinheiro, pelo menos tinha naquela época. Sempre usou sapatos bonitos. Não chamativos, mas de boa qualidade. E ela doou equipamentos de computação para a escola.

— Eu não sabia disso — disse Mal.

— Ela era discreta sobre as boas ações, tanto quanto com os sapatos. Mas eu sei das coisas.

— Você tem orelhas de gato, mãe.

— Ouvidos de mãe — respondeu ela, e piscou para o filho. — Faz parte do pacote.

— Eu esqueci de uma pessoa. Meu irmão... meu irmão mais velho, Jim. — Dave passou a mão no rosto. — Ele não suporta Jerry, nunca gostou dele. Costumava chamá-lo de "filho da puta". Desculpe, sra. Golde, mas é o nome que se dá normalmente. Jim não é rico, mas ganha bem. Mora no Brooklyn com a noiva. Eles vão se casar no ano que vem. Uma vez, Jerry levou uma surra de Jim. Jerry disse algo horrível sobre a garota com quem Jim estava saindo na época. Você se lembra, Mal?... Natalie Sissel. Então, Jim botou o Jerry no chinelo. Deu-lhe uns socos fortes... *pow, pow*... e foi embora. Tudo foi ainda mais humilhante porque Jim deixou Jerry dar o primeiro soco nele, antes de revidar com força. Aconteceu no lado de fora da Pizzaria Vinnie's, e todo mundo viu. Preciso avisar o Jim.

Dave se levantou na mesma hora e pegou o *tele-link*, enquanto ia para a sala ao lado.

Parecendo estar enjoado, Mal viu Dave sair da sala quase correndo e perguntou:

— Você realmente acha que ele vai tentar machucar outra pessoa? Vai fazer o que fez com os próprios pais e com a Lori?

— Acho bom você ficar aqui, cuidando da sua mãe. Entre em contato comigo imediatamente, caso ele ligue para você, ou se você o vir circulando aqui por perto. — Ela pegou a imagem da metamorfose a que Jerry se submetera. — Ele fez uma transformação. Essa imagem mostra mais ou menos como ele está, agora.

— Nossa! Ele está... diferente.

— Essa é a ideia. — Eve se levantou. — Se você se lembrar de mais alguém ou souber de qualquer outra coisa, fale comigo. A qualquer hora. Se lembrar de algo no meio da noite, pegue o *tele-link* e me ligue, ok? Não brinque com isso, Mal.

— Vou pegar os biscoitos para você.

Eve pensou em recusar a oferta, mas percebeu que *queria* aqueles biscoitos... E viu a sra. Golde olhando-a com firmeza.

— Obrigada — disse Eve. — Vou até lá com a senhora.

Ela seguiu a mãe de Mal até uma cozinha impecável e funcional.

— Ele não vai querer delatar, se o Jerry entrar em contato. — A sra. Golde manteve a voz baixa, enquanto colocava biscoitos em um pote transparente descartável. — É leal, e uma parte dele ainda não consegue acreditar no que aconteceu. Ele é um bom menino e um bom amigo. Mas não vai me deixar sozinha e certamente vai me contar. Então eu prometo a você: se aquele filho da puta... Na minha casa eu posso falar palavrão... Ligar para ele ou aparecer aqui você saberá, e saberá rápido. E se meu filho achar que estou com medo, ele não hesitará em contar a você, ele mesmo. Vou me certificar de que ele pense que estou com medo.

— Mas a senhora não está.

— Sei cuidar de mim mesma e daquele bostinha. Acredite em mim, ele não vai chegar nem perto do meu menino.

— Ele tem sorte de ter a senhora. E a senhora tem sorte em tê-lo como filho.

— Tenho mesmo. Coma todos esses biscoitos — disse, entregando o pote a Eve. — Você precisa das calorias.

Capítulo Quatorze

Na calçada, Eve parou para pensar sobre tudo.

— Jerry levou uma surra de Jim. Acho que ele iria querer se vingar, mas ele estaria lidando com um cara que provavelmente é mais forte que ele. Com certeza precisaria de uma arma. Mas talvez tente raptar a noiva de Jim. Vamos verificar isso. O treinador da liga infantil talvez seja uma vítima plausível, já que ele escolheu o taco de beisebol.

— Tem a modelo — lembrou Peabody. — Feriu o ego dele, que nem a ex-namorada. E ela pode ter algum dinheiro.

— Sim, uma vítima mais provável nessa balança. E também temos a professora do colégio. Ela tirou as férias dele, o fez passar vergonha diante de todos e tem dinheiro. Mora sozinha. E tem habilidades eletrônicas, talvez conseguiria fazer uma boa identidade falsa. — *Há muitas possibilidades,* pensou Eve. Ele poderia sortear qualquer uma daquelas pessoas do seu chapéu.

— Vamos verificar todas elas.

— Todas?!

— Ligue para a polícia do Brooklyn e mande alguns policiais verem como estão o irmão de Dave e a noiva dele. Os Schumakers ficam por sua conta. Eles moram quase aqui na esquina. Você liga para a polícia do Brooklyn enquanto tiver indo para lá. Vou colocar mais pessoal para cobrir o restante. — Pegou o *tele-link* e ligou para Jenkinson. — Aviso sobre a investigação Reinhold. Preciso dessas pessoas sob segurança. Anote os nomes e endereços que vou passar.

— Pode falar, chefe.

— Marlene Wizlet — começou Eve, e recitou toda a lista. — Quero dois homens para cada um desses nomes, e quero que vejam pessoalmente se eles estão bem. Jerald Reinhold está escolhendo ou já escolheu sua próxima vítima. É importante que essas pessoas tomem cuidado. Melhor ainda: tentem convencê-las em concordar com a proteção que vamos oferecer.

— Para todos eles?

— Isso, todos eles. Se eles têm notícias recentes de Reinhold, eu preciso saber. Se alguma coisa... Qualquer coisa em seu comportamento parecer estranha, forcem a barra. Quero todos eles com os olhos abertos para Reinhold.

— Pode deixar, tenente.

— Assim que terminar de falar com todos, me avise.

Ela desligou quando Peabody voltou, ofegante.

— Eles estão bem... Os Schumakers. Estavam ligando para o neto quando eu saí de lá. Ele é reformado do Exército. E a unidade do Brooklyn vai enviar uma patrulha para a casa do irmão de Dave.

— Ótimo. Vamos ver a professora de informática. Ela mora perto, e Jenkinson vai enviar duplas para cobrir o restante da lista.

— Já consegui o endereço. Quer que eu ligue para ela antes?

— Pode ligar — disse Eve, entrando no carro. — Avise que estamos chegando.

Mulher mais velha, pensou Eve enquanto dirigia. *Morando sozinha. Alvo mais fácil que os homens, supostamente. Tem dinheiro de família. Não vai dar para ele continuar na vida boa sem dinheiro.*

Professora de informática.

— Ela não atende — anunciou Peabody, se revirando no banco do carona. — A ligação vai direto para a caixa postal.

Eve seguiu o instinto e acelerou o carro.

— Ligue para o treinador e para a modelo — ordenou Eve. — Quero que eles tomem cuidado. Ofereça proteção, caso queiram. Rode o programa de probabilidades com todos os nomes que Mal e Dave nos deram. Vamos trabalhar nessa lista depois de visitarmos Farnsworth. — Ainda por instinto, Eve estacionou em fila dupla, em vez de procurar uma vaga perto da casa de tijolinhos. — É uma casa legal. Tem vizinhos próximos, e mesmo assim continua com bastante privacidade. É um bom alvo, droga. Um alvo muito bom. — Ela empurrou o pequeno portão e correu até a porta, Peabody atrás dela, falando no *tele-link*. Tocou a campainha e bateu na porta. E a sensação estranha em seu peito aumentou. — O sistema de segurança está desligado. Se ela saiu, por que não ligou o alarme? Vá até a casa à esquerda e pergunte se eles viram Farnsworth. Vou até a casa da direita. — Eve correu para a casa vizinha e tocou a campainha. Segundos depois, uma voz feminina falou com voz afobada pelo interfone.

— Posso ajudar?

— Senhora, sou da polícia. — Eve segurou o distintivo para a câmera, para ser escaneado. — Tenente Dallas, da Polícia de Nova York. Estou procurando sua vizinha, a sra. Farnsworth.

A porta se abriu. A mulher tinha o cabelo castanho preso em um rabo de cavalo meio bagunçado e usava um moletom vermelho e meias listradas grossas. Enquanto analisava Eve com olhos sonolentos, trocou um pacote embrulhado num cobertor azul de um braço para o outro.

Levou uns instantes, depois de ouvir sons de choramingo, para Eve perceber que aquilo era um bebê.

— Posso saber por que você está à procura dela?

— Precisamos conversar sobre um assunto, mas ela não atende à porta, nem ao *tele-link*. Você sabe me dizer quando a viu pela última vez?

— Acho que foi ontem à noite. Eu acordei para dar mamá ao Colin, e ela estava passeando com o Snuffy.

— Snuffy?

— O cachorrinho dela. Ele é muito fofo. Eu a vi saindo de casa com Snuffy mais ou menos às onze da noite de ontem.

— E não a viu hoje?

— Pensando bem, acho que não. Mas o Brad deu a mamadeira ao bebê hoje cedo, quando ela leva o cachorro para o passeio matinal. Um minuto. — Deu um passo atrás e virou a cabeça. — Brad! — Eve ouviu um baque forte e um "Ai!" bem forte. A mulher riu. — Ele deve ter caído do sofá — explicou a Eve. — Colin tem três semanas... E faz três semanas desde a última vez que eu e o Brad dormimos de verdade. Estamos de licença parental.

O homem veio se juntar à mulher. Com aparência de exausto e olhos vidrados, ele massageava o cotovelo.

— O que houve?

— É a polícia. Estão à procura da sra. Farnsworth.

— Por quê?

— Preciso falar com ela — respondeu Eve. — Você a viu hoje?

— Tenho sorte de ainda enxergar alguma coisa. — Ele esfregou os olhos. — Mas não, acho que não. Ela não ficou de trazer uma sopa pra gente?

— Era hoje? — A mulher balançou de um lado para o outro quando o bebê no cobertor azul deu gemidinhos abafados. — Acho que foi, estou perdendo a noção do tempo. Ela ia trazer sopa, sim, uma receita da avó. Tem sido muito gentil e sempre vem saber como nós estamos; compra coisinhas no mercado e manda o robô vir aqui perguntar se precisamos de alguma coisa.

— Acho que vi o robô dela, hoje.

Eve olhou com atenção para o pai.

— Androide?

— É, eu saí agora há pouco para dar uma caminhada curta e pegar um pouco de ar puro. Acho que o vi subindo o quarteirão, carregando alguns eletrônicos. Ela tem um monte deles em casa, foi professora de informática.

— Aconteceu alguma coisa? — perguntou a mulher.

— Fiquem aqui dentro.

Eve correu de volta para a casa ao lado e viu Peabody saindo da casa do outro vizinho.

— Eles não a viram o dia todo — começou Peabody. — Ela tem um cachorro e o leva para passear todo dia, só que hoje... Merda! — exclamou Peabody, ao ver Eve pegar sua chave mestra.

— Ela tem um androide. O vizinho o viu carregando aparelhos eletrônicos pela rua. Ligar filmadora!

— Merda! — repetiu Peabody, pegando sua arma.

Eles passaram pela porta, Peabody pela direita, Eve pela esquerda.

— Sra. Farnsworth! — gritou Eve, enquanto seguia pelo primeiro andar, fazendo uma varredura em todos os cômodos. — Polícia de Nova York.

Viu mesas bambas e vãos nas prateleiras indicando que alguma coisa tinha acontecido ali. Viu a destruição na cozinha. E nenhum computador nem *tele-link* no primeiro andar.

Eve sabia antes mesmo de começarem a subir para o segundo andar que era tarde demais.

Ao sentir o cheiro de urina e de morte, indicou com os dedos que Peabody fosse pela direita ao chegar ao topo da escada. Eve foi pela esquerda, onde ficava o escritório.

O corpo nem esfriou ainda, pensou, examinando-o. Outra morte cruel e medonha, que Jerry deixou para trás.

Colocou a dor de lado e se ergueu.

— Temos um corpo! — gritou, e puxou seu comunicador para dar o alarme.

— O segundo andar está limpo, exceto por isto. — Peabody entrou, carregando outra trouxa que choramingava. Atordoada por alguns instantes, Eve pensou que fosse outro bebê.

— Que diabos é isso?

— Ele estava debaixo da cama. Eu escutei um choro quando entrei para verificar o quarto. Vi esse cobertor e embrulhei. Ele está bem machucado, Dallas. Não sei se é grave.

— Por mais grave que seja, ela está pior.

— É o cachorrinho dela. A vizinha me disse que ela passeava com Snuffy várias vezes ao dia, mas não a viu hoje.

— Pois é, ela não vai mais passear com o Snuffy. Vamos precisar dos kits de serviço. Já dei o alarme.

— Vou pegá-los, mas temos que fazer algo pelo Snuffy.

Eve passou a mão pelo cabelo. Via o cachorro claramente agora, e notou a dor em seus olhos castanho-claros.

— O quê?

— Vou ver se consigo ligar para um veterinário enquanto pego os kits. Ele está bem mal. Vamos lá, Snuffy — cantarolou Peabody, ao se afastar. — Vamos cuidar de você, vai ficar tudo bem.

Com um suspiro, Eve se voltou para o corpo.

— Acho que somos só eu e você, agora. A vítima é uma mulher branca — recitou Eve, para a filmadora.

Olhou para trás quando Peabody voltou com os kits.

— O que você fez com o cachorro?

— O pai da casa ao lado... A que você visitou... Saiu pelo portão assim que me viu. Ele conhece um veterinário. Fica a poucos quarteirões daqui, então ele pegou o Snuffy e foi para a clínica.

Elas selaram as mãos e as botas.

— Veja esse andar primeiro — ordenou Eve. — Ninguém a viu hoje, então é provável que ele tenha entrado aqui ontem à noite depois de ela passear com o cachorro. Provavelmente ele passou muitas horas aqui dentro, e dormiu em algum lugar. Vamos ver se deixou algum rastro. E veja se consegue encontrar o robô. Eu não vi nada quando vasculhamos a casa.

Eve confirmou a identificação para oficializar o registro e pegou seus medidores para saber a hora exata da morte. Viu que a mulher estava morta há quarenta e três minutos. Eve tinha chegado menos de uma hora depois que ele saiu.

— Ele ficou com você a noite toda e a maior parte do dia — murmurou. — Aposto que te espancou antes, não é? — Verificou a parte de trás da cabeça por cima do plástico, reparou na ferida, no sangue seco. — É o estilo dele. Você saiu para passear com seu cãozinho. Uma caminhada curta, antes de dormir. Ele estava te esperando na volta, como fez com o pai e com a ex-namorada. Você chegou, abriu a porta, e ele atacou por trás. Entrou em poucos segundos e teve todo o tempo que quis. O que ele fez? Chutou o cachorro, arremessou-o longe? Usou-o para treinar algumas rebatidas? — Examinou o corpo, enquanto falava. — Ele trouxe você aqui para cima por alguma razão específica. Você é uma mulher grande, por que carregá-la até aqui? Equipamento de escritório. Este é o seu escritório... mesa, cadeira, sofá pequeno. Professora de informática. Você provavelmente tinha um bom equipamento. — Avaliou o sangue, as marcas nos pulsos, braços e tornozelos. — Você tentou. Parece que você lutou muito. Ele manteve você viva todo esse tempo, então precisava de você para alguma coisa.

— Dallas? Parece que ele usou o quarto dela. Verifiquei o reciclador do banheiro e achei algumas embalagens das coisas que ele comprou. Tinturas de cabelo, produtos para a pele. Vi alguns fio de cabelo também. Ele cortou o próprio cabelo.

— Ok.

— Os policiais chegaram.

— Entregue-lhes uma cópia da foto da transformação, para mostrar à vizinhança. Quero que eles mostrem como ele era antes e como está agora.

Peabody fez que sim com a cabeça.

— Você acha que ele a empurrou no chão, assim? Talvez ela tenha caído, ao lutar com ele.

— É difícil dizer, mas ela com certeza não ficou sentada e apanhando quieta. Arrancou uns pedacinhos de pele dele ao tentar se livrar da fita.

— Os vizinhos com quem conversei gostam dela, deu para perceber. — Peabody respirou fundo. — Não tem nenhum robô aqui. Ainda tenho que passar pelo andar principal, mas também não vi nenhum lá embaixo.

— Ele o levou. Vai ser muito útil para limpar a sujeira que ele deixa para trás, dar recados e fazer pequenas tarefas. Ele ia gostar disso. Vamos descobrir tudo que a vítima tinha em casa, e emitir um boletim de busca para aparelhos eletrônicos.

— Deixa comigo. Pode ser que ele volte, Dallas. É um bom lugar, uma casa grande. Seria uma boa base para ele.

— Acho que ele não voltaria por causa dos vizinhos. Eles começariam a estranhar em um ou dois dias. Iriam perguntar por ela e pelo cachorro. Ou ela teria faltado a algum compromisso. Ele já pegou tudo o que queria daqui.

Com o rosto sombrio, Peabody olhou para o corpo.

— Tudo isso porque ela o reprovou em informática. No ensino médio.

— Ela mexeu com ele, e isso já é motivação o suficiente. E tinha dinheiro. Mande os policiais começarem o trabalho pela vizinhança.

Eve pegou o *tele-link.*

Feeney atendeu:

— Alô!

— Tenho outro cadáver. Uma professora de informática, aposentada.

— O que ela fez? Deu uma nota baixa para ele?

— Ela o reprovou, então ele se vingou sufocando-a com um saco plástico, depois de deixar ela presa a uma cadeira por dezoito horas. E machucou o cachorrinho dela.

— Filho da puta!

— É mesmo. Ela devia ter muitos equipamentos sofisticados, mas ele levou tudo embora.

O rosto já caído de Feeney pareceu despencar ainda mais.

— Não posso te ajudar se eu não tiver os aparelhos em mãos.

— Vou fazer uma busca para descobrir tudo que havia aqui. Mas ela devia ter uma boa reserva de grana. Ele iria querer isso.

— Você quer que eu procure o dinheiro? Tudo bem.

— Ele sabe que a gente iria encontrar o corpo mais cedo ou mais tarde; e que a gente tem noção de quem ele é. Ela devia conhecer alguns truques, certo? Tais como desviar dinheiro de um lado para outro, e como escondê-lo.

— Se ela era uma boa professora, certamente sabia como entrar e sair dos sistemas.

— Ela era muito boa. Se ele a obrigou a sacar o dinheiro e transferi-lo, ele a faria cobrir os rastros. — Ela olhou para a pele rasgada, o hematoma, a carne viva. — Só que ela não era fácil de enrolar. Talvez tenha deixado alguns truques espalhados nas transferências que fez... Pistas. Preciso de um detetive eletrônico.

— Por acaso, eu sou um deles. Pode passar os dados que você tem.

— Farnsworth — informou Eve. — Edie Barrett Farnsworth.

Quando ela terminou com o corpo, passou para o cômodo.

Ele devia ter passado um bom tempo ali, forçando Farnsworth a esvaziar suas contas. E ela seria a fonte perfeita para lhe conseguir uma nova identidade, certo? Uma professora de informática aposentada.

Eve fechou os olhos por um instante. Ele mudou sua aparência nessa casa... Cabelo, tom de pele, cor dos olhos. Esperou até chegar aqui para fazer isso.

— Ele já tinha planejado esse próximo passo. — Ela se virou quando Peabody apareceu na porta novamente. — Acho que veio para cá direto da casa da ex. O tempo bate com a última vez em que a vítima foi vista. Ele já tinha o que precisava na mochila. Fita adesiva, corda, faca, taco de beisebol, as roupas e os produtos. Matou a ex-namorada e veio até aqui. Usou Farnsworth não apenas como sua vítima, mas também como meio de conseguir uma nova identidade e mais dinheiro.

— Este lugar vale uma nota — comentou Peabody. — Quanto ela tinha?

O *tele-link* de Eve tocou e ela viu na tela que era Feeney.

— Um minuto. Dallas falando!

— Sua vítima tinha quase quatro milhões de dólares, sem incluir imóveis, joias, obras de arte e coisas assim.

— Caramba! Ele está nadando em dinheiro, agora.

— Descobri, numa busca rápida, que todas as contas dela foram esvaziadas hoje.

— Você vai alegrar meu dia dizendo que ela fez uma única transferência?

— Infelizmente, não. Houve um trabalho minucioso na transferência dos fundos, mas a gente vai achar. Liguei só para avisar o que sei até agora.

— Obrigada. — Eve desligou e virou para Peabody: — Ele tirou a sorte grande. E foi inteligente o bastante para dificultar o nosso lado. Precisamos lembrar que ela era mais inteligente que ele, e nós *também somos* mais inteligentes. Mas no momento, ele está se sentindo rico.

— Ele poderia fugir para qualquer lugar, com tanto dinheiro.

— Eu acho que não. — *Está curtindo demais essa festa*, pensou. *Cem por cento de aproveitamento, até agora.* — Ainda tem outras contas a acertar. E vai querer mais dinheiro. Por que desistir quando está ganhando? Mas isso não será tão urgente. Ele pode pegar a próxima vítima sem ter o dinheiro como fator determinante.

— É uma lista bem grande, Dallas.

— Vamos ter que entrar em contato com cada um da lista. Vamos perguntar a todos se eles conhecem mais alguém que devamos acrescentar. Se algum deles quiser proteção, colocaremos um policial colado neles. Vou encontrar um jeito de encaixar isso no nosso orçamento.

— Ele teve um surto na cozinha, pelo que me parece.

— É, eu vi.

— Quando você pensa no que ele fez... É maldade pura. Pratos quebrados, bancadas e eletrodomésticos riscados, louça estilhaçada, comida espalhada por todo lado. Alguma coisa o deixou irritado.

Ela deu uma última olhada no corpo.

— Espero que tenha sido ela. Ele quis que ela sofresse. Descobriu a adrenalina disso com a ex-namorada. Agora, isso também faz parte da diversão, do poder, da vingança. Ele a manteve viva por mais tempo que os outros. E vai querer manter o próximo vivo ainda mais tempo, para poder aproveitar.

Ela saiu do escritório no momento em que um policial subia a escada.

— Tenente? Estamos com uma testemunha lá fora. Ele diz ter visto um homem parecido com a imagem que mostramos.

— Vou conversar com ele.

— Sim, senhora. E os peritos acabaram de chegar.

— Eles já podem entrar.

Ela saiu para a rua e viu que sua viatura, as patrulhas e a van dos peritos atrapalhavam o trânsito.

Eve não deu importância às buzinas irritadas, ignorou os xingamentos acalorados e foi até um garoto com cerca de dezesseis anos, jaqueta de couro falsa, botas de salto alto com amortecedores a ar e um tufo de cabelo castanho raspado no alto de um lado só, para exibir melhor o conjunto de tachinhas prateadas presas ao longo do seu canal auditivo.

Será que não doía fazer buracos ali?, perguntou Eve a si mesma.

— Sou a tenente Dallas. Qual é o seu nome?

— X.

— Seu nome é X?

— X de Xavier.... Xavier Paque. Todos me chamam de X.

— Ok, X. Você viu este homem?

O garoto olhou para a imagem digitalizada e deu de ombros.

— Aham, é ele mesmo. Então... Eu moro tipo... Lá. — Ele apontou para o outro lado da rua. — Vim do mercado no meu skate aéreo.

Fui tomar um refrigerante lá e na volta vi esse cara aqui em frente, puxando duas malas e mancando.

— Ele estava mancando?

— Aham. Estava andando assim, meio torto... — O menino demonstrou, mancando de leve. — Parecia irritado, sabe? Mas usava roupas super *mag.*

— Descreva essa roupa *mag.*

— Jaqueta boa, parecia couro de verdade. Basicamente foi isso que eu notei, além dele estar mancando. Acho que estava com botas maneiras também. — Ele fez uma careta, tentando lembrar. — É, as botas eram maneiras. De couro também, então ele deve ter dinheiro. Uma das malas era *mag*, grande e moderna, daquelas que viram mochila. A outra mala parecia batida. Muito antiga e... Caraca... Era *vermelha*! Não combinava com o cara. Ele usava óculos escuros curvos, daqueles que envolvem o rosto. Já tive um desses, mas eles quebraram, eu fiquei bem chateado.

— Então ele estava mancando, vestia roupas bonitas, puxava uma mochila com rodinhas e tinha uma mala vermelha.

— Isso, uma mala vermelha imensa.

— E o cabelo dele? Comprido, curto, colorido?

O menino coçou a cabeça.

— Curto. Não tão curto quanto o seu, mas não tão comprido quanto o meu... Eu acho. Louro, me pareceu. Acho que tinha um tufo de cabelo debaixo do queixo — afirmou ele, com o rosto pensativo novamente. — Uma mosca, sabe como é? — disse ele, batendo no queixo. — Eu só dei uma boa olhada no cara porque a jaqueta dele era muito bonita, e ele estava mancando, parecia que estava doendo.

— Seguiu para a esquerda?

— Isso mesmo. — Os olhos de X se voltaram para a casa da sra. Farnsworth. — Aconteceu alguma coisa com a sra. F?

— Aconteceu.

— O que houve?

A notícia iria se espalhar bem depressa, não adiantava postergar a resposta.

— Ela está morta. Suspeitamos que o homem que você viu seja o assassino.

Num estalar de dedos, ele foi de adolescente descolado a menino atordoado. Seus olhos se encheram de lágrimas e se arregalaram de choque.

— Ah, qual é, dona! Você tá me zoando, isso não pode ser verdade!

— Sinto muito. Você a conhecia?

— A sra. F foi morta? Aí é foda! A sra. F é da paz, sabe? Ela me ajuda com as merdas dos deveres de informática da escola. Essa matéria não é a minha praia, tá ligado?... Mas ela me ajuda muito. Aquele bundão manco matou ela? Se eu soubesse, eu tinha feito alguma coisa.

— Você já fez. Falou comigo, me contou o que viu e isso vai nos ajudar a pegá-lo.

— Onde está o cachorro dela? Onde está o Snuffy?

— Está no veterinário — disse Peabody.

— Ele tá machucado? Cara, que merda! Ela adora aquele cachorro.

— Já estão cuidando dele.

— Quero falar com a minha mãe. Quero ir para casa.

— Pode ir. — Eve pegou um cartão. — Se você lembrar de mais alguma coisa, pode me ligar.

— Ela nunca machucou ninguém. Isso não é certo. Ela nunca machucou ninguém! — Ele enfiou o cartão de Eve no bolso e atravessou a rua correndo.

— Talvez ela tenha conseguido — disse Eve. — Acho que ela conseguiu machucá-lo. Pesquise os táxis, Peabody.

— Certo. — Teclando rapidamente em seu *tele-link*, Peabody voltou para a viatura com Eve.

— Policial!

Eve parou e esperou o pai do pacotinho azul, que vinha correndo.

— Tenente — corrigiu Eve.

— Ah, perdão. Eles vão deixar o Snuffy na clínica essa noite. Achei que você poderia precisar do nome do veterinário, então pedi um cartão.

— Obrigada.

— A sra. Farnsworth está... ela realmente está...?

— Está sim. Desculpe, eu não guardei o seu nome.

— Brad Peters. Foi um assalto?

— Não exatamente.

— Ela... Ela sempre foi muito gente boa com a gente desde que viemos para cá, logo depois da Margot engravidar. A família da Margot mora em St. Paul, então foi bom para minha mulher ter uma figura materna bem na casa ao lado. Não ouvi nada nem vi... Estamos muito envolvidos com o bebê.

— Vocês não podiam ter feito nada.

— Podemos ficar com o cãozinho?

— Ahn...

— Ela amava muito aquele cachorro. — Como tinha acontecido com o menino, seus olhos se encheram de lágrimas. — Não quero que o Snuffy acabe num abrigo só porque não há ninguém para levá-lo. Vamos pagar a conta do veterinário. Ele conhece a gente e gosta da gente. Eles eram tipo um só. Ele vai sentir muita falta dela.

— Vou ver o que posso fazer. Pode ser que ela tenha parentes ou um herdeiro, que precisa assinar uma autorização.

— Ok. Mas podemos cuidar dele até...? Ele não devia ir para um abrigo cheio de pessoas e animais estranhos. Ele era a *família* dela.

Eve pensou em Galahad.

— Vou autorizar que ele vá do veterinário para vocês, a menos que a família dela o reivindique.

— Obrigado. É melhor eu ir contar tudo a Margot. Não sei como isso pode ter acontecido. Bem do nosso lado!

Acontece em todos os lugares, pensou Eve, enquanto ele se afastava. *Porque sempre há alguém como Jerry Reinhold.*

— Táxis! — repetiu, olhando para Peabody.

— Eles já estão verificando. Houve um monte de corridas nas últimas horas, então...

— Mande eles verificarem alguém que tenha entrado no táxi aqui perto e saltado em uma clínica, hospital, emergência, pronto-socorro... ou médico. O lugar desse tipo mais próximo daqui. Ele estava com dor, mancando. Talvez tenha deixado cair alguma coisa pesada em cima do pé. Ou talvez a vítima tenha conseguido se jogar ou jogar a cadeira em cima dele. Gosto mais de pensar nessa hipótese.

— Difícil não gostar. — Peabody tornou a ligar para a Central de táxis, informou seu contato e o destino do passageiro. — Bingo! Ele pegou o táxi na esquina de Varick com Laight Street; saltou no posto médico da Church Street. Um só passageiro, carregando duas malas.

— Vamos para lá!

Talvez ele ainda estivesse na clínica, preso em uma sala de espera, ou dentro da sala de exames. Ela resistiu ao desejo de seguir a toda velocidade, mas não ao de voar por cima do tráfego... até a cor sumir do rosto de Peabody.

— Talvez eu precise me consultar neste lugar para onde vamos — afirmou Peabody, quando Eve estacionou a viatura em fila dupla, mais uma vez.

Eve saiu do carro e empurrou a porta de vidro da espaçosa e infelizmente deserta sala de espera. Uma sala cheia talvez o obrigasse a esperar ali até ser chamado para atendimento.

Foi direto até a recepcionista de plantão, mostrou o distintivo e mandou Peabody mostrar a imagem da metamorfose.

— Este homem está aqui?

A recepcionista franziu a testa para Eve, para o distintivo e para a imagem.

— Não, mas ele esteve aqui mais cedo.

A frustração quase sufocou Eve.

— Quando ele foi embora?

— Talvez uma hora atrás, não mais que isso.

— Você sabe para onde ele foi, ou o meio de transporte que usou?

— Não, ele saiu pela porta. Por quê?

— O que havia de errado com ele?

Nesse momento ela estufou o peito.

— Não tenho permissão para compartilhar informações de nenhum paciente.

— Nome. Qual o nome dele?

A recepcionista olhou no computador.

— Ele deu o nome de John. É só disso que precisamos, quando não se trata de atendimento por plano de saúde. Ele pagou pela consulta em dinheiro.

— Quero ver o médico dele. Agora!

— Por favor, sentem-se em uma das poltronas da sala de espera que eu vou ver se...

— Eu disse *agora*! — Eve se inclinou sobre o balcão. — Acabei de mandar o corpo de uma professora aposentada para o necrotério. Vocês atenderam o homem que a enviou para lá. Estou mais ou menos uma hora atrás dele, de acordo com você. Não vou perder meu tempo aqui, discutindo. Chame o médico que o atendeu aqui, senão eu entro lá e faço o maior escândalo.

— Espere. Por favor espere. — A recepcionista quase voou dali e sumiu por uma porta. Em menos de um minuto estava de volta com um homem de ascendência asiática. Era alto e magro, com um jaleco branco esvoaçante.

— Do que se trata?

— De assassinato. Este homem matou quatro pessoas. Preciso saber por que ele entrou aqui, de que veio se tratar, o que ele disse... Tudo!

Sem dizer uma palavra, ele apontou para a porta de onde tinha saído, que dava para uma pequena sala com uma exuberante palmeira dentro de um vaso, perto de uma janela falsa.

— O paciente é suspeito de assassinato?

— Múltiplos assassinatos. Preciso saber que nome ele usou, seus ferimentos, o tratamento que foi feito nele, e se ele agendou algum tipo de exame ou acompanhamento.

— Você tem um mandado?

— Não, mas tenho quatro cadáveres. Podemos jogar do seu jeito, se você preferir. Peabody!

O médico ergueu a mão para acalmá-la.

— Ele optou por não usar o nome completo. Apenas John, e se recusou a assinar o formulário de privacidade. O paciente tinha dois metatarsos quebrados no pé direito e uma fratura em fio de cabelo no primeiro osso cuneiforme.

Ele pegou um tablet, digitou algo, procurou uma imagem e mostrou a Eve o diagrama ósseo de um pé.

— Quer dizer que ele estava com dois dedos quebrados e tinha uma fratura antes do arco? — perguntou Eve.

— Basicamente. Nesses casos há pouco que possamos fazer além de passar a varinha de cura, enfaixar tudo, tratar o desconforto e aconselhar o paciente a descansar o pé. Tudo isso eu fiz. Ele também tinha uns pequenos hematomas acima do estômago, na altura do diafragma. Mas nada de ferimentos internos. Ele saiu daqui andando e devidamente medicado, sem apresentar nenhum outro desconforto.

— Não marcaram um exame para acompanhamento posterior, ou encaminhamento de algum tipo?

— Eu ofereci, mas ele recusou. Disse que estava viajando, e realmente tinha duas malas com ele. Declarou que alguém havia derrubado uma mala pesada em cima do seu pé no centro de transporte, e depois ele tropeçou nela, o que provocou o hematoma no diafragma. Na hora em que isso aconteceu, ele achou que o pé estava apenas machucado, mas depois ficou com medo de ser alguma coisa mais grave e veio aqui para fazer alguns exames e tratamento. Ele pagou pela consulta, pelo exame, pelo tratamento, pelos remédios e pela imobilização do pé... Tudo em dinheiro.

— Quanto tempo ele vai precisar para se curar da fratura?

— Depende. Com uso diário de varinha e repouso, ele pode ficar bom em questão de dias. Se não houver acompanhamento e cuidados, vai levar algumas semanas. O primeiro tratamento deve ser o mais intenso.

— Sim, eu já passei por isso. Se ele voltar aqui e decidir prosseguir com o tratamento, me avise. Não o deixe desconfiado, simplesmente faça-o esperar um pouco, ou prolongue o tratamento. Ele é violento, perigoso e não hesitará em matar.

— Então, espero que não volte. Muitas vezes temos crianças aqui.

— Mande ele esperar a sua vez e ligue para mim. Eu cuido do resto.

No minuto em que ela saiu, Eve foi até a viatura e chutou o pneu do veículo.

— Merda! Ele *tinha* que ser tão sortudo a ponto de achar um médico rápido e eficiente? Não podia ficar esperando no meio de gente esfaqueada, sangrando e vomitando, por pelo menos uma hora?

Ela chutou o pneu novamente, foi até a porta do motorista, abriu e se sentou atrás do volante, ignorando a cacofonia de buzinas irritadas.

— E os táxis! — disse mais uma vez para Peabody.

— Deixa comigo.

Capítulo Quinze

Após insistir na busca pelo táxi, Eve voltou para a Divisão de Homicídios e foi diretamente para sua sala. Iria atualizar o quadro do crime com os nomes que recebera, enquanto Peabody entrava em contato com todos os potenciais alvos da lista.

Depois que fez isso, revisou as anotações, redigiu um relatório atualizado, sentou-se com café na mão e ficou encarando o quadro.

Foi dos pais para a professora.

Não estava matando cronologicamente. Nem por medida de intimidade. Também não era por ganho financeiro, já que sabia... Ou pelo menos imaginava que Farnsworth tinha mais dinheiro que Lori.

Será que... na mente distorcida dele... O fator desencadeante era o nível de ofensa? A escolha era quem o insultou ou irritou mais? Talvez a facilidade de acesso?

Volte ao começo, ordenou a si mesma.

Primeiro assassinato: mãe. Agiu por impulso. Teve um ataque de raiva, a arma estava à mão.

Segundo assassinato: pai. Foi premeditado, ele ficou de tocaia, a arma foi escolhida de antemão.

Terceiro assassinato: ex-namorada. Já foi mais planejado, ele ficou à espreita, comprou armas e usou instrumentos de tortura.

Quarto assassinato: professora. Ato planejado, possivelmente ficou à espreita... Provavelmente, imaginou Eve, ele estava à espreita da vítima. Ela não sabia se ele tinha encontrado a arma do crime ou a tinha levado com ele. Tortura mais extensa, uso adicional da vítima para ganhos financeiros e muito provavelmente uma nova identidade falsa.

Arma diferente para cada assassinato, mas ele usou o taco em três dos quatro crimes, fita adesiva e cordas nos dois últimos ataques.

Os quatro homicídios ocorreram nas casas das vítimas.

Ele provavelmente manteria essa característica, decidiu, mas rodou um programa de probabilidades para confirmar a conclusão. Será que ele sujaria seu próprio ninho, onde quer que o construísse? As chances eram poucas. Ele gostava de matar as pessoas onde elas se sentiam mais seguras, não é? Depois vasculhava suas coisas e comia o que tinham na cozinha.

Isso acrescentava outro nível de humilhação ao assassinato, certo?

— O lugar importa — declarou, em voz alta. Ouviu o barulho das botas de caubói de Peabody chegando e se afastou da mesa. — O que você conseguiu? — quis saber.

— Talvez tenhamos achado algo sobre os eletrônicos. Uma mulher acabou de chegar. Ela trabalha na loja de penhores Dinheiro Rápido, que fica a cinco quadras da casa de Farnsworth. Eu a mandei esperar por você na minha mesa. Ela recebeu três computadores que correspondem aos números de série dos equipamentos de Farnsworth. Eu verifiquei e é verdade.

— Vou conversar com ela. Peça a McNab, ou quem Feeney puder dispensar, para ir lá pegá-los.

A garota — que mal tinha dezoito anos, pela avaliação de Eve — se remexia na cadeira. Ela era puro osso, negra, tinha tranças em estilo afro que lhe desciam pelas costas em linha reta. Estava com uma jaqueta vermelha, jeans pintados e roía as unhas.

— Juana Prinz — Peabody apresentou-a Eve. — Juana, esta é a tenente Dallas.

— Ok. Oi. Eu preciso fazer a denúncia. É a lei, certo?

— Por que não me diz o que você tem a denunciar?

— Eu trabalho para o sr. Rinskit na Dinheiro Rápido. Apareceu um androide na loja. E esse robô, sabe como a gente reconhece quando é um, mesmo sendo um dos melhores e mais realistas?

— Aham, eu sei.

— Ele chegou com três computadores. Três sistemas completos e sofisticados para processamento de dados. Carga pesada, sabe? Achei aquilo meio esquisito, mas a gente vê de tudo por lá. Fui registrar a entrada deles na loja após a transação, e só neste momento vi o alerta. Avisei ao sr. Rinskit que eu iria denunciar aquele equipamento, mas ele disse para eu não me meter nisso. Eu disse: "Mas, sr. Rinskit, recebemos um alerta, esses equipamentos são roubados e fazem parte de uma investigação policial", mas ele me mandou calar a boca, registrá-los normalmente e esquecer o assunto se eu quisesse manter meu emprego. — Ela parou de roer as unhas por alguns segundos e mordeu o lábio inferior. — Eu obedeci... Calei a boca e registrei tudo, mas não esqueci o assunto. Peguei o ônibus para cá assim que saí do trabalho. Porque essa é a lei, certo?

— Você fez a coisa certa. Já tinha visto o androide antes?

— Não, senhora. Mas talvez, o sr. Rinskit não denuncie a entrada dos aparelhos, como deveria. Talvez eu nem falasse nada se fosse coisa pequena, mas eram três computadores *modernos*, top de linha, e eu não consegui ficar de boca fechada. Ele precisa saber que fui eu que contei? — Ela começou a roer as unhas novamente, os olhos escuros cheios de preocupação. — Se ele souber que eu fiz a denúncia depois de ser avisada, ele vai me demitir, com certeza. Vou perder o emprego.

— Você gosta do seu trabalho?

— É um saco. — Juana deu um sorrisinho. — Horrível de verdade, mas eu preciso do emprego.

— Espere um minuto.

— O McNab e dois guardas estão a caminho de lá para recolher a evidência — anunciou Peabody.

— Ótimo. Emita um voucher para Juana. Cem dólares pela denúncia.

— Vou providenciar.

Eve ergueu um dedo, pedindo para Juana esperar mais um minuto enquanto ela pegava o *tele-link*.

Imaginou que a assistente de Roarke atenderia a chamada, mas foi ele mesmo quem apareceu na tela.

— Oi! — saudou Eve.

— Oi para você também. Estou saindo do trabalho.

— Ah, eu ainda não. Tenho mais um cadáver e três computadores roubados da vítima estão para chegar. Eles vão me ajudar a rastrear a transferência das contas da vítima para o assassino. E tenho outra coisa para resolver.

— Trabalho eletrônico, certo? Bem que eu preciso me distrair um pouco. Que tal eu ir aí ajudar?

— Você pode vir, mas é Feeney quem está cuidando disso.

— Prefiro você, mas tudo bem. Qual é a outra coisa?

— É por isso que te liguei. Quero dar um emprego a alguém.

— E o que esse alguém faz?

— Esse é o problema. Eu não sei. Mesmo assim, quero que você dê um emprego para essa pessoa.

As sobrancelhas dele se ergueram de espanto.

— Você quer que eu dê um emprego a alguém e nem sabe dizer o que a pessoa faz?

— De que adianta ter alguém que emprega metade do planeta se ele não consegue ordenar: "Arrume um trabalho para essa garota"?

— Uma garota?

— Sim, ela tem vinte e poucos anos. É honesta, direta. Vai perder o emprego numa casa de penhores por denunciar mercadorias roubadas, mas fez a denúncia mesmo assim. Ela é bem-cuidada, arrumada e educada... e honesta — repetiu. — Você deve ter algum emprego para ela. Seria ótimo se fosse no Lower West Side.

Ele suspirou e disse:

— Eve, peça para ela entrar em contato com Kyle Pruet. — E recitou as informações sobre como encontrá-lo.

— Quem é esse cara?

— Um dos assistentes do Recursos Humanos, no centro. Ela vai ter que passar por uma verificação de antecedentes criminais e fará uma entrevista, mas imagino que Kyle consiga encontrar algo. Me manda as informações dela e eu repasso para ele.

— Excelente. Vou enviar tudo para você. Fico te devendo essa.

— Com certeza! — Mas ele sorriu para ela. — Vou aí ver você, via Feeney.

Satisfeita, Eve se voltou para Juana.

— Peabody, você recolheu os dados de Juana?

— Sim, senhora.

— Envie tudo para Roarke. — O olhar que ela enviou a Peabody cortou qualquer pergunta. — Juana, preciso que você anote uma coisa.

— Sim, dona.

— Tenente — corrigiu Eve, quando Juana pegou seu *tele-link* muito velho.

— Sim, dona, tenente.

Tudo bem, pensou Eve, e recitou:

— Kyle Pruett. — Eve deu todas as informações para ela digitar. — Ligue e fale com esse homem, ele já espera a sua ligação e vai ajudar você a conseguir um emprego.

Juana ergueu os olhos do *tele-link* e piscou duas vezes.

— Um... emprego?

— Vamos fechar a loja onde você trabalha por setenta e duas horas... Até mais tempo, se encontrarmos outras mercadorias roubadas por lá. O dono da loja será multado e talvez enfrente acusações criminais. A menos que ele seja um idiota completo, vai sacar que foi você quem o denunciou. Não volte lá. Use o contato que eu te dei. Seja honesta com ele do jeito que foi comigo. Se houver algo de errado no seu histórico criminal, diga a ele logo de cara. Você já foi presa, Juana?

A jovem arregalou os olhos escuros.

— Não, dona! Senhora! Tenente! Minha mãe arrancaria o meu couro.

— Ligue para esse homem. Obrigada por ter vindo.

— A detetive Peabody me deu este voucher. Eu não sabia que seria paga por denunciar algo errado. Não vim pelo dinheiro, mas ele nos será muito útil. E com certeza vou aproveitar essa oportunidade de trabalho. — Ela se levantou e estendeu a mão para Eve. — Obrigada pela oportunidade. Mamãe diz que fazer a coisa certa é sua própria recompensa, mas ela vai ficar muito feliz por eu ter conseguido isso. Vamos pensar em vocês no nosso jantar de Ação de Graças. Obrigada. Vou direto para casa contar tudo à minha mãe.

— Isso foi uma coisa muito legal de fazer — comentou Peabody, quando Juana saiu apressada.

— Essa pode ser uma pista crucial que ela nos entregou de bandeja. — Deu um passo para o lado e bloqueou a passagem de Baxter. — Aonde você vai?

Ele ergueu e baixou as sobrancelhas, alisou o nó da gravata.

— O meu turno acabou e eu tenho um encontro.

— O seu encontro vai ter que esperar. Volte para a mesa.

— Caraca! — Ele revirou os olhos. — Eu estava *tão perto* de conseguir me safar dessa.

— Peabody, divida a lista de alvos potenciais por áreas da cidade.

— Isso tem a ver com os assassinatos de Reinhold, tenente? — perguntou Trueheart, ansioso ao lado de Baxter.

— Exatamente. Temos uma lista de pessoas que irritaram Reinhold no passado, e qualquer uma delas pode ser a próxima vítima. Já notificamos a todos e oferecemos proteção policial.

— Você quer que a gente seja babá? — perguntou Baxter.

— Não. Ele já matou quatro, todos em suas próprias casas. Quero entrevistas cara a cara nesses prédios e redondezas; quero um relatório completo sobre os locais, os acessos, a segurança e o ritmo básico dos domicílios. Tomem nota de objetos de valor que sejam portáteis, e atenção redobrada aos eletrônicos. Se essas vítimas em potencial souberem de outros possíveis alvos que não estão na lista, eu quero saber. Mostre-lhes a imagem da transformação a que o assassino se submeteu. Se as pessoas da lista têm algum amigo, namorado ou familiar morando com eles, mostrem a lista e conversem com todos. Se ele ainda não escolheu seu próximo assassinato, está escolhendo nesse exato momento.

— A lista é muito grande? — quis saber Baxter.

— Seu encontro vai ter que esperar — repetiu Eve. — Se você não conseguir remarcar, é culpa sua.

Ele abriu um sorriso.

— Ah, relaxa, eu vou conseguir.

Eve decidiu:

— Você vai conversar com uma modelo muito bonita, como recompensa — disse a Baxter.

— Uau, beleza!

— Entregue a eles toda a região para cima do Soho. Eu e você vamos para baixo.

— Enviei tudo para os tablets de vocês — anunciou Peabody.

— Quero relatórios completos! — repetiu Eve para Baxter, antes de voltar para Peabody. — Divida a nossa lista. Vou falar com Morris antes de procurar os nomes da minha lista. Pode levar alguém, se quiser companhia.

— Certo. Estou enviando a sua parte.

— Vamos nessa, então. Vou verificar como vai o trabalho na DDE e saio em seguida. Qualquer coisa que surgir, me avise.

Eve foi até sua sala, pegou a jaqueta, uma pasta de arquivos e em seguida, para não ir de elevador, pegou as passarelas aéreas para chegar à DDE.

Pelo visto, metade da Central tinha tido a mesma ideia.

Mesmo estando preparada para a explosão de cor e movimento que era a DDE, tudo aquilo a abalou, antes de ela alcançar a sala mais tranquila de Feeney.

— Vou sair para fazer trabalho de campo, mas quis passar na base antes.

— Consegui encaixar sua pesquisa eu meu malabarismo de dados.

Como Feeney parecia ter pelo menos seis programas de buscas rodando nas telas ao mesmo tempo, ela presumiu que os malabarismos que ele estava fazendo eram consideráveis.

— Você disse que esse idiota foi reprovado em informática?

— Isso mesmo.

— Bem, ele aprendeu o suficiente para obrigá-la a fazer as transferências sem deixar rastros. Todos os dados estão levando a becos sem saída. Isso no exterior e fora do planeta também. Aposto que ela colocou marcas e proteções nos arquivos da grana. Vamos encontrar o dinheiro, mais cedo ou mais tarde, mas vai ser difícil conseguir algo substancial em algum momento desta década. — Ele lançou para Eve um olhar comprido com seus olhos de cão bassê e consertou: — Certamente não será muito rápido.

Ela enfiou as mãos nos bolsos.

— Não quero dar a ele nem mesmo uma brecha para os advogados aproveitarem quando o pegarmos.

— Alguns são bons o suficiente para não precisar de brechas. Não estou dizendo que é o caso, aqui. — Ele deu de ombros. — Roarke está vindo para cá.

Ele conhecia todos os segredos da contravenção. Provavelmente tinha *inventado* alguns deles.

— Sim, ele gosta de brincar com os nerds — disse Eve.

Feeney sorriu.

— Ele vai ser útil. Vou para o laboratório assim que o McNab chegar com os computadores. Posso rodar a busca das transferências no automático, por enquanto. Talvez tenhamos mais sorte com os equipamentos.

— Avise quando surgir algo novo... Uau, você chegou depressa — disse, quando Roarke entrou.

— O trânsito estava bom. — Seu elegante terno escuro e o sobretudo contrastavam com o frenesi de cores que se viam pela porta aberta atrás dele. Ele olhou para as telas e analisou tudo rapidamente com seus olhos azuis selvagens. — Ah, múltiplos programas, funis cruzados, mergulhos laterais.

— Exatamente — confirmou Feeney. — E mais um pouco.

— Isso vai ser ótimo!

— Divirtam-se. Vou ao necrotério e depois quero conversar com algumas vítimas em potencial.

Quando é que tiraria um tempo para comer?, perguntou Roarke a si mesmo, e declarou:

— Vou com você.

Ela franziu a testa.

— E a diversão?

— Vou trabalhar remotamente e ter o melhor dos dois mundos. Pode enviar o que você gostaria que eu fizesse para o meu tablet? — pediu a Feeney.

— Vou enviar. Se você esperar um pouco até McNab voltar...

— Ele já voltou — informou Roarke. — Esbarrei com ele a caminho daqui. Ele estava registrando a entrada das provas que recolheu e vai trazer tudo para o laboratório.

— Vamos trazer um dos computadores. Veja o que consegue com ele.

— Excelente. Encontro você na garagem? — perguntou a Eve.

— Posso esperar. — Ela virou de lado, pegou o *tele-link* e aproveitou o tempo para notificar às pessoas da sua lista que ela iria visitá-los.

Ela terminou de falar com o último da lista ao caminhar ao lado de Roarke, que levava um computador selado para a garagem.

— Você devia ter um subalterno para carregar as coisas quando você está com roupa boa.

— Ah, é? Está se oferecendo?

Ela ignorou a piada e digitou seu código para destravar as portas do carro.

— Como é que você vai trabalhar nisso enquanto circulamos por toda a parte sul de Manhattan?

— Vai ser fácil porque você é quem vai dirigir.

Ele abriu o computador, pegou uma espécie de pen drive do bolso, conectou-o a uma entrada e ligou o tablet. Olhou para Eve quando ela saiu da garagem e juntou-se ao trânsito infernal de fim de tarde.

— Você está cansada — disse ele.

— Não estou, não.

— Está sim, dá para ver, e muito provavelmente porque não comeu nada de verdade desde o café da manhã.

— Comi um biscoito. E tenho um pote cheio que... Caramba, deixei o pote na minha sala. Lá se foram os biscoitos.

— Estou falando de comida de verdade — insistiu ele.

Ela tinha almoçado? Não conseguia se lembrar.

— Vou comer quando chegarmos em casa... Mamãe!

Ele espetou a lateral do corpo dela com um dedo, em reação, e em seguida digitou algo no painel da viatura.

— Modo AC — comandou ele. — Milk-shake proteico de chocolate, copo de 350 ml.

Entendido... Preparando...

— Modo AC? O que é modo AC?

— É o AutoChef que eu instalei no carro porque minha esposa passa fome quase todos os dias.

Pedido pronto...

Ele teve que tirar o cinto de segurança, se virar para trás e estender o braço. Ela ouviu um deslizar quase silencioso, um pequeno clique, e franziu a testa ao olhar pelo retrovisor, mas não conseguiu ver direito.

— Cadê? Como funciona?

— Está no painel de controle do banco de trás. É um AutoChef pequeno — disse ele, entregando-lhe o milk-shake. — Só oferece coisas simples. Alguns shakes, café...

— Café?

Ele lançou para ela um olhar longo e seco.

— Isso só pode ser amor.

— Café! — repetiu ela.

— Ele tem algumas barras de proteína também. Você falou que ia ler o manual do carro.

— Eu li. Mais ou menos. A maior parte. Pelo menos algumas páginas. Tudo bem, não li quase nada — admitiu. E porque aquilo era amor, bebeu o milk-shake. Até que não estava tão ruim.

— Por que *você* não está cansado? Por que não precisa de um milk-shake proteico?

— Porque tive um almoço decente e tomei chá com biscoitos umas duas horas atrás.

— Eu estava perseguindo um assassino duas horas atrás.

— Talvez se tivesse comido alguma coisa teria conseguido pegá-lo.

— Não conseguiria, não. O canalha está com sorte. Quem entra e sai de um posto de saúde em trinta minutos? Ninguém. Mas ele conseguiu. A sorte está a favor dele, mas com isso — explicou, apontando com o queixo para o computador —, talvez as coisas mudem.

Ela parou no necrotério.

— Se você não precisa que eu entre, vou aproveitar esse tempo para trabalhar aqui no carro — disse Roarke.

— Tudo bem. — Ela se preparou para sair, hesitou um segundo e recostou o banco para trás. Apalpou por baixo do banco e pegou uma barra de chocolate presa ali com fita adesiva.

— Garota esperta.

— Aquele maldito ladrão de chocolates não vai conseguir entrar em um veículo blindado, então eu guardo minhas barras de chocolate aqui, para emergências. — Ela partiu a barra e deu-lhe uma parte. — É amor — confirmou, ao sair.

Achando aquilo divertido, e sabendo o quanto Eve gostava de chocolate, Roarke ficou comovido e desembrulhou sua parte enquanto começava a trabalhar.

Interessante, avaliou ele, depois da varredura inicial. E desafiador, acrescentou, após uma segunda varredura mais profunda.

Ele perdeu a noção do tempo e parou apenas para marcar alguns pontos relevantes ou importantes, que deixaria para analisar depois.

Pausou quando Eve abriu a porta do carro novamente.

Ela se sentou, jogou a cabeça para trás e fechou os olhos.

Então ele deixou o trabalho de lado por completo, colocou a mão sobre a dela e não disse nada.

— Morris acha que ele a manteve cativa por dezoito horas. Presa e amarrada a uma cadeira do escritório. Ele a golpeou bem atrás da cabeça, primeiro. Usou um taco de beisebol, de novo. Ela sofreu uma leve concussão e provavelmente sentiu uma forte dor de cabeça. Sinais de desidratação aguda, então acho que ele não deu nem comida nem água para ela. Há marcas de vários golpes no rosto, tapas e socos. Parte do sangue e da urina no corpo dela era canina. Ela tinha um cachorrinho. Ele também foi maltratado, está no veterinário. Ela machucou os pulsos, as costas das mãos e os tornozelos, tentando se soltar. — Por Deus, ele pensou, mas não disse nada. — Ela rasgou a pele tentando soltar a fita. O ombro estava deslocado. Achamos que ela fez isso antes... ou no momento em que ele a estava matando, sufocando-a com um saco plástico na cabeça. Também achamos que ela fez ele ir até o hospital. Ele sofreu fraturas em alguns dedos do pé e uma rachadura em fio de cabelo num dos ossos do arco do pé. Acho que foi ela quem fez isso. Ela não o deixou ir embora numa boa. Teve um pouco de vingança. Pelo menos um pouco.

— Quem era ela? — perguntou Roarke, com a voz calma.

— Uma boa professora, uma boa vizinha. Uma mulher que amava seu cãozinho. Acho que ele usou isso. Todos diziam que ela amava o cão, que ele era a sua família. Eu não a vejo fazendo o que ele mandou, mas, se ele ameaçasse ferir o que ela amava, se ele ameaçasse sua família, ela provavelmente faria. Pelo menos tentou enrolar o cara. E então o machucou quando percebeu que não iria sair viva.

— Você vai conseguir encontrar o canalha.

Ela olhou para o computador.

— Vou?

— Vai, sim. Essa parte pode não ser rápida, mas vamos conseguir. Esta unidade não foi apagada por um amador. É serviço completo e profissional.

— Ele deve tê-la forçado a fazer isso.

— Quando ela morreu? A hora exata.

— Por volta das quatro horas da tarde.

— Então não foi ela. Isso foi feito logo depois.

— Ele não tinha capacidade de fazer isso, se você diz que a coisa foi bem feita e de forma profissional. Ele não teria habilidade para isso. Só pode ter sido... o androide! — Eve percebeu, numa epifania. — A vítima tinha um androide programado por ela mesma. Ele mandou o androide apagar os arquivos de todos os computadores. Não há pista alguma aí?

— Sempre tem alguma coisa. Trazer tudo de volta e recriar como foi feito, essa é a questão. Conseguirei isso melhor no meu próprio laboratório de casa. Enquanto isso eu vou ver as informações financeiras que Feeney me enviou.

Ela assentiu, ajeitou-se no banco, pegou a lista que Peabody lhe enviara e seguiu a sugestão de rota do GPS do painel.

Eve percebeu que estava cansada, ao chegar ao último endereço. A essa altura ela só queria voltar para casa, entrar em seu próprio espaço e analisar tudo melhor.

— Vou com você dessa vez — declarou Roarke. — Já fiz tudo que podia com o material que tenho aqui.

— Ok. Esta é a casa do ex-treinador do time de beisebol da liga infantil. Ele deixou o Reinhold no banco de reservas por ele não seguir suas instruções, então Reinhold simplesmente pegou o taco e foi para casa.

— E você acha que ele mataria esse homem por algo que aconteceu na infância?

— Eu *sei* que ele faria isso — corrigiu Eve. Ela ergueu o distintivo para o sensor de segurança do prédio baixo, com apenas seis apartamentos. Aguardou a verificação e a liberação. — Eles moram no segundo andar — disse a Roarke, quando entraram. — Wayne Boyd e sua esposa Marianna. Eles têm dois filhos, o mais velho faz pós-graduação, a mais nova ainda está na faculdade.

Ela preferiu subir pela escada impecavelmente limpa, bateu na porta do 2-B e ergueu o distintivo para a verificação de segurança.

— Tenente Dallas? — Ouviu, pelo alto-falante.

— Isso mesmo. Conversamos agora há pouco.

— Tem mais alguém com você?

— Meu consultor civil.

Levou mais um momento, mas as fechaduras foram liberadas e a porta se abriu. Boyd estudou com cautela tanto Eve quanto Roarke. Era um homem com cinquenta e tantos anos, em boa forma, que deixara um pouco de grisalho salpicar seu cabelo castanho-escuro. Tinha uma feição forte e olhos azul-claros; ao lado dele estava um cão corpulento e feio cuja postura não pareceu nada cautelosa.

— Tudo bem, Bruno, pode ficar tranquilo.

O cachorro imediatamente se apoiou na perna de Boyd e deixou a língua pendurada, num sorriso estranho e meio bobo.

— Estamos um pouco nervosos desde que soubemos do que houve com a sra. Farnsworth.

— Entendo. Podemos entrar?

— Claro, desculpem-me. Tudo bem, Marianna, é a polícia. Eu mandei que ela subisse, só por precaução. Nossos filhos também estão em casa, para o feriado.

Ele fechou a porta, deu um passo para trás e conduziu-os para uma grande sala de estar de pé-direito alto cercada por uma grade com peitoril ao longo do segundo andar.

O cão foi até um quadrado de tapete vermelho cheio de pelos e imediatamente distraiu-se roendo uma espécie de osso.

Três pessoas apareceram no segundo andar: uma loura esbelta, um homem de ombros largos, com vinte e poucos anos, e uma morena esguia, alguns anos mais nova que o homem.

— Eles já têm idade suficiente para participar — disse a loura a Boyd — e eu fui voto vencido.

— Estamos juntos nessa, pai — disse o rapaz, que desceu na frente.

— Ok. Ok, Flynn, você tem razão. Estamos juntos.

— Eu acho que vou fazer um café. Posso servir um café para vocês? — perguntou Marianna.

Eve faria de tudo por um café, mesmo que fosse falso.

— Seria ótimo, obrigada. Sr. Boyd, há mais alguém hospedado aqui, neste momento?

— Não, somos só nós. Flynn e Sari ficam até domingo, quando voltam para o campus. Todos nós temos até segunda-feira de folga, antes de voltar à rotina.

— Vocês receberam a foto da aparência atual de Reinhold? Todos a viram?

— Sim. Mas nenhum de nós o viu.

— Eu queria muito ver o cara — murmurou Flynn.

— Pare com isso. — Boyd lançou-lhe um olhar de advertência. — Flynn foi aluno da sra. Farnsworth na escola. Estamos todos abalados com o que lhe aconteceu. Tenente, eu deixei aquele garoto no banco durante alguns jogos há mais de uma década. Talvez quinze anos atrás. Não que ele tenha aprendido alguma coisa com isso. Quando ele não escutou minhas instruções de como usar o taco, abandonou o jogo na metade, nosso time foi eliminado e eu não o repreendi. Era um campeonato intercolegial e eles eram crianças. Um professor não joga a culpa nos alunos.

— Ele já era um pequeno canalha na época. Agora é um canalha maior.

— Flynn! — repreendeu a mãe com voz cansada, ao voltar à sala trazendo o café.

— É verdade — disse Sari. — Por mais que eu não falasse com ele, lembro que ele era malvado e rancoroso. E apesar de não ter tido aulas com a sra. Farnsworth, tenho amigos que tiveram e gostavam dela.

— Não vamos inventar desculpas para um assassino. Ele é um sujeito doente — continuou Boyd. — Precisa ser detido. Vamos ser cuidadosos, como já dissemos, mas ele não tem motivos para machucar qualquer um de nós. Provavelmente nem se lembra de mim.

— Vai por mim, ele se lembra, sim — corrigiu Eve. — Ele é vingativo, violento, e tenta retribuir cada pequeno insulto que recebeu.

Você é um dos alvos, sr. Boyd. Ele usou um taco de beisebol em três das suas vítimas.

— Meu Deus, Wayne!

Eve esperou enquanto Boyd pegava a mão da esposa e tentava mantê-la calma. O café que lhe fora servido estava em algum ponto entre os horrores do café da polícia e as alegrias do café de Roarke. Ela não podia reclamar.

— Olha, tenente, eu não vejo, não falo e não tenho contato algum com o Jerry desde que ele tinha uns onze anos.

— Qual a sua avaliação dele aos onze anos? Sem papas na língua, sr. Boyd. Seja sincero, você trabalhou com muitas crianças. Tem opinião formada sobre elas.

— Ok. — Ele passou a mão pelo cabelo. — Ele era preguiçoso, arrogante e sorrateiro. Não do tipo rebelde, não falava nada na sua cara. Tinha um jeito perverso, mas no fundo, ele... Por Deus, ele era uma criança.

— Sincero — repetiu Eve.

— Ele era muito sensível a qualquer coisa. Se alguém olhava para ele meio de soslaio, ele se ofendia. Falava mal das pessoas pelas costas. Era muito bom no jogo e teria melhorado com alguma disciplina e mais prática. Só que faltava ou chegava atrasado aos treinos muitas vezes, e sempre tinha uma desculpa esfarrapada. — Ele ainda estava com a mão da esposa dentro da dele e fitou-a por breves instantes, antes de voltar o olhar para Eve. — Eu não gostava dele, falando a verdade. Fiquei feliz quando desistiu de jogar, mas depois me senti mal por isso. Mas ele era um problema, e eu não fiquei nada triste quando saiu do time.

Eve assentiu e olhou para Flynn.

— Ele era um pequeno canalha e agora é maior. Ele também é um assassino. Vocês têm uma casa boa aqui, um sistema de segurança ótimo, mas ele não levaria muito tempo para chegar a um de vocês. Bastaria algum planejamento, e ele está aprendendo a fazer isso. Pode chegar aqui e se apresentar como alguém da manutenção, ou um entregador. Você tem uma boa família, sr. Boyd.

— Tudo bem, tudo bem. Nós vamos aceitar a proteção policial.

— Isso é bom. Quando algum de vocês sair, não vá sozinho. Se o virem... E isso vale para você, Flynn... não se envolva; vá para um lugar seguro, para casa ou algum lugar público, e entre em contato com a polícia.

— Por quanto tempo vamos viver assim? — quis saber Boyd.

— Eu gostaria de poder dar uma resposta certeira. Ele é minha prioridade no momento.

— Ela não vai parar — acrescentou Roarke. — Até que ele esteja dentro de uma cela, ela não vai parar. Isso é a única coisa que podemos garantir.

— Um policial estará aqui em menos de uma hora — avisou Eve, ao se levantar. — Haverá sempre alguém de guarda vinte e quatro horas por dia, até tudo terminar.

— Obrigado. Vou acompanhá-los até a porta — ofereceu Marianna.

— Deixe que eu faço isso, mãe. — Sari se levantou da poltrona e caminhou até a porta. — Sei quem vocês são — disse ela, com voz calma. — Reconheci ambos. Contarei a eles depois que você saírem. Eles estão chateados demais, por isso não os reconheceram... Eu acho — Ela conseguiu abrir um sorriso. — Eles vão se sentir mais seguros quando souberem quem vocês são.

— Fiquem juntos — aconselhou Eve. — Isso é mais seguro também.

Capítulo Dezesseis

As luzes de casa brilhavam contra a escuridão. Quando ela passou pelos portões, o vento começou a chicotear, açoitando as árvores peladas e soprando um gemido sibilante.

Vai ser uma noite difícil, pensou Eve, *em mais de um sentido.*

Quando ela saltou do carro o vento feroz subiu pelo seu casaco e as pontas dele se abriram.

— Que foi? — perguntou ela, quando Roarke riu para ela.

— O vento, a escuridão, as auréolas de luz... Você parece uma rainha guerreira de outro mundo, prestes a lutar.

— Não sei nada de guerreiras, mas a parte da batalha parece certa.

Ela forçou-se a andar contra o vento e percebeu que a primeira fase da batalha ia ser no vestíbulo, quando Summerset lançou-lhe um olhar inexpressivo.

— Ah, você se lembrou de onde mora.

— Eu sempre torço para que você esqueça.

Ele simplesmente lançou sua atenção para Roarke enquanto Eve tirava o casaco e o gato veio apressado se enroscar nas suas pernas.

— Sua tia me contatou para avisar que sua família chega amanhã, conforme planejado. Imagino que devam chegar por volta de duas da tarde, pelo nosso horário.

— Ótimo. Farei o que puder para estar aqui a essa hora.

— É o mínimo. Richard DeBlass também confirmou presença. Eles já chegaram a Nova York. As crianças estão muito animadas. — Seus olhos se fixaram em Eve. — Nixie está particularmente animada para ver você e passar um tempo juntas.

— Estarei aqui — prometeu Eve. Em algum momento. De algum modo. Caramba!

E por conseguir rever mentalmente Nixie como a tinha visto pela primeira vez... encolhida, coberta com o sangue de seus pais e tremendo no box do chuveiro onde tinha se escondido, Eve subiu a escada e entrou em seu escritório com um novo peso nos ombros.

— O que querem que eu faça? — perguntou a Roarke, quando ele entrou atrás dela.

— Exatamente o que precisa fazer. — Ele pousou o computador. — Neste momento, é jantar.

— Caraca, larga disso, por favor, tenho muito trabalho. Preciso atualizar meu quadro do crime, conferir algumas coisas com Peabody, Baxter, Trueheart e os policiais que eu coloquei em várias tarefas de proteção. Preciso cruzar dados com Feeney e começar a investigar os hotéis, porque o filho da puta está se escondendo *em algum lugar*. Sem falar nos imóveis para locação e compras de propriedades, porque ele tem um monte de dinheiro agora e uma nova identidade, também. E ah! Enquanto estou agitando tudo isso, devo me encher de comida, me preocupar com uma casa cheia de gente e com um jantar de feriado. Não consigo nem *pensar* direito com todo mundo me pressionando.

— Deve ser difícil — começou ele, com uma voz enganosa, perigosamente calma —, ser a única pessoa da cidade, possivelmente do planeta, que vai pegar esse filho da puta. Ou, na verdade, tantos outros filhos da puta assassinos. Mais difícil ainda quando tantas pessoas ao seu redor são insensíveis e não têm consideração e ainda esperam que você coma, durma e ocasionalmente converse com elas. Que fardo nós todos somos para o seu mundo!

— Não foi isso que eu quis dizer, e você sabe muito bem...

— Sei que não preciso ficar aqui, sendo seu saco de pancadas só porque tenho amigos e familiares vindo nos visitar. Ou porque você está sobrecarregada e nervosinha. Então, faz o que quiser.

Ele pegou o computador e saiu.

— *Nervosinha?* — Horrorizada e profundamente insultada, ela cerrou os punhos e olhou para o gato, que a encarou de volta. — De onde ele tirou essa porcaria?

Galahad se virou, ergueu o rabo no ar — acrescentando mais insulto —, e foi atrás de Roarke.

— Você também — murmurou ela. Foi até sua mesa, chutou-a com força e ordenou ao computador que informasse os arquivos que tinham entrado enquanto ela atualizava o quadro.

Fez isso durante quase dois minutos antes de xingar em voz alta, de indignação.

— Computador, pare tudo e salve o que já processou. Porra!

Pensou em perguntar ao localizador de pessoas da casa para onde ele tinha ido, mas soube de imediato. Se ele havia pegado a compilação de provas, certamente estava trabalhando no laboratório.

Bem, ele não podia se afastar impunemente no meio de uma briga, muito menos passar o tempo fazendo um trabalho para *ela*, para que *ela* se sentisse mais merda do que já estava se sentindo.

Foi até lá e empurrou a porta do laboratório, onde ele estava sentado, sem paletó, com as mangas arregaçadas, o cabelo preso atrás da nuca, uma taça de vinho na mão e o foco nas entranhas do computador que fora apagado.

— Não estou *nervosinha*, e essa é uma palavra idiota.

— Tanto faz.

— Você não pode fazer isso. — Ela apontou um dedo para ele. — Você não vai me responder com essa voz razoável e completamente falsa, para que *eu* pareça a irracional. Isso é golpe baixo.

Ele lançou-lhe um olhar frio.

— Eu faço o que *eu* quiser.

— Não tenho tempo para brigas. Estou tentando fazer meu trabalho porque, se não o fizer, outra pessoa vai acabar em cima de uma mesa de necrotério. Morris vai começar a me cobrar aluguel.

— Então vai fazer seu trabalho, numa boa, tenente. Eu não estou te impedindo.

— Está, sim! — Ela pegou o vinho dele e tomou um gole. — Está mexendo com a minha cabeça, está me fazendo sentir grosseira e egoísta, está me deixando...

— Nervosinha? — sugeriu ele, e viu olhos estreitados que pareciam lançar chamas.

— Se você me chamar disso mais uma vez, eu juro que dou um soco na sua cara.

Ele se ergueu da cadeira e ficou nariz com nariz diante dela, olho no olho.

— Tenta. Uma boa briga pode fazer muito bem a nós dois.

Ela colocou a taça de vinho novamente sobre a bancada.

— Ah, não me provoca!

— Eu chamaria isso mais de "desafio". — Ele sorriu, tentando transmitir determinação. — A menos que você esteja muito "nervosinha" para ir em frente.

Ela não o socou, porque ele esperava esse gesto. Em vez disso, fincou o pé atrás dele e se inclinou para derrubá-lo de costas. Ele reagiu e o impulso do gesto derrubou os dois no chão.

Ele tentou se virar de costas para receber o maior impacto, mas ambos caíram com força suficiente para atingir o chão do laboratório com os ossos. Ela abriu as pernas tentando lhe dar uma tesoura, em seguida tentou rolar de lado para lhe acertar uma cotovelada na barriga, mas ele desviou para o lado e bloqueou o golpe.

Roarke usou o peso a seu favor, colocou-se por cima dela e quase a colou no chão. Mas ela deslizou de lado e escapou. E por muito pouco não acertou o saco dele com o joelho.

E era ela que falava em usar "golpes baixos".

Eles lutaram, rolaram de um lado para outro, esbarraram em bancos e armários, os dois dispostos a receber e produzir alguns hematomas, até que ele conseguiu imobilizá-la de costas — mas ela conseguiu pressionar o joelho, de forma nada gentil, contra o saco dele.

O cabelo dele se soltou e caiu como uma cortina para cobrir seu rosto e o dela. A respiração dos dois acelerou acima do zumbido e dos cliques do equipamento. Os olhos dele, ferozes e furiosamente azuis, se encontraram com o castanho fervente dos dela.

Os dois corações batiam como tambores de guerra.

Então, num piscar de olhos, a boca de Roarke estava sobre a de Eve, as pernas dela em volta dele. Toda a fúria, a frustração e o insulto canalizados para uma urgência violenta e primitiva.

Ela mordiscou a língua dele, ele rasgou a blusa dela, enquanto a necessidade e a violência cresciam e faziam o sangue dos dois ferver. De repente, eles rolaram novamente e lutaram para assumir a posição de busca urgente e quase cruel de libertação.

Ele encheu suas mãos com a carne dela, encheu sua boca com a dela, enquanto o sangue dela esquentava cada vez mais e seu corpo se arqueava e estremecia. Ela se encolheu embaixo dele, abraçou-o com o corpo todo e o inflamou além de qualquer possibilidade de controle.

Ele puxou a calça de Eve para baixo, rasgou a barreira fina da calcinha, e isso a fez ofegar com mais força, até estremecer sob as mãos dele.

Tudo se ampliou mais e mais, nele e nela, num turbilhão selvagem de luxúria irracional, irresponsável e impossível.

Inundada na enchente daquele prazer cego, cheia de ganância de receber mais, de obter tudo, ela o arrastou para junto de si. Arqueando as costas, exigiu que ele entrasse nela com aquele primeiro impulso selvagem, depois o seguinte, e mais uma vez. Com as pernas cruzadas nas costas dele, ela o conduziu brutalmente, como se usasse esporas nos flancos, enquanto ele a penetrava com força. Até que ele a esvaziou. E esvaziou a si mesmo.

Ele desabou em cima de Eve com a respiração entrecortada e a mente distante. Ela o tinha destruído, pensou. Ela o tinha desnudado até os ossos e depois o despedaçara. Agora estava deitada embaixo dele, mole, e ele sentia os tremores leves nos orgasmos secundários do sexo enlouquecido que a sacudiam.

Ou a ele. Ou a ambos.

Ela era *dele*. Cada centímetro enlouquecedor, fascinante, irritante e corajoso dela... Era *dele*.

E ele não mudaria nada.

— Parece que você arranjou um tempo para isso. — A garganta dele parecia ter engolido fogo, e ele teria dado um milhão pelo vinho que estava na sua bancada de trabalho... ou pelo menos pela força para se colocar em pé e ir pegá-lo.

Ele mal conseguiu levantar a cabeça e olhar para ela... Toda corada, toda macia, toda lânguida com os olhos reluzentes cor de uísque.

— Foi bem rápido.

Ele riu disso e do toque carinhoso da mão dela em sua bochecha depois de falar. Ele retribuiu o gesto beijando sua bochecha.

Agora, com a raiva e a luxúria lavadas, o amor permanecia firme e forte.

— Não estou nervosinha. Pensa em outra palavra. Gosto da sua família, você sabe que eu gosto. A questão é que... Nesse momento, com tudo isso, todos eles aqui, é algo...

— Um pouco demais.

Ela pensou na palavra.

— Tudo bem. Demais é uma boa descrição. Quando fomos lá no verão passado, o objetivo principal, bom, exceto pela breve pausa para o cadáver que não era um caso *meu*, era interagir com eles e beber um pouco de cerveja.

— Eu te entendo perfeitamente.

— É, acho que sim. Agora, adicione Nixie à mistura. Não é justo, não é certo, mas toda vez que eu vejo ou converso com aquela criança eu sinto tudo revirar. Depois a sensação diminui, mas sempre começa assim. Eu só a vejo do jeito que estava quando eu a encontrei, depois de ela ter rastejado pelo sangue dos pais para se esconder. Não consigo entender por que ela quer me ver, por que diabos quer falar comigo. Para ela, eu devo ser uma recordação viva daquele momento, de tudo que ela passou, de tudo que ela perdeu. Isso mexe com a minha cabeça, e eu não posso entrar nessa agora.

— Se ver você provocasse dor *nela*, Richard e Elizabeth certamente não iriam querer que ela viesse aqui para ver e falar com você.

— É, eu acho que não.

— Leva essa de amigos e família numa boa; deixa que tudo aconteça naturalmente ao longo dos dias seguintes. Você dará a eles o que puder, *quando* puder. E como eles são amigos e família, cada um deles entende o que você é, a sua profissão, e o que ela implica.

— Summerset... — Ela disse o nome com tom de escárnio.

— Summerset também. — Roarke passou um dedo sobre a covinha no queixo dela. — Ele gosta de te provocar do mesmo jeito que você gosta de provocá-lo.

— Pode ser. — Ela fechou os olhos por um minuto. — Cheguei tarde demais. Eu os vejo na minha cabeça e fico repassando o que aconteceu com eles porque eu cheguei tarde demais.

— Eve. — Ele pressionou os lábios sobre a testa dela. — Você sabe que a culpa não é sua.

— Saber nem sempre me impede de sentir as coisas. Tudo que encontro me diz que os pais dele eram boas pessoas, fizeram o possível para serem bons pais. Mas por ele não ter conseguido o que queria, ele os destroçou. Ele os aniquilou. Lori Nuccio era só uma menina comum, uma boa garçonete, responsável, que se esforçou duas vezes para ajudá-lo a conseguir trabalho. Ele a humilhou, acabou com sua vida só porque ela não o deixou mais viver com ela depois de ele a ter roubado e agredido. — Ela se curvou mais para junto dele quando ele a envolveu, e encontrou muito conforto nisso. — Quanto a Farnsworth... Era uma boa professora, do tipo que os alunos se lembram para o resto da vida, uma mulher que amava o cachorrinho feio e se oferecia para preparar sopa para os vizinhos. Ele a torturou por horas e matou só porque, no passado distante, era preguiçoso demais para fazer a porra dos deveres de casa.

— Você já conhece o Jerry. Você vai prender o cara.

— Mas antes eu tenho que achar o Jerry.

— E você vai — repetiu ele.

Ela suspirou.

— Vou, sim. — Deixe isso pra lá, ordenou a si mesma. Simplesmente tire isso da cabeça. — De qualquer forma, me desculpa. Quer dizer... mais ou menos.

Ele sorriu para ela.

— Considerando o desenrolar das coisas, é difícil pedir desculpas.

Ela descobriu que conseguia sorrir de volta.

— *Agora* eu fiquei com fome.

— Ah, é?

— É, estou com fome.

Ele sentou-se apoiado sobre os calcanhares depois de fazer um esforço. Então sorriu para ela.

Seguindo a direção do olhar de Roarke, ela olhou para si mesma. Estava apenas com uma manga esfarrapada do que tinha sido sua blusa... a maior parte da sua camiseta de baixo e seu cinto com coldre vazio. Sua calça estava amarfanhada nos tornozelos e nas botas, junto da arma.

— Essa provavelmente era uma boa blusa — pensou ela, em voz alta.

— Ainda bem que você tem outras. E eu também.

Ele arrancou o restante de tecido em seu corpo.

— Precisamos levar todo esse material rasgado para uma recicladora de lixo. Não quero que Summerset faça isso.

— Vou lembrar a você mais uma vez: ele sabe que a gente transa.

— Existe transar... E existe isso que a gente faz.

Ele analisou suas roupas rasgadas enquanto ela subia as calças novamente.

— É verdade. Vamos recolher tudo. — Ele estendeu uma das mãos para ela e ajudou-a a se levantar. — Então, o que você acha de colocar uma roupa, comer alguma coisa e voltar a trabalhar? — propôs ele.

— Acho que é um bom plano.

— E o que acha de espaguete com almôndegas?

— Perfeito. — Ela se permitiu apoiar-se nele por mais uns instantes. — Fiquei chateada com tudo isso, o dia todo. Mas o que eu sinto tem a ver unicamente com o caso, e não adianta ficar chateada com um caso. Acho que eu precisava de uma válvula de escape.

— Fico feliz em ajudar.

Ela cutucou seu peito nu.

— Você também gastou energia, meu chapa.

— Verdade. Nós dois temos que estar gratos.

Juntos, eles recolheram as roupas destroçadas.

A comida ajudou, assim como o hábito de atualizar seu quadro, ler os relatórios do seu pessoal no campo e se atualizar com Feeney.

Ela não sabia dizer o que Roarke fazia no laboratório, mas sabia, com certeza, que, se alguém tinha condição de encontrar algo para ajudar a recuperar o computador apagado, ele seria esse alguém. Ele conseguiria.

Ela rodou o programa de probabilidades, mas não sentiu firmeza nos resultados. De fato, quando desconsiderou os dois filhos em idade universitária dos Boyds, a porcentagem de eles serem possíveis vítimas aumentou. Mas como Reinhold poderia saber que os filhos estavam em casa para o Dia de Ação de Graças?

Será que ele sequer pensava nessas coisas?

Ele iria querer Boyd, pensou, bebendo ainda mais café enquanto trabalhava. Só para provar que ele estava com a bola toda, esse seria o raciocínio dele.

Mas Boyd não era um vendedor velho e fora de forma, emboscado pelo próprio filho — um filho que morava na sua casa. Boyd estava em forma, era forte e tinha um bom sistema de segurança. Reinhold precisaria de um plano muito bem pensado. Mais que isso, refletiu Eve, ele precisaria criar coragem.

Era mais provável atacar primeiro as mulheres, para depois partir para os alvos mais velhos e menos seguros.

Marlene Wizlet e os Schumakers estavam no topo da lista de Eve, junto com o amigo Joe Babaca, seguido por Garber, seu ex-professor de Estudos Globais.

Caso ele seguisse o padrão, seria um desses. *Caso seguisse*, pensou, marcando cada um dos nomes.

Talvez ele tirasse umas férias pequenas com o dinheiro da sua última vítima.

Não, decidiu, enquanto se levantava para andar pelo escritório. Ele precisava sentir aquela euforia mais uma vez, queria ter aquele poder de novo, curtir aquela vingança. Mas estava machucado, e isso poderia dar um pouco de tempo a Eve.

— Onde você está, seu canalha?

Colocou o mapa no telão, e marcou todos os lugares onde ele tinha sido visto. Com a ajuda do computador, calculou novas rotas e outras probabilidades, até sua cabeça ficar latejando.

Quando Roarke entrou, ela estava estudando os resultados, balançando o corpo para a frente e para trás apoiada nos calcanhares, mais por frustração do que por cansaço.

— São muitas possibilidades, cacete! Hotéis, apartamentos, conjugados, coberturas duplex, residências unifamiliares. Mesmo quando eu vejo os melhores imóveis e foco em lugares perto do antigo bairro de Jerry, há muitas possibilidades. Além do mais, ele poderia simplesmente decidir morar mais ao norte, no centro da cidade. Ou em Nova Jersey, Brooklin ou Queens. Não, não. — Irritada consigo mesma, massageou a tensão na nuca. — Ele com certeza está em Manhattan, e perto dos lugares que conhece. Ele não vai querer se sentir superior estando longe. Por outro lado...

— Você está andando em círculos, tenente.

— Eu sei. Por isso que estou irritada.

— Você precisa dormir. Desanuviar a mente — continuou ele, e colocou as mãos no rosto de Eve. — Amanhã você vai estar mais descansada.

— Odeio esse cara, e isso é burrice. Eu nem sei exatamente por que tanto ódio, ainda mais porque já lidei com figuras piores. Mas ele está entalado na minha garganta.

— Quando você o tiver na sala de interrogatório, é *você* que estará entalada na garganta dele. — Ele beijou de leve a testa dela. — Vamos dormir.

Até que era uma boa ideia, pensou, já que andar em círculos não iria solucionar seu caso.

— Você conseguiu alguma coisa? — Quis saber ela, quando eles iam para o quarto.

— É um trabalho lento e muito frustrante. Tenho alguns bytes de informação, o bastante para ver que ele fez uma interface entre as duas unidades dela. Quando conseguirmos mais dados, vamos conseguir ir atrás do dinheiro com mais precisão. Feeney também está empacado e frustrado. Nós nos falamos algumas vezes hoje. Ele vai tentar de novo amanhã. E antes que você pergunte... Sim, o McNab ajudou a gente e eles trouxeram Callendar também. Vamos chegar lá, mas o processo vai continuar lento e frustrante para todos nós.

No quarto, ela se despiu.

— Se encontrarmos o rastro do dinheiro e as contas... Bom, legalmente nem temos como ter acesso a elas, mas você vai conseguir hackear tudo com seu equipamento não registrado.

Ele olhou para trás enquanto ela vestia uma camiseta. Sua pele tinha aquele brilho fraco e translúcido que sempre aparecia quando ela se esgotava no trabalho.

— É verdade. Aliás, vou curtir muito.

— Preciso pensar a respeito. Bem, temos que chegar lá antes, mas preciso pensar com cuidado. Se eu não conseguir encontrá-lo do meu jeito, talvez tenha que encontrá-lo do *seu* jeito. Porque ele já tem um próximo alvo em mente e está planejando tudo neste exato momento. Está trabalhando nisso e está todo prosa das suas recentes façanhas.

Roarke deitou-se na cama e puxou Eve para junto dele.

— De um jeito ou de outro, você o pegará. Ele não vai se sentir tão orgulhoso nessa hora, vai?

— Não quando eu acabar com ele. — Ela fechou os olhos e tentou se obrigar a dormir.

Em sua nova cobertura, deitado em sua nova cama ostentosa, Reinhold tomou mais uma dose de analgésicos, engolindo tudo com a ajuda da última das garrafas de champanhe que a administração do prédio enviara como cortesia.

Seu pé estava doendo *pra cacete*!

A situação não parecia tão ruim quando saiu da clínica; na verdade ele se sentiu muito bem curtindo o efeito dos remédios. Parecia que tinha ganhado um milhão de dólares — ou, no caso, quatro —, quando entrou na nova casa e encontrou a cesta de presentes da administração. Champanhe, queijos sofisticados, chocolates, frutas, biscoitos e todos os tipos de comidinhas de rico.

Sentiu-se tão bem que ordenou ao androide que desempacotasse tudo, depois saísse para comprar cerveja importada e mais tarde lhe preparasse aquele jantar com bife de carne cara.

Ele ia gostar de se acostumar a jantar bifes.

Andou por todo o apartamento e por todo o prédio; visitou as lojas, a academia, os restaurantes e os bares.

Pensou em ficar no bar por mais tempo além do que levou para beber a única bebida que pediu — e talvez ficar com uma mulher. Mas, antes, queria ter uma noção do novo território.

Andou um pouco pela vizinhança também, só para ter algum prazer, e se sentiu ótimo.

Só quando seu pé começou a latejar foi que ele se lembrou de que o médico tinha recomendado repouso e pé para cima.

O burro do médico devia ter sido mais claro, disse a si mesmo, com os dentes cerrados enquanto esperava o efeito de mais uma dose de remédios. Ele devia ter lhe receitado medicamentos mais fortes, instruções mais específicas; devia ter lhe oferecido mais atenção.

Talvez ele desse ao médico idiota um gostinho do próprio remédio. Quem sabe ele gostaria de descobrir como é ter um pé quebrado.

— Você está na minha lista — murmurou Reinhold.

Ele poderia voltar lá para fazer um "acompanhamento", dar uma bela lição ao babaca e pegar uns remédios bons.

Gostou da ideia e começou a planejar tudo, até que o milagre da química fez efeito e aliviou a dor.

Não seria inteligente, pensou ele, voltar à clínica do médico babaca. Seria mais inteligente fazer uma pequena pesquisa, descobrir onde morava o dr. Babaca e ir cuidar disso. Ele provavelmente também tinha dinheiro.

Médicos sempre nadavam em dinheiro.

É, ele prepararia alguma coisa para ele, talvez o pegasse alguma noite quando ele estivesse saindo da clínica, ou quando estivesse em sua casa chique.

Aquilo era algo bom de pensar, mas ele tinha outras prioridades.

Ordenou que o telão do quarto fosse ligado e teve que fazer um esforço para se lembrar da senha que ligava o computador. Então, decidiu que queria pizza.

Passaram-se horas desde o jantar.

— Ei, seu idiota! — Ele gostou da ideia de fazer o androide responder ao insulto. Isso o fazia rir todas as vezes.

— Sim, senhor — atendeu o androide, na porta do quarto.

— Traz uma pizza de calabresa com cogumelos, pimentão e cebola. Tamanho família. Do Vinnie's, minha pizzaria.

— Sim, senhor. Devo sair para pegá-la ou pedir para entregar aqui?

— Vai lá, cacete! Você acha que eu quero esperar algum otário vir até aqui? E volta rápido, idiota.

— Sim, senhor.

Ele gostava do "senhor". Já estava na hora de alguém chamá-lo de "senhor". Na verdade, a partir de agora, ele faria questão de que todos o chamassem de senhor antes de matá-los.

Pediu na tela sua Lista dos Bostas; estudou cada nome e endereço que encontrou, os locais de trabalho que conhecia ou conseguiu encontrar.

Ao lado de cada um estavam suas ofensas e seu atual plano de como fazê-los pagar — sujeito a mudanças.

Ele ficaria surpreso ao ver o quanto a lista de Eve estava parecida com a dele. Mas não pensou na polícia. Já começava a se considerar um profissional. Afinal, cada morte tinha lhe rendido um bom pagamento — em vingança e em dinheiro.

Jerry Reinhold — embora já tivesse outra lista de possíveis codinomes — era um assassino. Isso o fez rir alto. Depois de trabalhar em sua própria lista, ele usaria o codinome e ofereceria seus serviços.

Seu codinome favorito atual era Cobra. Rápido e mortal. Mas também gostava de Ceifador, o antigo agente da Morte.

Enquanto estudava sua lista, revivia cada insulto que sofrera, cada constrangimento, cada rejeição.

Pensou em como se sentiria ao queimar o rosto lindo de Marlene Wizlet com ácido até ela ficar parecendo um monstro. Então ele a forçaria a olhar para si mesma, antes de cortar sua garganta.

Isso a ensinaria a não ignorá-lo mais, a não achar que era melhor que ele. Além do mais, ela ganhava uma grana boa, ele tinha certeza, prostituindo o seu rosto — que ele arruinaria, junto com o corpo.

Pensou nos Schumakers. Caramba, como ele os odiava! Tinha engolido todo tipo de desaforo deles. Pensou em espancar o velho até a morte e afogar a velha bruxa na banheira.

Depois tinha o Treinador Boyd, o bom e velho Treinador Boyd. Esse seria muito divertido. Quer me ver lançar a melhor bola? Ele descobriria como entrar na casa dos Boyd — ainda não sabia como, mas descobriria. Então estupraria a esposa bem na frente dele. Depois ficaria ocupado em retalhar a cara deles. Ele queria muito fazer isso. E depois, iria espalhar os miolos do bunda-mole com seu fiel taco.

Que prazer!

Mesmo que ele não obtivesse muito lucro com Boyd, isso seria... Como era mesmo que ele dizia? Sim, sim, um "trabalho por amor".

Ele rachou de rir mais uma vez e continuou lendo os nomes da sua lista.

Mudou alguns métodos. Agora tinha dinheiro suficiente para comprar uma arma de atordoar. Dá para fazer muita coisa com uma arma dessas. Também achou que seria uma boa ideia pegar um martelo, e talvez uma serra.

Um cara como ele tinha que ter instrumentos e habilidades diversas.

Pensou em Mal. Que tipo de amigo expulsa você de casa só por causa do aluguel? Para chegar até Mal, Jerry teria que passar pela mãe dele. Aquela vaca pentelha. Gostou da ideia de usar o martelo nela. Primeiro a mãe, depois o filho.

Mas ainda não.

Ele sorriu enquanto estudava sua próxima escolha. Ah sim, isso seria bom. Seria divertido! — E ele sabia exatamente como ganhar dinheiro com aquilo.

— Idiota, cadê a minha pizza? E traz a porra de uma cerveja!

Ele levou mais alguns minutos para repassar seu plano. Caraca, era realmente muito simples. Por que ele nunca tinha pensado em fazer aquilo antes?

O androide trouxe pizza e cerveja em uma bandeja, com um guardanapo ao lado.

Nada mau.

— Vá lá fora e fique em modo de descanso. Mas quero você por perto quando eu precisar.

— Sim, senhor. Bom jantar.

— Ah, ele vai ser ótimo.

Ele colocou o telão em modo de entretenimento, percorreu opções de filmes e programas e escolheu pornografia.

Divertiu-se com pizza, cerveja e sexo violento até cair num sono gostoso.

Capítulo Dezessete

Ela acordou cedo e sozinha. Na luz turva que antecede o amanhecer, ela *sentiu* que estava só antes mesmo de seus olhos se ajustarem ao ambiente.

Roarke já tinha se levantado e... Estava em algum lugar, pensou. Ela se perguntava como ele conseguia se levantar tão cedo e já fazer coisas; mas, mesmo deitada ali, percebeu que não conseguiria mais dormir.

Já tinha voltado a pensar em Reinhold.

Ao se sentar na cama percebeu uma espécie de ronco, um som que nem por bondade e carinho ela chamaria de "ronronar". E distinguiu a bola de pelos e patas que era Galahad, ao pé da cama.

Pelo menos alguém sabia como dormir até amanhecer de verdade, pensou, e forçou-se a levantar da cama.

Malharia um pouco e daria um mergulho rápido, decidiu. Iria reorganizar os pensamentos, já que estava com tempo para isso. Procurou um short antigo de moletom, vestiu uma regata e tacou uma camiseta da POLÍCIA DE NOVA YORK por cima de tudo.

O gato sequer se mexeu e seu ronco não cessou enquanto ela calçava os sapatos e entrava no elevador.

Uma corrida puxada de trinta minutos, pensou, talvez mais quinze com peso livre, e, por fim, cinquenta voltas na piscina.

Entrou na área da piscina com suas plantas exuberantes, flores exóticas e água azul-escura. De todos os luxos e indulgências espalhadas pela casa que Roarke tinha construído, ela considerava a área da piscina o seu maior prazer pessoal.

Seria tentador simplesmente tirar a roupa e mergulhar, mas era mais satisfatório fazer um exercício antes.

Indo para a área da academia, viu que a luz estava acesa.

Fez uma pausa antes de entrar e ouviu a voz de Roarke, depois a de outra pessoa.

Ao entrar, ela o viu fazendo supino — em roupas de treino quase tão velhas quanto as dela — enquanto conversava com alguém pelo *tele-link*. A pessoa — com voz masculina e sotaque britânico, em tom animado — estava no viva-voz e ela percebeu que recitava um monte de cálculos e palavras que ela não entendia de todo... Na verdade, não entendia nada.

Roarke se levantou do banco, fez perguntas e comentários sobre códigos de incêndio e algo a ver com saídas de emergência; nesse momento, uma espécie de planta tridimensional surgiu no telão de uma das paredes. A imagem se deslocou, girou, se ampliou e passou a ser vista de cima.

Parecia um projeto grande e importante, mesmo para ela, que não entendia dessas coisas.

Ela entrou, recebeu um sorriso descontraído de Roarke e se inclinou para programar uma das máquinas para sua corrida matinal.

Escolheu a praia e programou tudo manualmente enquanto a conversa de Roarke continuava. O modo da paisagem era “nascer do sol tropical”.

Ela gostava da sensação da areia sob seus pés; da luz rosada que nascia no horizonte leste, as ondas e o som delas beijando a praia para, em seguida, timidamente recuarem.

Ok, talvez a academia de última geração, tão distante do espaço lotado e dos equipamentos pouco confiáveis da Central de Polícia, com os quais Eve tinha sido obrigada a se contentar no passado, pudesse contar como outra vantagem pessoal da sua vida atual.

Levou alguns minutos trotando para se aquecer, mas depois foi aumentando o ritmo aos poucos até começar a correr na sua velocidade máxima.

Enquanto corria, ela ouviu um leve tilintar e um baque surdo no instante em que Roarke recolocou seus pesos no lugar. Logo em seguida, ouviu uma mudança de tom quando ele começou uma nova conversa. *Italiano, talvez?* perguntou a si mesma, antes que os cumprimentos mudassem para o inglês. Dessa vez a conversa foi sobre motores e aerodinâmica (pelo menos foi o que lhe pareceu).

Roarke tinha passado para os pesos livres, ela notou, e agora malhava os bíceps enquanto analisava a tela e os esquemas de algum tipo de transporte aéreo altamente sofisticado.

Logo em seguida, ele passou a falar com um laboratório na França. Pareceu a ela que o assunto era perfume, mas talvez fossem cremes para o rosto. Assim que terminou seus trinta minutos de corrida, ele foi para a esteira correr também.

Ela foi levantar pesos e usar outros instrumentos de ginástica, enquanto ele corria e continuava a falar com a Europa. Quando ela parou e pegou água, ele desligou o som e a tela.

— Parece que lemos a mente um do outro — comentou ele.

— Era isso que estava rolando?

— Estava me referindo a você e eu aqui, mas o resto foi tudo bem.

Ele estava suando bastante, ela notou. Tinha conversado sobre negócios com três ou quatro países e parecia alerta e energizado.

E mal tinha amanhecido.

— Você não fica confuso falando com tantos países desse jeito?

— É tudo uma questão de manter o ritmo.

Ela o observou enquanto ele corria. Pele reluzente, músculos flexíveis, fortes e ágeis.

— Você estabelece o ritmo e eles precisam acompanhar sua velocidade.

— Mais ou menos isso. Você acordou muito cedo. Sonhou com alguma coisa?

— Não. Pelo menos não que eu me lembre. Acordei e resolvi me levantar logo. Aí eu consegui malhar e vou nadar um pouco também.

— Vou me juntar a você na piscina. Já resolvi tudo que eu tinha pendente hoje de manhã, antes do feriado.

— O feriado é amanhã! — Ela precisava gravar isso na cabeça, para não esquecer.

— O pessoal chega hoje. Então... — Ele diminuiu a velocidade da corrida e sorriu para ela. — Eu separei tempo para poder trabalhar com você, tenente.

— É só encontrar o dinheiro que encontramos Jerry — disse ela. — Se a gente não conseguir isso logo, ele vai atacar outra vítima da lista, provavelmente hoje. A não ser que ainda esteja chorando por causa dos dedos quebrados.

Roarke desceu da máquina e tomou água, como ela fizera.

— Você não considera a possibilidade de ele parar para o feriado? Talvez porque seus alvos provavelmente são esperados em algum lugar amanhã?

— Ele não vai conseguir esperar. — As conclusões de Eve combinavam com as de Mira na questão do imediatismo. Ele queria... e sentia que merecia... prazer instantâneo. — Tudo isso é empolgante demais para ele parar agora — continuou Eve. — Mesmo que tenha lembrado que amanhã é Dia de Ação de Graças, ele adoraria estragar tudo. Iria curtir muito devastar a família de alguém num dia em que todos devem encher a cara de torta e dizer o quanto são gratos. Desse jeito, tudo lhe pareceria ainda mais satisfatório.

— Tem razão. Só que rastrear o dinheiro pelos meios legais vai levar algum tempo — avisou ele, enquanto se dirigiam para a piscina. — Posso ganhar muito tempo usando meu equipamento não registrado.

— Estou pensando nisso. — Dividida em relação àquilo, ela tirou a roupa. — Ainda temos algum tempo antes de usar esse recurso. Ele não é do tipo que age à luz do dia. Não tem coragem para isso; pelo menos, ainda não. Ele gosta de se esgueirar à noite. Ainda temos tempo — repetiu, para tranquilizar a si mesma.

Ela mergulhou na piscina. Água fria na pele, que lhe provocou um leve choque no sistema e se transformou em energia controlada que a fez dar braçadas suaves. Roarke mergulhou, cortando a água, para em seguida acompanhar as braçadas dela de forma compassada, até chegarem à outra ponta da piscina juntos, quando então viraram e voltaram.

Ela perdeu a noção das voltas... Cinco, dez; seu corpo e mente atingiram aquele ponto de equilíbrio entre energia e relaxamento. O calor dos músculos criava um contraste perfeito com o frescor da água.

Quando seu coração bateu mais forte e seus músculos começaram a tremer, ela ainda se forçou a atravessar a piscina mais uma vez, antes de se deixar afundar para emergir logo em seguida.

— Ai, Deus. Por que eles não colocam mais uma hora no dia? Todas as manhãs podiam ser assim.

Ele deslizou até ela e passou a mão pelo seu cabelo, que estava colado na cabeça.

— Você faria isso?

— Provavelmente não, mas seria uma ideia ótima. — Ela se virou para ele, inclinou a cabeça para trás, encontrou seus lábios com os dela.

Um encontro de pele contra pele.

— Tenho uma ideia ainda melhor — murmurou Roarke.

Dois bipes soaram dos *tele-links* que ambos tinham deixado na mesa perto da piscina.

— Que diabo é isso? Meu toque é diferente desse.

— É um alerta de notificação que toca nos dois aparelhos — disse ele.

— Eu não configurei nada desse tipo.

— Fui eu. Nos dois aparelhos. Porra... — Ele ajeitou o cabelo, saiu da piscina e pegou uma toalha. — É um aviso sobre a porcaria da entrega das medalhas, hoje à tarde.

— O quê? Hoje? Vai ser hoje?! — Como foi que ela havia conseguido apagar aquilo da mente, por completo? — Que caralhos!

Ele simplesmente suspirou e jogou uma toalha para ela.

— Vamos encarar logo isso para acabar o problema.

— Eu tenho um louco homicida tão sortudo quanto burro para prender, e você tem uma horda de parentes irlandeses chegando. Você deveria dizer a Whitney que precisamos cancelar... Ahn... Adiar a cerimônia — emendou.

Com um leve sorriso, ele inclinou a cabeça.

— *Eu* deveria?

— Ele é o meu superior. Não posso dizer a ele que estamos muito ocupados. — Ela bufou ao ver o olhar fixo de Roarke. — E você também não pode dar essa desculpa. Quer dizer, até poderia, mas não vai fazer isso... E eu entendo. Droga! É uma honra. De verdade — continuou, enquanto se secava. — Mas por que tem que ser uma cerimônia pública? A culpa é sua.

— Minha*?!* — Achando aquilo divertido, ele amarrou a toalha em volta da cintura. — Por que acha isso?

— Porque você é muito rico e famoso, então isso influencia na parte política e pública do ato.

— Bem, essa é uma conclusão interessante. Eu achava que isso dificultaria tudo em termos políticos, e que durante muito tempo foi o motivo que impediu você de ser promovida a capitã, até recentemente.

— É tudo politicagem! Quem sabe como que eles vão querer fazer as coisas?

— Mas agora é culpa minha?

— Exato. Culpa sua.

— Será que isso não tem a ver com você ser uma policial brilhante? — Ele arqueou as sobrancelhas e isso destacou seus olhos, que dançaram com um pouco de humor.

— Eu devia ser brilhante no meu trabalho sem eles me obrigarem a ficar diante de uma multidão, câmeras e só Deus sabe quem mais. Como é possível eu ser punida por ser boa no que faço?

— É uma honra, lembra? E sim, uma punição, pelo seu ponto de vista. E algo que estraga a minha reputação. Isso é o que eu ganho por me casar com uma policial.

Ela apontou um dedo para ele.

— Eu te avisei!

Rindo agora, ele a agarrou e girou-a no ar.

— Eu não aceitaria minha vida de nenhuma outra forma, mesmo com a porcaria da medalha. Vamos ter que aturar isso, tenente.

— Talvez tenhamos sorte e eu consiga colocar algemas em Reinhold ainda hoje. Nem o prefeito vai poder reclamar da minha ausência.

— Vamos torcer. E vamos comer. Estou morrendo de fome.

Ela comeu tudo, apesar de Roarke ter feito a porcaria de mingau de aveia para ela. E como já tinha adiantado seu horário por acordar mais cedo, começou a etapa seguinte do trabalho em seu escritório de casa. Galahad se juntou a ela, se enrolou na poltrona reclinável e ficou se lambendo casualmente, em seu banho matinal.

— O computador acha que a modelo é a próxima vítima — disse Eve. — Mas eu não sei, não. — Enquanto Galahad continuava a se lavar, ela se levantou para estudar o quadro. — Uma mulher, que deve ser fisicamente mais fraca, isso é uma vantagem. Mas ela mora com o namorado e fora da região de Jerry, fora da atual zona de conforto dele. Mesmo sem a proteção policial que ela conseguiu e ele ainda não sabe, o prédio dela tem um sistema de segurança de primeira linha. Ele vai querer ir atrás dela agora — refletiu Eve. — Provavelmente a quer agora mesmo, mas não teria coragem de passar pela segurança forte e pelo cara que mora com ela.

O relatório de Baxter tinha confirmado — com um "Uau!" — que Marlene Wizlet era uma modelo muito em voga no mercado. O mais importante é que ele também tinha avaliado os sistemas de segurança dela — eletrônicos e humanos — e lhes deu garantia de solidez absoluta. Além de um namorado inteligente e protetor o suficiente para já ter contratado um guarda-costas.

Reinhold iria querer matá-la, pensou Eve novamente, mas sabia que ela não seria uma presa fácil.

Exigiria mais preparação, não é? Mais planejamento. Algo que pudesse atraí-la para fora de casa. Era possível. Provavelmente é o que ele tentaria fazer. Mas ele também precisaria de algum lugar para levá-la.

— Será que ele ia querer sujar o seu próprio ninho novo, onde quer que fosse? Teria mais controle de tudo em sua própria casa. Será que isso compensaria a emoção de bagunçar a zona segura de outra pessoa?

Também era possível, pensou.

Mas ele estava machucado. O pé com certeza estava sendo um dificultador e certamente iria fazê-lo reconsiderar qualquer tipo de interação física.

Ele gostava de pegar suas vítimas por trás, de surpresa.

Os donos da mercearia eram uma aposta melhor, na opinião de Eve. Casal mais velho, bem no bairro de sua infância. Se ele conseguisse agarrar um deles, poderia usar isso para capturar o outro.

Ele tinha dinheiro agora — uma montanha de dinheiro mais que suficiente para comprar no mercado ilegal uma pistola de atordoar, um distintivo falso ou uma farda de policial. Com as falhas na segurança do prédio dos Schumakers, e sem saber da proteção policial, ele poderia facilmente tentar acessar o apartamento deles. Bastava entrar junto com outro morador ou se passar por entregador, alguém da manutenção. Ou um policial.

— No lugar dele, eu esperaria um pouco. Observaria com calma o prédio e a rotina. Entraria à noite. A farda de policial seria a abordagem mais direta.

Ela olhou para o gato, mas pelo visto ficar se lambendo deve o ter cansado muito, então ele se deitou de costas com as quatro patas largadas, completamente relaxado.

— Até parece que você fez sexo, em vez de comer ração. De qualquer forma, basta ele bater na porta e se identificar como alguém da Polícia de Nova York. Qualquer cidadão vai abrir a porta. Então, é só usar a arma de atordoar e entrar em silêncio.

— O isolamento acústico é ruim nesses prédios antigos. Ele tem que trancar a casa, algemá-los, amordaçá-los e depois fazer o que quiser com eles. Várias horas para fazer o que quiser.

— É uma sorte para a população, você também ser uma cumpridora da lei — comentou Roarke.

Ela franziu o cenho ao olhar para trás na direção de Roarke.

— Pensei que você estava ocupado com o seu império.

— Estava, mas já acabei. E como estou prestes a fazer tudo que posso para encontrar todo o dinheiro roubado, vim te ver antes de você ir para a Central.

— Vou sair daqui a pouco. Essa é a melhor maneira de entrar lá, certo? — Ela apontou para o prédio na tela. — Um pequeno investimento na roupa certa, bater na porta tarde da noite, atordoá-los, imobilizá-los e algemá-los.

— Esses dois são os alvos? — perguntou Roarke, aproximando-se para olhar as fotos dos Schumakers.

— Isso. Eles moram no prédio em cima do mercadinho deles. Olha, o prédio tem câmeras de segurança na entrada principal, cartões para residentes e interfone que os visitantes e entregadores usam.

— E ladrões e assassinos em potencial. Em que andar eles moram?

— Terceiro. Apartamento do canto noroeste.

— E tem acesso à escada de incêndio?

— Aham.

— Eu não gastaria tempo pensando na roupa. Investiria em um bom misturador de sinais e um bom detector de alarmes. Ele cresceu no bairro e provavelmente já acessou escadas de incêndio antes. Eu subiria por ali, examinaria as janelas em busca de alarmes e os desarmaria. Se eles trancam as janelas... Algo que muitas pessoas que moram no terceiro andar não fazem... um simples cortador de vidro pode ser usado para levantar a trava de janela. Uma criança consegue fazer isso.

— Você é prova disso.

— É. Então ele entra e, a menos que faça barulho ao entrar, não vai alertar ninguém da segurança.

— Ele está com um pé machucado.

— É para isso que servem os analgésicos fortes.

— Verdade. — Ela enfiou as mãos nos bolsos. — O computador deu uma probabilidade mais alta para a modelo. — Eve batucou na foto.

— Ela é linda.

— E mora com um homem. Ele também é lindo, é muito maior e está mais em forma que Reinhold. Além disso, a segurança dela é demais para ele nesse momento. Esta vai ser a primeira invasão de domicílio de verdade, caso ele opte por isso. Ele já estava dentro do apartamento dos pais, tinha a chave da ex, e atacou a professora quando ela voltou da rua com o cachorro. Nunca precisou lidar com fechaduras, sistemas de segurança ou arrombamentos de verdade. Se for seguir essa lógica, ele iria atrás de alguém mais fácil.

— E você acha que é o casal.

— Não, estou pensando no amigo babaca Joe... Esse cara aqui — apontou. — Ele é o único dos amigos que não está levando a situação a sério. Acho que Reinhold pode entrar na casa de Joe ou achar um jeito de tirá-lo de lá, vai depender. Pode ser que saiba até um jeito de entrar, já que provavelmente já dormiu na casa do amigo algumas vezes. Joe é a vítima mais fácil, mas provavelmente não é a mais satisfatória.

— Ah. — Roarke examinou o quadro, as fotos e leu as observações. — E não está com proteção especial como os outros, pelo que eu vejo aqui.

— Pois é, ele não levou a proteção a sério também. Disse que iria se sentir preso e isso iria prejudicar o seu estilo de lidar com as damas ou alguma merda do tipo, segundo os relatórios. Eu vou conversar pessoalmente com o Joe, hoje.

— Quem seria a vítima mais satisfatória?

— Ao meu ver, Wayne Boyd. Reinhold carregou esse rancor durante muito tempo, e aposto que, toda vez que ele bate em alguém com um taco de beisebol, pensa no treinador Boyd, que o deixou no banco de reservas e o fez de bode expiatório em vez de herói, no jogo do campeonato.

— Boyd disse que não falou nada com ele por causa dos arremessos para fora, mas às vezes as crianças...

— Sim, alguns deles teriam palavras muito desabonadoras para o treinador. Ao chegar a essa conclusão, fiz de tudo para localizar todos os membros da equipe de Reinhold e da equipe adversária.

— Você realmente acha que ele iria tão longe?

— Acho que foi ótimo ele não ter se envolvido no Cavalo Vermelho — disse ela, referindo-se a um caso importante que ela havia encerrado. — Se ele tivesse a chance de usar o vírus Menzini, acabaria com todas as pessoas que alguma vez lhe lançaram um olhar torto, mesmo que, ao fazer isso, arrastasse todo mundo em volta. Ele não é tão diferente de Lewis Callaway. Tem o mesmo jeito reclamão, autoritário e vingativo. A diferença é que Reinhold gosta de estar no lugar da ação, gosta do poder de matar cara a cara, com as próprias mãos.

— Ele não tem o controle de Callaway, se é que "controle" é a palavra certa para isso. Precisa dessa conexão direta com suas vítimas.

— Sua definição é bem precisa — concordou Eve. — Mesmo assim, no caso dos Boyds, temos uma segurança muito boa no prédio e uma família inteira para ele matar. Ele nunca entraria por uma porta ou janela sem um equipamento excelente e boas habilidades em invasão de domicílios. Sua melhor jogada seria pegar a esposa ou um dos filhos, usar isso para atrair Boyd até ele ou dar-lhe acesso ao local determinado. Só que isso seria arriscado, muito arriscado. — Ela se afastou do quadro. — Ele está chateado. Com certeza o pé o deixou irritado. Ao mesmo tempo, ele saiu da casa de Farnsworth com milhões, então está arrogante. Ganhou todas as rodadas, e isso o tornou arrogante. Mas continua sendo covarde. Ele se julga corajoso, acha que encontrou sua força, seu propósito, o trabalho da sua vida, mas tudo que fez foi com a mentalidade de uma criança assustada, mimada e ingrata no corpo de um homem.

— Bem, não se pode dizer por definição alguma que eu fui mimado quando criança, mas ingrato eu certamente fui. É difícil ser grato pelas botinadas e socos que eu levei. Também tive medo, na maioria das vezes. Pensando assim, eu iria querer o melhor prêmio.

— Você nunca foi covarde.

Roarke encontrou os olhos dela e pensou em seu pai.

— Eu tinha medo todos os dias, mesmo quando aprendi que desafiá-lo podia ser uma espécie de escudo. Sabe a última surra que ele me deu, aquela que quase acabou comigo? Eu ainda me pergunto se teria medo suficiente para me vingar dele depois daquilo, já que ele era do jeito que eu sabia. Mas Summerset me encontrou, me acolheu e me deu uma escolha. Não que eu fosse totalmente grato, a princípio. — Eve pegou a mão dele. Às vezes ela esquecia que Roarke tinha sido uma criança tão assustada, perdida e abatida quanto ela. — Meu pai teria sido o meu prêmio mais brilhante — murmurou ele. — Mas isso teria acontecido mais à frente, se alguém não tivesse chegado nele e acabado com a sua raça antes de mim. Eu não poderia viver no mesmo mundo que ele, nem me sentiria um homem de verdade se ele ainda estivesse respirando.

Ela se perguntou o que ele pensaria ou sentiria se soubesse que a pessoa que chegara a seu pai antes dele tinha sido Summerset. Mas isso, pensou, não cabia a ela contar.

— Os pais de Reinhold nunca bateram nele nem abusaram dele. Não há uma única evidência disso, muito pelo contrário.

— Mas, como você diz, é uma questão de atitude e mentalidade.

— Pois é. — Ela olhou de volta para o quadro. — Boyd ou a modelo. Esses são os prêmios mais brilhantes. O outro professor, Garber, não é tão difícil, mas já abandonou o magistério. Acho que outro encontro com ele iria... Entediá-lo. Também existem ex-patrões, supervisores e até colegas de trabalho que estão na nossa lista.

— Você tem dezenas de pessoas nessa lista — disse Roarke.

— Sim. Vou torcer para você estar certo sobre a atração que ele tem pelo brilho. Os dois estão bem seguros. Se ele tentar pegar Boyd ou Wizlet, vamos conseguir. O problema é que provavelmente existem mais pessoas que não estão entre essas dezenas da lista. Gente da qual ninguém se lembrou, ou nem conhecia.

Impossível saber, pensou ele, e não era de admirar que ela andasse em círculos pelo mesmo caminho.

— Então, encontrá-lo antes que ele se acomode ou parta para o ataque é a única maneira de ter certeza.

— Nova identidade, uma nova casa. Se ele fosse de fato esperto, se esconderia por alguns dias até melhorar e montar um plano bom de verdade.

— Mas ele não é esperto.

Eve fez que não com a cabeça.

— Não é esperto o bastante.

— Então vou voltar a procurar o dinheiro. Vou trabalhar daqui por enquanto — acrescentou, quando ela se voltou para ele. — Provavelmente vou para o centro da cidade em algum momento, para me encontrar com Feeney. E eu me recuso a ir até a Central hoje sem você me dar a sua palavra de que não vai me abandonar para receber a porcaria das medalhas sozinho.

— Se eu estiver em trabalho de campo...

— Ah! — Seus olhos cintilaram como se lhe dessem um aviso, e isso a fez revirar os dela.

— A gente vai se falando. E se eu encontrar alguma coisa muito boa que me faça perder a cerimônia, eu te aviso. Você consegue arranjar um jeito de escapar disso também.

— Combinado, então. — Ele a beijou e ficou surpreso e comovido pelo abraço rápido e forte que recebeu.

— Vejo você mais tarde — disse ela —, de um jeito ou de outro.

— Se a gente for na cerimônia, você vai de farda, né?

— Aham. Vou ter de vestir.

Seu sorriso se iluminou.

— Pelo menos isso é algo de bom. Cuide da minha policial até mais tarde.

Quando ele foi embora, Eve disse a si mesma que sentir-se grata a Summerset do fundo de sua alma era um segredo que ela levaria para o túmulo.

Eve mandou para Peabody um aviso para ir encontrá-la no apartamento de Joe. Isso iria tirar um problema da cabeça dela logo de cara, decidiu, enquanto descia a escada.

Encontrou sua jaqueta sobre o primeiro pilar da escada. Ela sabia que Summerset sempre o pendurava no armário à noite e a colocava de volta no pilar pela manhã. Nunca entendeu por que ele simplesmente não a deixava lá. A mesma coisa acontecia com a sua viatura, pensou, enquanto saía pela porta, vestindo a jaqueta.

Ela deixava o carro na frente da casa, ele o levava por controle remoto para a garagem e saía de novo com ele pela manhã.

Hábitos, pensou. Cada um tinha o seu.

Olhou para o céu enquanto ia para o carro e sentiu uma pontinha de esperança. Se aqueles céus fortemente nublados virassem uma chuva torrencial, devidamente cronometrada, eles ao menos seriam poupados da cerimônia de medalhas nos degraus públicos da Central de Polícia.

Mais uma coisa pela qual agradecer.

Eve saiu com o veículo. Em menos de dois minutos, viu-se presa em um emaranhado de carros parados com uma orquestra selvagem de buzinas ruidosas.

Como a viatura era muito bem equipada, ela usou a câmera do satélite para ver a extensão do engarrafamento; descobriu um maxiônibus enguiçado que bloqueava duas faixas da rua, mais adiante.

Alguém já devia ter avisado ao Departamento de Tráfego, mas ela deu um novo aviso e colocou a viatura em modo vertical. Deslizou sobre os prédios e cortou para o leste. Era um caminho mais longo, pensou, mas pelo menos ela não ficaria parada no engarrafamento, impaciente.

Além do mais, uma rota diferente e mais longa era bom para quebrar a rotina. Edifícios diferentes, padrões diferentes, carrocinhas e camelôs diferentes. Mas para quem será que eles vendiam lembranças de Nova York, cachecóis, chapéus e bolsas falsificadas de manhã tão cedo?

Era feriadão, lembrou a si mesma; início da temporada frenética de compras de Natal. Muitos turistas, felizes com o feriado ou com a viagem a Nova York, fervilhavam em torno de possíveis pechinchas como formigas sob efeito de açúcar.

Era bom acordar cedo e aproveitar a mudança dos padrões usuais, a quebra das rotinas e dos hábitos.

Hábitos, refletiu mais uma vez, endireitando-se no banco do carro. Reinhold estava quebrando seus hábitos com aquela busca por coisas mais sofisticadas, comidas finas, roupas e acomodações. Mas os hábitos e rotinas aconteciam por um motivo.

Será que ele não tinha um salão de jogos eletrônicos favorito? Ele gostava de games. Teria um clube favorito, ou uma pizzaria? Esportes? A temporada de beisebol tinha acabado, mas será que ele não tinha um time favorito de futebol, basquete ou hóquei?

Ele poderia comprar bons ingressos, agora. Poderia ficar nos lugares mais caros, na linha de cinquenta jardas, ou nos camarotes.

Vídeos, música, boates badaladas... O que estava na moda agora?

Teve uma ideia e ligou para Mal Golde pelo *tele-link* do painel.

— Ah, oi, tenente.

Ela viu, pelos olhos inchados e seu cabelo despenteado, que o tinha acordado ou ele tivera uma noite difícil. Talvez as duas coisas.

— Vou fazer algumas perguntas. Qual é a pizzaria favorita de Reinhold?

— O Vinnie's, com certeza. Ele sempre pede pizza de lá.

— Que pizza ele escolhe, geralmente?

— Ahn... Desculpa — disse ele, passando as mãos pelo rosto. — Não dormi muito essa noite. Deixa eu pensar... *Pepperoni*, cebola, cogumelos e pimentão verde.

— Ok. Quais os times favoritos dele?

— Yankees, sem dúvida. Costumávamos brigar bastante porque eu torço para o Mets, mas...

— Não quero saber de beisebol. Qual é o time de futebol dele, ou de basquete? Algum esporte que ainda esteja na temporada?

— Ele torce para o Giants, de futebol, Jerry é um grande fã. Mas não curte muito vôlei, nem basquete.

— Ok. Por onde ele costuma andar? Curte jogos eletrônicos, boates, lanchonetes, algo desse tipo?

— Nós sempre vamos à Jangles, na Times Square. É um lugar que vale a pena. Quando queremos beber vamos ao Tap It, na Broadway, entre as ruas 45 e 46. Eles fazem campeonato de jogos eletrônicos na Jangles. Jerry sempre gastava uma grana lá. Quase ganhou uma bolada, certa vez, mas o Bruno acabou com ele. Isso deixou Jerry muito puto.

— Quem é Bruno?

— Ih. — Mal arregalou os olhos e seu rosto ficou branco. — Caraca, eu tinha me esquecido dele, nem sei o nome dele de verdade. Bruno é o codinome de jogador. É um cara grandão, mas não passa de um garoto. Dezoito anos, no máximo. É invencível em jogos eletrônicos.

— Você consegue se lembrar de alguma coisa? Hábitos, locais favoritos aonde ele costumava ir?

— Ele gosta do sorvete de pistache do Gregman's, que fica aqui perto. Jerry é viciado nisso desde que éramos crianças. Ahn... Humm... Tem a Lucille. — Ele olhou em volta e baixou a voz. — Eu também não me lembrei dela até agora. Se, por acaso, eu *pensar* em uma acompanhante licenciada e minha mãe estiver perto, ela descobre. Ela tem esse poder.

Como chegou a conhecer a mãe, Eve não duvidou.

— Ele usa os serviços de uma acompanhante licenciada chamada Lucille?

— Bem, na verdade todos nós já usamos. Ela... Ai, cara, isso é constrangedor.

— Assassinatos são mais importantes que constrangimentos.

— É, tudo bem. Ela costumava cobrar uma taxa única de grupo para fazer boquetes... Em mim, no Jerry, no Joe e no Dave. Tínhamos dezesseis ou dezessete anos, por aí. Jerry... Escuta, eu só soube disso muito mais tarde, e não se deve denunciar os amigos, mas... Ele roubou uma grana da sua mãe para pagar a Lucille uma transa completa. Acho... Tenho quase certeza de que aquela foi a primeira transa dele.

Tinha uns dezoito anos. Joe o zoou muito por ele ainda ser virgem naquela idade, e Jerry então contou tudo que Lucille e ele tinham feito.

— Vocês ainda a contratam?

— Não. Caraca! — Suas orelhas ficaram meio vermelhas, e ele deu mais um olhar cauteloso para trás. — Eu não. Dave também não, que eu saiba. Mas tenho quase certeza de que o Joe e o Jerry ainda se encontram com ela, às vezes.

— E onde está a Lucille?

— O ponto dela costuma ser na Avenida A, quando tinha licença para trabalhar na rua. Mas conseguiu um apartamento só dela e ampliou sua licença. Não tenho certeza, mas talvez ainda esteja em Alphabet City. Eu não a vejo desde que eu tinha uns dezoito anos. Era muito estranho ter a mesma acompanhante licenciada trepando com todos nós.

— Ok. Agora, me dê uma ideia geral sobre ela. Idade, altura, raça, etc.

— Ah, acho que ela não é muito mais velha que eu, talvez vinte e sete, vinte e oito anos. Diria que ela é uma mistura de africana com asiática. E é muito bonita, pelo menos era.

— Ok, obrigada. Se você se lembrar de qualquer outra coisa ou pessoa, me avise.

— Claro. Ahn... tenente? Dave, eu e Jim, o irmão de Dave, circulamos pelo nosso bairro ontem à noite. Nós não o vimos, nem conversamos com ninguém que o tenha visto.

— Vocês estão tentando fazer o meu trabalho, Mal?

— Não, nada disso. Dave e eu precisávamos sair um pouco de casa, distrair a cabeça. E ficamos juntos o tempo todo. Temos ficado bastante juntos.

— Continuem fazendo isso — aconselhou Eve.

Em meio à conversa, ela viu que já estava perto do apartamento de Joe Klein. Ainda dirigindo, entrou em contato com Charles Monroe.

Em vez do elegante e bonito especialista em sexo, quem atendeu o *tele-link* foi a médica loura e bonita com quem Charles tinha se casado.

— Oi, Dallas.

— Oi, Louise. Achei que tinha ligado para o Charles.

— Você ligou. O *tele-link* dele está aqui na bancada, ele está fazendo café da manhã pra gente.

— Desculpe interromper.

— Não tem o menor problema. Estamos felizes porque vamos rever vocês no feriado de amanhã. Vou passar para ele.

— Bom dia, Tenente Docinho.

— Olá, Charles. Só uma pergunta rápida. Você conhece ou consegue descobrir algo sobre uma acompanhante licenciada que começou a trabalhar na rua, cerca de dez anos atrás, ainda bem jovem, com pouco mais de dezoito anos? O nome dela é Lucille.

— Está falando sério?

— Eu tenho mais detalhes. Provavelmente mistura de africana e asiática; trabalhava na Avenida A no início, depois melhorou de vida, mas provavelmente permaneceu na mesma área. E antes que você pergunte, não, não sei quantas acompanhantes licenciadas trabalham na Alphabet City, mas imagino que devam ser muitas. Eu só preciso encontrar uma. Ela não está em apuros, e eu gostaria que permanecesse assim.

— Nunca trabalhei nessa área, mas conheço gente que trabalha ou trabalhou lá. Vou ver o que eu consigo.

— Obrigada. O que você está preparando para o café?

— Panquecas de lua de mel.

— Quanto tempo dura essa lua de mel? — indagou Eve, pois eles já estavam casados há vários meses.

— A ideia é que dure para sempre.

— Boa resposta. Obrigada pela ajuda. A gente se fala... — E desligou ao estacionar rente ao meio-fio, apenas a um quarteirão da casa de Joe Babaca.

Saltou do carro e viu que horas eram. A pizzaria ainda não estava aberta, nem o fliperama. Ela poderia ir à Sorveteria Gregman's mais cedo, e também buscaria pistas sobre compras de ingressos caros para os jogos dos Giants.

Ou melhor ainda, pensou, ao avistar sua parceira de jaqueta *puffer* roxa e botas de caubói cor-de-rosa saindo da escada do metrô, no meio de um milhão de pessoas.

Eve se colocou ao lado dela e continuaram a andar.

— Você chegou na hora.

— Foi como ficar refém num caixote sem ar com um bando de gente. Eles precisam colocar mais trens nesta linha.

— Rotina — disse Eve. — Conforto, hábito, padrões fixos. Todo mundo tem sua rotina, suas coisas favoritas. Tenho uma lista dos hábitos de Reinhold. Preciso que verifique a compra dos ingressos mais caros para jogos do Giants. É um time de futebol americano.

— Eu *sei* quem são os *Giants*. Gosto de futebol americano. Todos usam calças apertadas e têm ombros grandes.

— Eles nem são tão grandes, eles usam ombreiras.

— Eu gosto muito.

— Sorveteria Gregman's — continuou Eve. — Fica no antigo bairro de Reinhold. Eles vendem sorvete de pistache.

— Que nojo! Eu detesto sorvetes verdes. Mas deixa comigo, vou lá.

— Pedi a Charles para fazer contato com uma acompanhante licenciada chamada Lucille. Dizem que ela tirou a virgindade de Reinhold, além de dar a ele e seus amigos desconto em boquetes. Reinhold e Joe Babaca talvez ainda usem os serviços dela, de vez em quando. Depois temos que investigar a Jangles, uma loja de jogos eletrônicos na Times Square, e encontrar um jogador chamado Bruno que venceu Reinhold em um torneio. E ainda tem uma cervejaria ali perto chamada Tap It.

— Como deixamos tudo isso passar?

— Não deixamos — disse Eve, pegando seu distintivo para exibir diante da placa de segurança do prédio de Joe. — Isso se chama "acompanhamento investigativo". Mal se lembrou de mais coisas quando perguntei pela rotina de Jerry. Enquanto isso, Roarke está rastreando o dinheiro.

— McNab também e está pesquisando sobre a identidade falsa. As coisas estão indo devagar, Dallas.

— Então vamos acelerar e insistir. E vamos correr atrás da localização dele. Reinhold está por aqui, em algum lugar, e certamente em um local luxuoso, pode apostar. — Ela segurou seu distintivo para a varredura do sistema e disse: — Tenente Dallas e detetive Peabody. Estamos aqui para conversar com Joe Klein.

Identificação confirmada. O sr. Klein não liberou a entrada de ninguém, só com a autorização dele.

Eve melhorou a postura e exibiu um sorriso feroz. Depois de um treino matinal, um bom mergulho e novas pistas para investigar, era a hora de enfrentar sistemas eletrônicos.

Nada mau para uma manhã de trabalho.

— Escuta aqui, seu pedaço inútil de merda eletrônica — começou ela.

Capítulo Dezoito

Depois da sua satisfatória surra no sistema eletrônico idiota, Eve entrou no elevador e subiu até o sétimo andar com Peabody.

— Esse prédio é mais bonito e mais seguro que o do amigo Mal — observou Eve. — Ele vende seguros, certo?

— Na firma do tio — confirmou Peabody. — Ele é corretor de seguros. Empresa de médio porte, muito sólida. Pela minha análise das suas finanças, ele é bom nisso. E gosta de gastar seus bônus e comissões. "Pé-de-meia" é uma expressão desconhecida para ele.

— De onde vêm termos como esse? Quem é que guarda dinheiro num pé de meia? E se o dinheiro ficar lá pode perder o valor, mofar ou ficar com cheiro de chulé, né? O que há de bom nisso?

— Hum...

— Exatamente. — Eve saiu do elevador e apontou para a porta 707.

Interessante, notou, que Joe tivesse instalado uma placa de impressão palmar que não era padrão, pois os outros apartamentos do andar não tinham o acessório.

Isso mostrava que ele tinha mais preocupações com a segurança que seus vizinhos, ou queria mostrar mais status. Talvez as duas coisas.

Ela tocou a campainha e não se surpreendeu com a saudação eletrônica. Foi pelo status, decidiu, porque aquilo era exagero num prédio como aquele.

O sr. Klein não quer ser incomodado. Por favor, deixe o seu nome e a sua mensagem.

— Sou a tenente Dallas, da Polícia de Nova York. — Ela ergueu o distintivo para a câmera. — Minha mensagem é que você vai incomodá-lo sim, porque estamos aqui a serviço da polícia. E nem pense em me dispensar, senão vou assumir que o sr. Klein abriga um suspeito de homicídio em sua casa, ou está sendo mantido por ele, contra a vontade. Essa suposição me levará a anular a segurança desta unidade e entrar.

Um instante.

— Boa — elogiou Peabody. — Mas tecnicamente precisaríamos de uma causa provável, em vez de suposições.

— Não falo de assuntos técnicos com máquinas.

O sr. Klein a receberá de imediato, tenente Dallas da Polícia de Nova York.

— Ótimo.

O "de imediato" levou alguns minutos. Eve entendeu a razão do pequeno atraso quando Joe Babaca abriu a porta. Elas obviamente tinham interrompido o seu sono de beleza.

Seus olhos — de um verde bizarro, provavelmente modificados — ainda pareciam sonolentos, e havia um vinco de sono na bochecha direita. Usava calça preta larga e uma regata, com os bíceps à mostra. Estava descalço.

— Olá, detetive! — Saudou ele, abrindo um largo sorriso de vendedor para Peabody. — Perdoem a espera, fui dormir *tarde* porque tive uma *longa* noite ontem.

Desviou o olhar e checou Eve por completo, que ele imaginou ser um lisonjeiro "eu transaria com você".

— Essa é a minha parceira, tenente Dallas. Gostaríamos de entrar e conversar com você.

— Tudo bem, mas... Agora? — Com o sorriso ainda no rosto, ele se espreguiçou. — Não é a melhor hora. Eu estou com... Companhia, se é que me entendem. — E piscou. — Eve apenas ficou encarando o homem até ele dar de ombros. — Acho que tudo bem. Ela está apagada, mesmo. Como eu disse, foi uma *longa* noite.

Ele entrou para a sala de estar obsessivamente moderna que gritava "Solteiro querendo uma diversão!"

Muito vidro, metal, couro falso preto, um enorme telão sobre um gabinete aberto cheio de discos. Um pequeno bar preto e prata — guarnecido com vários objetos de vidro — dominava um dos cantos do ambiente. Fotos e esboços a lápis de mulheres nuas decoravam as paredes.

Espalhados pelo chão estava um par de saltos altos rosa-choque, uma saia preta do comprimento de um jogo americano e o que parecia ser uma calcinha fio dental com estampa animal.

— Eu não esperava visitas. — Com uma risada fácil, ele recolheu os artigos femininos e jogou tudo numa poltrona. — Preciso de café. Vocês aceitam?

— Não, obrigada.

— Tenho que energizar minhas células cerebrais. — Depois de bater na têmpora, ele foi para trás do bar. — Eve ouviu um bipe fraco e deduziu que havia um AutoChef ali atrás. — Então, o que posso fazer pelas caras damas?

Eve engoliu as "caras damas". Ele não merecia resposta.

— Você já está ciente de que Jerry Reinhold matou quatro pessoas, certo?

Joe franziu a testa e fez que não com a cabeça.

— Não sou advogado, mas acho que você precisa de provas sérias para me convencer disso.

— As impressões digitais e o DNA dele nas armas e nas cenas do crime são um bom começo. Vê-lo nos discos de segurança dos bancos para onde transferiu os fundos dos pais é prova suficiente. E tê-lo identificado por várias testemunhas oculares vendendo objetos de valor roubados do apartamento de seus pais também ajuda.

— Ok, eu sei que parece ruim. — Ele tomou um gole de café de uma xícara enorme listrada em preto e branco. — Meu Deus, isso é gostoso! Vocês têm certeza de que não querem um gole?

— Certeza absoluta.

— Ok. A parada é a seguinte... — continuou, contornando o bar e apontando para o sofá comprido e baixo. — Eu conheço o Jerry há muitos anos. — Ele se sentou na poltrona sem roupas femininas, recostou-se e esticou as pernas. Um homem à vontade. — É muito difícil aceitar que ele tenha pirado por completo e matado alguém.

— Seus pais, sua ex-namorada e sua ex-professora de informática discordariam de você, se não estivessem mortos.

— É chocante — Ele tomou mais café e cruzou as pernas. — Só estou dizendo que houve algum engano.

— Você teve contato com Jerry desde a noite de quinta-feira?

Ele se remexeu na poltrona.

— Não. Mas... Vou ser bem sincero... Tentei ligar para ele, só para ouvir a versão dele dos fatos, sabe? Talvez ele esteja apenas assustado... Quem não estaria?... E resolveu se afastar por uns tempos.

— Você realmente é tão burro assim? — perguntou Eve.

— Que isso, não precisa ofender! — Um lampejo de raiva passou brevemente por seu rosto, mas logo foi embora. — Talvez alguém esteja incriminando o Jerry. Talvez alguém esteja tentando matar ele. Pode ser que ele esteja morto! Ou então... tudo bem, talvez ele tenha enlouquecido por completo e tenha cometido todos esses crimes. Mas eu não posso fazer nada a respeito.

— Ele está seguindo uma longa lista de nomes, Joe. Você pode ser o próximo.

Ele riu alto, atirou as pernas para cima mais uma vez e jogou a cabeça para trás.

— Ah, fala sério!... Não existe a menor possibilidade disso, dona...

— Tenente! — corrigiu Eve, com uma chibatada na voz. — Sou a tenente da divisão de homicídios que pisou no sangue derramado dos pais de Jerry Reinhold, dois dias atrás; sou a tenente que esteve ao lado do corpo de Lori Nuccio naquela mesma noite, e sobre o corpo torturado de Edie Farnsworth no dia seguinte.

— Bem, claro, é obvio que eu sinto muito por tudo isso, mas...

— Não tem nada de engraçado nisso! Ele espancou, esfaqueou, agrediu com um taco, estrangulou e sufocou pessoas. Você devia estar se perguntando o que ele planeja fazer com você.

O sorriso tinha sumido, mas ele balançou a mão no ar, num gesto casual de desdém.

— Ele não tem razão para me machucar. A gente é parceiro!

— Você ganhou em Las Vegas, ele perdeu. E você zombou dele por causa disso por muito tempo. Já é mais que suficiente, para ele.

— Caraca, o Jerry não é assim, ele sabe que eu estava só de zoação. Além do mais, paguei uma rodada de bebidas para todo mundo.

— Joe. — Peabody tentou ser a voz da razão. — Por que você não nos deixa colocá-lo sob proteção policial, pelo menos durante alguns dias?

— Nada feito! Como vou conseguir sair com uma mina com um bando de policiais atrás de mim? Uma coisa é Mal e Dave se cagarem de medo e toparem isso, porque eles não saem o tanto que eu saio. Porra... — Ele emitiu um "pff" de desprezo. — Consigo lidar com Jerry. Faço isso há muitos anos!

— Não com *esse* Jerry — garantiu Eve, mas viu que suas palavras não o convenceram.

Joe tornou a abanar a mão.

— Escuta, tenente, vou acordar minha acompanhante agora e vamos tomar café da manhã. Vou trabalhar algumas horas mais tarde, depois vou receber outra gostosa para me distrair esta noite, antes de passar na velha casa da família amanhã, para o Dia de Ação de Graças. Minha agenda está cheia, mas estou numa boa. De qualquer modo, tudo bem; se eu tiver notícias do Jerry, aviso vocês.

Aceitando a derrota, Eve se levantou.

— A escolha é sua. Ele tem ou já teve a senha ou as chaves deste apartamento?

— De jeito nenhum! Só eu tenho as chaves. Gosto da minha privacidade.

— Tome cuidado hoje, Joe. Quem diz isso é a pessoa que estará ao lado do seu cadáver, se você não se cuidar.

Eve percebeu o risinho de deboche dele quando se virou para sair, mas foi em frente.

— Você acha que ele entrará em contato conosco se tiver notícias de Reinhold? — perguntou Peabody, no corredor.

— Acho que as chances são de cinquenta por cento. Eu diria que vai depender do humor dele. Ele realmente é o Joe Babaca.

— Nem fala! — Enquanto desciam pelo elevador, Peabody considerou a situação. — Reinhold não conseguiria acessar aquele apartamento, a menos que Joe o deixasse subir. Até entrar no prédio é mais difícil que tudo que ele fez até agora. Ele até poderia entrar pela portaria, mas o apartamento tem bastante segurança também. Se Joe for trabalhar, ficará num escritório, em companhia de outras pessoas, e mais tarde estará com alguma mulher burra o bastante para perder tempo com ele. Ele está tão seguro quanto a gente conseguiria deixar sem a proteção policial.

— Eu já estiquei o orçamento para colocar guardas junto das pessoas que aceitaram ser protegidas. Não posso esticar mais para cuidar de alguém que não quer proteção.

Ela saiu na rua e respirou o ar fresco e úmido.

Nada de chuva até agora, droga.

— Vamos para a Central. Investigue as pistas que eu te repassei. Vou trabalhar no mapa e nos imóveis. Ele vai querer algo mais sofisticado que isso — garantiu, virando-se para estudar o prédio de Joe. — Nem que seja para sentir que tem mais do que o parceiro pode bancar. Ele tem uma montanha de dinheiro, e agora quer a fama.

— Mas antes ele tem que encontrar um local glamoroso e mobiliá-lo — lembrou Peabody.

— Verdade. — Eve refletiu sobre isso enquanto voltavam para a viatura. — Móveis caros, é claro. Ele escolheria o que está na moda, como Joe Babaca. Nada clássico, nada antigo. Só brilho e mais brilho. Vamos verificar isso. Ele também ia precisar dos básicos antes. A suíte de um hotel caro ainda é uma possibilidade, então vamos continuar procurando isso. Mas o filho da puta está perto.

Quando Eve entrou na sala de ocorrências, viu que a brincadeira da gravata extravagante ainda não tinha passado. Era a vez do detetive Carmichael. Escolhera uma gravata que mostrava uma manada de cavalos roxos se empinando sobre um campo verde fosforescente.

Todos — inclusive os guardas sentados em suas estações de trabalho ou circulando pela sala — estavam de óculos escuros.

Peabody tirou suas próprias lentes arco-íris de um bolso e as colocou sobre o rosto ao seguir para sua mesa. Sorriu para Eve e começou a trabalhar.

Não havia mal algum em deixá-los brincar, decidiu Eve, e seguiu para sua sala.

Ligou o AutoChef para tomar café e analisou o mapa que o sistema tinha gerado. Ele estava em algum lugar dentro da área triangular demarcada, não mais que um raio de seis quarteirões, decidiu. Esse seria o seu ponto de partida.

Ajustou o mapa e destacou sua área de destino.

— Computador, pesquise e liste todos os hotéis cinco estrelas, prédios com apartamentos de luxo, condomínios e imóveis de luxo para alugar dentro da área destacada.

Entendido. Processando...

— Como tarefa secundária, pesquise e liste todas as lojas de móveis de alto luxo especializadas em mobiliário contemporâneo e moderno. Apenas em Manhattan, por enquanto. — Caminhou pela sala enquanto o computador confirmava. — Terceira tarefa: Pesquise e liste todo e qualquer mercado gourmet que faça entregas na área em destaque.

Ele tinha o androide, pensou, e poderia enviá-lo para fazer compras; valia a pena tentar.

Tarefa inicial concluída. Resultados na tela.

Eve viu a lista e colocou a mão na cabeça ao ver a quantidade imensa de locais.

— Ok, deve ter algum jeito de filtrar essa busca...

Ela já gastara muito do orçamento extra nos homens que iriam oferecer proteção individual. E um esquadrão de policiais em turnos normais de serviço levaria muitas horas, na verdade dias, para verificar todos aqueles endereços.

Ele queria um lugar próprio, só dele, pensou. Mais privacidade, mais status, menos chance de ser reconhecido pela segurança ou por algum recepcionista intrometido, mesmo com a mudança de aparência.

— Computador, salve a lista de hotéis à parte.

Ela pegaria um guarda e o colocaria em contato com todos os hotéis por *tele-link*... De novo. Mas seu instinto lhe dizia que, dessa vez, ele ia alugar seu próprio espaço.

Tarefa secundária concluída. O resultado está no telão, dividido com os locais residenciais...

Eve franziu o cenho para a lista.

— Eu pedi apenas Manhattan.

Afirmativo. Os resultados listados são apenas os de Manhattan.

— Merda! — Dessa vez ela puxou o cabelo com força.

O computador continuou:

Alguns resultados são de lojas especializadas. Alguns lidam apenas com um item: luminárias, mesas, cadeiras...

— Ok, ok, entendi. Será que ele faria isso? — ficou se perguntando. — Um cara como ele levaria tanto tempo, indo a uma loja de lâmpadas e depois a uma loja de mesas? Acho que não, mas... — Ela saiu para a sala de ocorrências por um instante. — Baxter! Venha à minha sala!

Ela voltou e ficou andando de um lado para o outro. O pé dele está machucado. Provavelmente não vai ficar perambulando pela cidade. Vai usar sites, ou o *tele-link*. Vai encomendar tudo on-line e pagar por meios eletrônicos. E se ele...

— Estou aqui, chefia! — Baxter tirou os óculos escuros e enganchou-os no bolso do paletó.

— Você mora num lugar caro e tem decoração e móveis estilosos, certo?

Baxter abriu um sorrisão.

— Eu faço o que posso.

— Já vi seu carro. É a metáfora de um pênis gigante.

— Ei!

— É exatamente isso. — Olhando para ele, ela apoiou o quadril na quina da mesa. — Você tem um guarda-roupa elegante, um carrão, mora num lugar chique e tem móveis sexy, certo?

— Gosto de ter boa aparência e morar bem. Qual é o problema, tenente?

— Reinhold. Acho que ele deve estar à procura ou já encontrou um apartamento próprio. Num prédio de ostentação, e estou trabalhando nisso. Só que, quando você consegue um apartamento chique, precisa mobiliá-lo. Ele escolheria móveis da moda, caros e sofisticados. Aceita pagar alto por móveis exclusivos porque isso o fará se sentir superior. Minha lista aqui tem todas essas lojas especializadas.

Dando uma olhada na tela, Baxter confirmou com a cabeça.

— Sim. City Lights... Foi onde eu comprei as lâmpadas para o meu quarto. Urban Spaces... Tenho um sofá, algumas cadeiras e um armário de lá.

Então, cacete, os homens gastavam tempo e esforço nisso.

— Quanto tempo você levou para acabar de mobiliar seu apartamento?

— Quem disse que eu já acabei? — Ele sorriu novamente. — Para chegar onde eu quero... Pelo menos por enquanto... Ainda vai levar uns seis ou sete meses.

Pensando no próprio passado, Eve lembrou que tinha mobiliado seu primeiro apartamento em um dia e meio.

— Ele não é tão paciente. — Ou, calculou, tão meticuloso e exigente quanto Baxter. — Ele quer tudo pronto *agora*.

— Então precisa de um serviço completo, pelo menos na maior parte da mobília.

— Ele está com um pé machucado, então acho que vai para procurar opções on-line.

— Bem, isso abre as portas do mundo, mas, se ele realmente quer isso *agora*, ficaria aqui pelo centro. — Baxter examinou a lista novamente. — Vai buscar um lugar com entrega para o mesmo dia; talvez, no máximo em vinte e quatro horas. Algo nessa linha.

— Acho que sim. Ok, vou cortar as lojas especializadas por enquanto, e escolher as de serviço completo que fiquem nessa região e tenham pronta entrega. Obrigada.

— De nada. — Ele recolocou os óculos escuros e saiu.

Ela mesma começou a fazer contatos, focando nas lojas de mobiliário completo — uma lista muito menor —, além de mercados gourmet, até que o computador emitiu uma nova lista, menor. E ela voltou a fazer novos contatos.

Depois, fez malabarismos em conversas com empresas de segurança e/ou administração. E não tinha encontrado nada quando Peabody colocou a cabeça na fresta da porta.

— Descobri onde ele comprou uma pizza.

O humor gradualmente irritado de Eve melhorou na mesma hora.

— Caraca, ele pediu pizza? Onde ele está?

— Não tenho o endereço exato, mas a Vinnie's vendeu uma pizza ontem à noite para um androide que bate com a descrição do nosso. O cara no balcão agora de manhã é outro, mas o gerente liberou todas as imagens de ontem.

— Quero uma cópia.

— Já enviei e imprimi. — Peabody entregou a imagem.

— Foi ele que fez o pedido?

— Não, o androide entrou na loja e pediu.

— Que horas, isso?

— O pedido foi feito às onze e vinte e um da noite.

— Larica da noite — refletiu Eve. — Verifique os táxis que pegaram ou deixaram alguém perto da pizzaria.

— Já fiz isso.

Eve pediu que o sistema mostrasse a pizzaria no mapa.

— Aposto que ele não foi até lá de táxi, mas, se eu estiver errada, tivemos muita sorte. — Franzindo o cenho para o mapa, ela marcou as estações de metrô mais próximas. — Ele poderia ter ido de metrô, mas era pouco provável. Ela não hesitaria em enviar o androide para uma caminhada de 1,6 km até a pizzaria, mas acredito que ele não está tão longe. Se você tem vontade de comer uma pizza depois das onze da noite, não vai querer esperar por uma hora, talvez mais.

— Rotina — falou, pensando em voz alta, novamente. — Hábitos, lugares favoritos. Ele está em algum lugar perto de onde está acostumado a ir. Não teria como ser diferente. — Isso justificaria o tempo que ela gastou analisando o mapa, as lojas de mobília e os imóveis — Ok, vou gerar outro mapa usando a pizzaria como ponto de partida. Vou traçar um raio de dez quarteirões ao redor dela. Isso vai reduzir as nossas opções. Quero que sejam distribuídas fotos de antes e depois de Reinhold e do androide roubado para cada loja que ficar dentro da área, cada lanchonete, mercado, restaurante, carrocinha de lanches e camelô. Também quero essas fotos nas mãos de cada guarda de rua, acompanhante licenciada, pessoas em situação de rua e traficantes.

— Isso vai ser complicado.

— Vou espremer mais alguns milhares de dólares do orçamento para oferecer uma recompensa, ou informações que nos levem a uma captura. E sim, vai ser complicado porque teremos alguns milhões de pessoas que viram figuras parecidas, mas Reinhold está aqui, e, mesmo que ele more no mais caro dos apartamentos dessa área, vai querer sair pela rua em algum momento. Ele tem que viver, certo? E aposto que vai atrás da próxima vítima mais cedo do que tarde. Quero cobrir as clínicas locais também, caso ele queira analgésicos. Agite isso!

— Pode deixar!

Eve voltou para a tela.

— Ok, seu canalha, vamos te achar.

Uma hora depois, ela se levantou para pegar mais café. Ao erguer a caneca, olhou para sua janela minúscula.

Estava chovendo lá fora.

— Beleza! — Ela deu um soco no ar. — Chuvinha boa!

Ela executou uma dança rápida e feliz, girou o corpo e deu com Roarke parado na porta.

— Eu não tinha ideia de que você gostava tanto de tempo inclemente.

— Chuva, olha só que coisa boa! Chuva forte, torrencial. A cerimônia das medalhas não vai ser mais externa. O evento vai ter que ser dentro da Central.

— E isso importa?

— Importa para mim. — Ela deu de ombros e apertou os olhos. — É estranho fazer isso na frente da cidade inteira. Lá na Central serão só policiais e alguns políticos.

— E a imprensa.

— Sim, é impossível evitar isso, mas vai ser mais... Sei lá, mais discreto. Você veio para trabalhar com Feeney?

— Estive com ele há pouco. Eu achei uma coisa...

Ela saltou como uma pantera.

— O quê? Que "coisa"?

— Ainda não descobri... *A gente* ainda não descobriu — corrigiu. — Mas tem alguma coisa nos dados recuperados de uma das memórias apagadas. Acho que sua sra. Farnsworth colocou uma espécie de código dentro dos códigos. Creio que ela tentou nos deixar algumas pistas, do melhor jeito que conseguiu. Se a memória não tivesse sido apagada, a gente já teria decifrado os códigos, mas estamos chegando lá, aos poucos.

— Já é alguma coisa.

— É, sim. Definitivamente existe algo. Voltaremos a isso mais tarde.

— Mais tarde?

— Apesar da chuva torrencial, você tem pouco tempo para trocar de roupa antes da cerimônia, onde quer que ela aconteça.

— Merda. — Ela olhou para seu *smartwatch*. — Merda!

— Como nesse exato momento você não está colocando algemas em Reinhold, não temos como escapar disso. Portanto, seja uma boa menina e vista seu uniforme de gala, estranhamente atraente.

— Merda! — repetiu ela. — Preciso só de alguns...

Ela atendeu o *tele-link*, que tocava.

— Dallas falando!

— Tenente? — Kyung, o porta voz do Departamento, exibiu o seu belo sorriso. — Queria informá-la de que, devido ao mau tempo, vamos transferir a cerimônia de entrega de medalhas para o Auditório A, na Ala Oeste, Setor Seis, Segundo andar.

— Ok. Roarke está comigo aqui, vou avisar a ele.

— Perfeito. Vejo vocês em breve, tenente. Meus parabéns!

— Sim, obrigada. — Ela desligou. — Preciso só de quinze minutos — disse a Roarke. — Vamos nos encontrar na passarela aérea de descida.

— Nem um minuto a mais! — reagiu ele, acomodando-se à mesa dela com seu tablet quando ela saiu da sala.

Eve passou pela sala de ocorrências, fez sinal com a cabeça para Peabody e seguiu direto para o vestiário.

Depois de trocar de roupa, encaixou o quepe do uniforme de gala na cabeça e se avaliou. Tudo certinho. E quando a cerimônia acabasse, ela trocaria de roupa de novo e voltaria a trabalhar.

Evitando de propósito a sala de ocorrências e, assim, possíveis perguntas, comentários e zoações, Eve saiu pela porta lateral.

Chegou à passarela aérea trinta segundos antes de Roarke e o viu andar em sua direção com brilho nos olhos.

— Nem começa, garotão.

— Tarde demais. Você está muito sexy. — Ele a pegou pela mão, mas, quando ela percebeu que ele pretendia beijá-la, recolheu a mão.

— Qual é?!

— Vamos deixar isso para depois, então. — Ele entrou na passarela aérea ao lado dela.

— Eles vão fazer discursos, especialmente o prefeito — avisou ela.

— Eu sei disso.

— Depois disso teremos um pouco mais de blá-blá-blá, a apresentação, fotos e pronto.

— Hummm.

— Você podia ter enviado um representante. Ninguém iria estranhar, já que você gerencia a maior parte do universo. Que bom que não fez isso. É muito legal da sua parte.

— Não vir aqui seria ingratidão, e eu não sou ingrato. E quando tudo for divulgado, vão ter muitos policiais em todo o universo que vão ficar chateados, como você gosta de me jogar na cara. Isso é uma vantagem para mim, certo?

— Não tinha pensado nisso.

— Ah, bem, eu pensei. De qualquer modo, vou ter que ir embora o quanto antes, pois quero estar em casa para receber minha família. Mas não se preocupa, tenente — acrescentou. — Assim que todos estivem à vontade, volto a trabalhar no caso.

— Se conseguirmos pegá-lo hoje mesmo, ele não vai ter tempo de matar mais ninguém. Confesso que será mais fácil encher a cara com molho de frutas vermelhas se eu não estiver preocupada com o canalha.

— Concordo plenamente.

Ele tinha razão em se sentir grato pelo reconhecimento do Departamento, pensou Eve. E ela não seria ingrata pela família que chegaria da Irlanda.

Pensando nisso, disse a ele:

— De um jeito ou de outro, vou arranjar o máximo de tempo que puder para... você sabe... ficar em casa.

Ele acariciou o braço dela.

— Mais uma coisa pela qual ser grato.

— Muitas coisas para sermos gratos.

Depois de sair da passarela no segundo andar, ela apontou para o Setor Seis.

— Isso vai levar uns trinta minutos... talvez um pouco mais porque o prefeito não consegue calar a boca. Daqui vou direto trocar de roupa.

— Que pena.

— Estou pesquisando onde ele pode estar agora, partindo de uma pizzaria. Ele mandou o androide pegar uma pizza lá ontem à noite.

— Interessante.

— Imagino que ele esteja comprando móveis, e vou checar as lojas da área. Estilo sofisticado e moderno, é a minha aposta. Vou investigar condomínios, apartamentos de luxo e casas geminadas. Alguma coisa tem que aparecer.

Ela continua andando em círculos, pensou Roarke mais uma vez. Mas lhe pareceu que o círculo ficava cada vez menor e mais apertado.

— Você vai conseguir, tenente. Acredito plenamente nisso.

— Quanto antes melhor.

Dois guardas estavam postados diante das portas duplas do Auditório A e se colocaram em posição de sentido. Kyung, alto e magro em um belo terno cor de carvão, deu um passo à frente para recebê-los.

— Olá, tenente, olá Roarke. Vou acompanhá-los até a área de preparação, atrás do palco.

— Tudo bem.

— Uma pena essa chuva — comentou ele, enquanto andavam. — Os degraus da Central iriam dar um visual mais fino e digno à cerimônia.

— É, foi mesmo uma pena.

Ele sorriu para ela com traço de humor nos olhos.

— Tenho certeza de que isso é uma decepção para vocês dois. O prefeito vai ser o primeiro a falar. O chefe Tibble, nosso Secretário de Segurança, será o próximo. Por fim, o comandante Whitney dirá algumas palavras. Roarke será apresentado primeiro. Depois da cerimônia, eu agradeceria muito se vocês ficassem mais alguns minutos, para as fotos.

— Claro.

— Logo depois de Roarke você será apresentada, tenente.

— Entendi.

— Depois do evento, teremos uma pequena recepção.

Ela parou de andar.

— O quê?!

— Foi um pedido do prefeito — explicou o porta-voz a Eve. — Mais fotografias e umas entrevistas rápidas.

— O prefeito está ciente de que estou atolada em trabalho, atrás de um assassino responsável por quatro cadáveres?

— Está sim, e eu também. Apenas dez minutos — prometeu Kyung. — Até menos, se eu conseguir. *Vou conseguir* tirar você daqui em poucos minutos, você tem minha palavra!

Ela fez uma careta, mas logo se lembrou de que Kyung não era um idiota.

— Só dez minutos, no máximo.

— Combinado! — Ele abriu a porta que dava para os bastidores, atrás do palco.

Já havia muitas pessoas, reparou Eve, e voltou a se sentir irritada. O prefeito e sua comitiva, Tibble com dois guardas, Whitney — e duas figuras parecidas com Trina que trabalhavam ali, passando algo no rosto de algumas pessoas e mexendo em seus cabelos.

Quando uma delas apontou para ela, Eve arreganhou os dentes.

— Se você me tocar com algum desses troços eu vou enfiá-lo pela sua goela abaixo.

Tibble se aproximou, cumprimentou Eve e Roarke.

— Isso é um momento muito merecido para vocês dois. Falarei sobre isso em minhas observações, mas antes quero lhe dizer pessoalmente, tenente, que o Departamento de Polícia da Cidade de Nova York tem sorte de tê-la aqui trabalhando conosco.

— Obrigada, senhor.

— Quanto a você — disse em seguida, olhando para Roarke. — Somos gratos pelo tempo, esforço e experiência com os quais você contribui para o nosso trabalho.

— Eu é que agradeço, comandante.

— Vocês provavelmente preferiam gastar estes minutos de honrarias e agradecimentos, por mais merecidos que sejam, dedicando-se ao trabalho. Mas é importante que o departamento e a cidade demonstrem esse reconhecimento.

— Entendemos, senhor, e agradecemos muito.

— Agradecerão mais, acredito eu, se conseguirmos ser breves. — Ele cumprimentou-os mais uma vez com a cabeça, saiu e trocou algumas palavras com Kyung.

Quando o prefeito os viu, algo que Eve sabia que iria virar uma tagarelice sem fim, Kyung bateu suavemente no ombro dele e apontou para a porta que levava ao palco.

— Lá vamos nós — murmurou Eve.

Eles entraram no palco em fila. Ao ver a plateia imensa, Eve precisou se obrigar a não ficar boquiaberta.

Todos os lugares estavam ocupados, e ainda havia pessoas no fundo e ao longo das paredes laterais.

Ela já esperava ver Nadine, pois nenhum repórter policial perderia aquele momento. Mas não esperava Mavis, nem Leonardo, muito menos a bebezinha deles. Quem tinha contado a eles sobre a homenagem? Ela viu sua divisão inteira: Mira, Feeney, McNab. Deus do céu, pensou, quem tinha ficado lá fora, protegendo a cidade?

Também estavam lá Charles, Morris, Caro, Reo.

Ela viu Jamie Lingstrom entrar pelos fundos. O afilhado de Feeney, um adolescente craque em informática que queria ser policial, estava com os cabelos muito mais compridos do que na última vez que ela o vira.

— A família! — exclamou Roarke, baixinho.

— O quê?

— Minha família. Eles estão aqui!

Ela seguiu seu olhar e viu a tia Sinead, os tios, a avó, os primos, e só Deus sabe mais quem. E Summerset! Ele tinha arranjado tudo aquilo em segredo, percebeu Eve. Deixara Roarke pensar que eles chegariam mais tarde e os levou para o evento.

Por orgulho, pela família. Droga, tudo aquilo *era* importante, refletiu Eve, ao ver Sinead radiante. Tudo aquilo tinha valor.

Ia dizer algo para Roarke quando o prefeito se aproximou do pódio, mas neste momento viu outro rosto na multidão.

Nixie Swisher. Rosto sério e olhos firmes. Ela não sorriu, simplesmente fixou o olhar sério e focado em Eve. Naquele olhar, Eve percebeu algo que ela ainda não tinha considerado.

Aquilo tudo também era para ela... para Nixie. Para todas as vítimas, para todos os sobreviventes. Para cada um dos mortos para os quais ela buscara justiça e continuaria a buscar.

Por tudo isso, aquelas pessoas eram importantes. Tudo aquilo importava muito.

Capítulo Dezenove

A cerimônia demorou muito, falaram tempo demais, havia muitas câmeras. Ela poderia abstrair um pouco daquilo. Os discursos, a imprensa, a política não contavam, pelo menos a longo prazo.

Mas permitiu a si mesma passar as pontas dos dedos nos de Roarke — um toque quase imperceptível — quando Whitney o chamou. O que importava era o brilho de orgulho nos olhos de Sinead e... Sim, até mesmo o brilho nos olhos de Summerset. Além da satisfação inconfundível no rosto de Feeney, o reconhecimento unificado da sua divisão.

A aceitação do homem que significava tudo em sua vida... Pelas pessoas do seu mundo.

— É uma honra apresentar a vocês a mais alta honraria civil do Departamento de Polícia e Segurança da Cidade de Nova York, como gratidão pela sua inestimável assistência, contribuição e valor. Você não tem distintivo, não fez nenhum juramento de dever e, no entanto, ofereceu seu tempo, seus recursos e suas habilidades; arriscou e incorreu em danos físicos na busca da justiça para o povo de Nova York. No dia de hoje, agradecemos e honramos você por essa contribuição.

Será que ele ficou surpreso ao ver que todos se levantaram para aplaudi--lo?, perguntou-se Eve. Os guardas, os detetives, os oficiais, a base e os chefes da Polícia de Nova York? Logo ele, tão acostumado ao poder, à posição, a manter uma sala cheia de gente na palma da mão. Mas sim, decidiu, ele ficou surpreso quando todos ficaram de pé.

E sabia que ele refletia sobre a ironia de tudo aquilo.

O rato de rua de Dublin, o ladrão astuto e escorregadio que tinha passado a maior parte da vida enganando e fugindo de policiais, que agora o aplaudiam de pé.

— Obrigado a todos. A verdade é que foi uma honra trabalhar com os melhores de Nova York, conhecer os homens e as mulheres que servem ao povo. Foi um privilégio entender a dedicação, a coragem e o sacrifício de todos. Vocês chamam isso de dever, mas, pelo que eu já vi, é muito mais do que isso. É quem vocês são. Do que são feitos. Sou extremamente grato por fazer parte disso.

Quando ele recuou, Eve desmontou seu eterno semblante de policial séria e sorriu ao vê-lo com os chefões da polícia para fotos rápidas.

— Foi muito legal — murmurou para Roarke, quando ele deu um passo para trás e se colocou ao lado dela.

— Foi sim. A plateia iria gostar se você me beijasse agora.

— Não. — Ela riu, mas ele entendeu que ela falava muito sério. — Sem chance!

Ela tornou a exibir um ar digno quando Whitney começou a falar novamente.

— Nós fazemos o juramento de proteger e servir a população — começou Whitney. — Todo policial faz esse juramento e aceita o seu dever. Um bom policial faz mais do que simplesmente aceitar o dever: ele o vive! A tenente Eve Dallas é uma boa policial. Hoje ela recebe a Medalha de Honra da Polícia de Nova York, a mais alta honraria que alguém pode receber. E nunca é dada em vão. Este prêmio foi reforçado pela investigação do Cavalo Vermelho. Graças à coordenação da tenente, à sua perseguição obstinada, à sua liderança lúcida e à sua habilidade aguçada, Lewis Callaway e Gina MacMillon foram identificados, presos e serão julgados por homicídio em massa e terrorismo doméstico. — Aplausos ecoaram no auditório, diante das palavras. Eve sentiu vontade de aplaudir a justiça também, mas achou melhor não. — Esta investigação tão bem-sucedida salvou inúmeras vidas — continuou Whitney. — Mas ela não conta toda a história da tenente. Ao longo de sua carreira, desde o início, a tenente Dallas demonstrou habilidade, dedicação e valores elevados, que a fizeram merecer essa honraria. Por isso, pelos seus doze anos de carreira, por todos os casos, todos os riscos e sacrifícios, pela justiça feita, é meu prazer profissional e pessoal conceder a Medalha de Honra à Tenente Eve Dallas. Uma boa policial.

Foram essas três palavras que a comoveram mais. *Uma boa policial.* Para ela, esse era o maior prêmio, o tributo mais importante que ela poderia ganhar. Precisou lutar contra a emoção que a inundou — bons policiais não engasgavam em público — e deu um passo à frente.

— Obrigada, senhor.

— Nós é que agradecemos. — Ele colocou a medalha nela e apertou sua mão. — Obrigado, Tenente, pelo seu serviço exemplar.

Ele quase a matou de vergonha ao recuar um passo e lhe prestar continência.

Ela precisava de um minuto, enquanto a multidão se levantava e aplaudia; precisava de um minuto para se recompor. E lembrar-se de tudo que tinha planejado dizer. Só que não conseguiu se lembrar de nada.

— Ok — tentou ela, torcendo para que os aplausos parassem e todos se acalmassem, incluindo ela mesma. Mas o barulho continuava. Ela olhou para Kyung, pedindo ajuda. Mas ele simplesmente lhe lançou um sorriso e deu de ombros. — Ok — repetiu, e, quando respirou novamente, viu Nixie mais uma vez.

A jovem estava em pé diante da sua poltrona para que ela pudesse ver, e sorrindo. Kevin, agora irmão de Nixie, ficou em pé ao lado da menina. Richard e Elizabeth os acompanharam.

Todos eles faziam parte daquilo, pensou Eve. Richard e Elizabeth, que tinham perdido a filha; Kevin, cuja mãe viciada o tinha abandonado; Nixie, cuja família inteira fora massacrada.

E Jamie no fundo da sala, um garoto desafiador que no passado estava de luto e mostrara muita determinação para vingar o assassinato da irmã.

Todos eles, e muitos mais.

— Ok — disse Eve, pela terceira vez. — Ok, muito obrigada. Eu me sinto... Honrada e grata por receber esta distinção. Tenho muito orgulho de fazer parte do Departamento de Polícia de Nova York e de trabalhar com tantos ótimos policiais. Tenho a honra de ser comandada por um deles, de ter sido treinada por outro, de ser parceira de uma delas, de chefiar um departamento cheio de policiais excepcionais. E de ter a ajuda do cérebro e da astúcia de um civil que seria um excelente policial, se não se opusesse a isso. — A fala provocou risos e ela se acalmou. — Esta distinção é tanto deles quanto minha. Provavelmente mais, até. Não é possível fechar casos sem a proteção e a confiança no policial ou no civil que arromba as portas junto com você. Esta medalha é para todos nós. É para cada vítima que defendemos ou vamos defender; para cada sobrevivente cujas respostas para sua vida ajudamos a encontrar. São eles que importam. São eles o motivo de estarmos aqui hoje. É isso!

Graças a Deus, ela pensou, inclinando-se para as fotos enquanto os aplausos continuavam. Graças a Deus aquilo tinha acabado.

Eles queriam mais fotos dela com Roarke, e, apesar do instinto dela de manter distância de Roarke, ele pegou sua mão e a segurou com força.

— Belas palavras, tenente.

— Eu devia dizer mais uma coisa, mas esqueci o que era.

Ele riu, apertou a mão dela.

— Não tenho permissão para beijar você, mesmo depois de tudo isso?

— Nem pensar!

Ela passou por mais blá-blá-blá com o prefeito, mais apertos de mão e mais uma rodada de fotos. Então Kyung, com seu jeito discreto, os levou para fora dali e disse:

— Sei que temos pouco tempo, tenente, mas algumas pessoas gostariam muito de trocar umas palavras com você.

Ele a levou para fora do palco e apontou para onde Nixie a esperava.

— Oi, garota!

— Você fica diferente usando essa farda.

— Eu me sinto diferente. É um pouco estranho.

— Vamos à sua casa amanhã, depois do desfile.

— É, estou sabendo.

— Vão ter muitas crianças lá. Encontramos Summerset e ele falou isso.

— É. — Eve olhou para trás e viu Roarke abraçar sua tia enquanto um grupo de crianças de várias idades se reuniam ao redor. — Ele tem razão.

— Eu devia falar com você só amanhã, quando você não estivesse tão ocupada, só que...

— Pode falar agora.

Seu olhar de laser se voltou direto para os olhos de Eve.

— Você disse que a homenagem era para todos nós. Minha mãe e meu pai, meu irmão, minha amiga. E todo mundo.

— Isso mesmo.

— Então posso tocar a medalha?

— Óbvio que pode. — Eve se agachou e observou o rosto de Nixie... Os olhos azuis muito sérios, as bochechas macias, a boquinha firme... Enquanto ela segurava a medalha.

Só então Nixie olhou para cima.

— É muito importante.

— Sim, é importante.

Neste momento ela sorriu e sua seriedade de adulto desapareceu.

— Tenho uma surpresa para você.

— O quê?

Nixie revirou os olhos.

— É *surpresa*! Você pode ver amanhã, quando eu chegar para o Dia de Ação de Graças. Vou dar parabéns a Roarke agora, e depois vamos embora. Você está capturando um bandido?

— Estou.

— Ele matou alguém?

— Matou.

— Então você precisa pegar ele.

Simples assim, pensou Eve. Talvez, em algum nível, fosse mesmo.

— Esse é o plano. A gente se vê amanhã.

— E aí está a nossa Eve! — Sinead a abraçou forte e a balançou de um lado para o outro. Pele macia, pensou Eve; cabelo macio, braços fortes. Era estranho, aquele abraço direto e amoroso, do mesmo modo que vestir o uniforme de gala era estranho. Não era ruim, apenas diferente. — Ai, como é bom ver você! — Com as mãos nos ombros de Eve, Sinead recuou. Seus olhos verdes chegaram a ficar marejados e seu sorriso cintilou. — E como você parece resoluta nesse uniforme! Não vamos atrapalhar. O Summerset disse que você estava muito ocupada com uma investigação, mas queríamos muito vir até aqui para ver você e nosso Roarke serem homenageados. Foi muito importante. Significou muito para todos nós.

— Também significou muito para ele, ver vocês aqui.

— A mãe dele ficaria orgulhosa, então eu tenho o orgulho dela e o meu para dar a vocês dois. E quero uma cópia de uma daquelas fotos de vocês dois juntos. Nossa, foi emocionante. Preciso ir embora agora, senão a família toda vai vir feito um enxame. Vamos esperar até vocês chegarem em casa para nos reunirmos.

Com uma risada, Sinead beijou a bochecha de Eve.

Ela foi pega por outras pessoas mais algumas vezes, antes de Kyung tocar seu braço.

— Com licença, tenente, você está sendo chamada aqui atrás, por um momento. Estou te tirando dessa — murmurou ele junto da orelha de Eve, enquanto a levava para longe.

— Excelente. Ótimo!

— Roarke me garantiu que consegue se livrar do povo sozinho, imagino que ele faz isso com frequência.

— É, ele é sagaz.

— Você se saiu muito, muito bem — elogiou ele, levando-a para a área de preparação atrás do palco e depois até a saída.

— Você também foi ótimo. Conseguiu me tirar de lá em menos de dez minutos. Daqui eu já posso ir sozinha.

— Então vou voltar lá para comer um pouco de bolo.

Isso a deteve por um segundo.

— Tinha bolo?

— Você queria sair em dez minutos.

— Pois é. — Suspirou. — Isso é que é sacrifício. — Mas logo entrou em uma das passarelas aéreas e seguiu rumo ao vestiário para trocar de roupa.

Pendurou o uniforme de gala e colocou a medalha no estojo destinado a ela. Então perguntou a si mesma o que deveria fazer com aquilo. Deixaria na sua sala, por enquanto, decidiu. Provavelmente ela devia levar a medalha para casa e guardá-la lá, ponderou.

Por fim, enfiou o estojo debaixo do braço, saiu do vestiário e foi para a sala de ocorrências.

Seus homens se levantaram assim que ela entrou. Isso a teria deixado comovida mais uma vez, se não estivessem todos usando óculos escuros. Carmichael usava novamente a gravata de cavalos roxos em disparada.

A ovação foi tão grande que ela riu, e isso a colocou de volta onde queria estar.

— De volta ao trabalho, seus bobalhões.

— Guardamos bolo para você — avisou Peabody.

— Sério? — A ideia de uma única migalha ter sobrevivido aos seus homens a deixou mais tonta que uma rajada de atordoar.

— Está na sua mesa.

— Retiro os "bobalhões", mas mantenho a parte do de volta ao trabalho.

Ela entrou em sua sala, comovida e ainda surpresa ao ver o pedaço de bolo inteiro e arrumado em um pratinho descartável em sua mesa. Ela guardou o estojo da medalha em uma gaveta e programou café.

Sentada à mesa, mordiscou uma pontinha do bolo e voltou a trabalhar.

Tudo tinha levado cinquenta e cinco minutos, calculou. Era mais do que ela esperava, mas tinha levado menos de uma hora. O que será que Reinhold havia feito nos últimos cinquenta e cinco minutos?

Jerry Reinhold tinha um novo plano que dificilmente daria errado. E ele ainda iria se divertir. Além do mais, mudar um pouco os planos o pouparia de se movimentar muito. Seu pé ainda doía *pra cacete*!

Havia enviado o androide com uma lista de compras e instruções para comprar cada item em uma loja diferente.

Enquanto tinha o apartamento todo para si, colocou a música nas alturas, planejando onde seria o palco.

A sala de estar. É claro que o segundo quarto também era grande o bastante, mas ele gostaria de ter acesso fácil à cozinha e à sala de jantar. Ali tudo faria mais sentido, pensou, já que ele teria companhia para o jantar de Ação de Graças.

Aquela seria a sua morte mais ousada, e ele faria tudo na própria casa. Era um bom treinamento para quando começasse a oferecer seus serviços. A desova do corpo era uma opção que ele poderia precisar oferecer aos clientes, afinal.

Às vezes instituições como a Máfia, a CIA ou qualquer outra não querem que os corpos sejam encontrados. Ele já tinha lido algumas coisas a respeito.

A polícia não fazia a menor ideia de *onde* ele estava nem *quem* era, agora... Como poderia ter? Estava em uma casa só sua, sem ninguém para perturbá-lo, e poderiam levar todo o tempo que quisesse com a sua... Escolha para a noite.

Escolha não... presa! Ele gostava desse termo. Eles, todos eles, eram presas, e o codinome dele era Ceifador. Ele adorava aquilo.

Ceifador. Mortes sob encomenda. A qualquer hora, em qualquer lugar. Aberto a negociações.

Algo assim, decidiu.

Quando o androide voltasse, eles iriam organizar tudo do jeito que ele queria. Depois era só entrar em contato, atrair a presa, aprisioná--la... E depois fatiar, cortar e retalhar.

Ele teria a noite toda e o dia seguinte para fazer seu trabalho, enquanto todo mundo estivesse sentado em volta de uma mesa fingindo que amigos e familiares significavam alguma merda feliz.

Ele poderia esticar tudo ainda por mais uma noite, se quisesse. E, se ficasse entediado, terminaria logo o serviço.

Depois, ele e o androide cuidariam da eliminação do corpo.

— Tenho o melhor emprego do mundo! — gritou, mais alto que a música. E saiu dançando loucamente para a área externa.

Só por diversão ele arriou a calça e mostrou a bunda para toda Nova York.

Ficou quase sem ar, de tanto rir.

Voltou para dentro, tomou outro analgésico e pegou uma cerveja. Era ótimo poder beber quando quisesse, comer quanto quisesse, fazer o que bem entendesse.

Ao longo de toda a sua vida as pessoas o tinham atrasado, fodido e sacaneado.

Agora era *ele* quem fodia com todo mundo.

E nunca mais iria parar.

— Eu me encontrei, mãe! — gargalhou ele. — E hoje eu sou um homem de verdade, pode apostar.

Ele se virou quando a porta se abriu e o androide entrou carregando uma caixa grande. Viu a boca do androide se mover, mas não conseguiu distinguir as palavras.

— O quê?!... Porra! Desligar música! O que foi?

— Senhor, não consegui comprar e carregar todos os itens em uma única viagem. Eu...

— Que merda! — Imbecil. Talvez ele arrumasse outro androide. Uma mulher dessa vez, considerou. Que viesse com opções sexuais. — Volte e pegue o resto! Quero começar logo!

— Sim, senhor. Onde o senhor quer que eu coloque estes itens?

— Largue a caixa toda ali. — Reinhold apontou para o centro da sala. — E vá logo buscar o resto. Faça isso rápido, Idiota.

— Sim, senhor. Voltarei em breve.

— É bom mesmo! — Animado, ele sentou-se no chão e começou a tirar as coisas da caixa.

Mais cordas, fitas adesivas, um conjunto de ferramentas para trinchar. Ele sorriu para a lâmina brilhante e as pontas longas do garfo. Perfeito para retalhar um peru — ou a carne de sua escolha.

— Ah, essa que é a boa! — exclamou alegremente, ao pegar uma serra portátil e ligá-la. Sorriu quando as lâminas gêmeas e cheias de dentes zumbiram. — Agora, sim! Teremos o melhor Dia de Ação de Graças de todos os tempos.

Ele pousou a serra, deitou-se de costas e riu como um maluco. Ele nunca se sentira mais feliz em toda a sua vida.

Eve circulou, dividiu tarefas, cruzou dados, desviou, expandiu e contraiu listas. Passou mais tempo no *tele-link* em uma única tarde do que normalmente passava em um mês.

E nada de achar Jerry.

Peabody colocou a cabeça para dentro da sala de Eve e avaliou com precisão o estado de espírito da tenente. Poderia se esgueirar de volta, discretamente, mas garantiu a si mesma que era mulher o bastante para enfrentar a fera.

— Dallas!

— Você sabe quantos supervisores, gerentes, senhorios, proprietários, e balconistas começam o feriadão um dia antes?

— Não exatamente.

— *Todos* eles, ou quase todos. A cabeça de todo mundo está enfiada no rabo de um peru.

— Bem... Muitas pessoas têm que viajar para...

— Ele não foi viajar! — explodiu Eve. — Está escondido. E tem uma nova vítima. Quem quer que seja, não vai comer torta amanhã.

— Mas nós oferecemos proteção para...

— Sim, providenciamos proteção para a maioria das pessoas que conhecemos ou temos motivos para acreditar que podem ser alvos. Na maioria dos casos ele ainda tem espaço para agir, e isso mal cobre os nomes que deixamos de fora. — Eve puxou o cabelo, de frustração. — Ele é a porra de um amador, Peabody. Não devia nem ter passado do primeiro dia. E mesmo assim, está foragido há quase uma semana, livre, leve e solto desde a primeira morte.

— Dallas, a gente só soube de tudo na segunda-feira. Não tinha como a gente evitar.

— Esse é o problema, não é? Ele continua escapando pelas frestas. Sabemos quem é, sabemos como matou cada um deles, quando o fez, e até o porquê. Temos uma lista razoável de possibilidades. Acreditamos que conhecemos toda a sua área de atuação. Mesmo assim, não conseguimos encontrar o filho da puta.

— Ele tem muitos lugares para se esconder, Dallas. Se considerarmos a grana que já levantou, isso lhe dá mais possibilidades ainda.

Impaciente, Eve fez que não com a cabeça.

— Reduzi a área de atuação dele pelo programa de probabilidades e defini um espaço circular relativamente pequeno.

Peabody sentiu-se mais solta, virou-se para a tela e piscou, com surpresa.

— Você fez um gráfico!

— Acho que sim. Marquei as áreas de maior probabilidade em vermelho, as secundárias em azul e assim por diante, a partir deste núcleo. Os locais mais prováveis dentro de cada área estão em destaque no segundo mapa, com o mesmo código de cor.

— Isso é muito trabalho de computação!

— E daí?

— Sem ofensas, Eve, mas gráficos não são o seu ponto forte. Você sabe disso.

Eve sibilou de raiva porque nunca tinha ouvido palavras mais verdadeiras.

— Precisei desmembrar cada item e tomei a porra de um analgésico, porque gerar isso tudo me deu uma puta dor de cabeça.

— Eu poderia ter te ajudado.

— Eu te passei outras tarefas. Por falar nisso...?

— Não consegui nada na busca por ingressos esportivos, até agora. O representante de vendas com quem conversei disse que todos esses ingressos são vendidos em muitos lugares, incluindo os mais caros, e ainda mais na semana da Black Friday. O dia seguinte à Celebração de Ação de Graças é o dia em que são feitas mais compras em todo o ano.

— Porque as pessoas ficam tão empolgadas e empanturradas com comida que acham que precisam sair e gastar mais dinheiro do que têm. Sexta-feira, então. — Ela soltou um suspiro. — Tente achar alguma coisa na sexta-feira.

— Nada na loja eletrônica de games, nem no bar, até agora — continuou Peabody. — Mas conversei com o pessoal da segurança em ambos os lugares, e eles vão ficar ligados. Mandei que os guardas distribuíssem as imagens dele antes e depois da metamorfose. Divulguei fotos do androide por toda a nossa área-alvo. Espalhei o material por mercados, lojas e restaurantes. As fotos estão sendo distribuídas pelos zeladores e administradores dos prédios. Vai levar tempo para cobrir todos os lugares, mas a notícia já se espalhou, Dallas. Temos literalmente centenas de olhos procurando por ele neste exato momento. Talvez milhares. Alguém vai encontrá-lo e nos avisar.

— E quanto às pessoas que podem tê-lo visto, num geral? Algum alerta?

— Não recebemos tantos alertas quanto eu imaginava, provavelmente porque muitos estão saindo da cidade, recebendo visita, comprando o que esqueceram de comprar para amanhã. Essas coisas.

Desgostosa, Eve afundou em sua cadeira.

— Odeio esses feriados.

— Bem... Eles são meio que inevitáveis, e, de novo, sem ofensas, mas acho que agora você devia ir para casa, lidar com seus "forasteiros".

— O quê?!

— Dallas, já passou quase uma hora do fim do turno.

— O quê?! — repetiu, e viu que horas eram. — Droga, droga, droga!

— Sou só a mensageira — lembrou Peabody, recuando um passo para não sobrar para ela. — Feeney precisa ir embora. Ele vai tentar trabalhar um pouco de casa; eu e McNab também; e Callendar, a mesma coisa. Roarke já está em casa, e sei que ele conversou com Feeney algumas vezes.

Eve passou as mãos pelo cabelo e as enfiou nos bolsos.

— Vá para casa. Vou copiar esse gráfico e mandar para você, para todo mundo. Dê uma olhada nesses dados com mais cuidado. Se você achar alguma coisa estranha, avise.

— Você ainda não conseguiu entrar em contato com todos os gerentes de hotéis, zeladores e administradores de apartamentos e condomínios, certo?

— Ainda não.

— Eu divido com você.

— E eu vou ver a sua lista.

Peabody sorriu.

— Que tal eu te fazer um favor? Eu cuido da maior parte dos contatos da sua lista. O trânsito vai estar um horror. De qualquer modo, vou chegar em casa antes de você.

— Algo mais pelo que ansiar. Vá para casa. Quero você e McNab no meu escritório de casa amanhã cedo. Vamos dedicar algum tempo ao caso. Cheguem duas horas antes do horário em que costumam chegar.

— Estaremos lá. Nós vamos pegá-lo, Dallas.

— Ah, eu sei disso. A questão é quantos mais ele vai conseguir matar antes de o encontrarmos. Mas nós vamos, sim.

Ela levou mais algum tempo para copiar e enviar seu trabalho para Peabody, Feeney, Roarke, McNab, o comandante e Callendar. Todos tinham melhores habilidades para trabalhar com o computador do que ela, a própria Eve admitia isso. Talvez conseguissem refinar ou talvez descobrissem algo que ela havia deixado passar.

Mas a verdade inegável é que ela já devia estar em casa, lidando com a outra parte da sua vida.

Juntou os arquivos numa pasta, pegou sua jaqueta e saiu antes de tentar convencer a si mesma a trancar a porta da sala por dentro e fingir que não havia outra parte da sua vida.

A previsão de tráfego feita por Peabody tinha sido certeira. Embora aquele inferno não melhorasse o seu humor, teve um pouco de tempo para pensar, falar com mais pessoas, encontrar mais linhas de atendimento, reler mensagens e acessar pessoas ligadas a serviços básicos.

Por teimosia, mais que preocupação, tentou mais uma vez falar com Joe Babaca. Talvez... apenas talvez... sua insistência o convencesse a aceitar proteção especial.

Desistiu ao ver que a ligação tinha caído na caixa postal.

Atravessou os portões já calculando quanto tempo ainda precisaria gastar socializando com as pessoas, antes de poder escapar e voltar ao trabalho.

As luzes explodiram na escuridão. Mas apesar da chuva insistente, parecia estar rolando um jogo de futebol sobre a grama verde molhada e exuberante.

Homens, mulheres e crianças corriam como alucinados. A maioria estava sem casaco e jogava de roupas leves, moletons ou camisetas. Todos estavam completamente molhados e imundos.

Ela viu a bola de couro redonda cortar o ar depois de alguém dar um salto e cabeceá-la, enquanto outra pessoa em meio ao borrão de corpos executava um chute lateral. Ela diminuiu a velocidade, com medo de que um dos participantes enlouquecidos atravessasse a alameda sem olhar. E estremeceu de leve ao ver a feia colisão de vários jogadores, que resultou em um empilhamento de corpos.

Sem dúvidas aquele jogo era cruel.

Estacionou a viatura, saltou e seus ouvidos foram assaltados por gritos, vaias e insultos — proferidos com sotaques estranhamente musicais em dois idiomas.

— Olha quem chegou. É ela!

Apesar da sujeira no rosto, ela reconheceu o menino Sean. O neto de Sinead, por algum motivo, tinha desenvolvido um apego inabalável por Eve. Mesmo antes de descobrir um corpo na floresta da sua pacata cidadezinha, no verão do ano anterior.

— Estamos perdendo de lavada — declarou ele, como se ambos tivessem acabado de conversar uma hora antes. — Tio Paddy rouba e faz catimba o tempo todo, e a tia Maureen é igualzinha.

— Ok.

— É melhor você entrar no nosso time. Pode ficar no lugar da minha prima Fiona. Ela é tão inútil quanto as tetas de um bode e começa a guinchar quando a bola chega a um quilômetro dela.

Eve se sentiu estranhamente lisonjeada em algum nível, por ele assumir que ela conseguiria salvar o jogo para o lado dele. Mas não ia rolar.

— Acho que não vai rolar, carinha. Não sei nem jogar isso.

Ele riu e arregalou os olhos.

— Isso é verdade então? Como você não sabe jogar futebol?

— Não é o meu esporte preferido. — Aquilo parecia muito violento, decidiu, o que era um ponto a seu favor.

— Sean! — Gritou Sinead, da porta. — Deixa a sua prima em paz, pelo amor de Deus. Ela ainda nem entrou em casa e você não está deixando ela sair da chuva.

— Ela não sabe jogar futebol! — Um tom de choque absoluto fez sua voz vibrar. — E ela falou isso com a cara muito séria! Tudo bem... — disse a Eve, com gentileza. — Eu te ensino, então.

Caramba, o menino era convincente. Se ela não estivesse trabalhando nesse caso, aceitaria a oferta dele. E iria curtir muito tudo aquilo.

— Agradeço muito, mas... — Ela parou de falar com um choque na voz tão vibrante quanto o de Sean, quando viu Roarke se afastar do bando e ir em sua direção.

Ele estava tão molhado e imundo quanto seu primo mais novo. Manchas de grama sujavam os cotovelos da sua camisa. Estava com terra nas mangas, e havia algumas manchas de sangue também. Alguns hematomas leves, mas perceptíveis, coloriram sua mandíbula.

Ele exibiu para Eve um sorriso atrevido e bateu com a mão no ombro de Sean.

— Estão precisando de você lá, companheiro. Agora, ou vai ou racha!

— Ah, vou lá!

— Que porra foi essa? — perguntou Eve, no instante em que o garoto saiu correndo e soltou um grito de guerra ensurdecedor.

— Nem queira saber. De qualquer modo estamos lascados, porque Fiona não consegue nem acertar o traseiro de uma vaca com um banjo, e Paddy e Maureen roubam muito, fazem cera e catimbam o tempo todo.

— Do que você está falando? Por que alguém iria bater em uma vaca com um banjo?

Ele simplesmente riu.

— A questão é que Fiona não sabe jogar, então vamos perder o jogo daqui a pouco. Tenho um relatório pronto para você, já está no seu computador. Também estou rodando alguns programas ao mesmo tempo, mas a triste verdade é que está demorando muito, mais do que eu imaginava. Temos fragmentos, mas isso ainda não é o bastante. Está tudo ali, com certeza. A sra. Farnsworth deixou uma mensagem codificada, mas ainda não a deciframos.

— Ok, qualquer progresso é progresso. Estive trabalhando em uma ideia e copiei tudo para você. Uma hora a gente chega lá.

Eve notou que eles o chamavam aos gritos. A família que ele nunca tivera ao longo da vida.

— Vai bater na bunda de uma vaca com um banjo, ou algo parecido. E tente não sangrar muito.

Ele riu, pegou-a nos braços, girou-a e beijou-a com força diante dos jogadores que aplaudiram antes de ela ter chance de se libertar e limpar a chuva e a sujeira que ele acabara de transferir para ela.

— Meu Deus! — murmurou, enquanto caminhava para a casa. — Os irlandeses são loucos.

Eve entrou em casa, tirou a jaqueta, e logo Sinead apareceu para pegar a roupa e lhe entregar uma taça de vinho.

— Bem-vinda ao lar e a uma confusão gigantesca. Foi um longo dia para você, pelo que me contaram. Você pode me dar só um minutinho e sentar comigo e recuperar o fôlego? Os que não estão lá fora, se aventurando pela cidade ou espalhados por aí foram para a sala de estar.

Ela poderia escapar daquilo, pensou. Sinead arranjaria desculpas para ela. Mas ouviu as risadas que vinham da sala de estar, vozes murmurantes e o choro irritado de uma criança — eles sempre apareciam com mais crianças. Ela poderia escapar de tudo aquilo e se trancar no seu escritório doméstico tendo assassinatos como companhia.

Mas pensou no sorriso curto de Roarke e na camisa imunda.

A vida, lembrou, precisava ser vivida. Mesmo... E talvez principalmente... No meio de tanta morte.

— Claro, vamos lá na sala.

Capítulo Vinte

Quando Joe pegou seu *tele-link*, viu que quem estava ligando era a tenente Eve Dallas, já seguia pelos dois quarteirões que ainda faltavam, a caminho do seu último compromisso do dia. Da semana, pensou, e encarou aquilo como um bônus.

Sorriu ao ver o nome dela a apertou "ignorar".

Que boba, pensou. Ela estava tentando assustá-lo. Pior que isso... Queria empurrar os problemas de Jerry para cima dele. Talvez Jerry tivesse enlouquecido, era bem possível, mas ele não tinha nada a ver com aquilo.

De qualquer forma, não era possível que Reinhold tivesse criado coragem e desenvolvido os colhões necessários para *realmente* matar alguém. Ou para planejar tudo.

Para Joe... E a tenente também veria isso, se não fosse burra, alguém tinha invadido a casa dos Reinholds para roubá-los e acabou matando-os. Provavelmente tinha matado Jerry também ou o estava fazendo de refém.

Eles certamente tinham pegado sua identidade e o assustaram até ele contar aos bandidos tudo sobre as contas bancárias dos pais. E quem diria que os velhos Reinholds tinham tanta grana? Se ele soubesse disso antes, os teria convencido a comprar algumas apólices de seguro polpudas e sedutoras.

Tarde demais agora. Tinha perdido essa oportunidade.

Quanto a Lori "belos-peitos" Nuccio? Ela provavelmente estava com um novo namorado que tinha arrebentado a cara dela. Se ela incomodasse o novo cara do jeito que tinha feito com Jerry, era mais que certo. Reclamar de tudo, choramingar, e ficar de mimimi era o que ela fazia de melhor — e *sempre* procurava um jeito de estragar a festa das pessoas.

Quanto a Farnsworth?... Fala sério! A vaca velha e rica só faltava *pedir* para ser morta. Muita gente era assassinada todos os dias em Nova York, pelo amor de Deus. Aquilo fazia parte da experiência urbana.

Todo mundo tinha de ser inteligente, se cuidar e ficar atento.

Simples assim.

Melhor ainda era ter muita grana para morar numa cobertura fodástica com porteiros, câmeras e todas essas merdas de segurança — disso ele já estava correndo atrás naquele exato momento. Talvez contratasse um motorista e um guarda-costas, do tipo que cuida do patrão quando ele leva uma mulher de bunda perfeita a uma boate badalada.

Ele estava trabalhando nisso.

E quando sua bisavó finalmente batesse as botas — e quanto mais cedo melhor — ele seria o primeiro da fila para herdar uma pilha de grana gigantesca! A bruxa velha guardava dinheiro feito um homem faminto que guarda pão ou algo do tipo.

Ele pegaria toda a grana e voltaria para Las Vegas. Tinha ganhado oito mil dólares na última vez, quase dez, se somasse os ganhos menores.

Conseguiria muito mais na próxima vez.

Então sim, iria procurar um lugar confortável e espetacular.

Como aquele ali, decidiu, quando chegou ao endereço que recebera. O prédio ocupava um quarteirão inteiro... Talvez mais. E brilhava na penumbra enevoada da tarde chuvosa de outono.

As instruções do androide tinham sido bem específicas, mas Joe sabia que um homem que tinha um androide como assistente devia ser exigente e paranoico com questões de segurança.

Ele não ligava para isso.

Já tinha feito uma pesquisa rápida no nome de Anton Trevor, e seu futuro cliente exigente e paranoico estava montado em muita grana. E se o cara queria falar de negócios em seu próprio território, tudo bem para Joe. O cliente sempre tinha razão, até mesmo os idiotas. Ele queria fazer tomada de preço para um novo seguro e possivelmente renovar a apólice das suas empresas.

Estou muito a fim de encontrá-lo, pensou Joe. Já era hora de ele começar a se enturmar com os verdadeiros motores do mundo, as pessoas que fazem tudo acontecer.

Se tudo corresse bem, como planejado, ele compraria uma garrafa de champanhe para ele e sua acompanhante daquela noite; depois, apostaria um pouco de seus ganhos nos cassinos de Las Vegas, para comemorar.

Hoje, ele pensou, talvez fosse o primeiro dia da sua nova vida, uma vida *de verdade*.

Conforme lhe foi instruído, ligou para o número que o androide lhe dera. E o androide atendeu prontamente.

— Respondendo em nome do sr. Trevor.

— Sim, ahn... oi! Joe Klein falando. Estou na porta do prédio, na entrada principal.

— Muito bem, sr. Klein. Vou descer para acompanhar o senhor.

— Tudo bem. — Enquanto esperava, ele mandou uma mensagem para a mulher que iria encontrar mais tarde.

Pode ser que eu me atrase um pouco, gata. Fisguei um peixe grande.

Olhou as horas antes de recolocar seu *tele-link* no bolso. Talvez ele se atrasasse mais do que "um pouco". Calculou uma hora para a reunião e até um pouco mais, se tudo corresse bem. Nesse caso ele precisaria passar em casa para tomar um banho, trocar de roupa e se arrumar com capricho para a noitada.

Ela iria esperá-lo, pensou, com um sorriso. As pessoas iriam se acostumar a esperar por Joe Klein.

Ele viu o androide e avançou em sua direção.

— Olá, sr. Klein.

— Ahn... Oi.

— Por favor, coloque isso. — O androide entregou-lhe um chapéu e um imenso par de óculos escuros.

— Para que isso, cara?

— O sr. Trevor gosta de manter seus negócios e seus visitantes em total privacidade, até mesmo da segurança do prédio.

— Tudo bem. — Achando aquilo divertido, Joe colocou o chapéu, os óculos escuros e entrou com o androide.

O lugar tinha tudo, era absurdamente fodástico. Havia mapas tridimensionais que se movimentavam, lojas sofisticadas e ultramodernas, mulheres com corpos altamente comíveis e homens que pareciam importantes, sem tentar.

O androide foi andando, mas parou diante de um pequeno saguão de elevadores com fachada prateada, colocou-se diante de um sensor que o analisou; em seguida usou um cartão magnético com senha.

— Tanta segurança para um simples elevador — comentou Joe.

— É privado, com acesso limitado.

Joe entrou. As paredes eram prateadas e havia até um banco de couro preto e um vaso de flores brancas. Dentro da porra de um elevador!

Sim, aquela era sua nova vida... Ou uma prévia dela.

Mais uma vez o androide tomou a dianteira, digitou outra senha e submeteu-se a mais uma varredura.

— E então, como é o seu chefe? — quis saber Joe, enquanto o elevador subia sem fazer barulho algum.

— O sr. Trevor é um homem muito peculiar e discreto. Está ansioso pela sua chegada.

— Ótimo! — Joe deu um tapinha na pasta que carregava. — Tenho muita coisa para mostrar a ele.

Saíram em um amplo saguão privativo. Joe viu mais flores e um mural da cidade pintado na parede.

Pela terceira vez o androide foi escaneado, usou um cartão, uma terceira senha e recuou um passo para que Joe entrasse.

A primeira coisa que ele notou foi a vista — a parede de vidro com a silhueta da cidade, as luzes de Nova York e a imensidão da riqueza que a cidade representava.

Começou a sorrir quando a porta se fechou e a fechadura estalou atrás dele.

Então franziu a testa e reparou no imenso plástico transparente que revestia o piso cintilante da espaçosa sala de estar.

— O que é isso? Ele acabou de se mudar para cá?

— Pode-se dizer que sim — comentou Reinhold, com um tom casual. Fazendo o taco escorregar pela mão, balançou-o com força.

Eve sentou-se juntos dos parentes, como ela coletivamente pensava neles. A maioria era mulher ou jovem demais para participar da guerra esportiva que acontecia do lado de fora.

Ela gostava daquelas pessoas, não havia como negar. Mesmo que não soubesse exatamente como lidar com elas, a começar pela mulher que ela não conseguia se acostumar a chamar de “vovó” (fala sério, aquilo era muito esquisito!), até a menininha de bochechas redondas e cheias (presumindo, pela fitinha cor-de-rosa amarrada em sua cabeça, que era uma garota). A menina olhava vidrada para Eve, enquanto chupava um daqueles plugs que enfiavam na boca dos bebês.

Alguns faziam trabalhos manuais — crochê, tricô ou algo feito com novelos de lã e agulhas compridas. Outros tomavam chá... Ou vinho, como ela... Ou cerveja.

A maioria tagarelava alegremente. Sinead entrou no ritmo do papo e uma das mulheres mais jovens lhe passou a bebê que emitia algo parecido como miados barulhentos, como uma gatinha faminta.

— Este é o mais novo membro da família — apresentou Sinead, mostrando a bebê para Eve. — Seu nome é Keela. Está no mundo há apenas sete semanas.

Keela usava um gorro de tricô rosa e branco com pompom em cima, que provavelmente cobria outra careca. Ela arrotou quando Sinead esfregou suas costas.

— Pronto... Está muito melhor agora, não está? Ela acabou de mamar, está seca e feliz, se você quiser pegar no colo.

Eve preferia pegar uma granada sem pino, pensou, e conseguiu emitir um fraco "Ahn..." quando — Graças a Deus! — a porta da frente se abriu e o time de futebol esfarrapado e miscigenado avançou mancando, quase rastejando, para dentro de casa.

— Olhem só o estado de vocês! — Isso veio da avó aboletada junto da lareira. — Todos imundos, molhados, sujando o chão todo — indignou-se a matriarca. — Vão lá para fora e tomem um banho de mangueira, ou subam para tomar uma ducha de verdade, todos. Nenhum de vocês é bem-vindo aqui até se lavarem decentemente. Você também! — acrescentou, apontando seu dedo magro para Roarke.

— Ah, vovó! — disse Sean, tentando protestar. — Deixamos as botas na porta e somos capazes de comer uma vaca inteira, de tanta fome!

— Primeiro, banho.

Eve aproveitou para fugir de mansinho, seguindo a debandada, e disse apenas:

— Eu já volto.

Saiu correndo e conseguiu chegar ao quarto quando Roarke tirava suas roupas encharcadas e destruídas.

— Foi uma derrota triste e lamentável — anunciou ele. — Estou envergonhado.

— Anime-se! Vou trabalhar por alguns minutos para ler seu relatório e verificar umas coisinhas.

— O jantar será servido daqui a uma hora. Se você não conseguir descer, pode deixar que eu falo com todo mundo.

— Não devo levar mais de uma hora.

— Eu também vou trabalhar e ver o que você conseguiu, antes de descer.

— Ótimo.

Ela saiu e foi ler o relatório de Roarke.

Reparou que ele tinha simplificado tudo e que seu relato estava em termos leigos; mesmo assim, levou ainda algum tempo para entender aquela linguagem.

Eles tinham conseguido recuperar alguns dos dados apagados, já trabalhavam no movimento das contas e isso a deixou satisfeita.

Se já tinham conseguido aquilo, certamente iriam conseguir mais.

Roarke incluíra no relatório o que ele e a equipe de detetives eletrônicos concordaram ser parte de um subcódigo misturado com outros dados.

Aquilo era parecido com todos os códigos de computador que ela já vira, ou seja: tudo lhe parecia incompreensível.

Ela prendeu na parede o mapa que tinha gerado para mantê-lo à vista, enquanto lia outros relatórios e examinava as entradas para conferir se cada um daqueles pontos tinha um OK marcado ao lado.

— As pessoas que colocamos sob proteção estão todas cobertas — disse ela, ao ouvir Roarke entrar. — Li seu relatório, mas não falo idioma *geek* e devo ter deixado alguma coisa passar. Você me explica tudo e eu te mostro o mapa que estou monitorando antes de...

Ela olhou para trás.

Não era Roarke que tinha entrado. Droga, era Sinead! Ela estava pálida diante do quadro de assassinatos que Eve montara.

— Olha... — Eve se levantou de um salto e tentou bloquear a visão de Sinead. — Você não precisa ver isso. Eu já vou descer para jantar.

Sinead colocou a mão no braço de Eve com um jeito suave e se afastou de lado.

— Esse menino aqui... Porque ele é pouco mais que um menino, não é?... Foi ele que fez isso?

— Sinead...

— Eu conheço violência e crueldade. Minha própria irmã foi assassinada, não foi? Minha irmã gêmea. E não passa um dia, um único dia, eu juro, em que eu não pense na minha Siobhan e na perda dela. Ele matou os pais, segundo dizem. Os próprios pais?

— Isso mesmo.

— E fez tudo isso com essa jovem. — Ela tocou as fotos de Lori Nuccio... Antes e depois. — E fez isso aqui como uma mulher que foi sua professora. Eu sei disso tudo porque acompanho o que você faz. Essa foi só uma das razões de me sentir tão orgulhosa hoje, ao ver você e nosso Roarke sendo homenageados. E agora...

— Não precisa explicar, Sinead.

Mais uma vez, Sinead tocou no braço de Eve.

— Você já se perguntou o que torna alguém capaz de tirar uma vida, mesmo quando não há ameaça alguma à sua vida ou à de outra pessoa? Alguma vez se perguntou o que os faz acabar com a vida de outros, e tantas vezes com verdadeira crueldade, e até prazer?

— Todos os dias eu me pergunto. Às vezes, descobrir o motivo explica. Mas outras vezes, isso não importa.

— Ah, não, acho que importa *sempre*. — Com a voz e o olhar firmes, Sinead inclinou-se para Eve. — Importa para você. Como você conseguiria enfrentar tudo isso dia após dia, ano após ano, a menos que importasse? Fiquei muito orgulhosa hoje e achei que não poderia sentir orgulho maior. Mas aconteceu. Vendo isso agora, estou ainda mais orgulhosa.

Ela respirou fundo.

— Você o teria encontrado. Teria pego Patrick Roarke, depois que ele tirou a vida de nossa Siobhan. Você o teria prendido e o teria feito pagar por tudo que fez.

— Eu teria tentado.

— Ninguém nunca tentou, entende? Essa foi a pior parte. Só queríamos alguém que tentasse ajudar. — Respirando fundo mais uma vez, ela passou as mãos pelo cabelo. — Posso dizer, na posição de quem nunca viu essa justiça ser feita, que ela era muito necessária. Quando alguém acabou com ele e o abandonou morto, largado em um beco, fiquei feliz. Mas isso não conseguiu tapar aquele buraco horrível bem lá no fundo. O tempo fez isso, mas foram precisos muitos anos e o contato com a família. E de repente, Roarke apareceu na minha porta, e foi o que eu precisava depois de todos aqueles anos. Agradeço a Deus por isso, e por ele. Vou lhe dizer algo que você já sabe, mas eu reforço: o que você faz, muito além dos procedimentos legais, é algo necessário.

— Sinead! — Roarke se aproximou e colocou um lenço na mão da tia.

— Ah, tudo bem. — Suspirando, ela enxugou as lágrimas. — O mundo pode ser um lugar horrível. É tolice negar isso, e os irlandeses conhecem isso melhor que muita gente. É o mal que faz com que nos agarremos bem a cada minuto que conseguimos, e que o valorizemos. Você é uma bênção para mim. — Ela beijou as bochechas de Roarke. — Nunca se esqueça disso.

Ele murmurou algumas palavras para ela em irlandês. Algo que a fez sorrir e se virar para Eve.

— Ele disse que eu mostrei a luz em sua vida quando ele esperava apenas a escuridão. A verdade é que fizemos isso um pelo outro. Vou deixá-los a sós, vocês são muito necessários aqui. Não se preocupem com o resto da família. Ficaremos bem. Bem até demais, pois Summerset prometeu comida suficiente para o exército que somos. Mandaremos alguma coisa para vocês comerem, ok?

— Não há nada mais de urgente para fazermos hoje à noite — disse Roarke, e olhou para Eve.

— É verdade, Sinead. Onde quer que esteja se escondendo ou o que esteja fazendo, não vamos conseguir chegar nele hoje.

— Mas conseguirão amanhã, e vocês não vão me convencer de que toda a Polícia e o Departamento de Segurança da Cidade de Nova York estão errados sobre vocês dois.

— Vamos torcer para que não estejam.

— Então desçam um pouco para ficar conosco. Quando eu tenho um problema que não consigo resolver, faço algo diferente e isso me ajuda a encontrar a solução. Só Deus sabe o quanto família importa.

Ela pegou os dois pela mão.

— Trouxemos presentes da Irlanda e estamos morrendo de vontade de entregá-los a vocês.

— Tudo bem. — Não havia nada mais para fazer agora, lembrou Eve a si mesma, embora aquilo lhe estivesse preso na garganta e revirasse seu estômago.

Mesmo assim, fechou a porta do cômodo deixando o quadro de homicídios para trás.

Joe não voltou a si tão depressa quanto o previsto. Reinhold tinha atingido o amigo com muita força — talvez mais do que deveria, considerando seus planos. Mas todo aquele poder e fúria o tinham deixado fervilhando por dentro.

Mas também, queria Joe completamente apagado enquanto o androide o colocava sobre a poltrona reclinável.

Ele já tinha mandado o androide cobrir e proteger a poltrona com o plástico de um dos grandes rolos que trouxera. Aquela era uma cadeira muito boa, com couro *mag* verdadeiro, num tom chocolate apropriado a um homem rico.

Jerry não queria estragar a mobília.

Descobriu que a poltrona reclinável era uma nova inspiração. Ele poderia fazer o que quisesse com Joe sentado, reclinado ou deitado. As múltiplas posições da poltrona ofereciam opções infinitas.

Ele apelidou o móvel de "Poltrona da Morte" e já tinha decidido que qualquer pessoa que ele fosse matar em seu doce lar iria se sentar nela em algum momento.

Estava ansioso para começar tudo assim que prendeu Joe com corda e fita adesiva, mas tinha se esquecido de mandar comprar uma daquelas "cápsulas para despertar".

Pensou em enviar o androide para comprar algumas, mas optou por mandá-lo preparar o jantar e se desligar em seguida. Dessa forma, ele poderia comer e depois trabalhar com calma e privacidade.

Comeu um hambúrguer com duas carnes e batata frita, e chegou à conclusão de que nunca tinha provado nada tão magnífico. Assistiu a um filme de terror *slasher* enquanto comia, algo que considerou um momento de pesquisa. Estava prestes a terminar a refeição com sorvete no sabor "cookie de chocolate" quando seu convidado soltou um gemido.

A sobremesa podia esperar. Era hora de dar início à atração principal da noite.

Ele não tinha tapado a boca de Joe. Na hora de testar o sistema de isolamento acústico do lugar, Reinhold tinha saído para o corredor do prédio depois de colocar a música no volume máximo. E não conseguiu ouvir nada.

Ele trocou a música no painel de entretenimento para tocar um *trash rock*, mas não muito alto. Ele e Joe precisavam bater um papo antes.

Joe continuava a gemer. Seus olhos estavam meio abertos e vidrados. Um fio de sangue tinha escorrido atrás da orelha esquerda, mas já tinha secado. Também havia sangue espalhado pelo seu cabelo emaranhado e sobre o plástico que cobria a poltrona.

— Acorda, bobão! — Reinhold reforçou a ordem com duas bofetadas fortes que fizeram a cabeça de Joe tombar para a direita e depois para a esquerda.

Joe ficou um pouco desorientado, mas depois conseguiu focalizar no rosto de Reinhold.

— Jerry! O que está acontecendo, Jerry? Ai, minha cabeça. Que dor na cabeça.

— Ai, você quer um analgésico?

— Eu não... não consigo mexer os braços. Não consigo nem... — Um traço de percepção surgiu lentamente em seus olhos, e logo se transformou em terror. — Jerry! O que você está fazendo? Onde eu estou?

— Estamos de boa, cara. Curtindo na minha casa nova. Gostou? Foda pra caramba, né? Fala sério, dá só uma olhada nessa vista. — Com um movimento brusco do braço, ele girou a poltrona e a fez parar subitamente quando Joe ficou de frente para a parede de vidro.

— Jerry, você tem que me soltar. Qual é, Jerry, larga disso. Estou machucado, cara.

— Você está machucado? — Sentindo-se energizado e com um tipo de empolgação que, de algum modo, era maior que a que sentira com qualquer um dos outros, Jerry pulou na frente da poltrona, bateu nos braços estofados com força e absorveu lentamente o medo selvagem que entreviu no rosto do amigo. — A gente nem começou ainda.

— Jerry, cara, sou eu, o *Joe*. Somos parças!

— *Parças?* — Abaixando-se, Reinhold pegou um pedaço de mangueira que ele mandara o androide cortar de um carretel imenso. Bateu com a mangueira no peito de Joe como se ela fosse um chicote, e o rapaz soltou um grito chocado e agudo. — Você acha que somos amigos? — Ele atacou novamente Joe com o pedaço de mangueira e seu semblante endureceu ainda mais ao ouvir o grito de dor de Joe. — Você foi meu amigo quando me desafiou a roubar aqueles chocolates da loja dos Schumakers? Você me obrigou a fazer aquilo, seu merda.

— Desculpa! Desculpa mesmo. A gente era moleque!

— E quando eu pedi cola e você me deu as respostas erradas naquele teste de história, só para eu ser reprovado? E quando você transou com a April Gardner quando sabia que eu ia convidá-la para sair?

Preso em sua fúria, continuou a atacar seu convidado, enquanto este gritava, chorava e balbuciava súplicas e desculpas.

De repente, ele parou para recuperar um pouco o fôlego enquanto Joe se contorcia e parecia ter vontade de vomitar, e lágrimas lhe escorriam pelo rosto. Ele já tinha mijado nas calças e isso, para Jerry, foi um bônus muito especial.

— Por favor, por favor, por favor!

— Vai se foder, Joe, *vai se foder*! Você me sacaneou naquele verão em que tive aulas extras de informática; esfregava isso na minha cara todos os dias. Do mesmo jeito que zombou de mim quando eu perdi tudo em Las Vegas, e depois quando Lori me deu um pé na bunda.

— Eu só estava zoando, cara! — Ele soluçou e quase engasgou com as próprias lágrimas. — Eu estava só brincando.

— Ah, é? Eu também! — afirmou Reinhold e bateu a mangueira com força no saco de Joe.

O som que Joe fez foi pura música.

Reinhold largou a mangueira de lado e foi pegar uma cerveja. E um porrete de borracha dura.

Com o rosto num tom de verde pálido e doentio, o lábio sangrando onde ele o tinha mordido, Joe fitou o porrete com olhos vidrados. Sua respiração áspera fez seu peito erguer-se e estremecer.

— Não. Por favor, por favor. Eu estou do seu lado, Jerry. A polícia... Eles estão te procurando sem parar e eu fui o único que ficou do seu lado. Mal e Dave não param de falar com aquela policial idiota e se esconderam atrás da saia da mamãe deles. Mas eu te defendi o tempo todo. Pode perguntar a qualquer um. Por favor!

— Ah é? — Reinhold bateu com o porrete na palma da mão.

— Eu te juro! Olha, olha... você pode ver aqui no meu *tele-link*. Ela está tentando falar comigo o dia todo... aquela tal de Dallas. Mas eu não atendi as ligações nenhuma vez. Estou do seu lado, cara.

Como se estivesse muito interessado, Reinhold pegou o *tele-link* de Joe na bancada onde o colocara e viu a lista de ligações não atendidas.

— Você esteve ocupado, hein? Falou com Mal, com Dave, recebeu um monte de mensagens da polícia e... quem é essa tal de Marjorie Mansfield? Uma nova puta?

— Não, é uma repórter. Ela quer fazer uma reportagem sobre você, e sobre... sobre tudo que vem acontecendo. Ela conseguiu meu número.

— Sério mesmo? — Jerry sorriu mais forte ainda. — O que você contou a ela?

— Nada! Eu nunca vou te entregar, cara. Nunca! — Seu peito tremia de dor e medo enquanto ele lutava para falar. — Eu disse a ela que você era inocente, que nunca mataria ninguém. Contei que alguém tinha armado uma cilada para você, foi isso que eu disse a ela. Alguém....

Reinhold balançou o porrete e sentiu um prazer especial ao ouvir o estalar de dentes e de ossos.

— Resposta errada! — disse ele, e balançou o porrete outra vez.

Em uma reviravolta total em relação à sua posição habitual sobre o assunto, Eve abençoou silenciosamente a diferença de fuso horário que obrigara a maior parte da multidão de irlandeses em sua casa a ir para a cama em uma hora razoável, até mesmo cedo nos parâmetros de Nova York. Os bebês e as crianças foram primeiro, muitos deles cambaleando de sono, enquanto um dos pais os jogava por cima do ombro ou os carregava no colo.

Outros os seguiram aos poucos — embora ela suspeitasse que alguns dos garotos mais velhos... em idade ou em atitude... continuavam acampados no salão de jogos.

Mesmo assim, no momento que julgou mais razoável, Eve escapuliu e foi direto para o seu escritório.

Não que ela não tivesse gostado do jantar longo e barulhento... ou das pessoas. A família de Roarke era muito simpática. Tão engraçada, tão cheia de brincadeiras que eles usavam como bajulação que simplesmente não tinha como reclamar de nada.

Pelo menos não muito.

Ela foi direto para o computador verificar as novas mensagens e relatórios. Encontrou muito das duas coisas, mas poucas delas acrescentavam novas evidências, ou indicavam novos rumos para a busca.

Mesmo assim, analisou a nova lista com cortes nos nomes pouco prováveis — que Peabody anexara ao mapa — e considerou aquilo um bom trabalho.

Ergueu a cabeça quando Roarke entrou.

— Estou devendo a você um imenso favor por tudo que fez hoje — começou ele.

— Nada a ver. Não só porque visitas de família estão nas Regras do Casamento, mas porque eu gosto muito deles. Além do mais, esse tempo talvez tenha me dado chance de descansar um pouco a cabeça. Vamos ver se funcionou.

— Mas eu quero agradecer do mesmo jeito. — Ele se aproximou e beijou o topo da cabeça de Eve. — Vou continuar com as minhas pesquisas no laboratório de informática. Quem sabe algo novo pode surgir?

— Mesmo que seja uma migalha, me avise.

— Pode deixar. Eu também reservei o máximo de tempo que consegui só para avaliar esse quebra-cabeça. Enquanto isso — quando ele se virava para sair, parou para analisar o mapa na tela — Você fez algumas mudanças ali.

— Peabody que fez. Eu preciso rever tudo, mas estou achando que essa nova lista mais enxuta ficou muito boa. Espero que ela tenha feito as mudanças certas.

— Analisando essas partes em destaque... — Com a cabeça inclinada, ele se aproximou um pouco do telão. — Acho que sou dono de vários desses prédios.

— Claro que é! — disse ela com um suspiro frustrado. — Que burra que eu sou! Você provavelmente vai conseguir falar com os gerentes, os supervisores, ou quem quer que tenha acesso à lista de inquilinos.

— Provavelmente, mas vai levar algum tempo. Amanhã é feriado, querida. Os escritórios já estão fechados a esta hora e nem vão abrir amanhã. Alguns desses gerentes já estão fora da cidade, e o acesso aos dados levará tempo. Eu posso fazer isso sozinho, mas a menos que você tenha um nome, eu não saberia quem devo procurar.

— É um inquilino novo. A primeira morte não foi planejada. Ele não tinha começado a procurar um lugar desse tipo antes de sexta-feira passada. Provavelmente foi depois de sexta, mas podemos começar a partir daí. Procure um novo inquilino solteiro, basicamente isso.

— Certo. Vou começar a pesquisar algo nessa linha, mas primeiro preciso de uma cópia desse mapa revisado, e vou trabalhar do laboratório para poder acompanhar os outros programas também. Não sei quantos prédios eu tenho em um setor desse tamanho, mas é fácil descobrir. E em uma área tão grande, certamente nem todos os edifícios serão meus. Mas eu conseguiria, com certa facilidade, acessar outras listas de inquilinos com os mesmos critérios.

Ela viu seu próprio limite de legalidade ali, mas resolveu ultrapassá-lo de leve.

— Ok, vá em frente. Vou insistir num mandado. Comece a pesquisar os seus prédios primeiro, certo? Vou forçar a barra com o mandado. Juro que vou conseguir!

— Tudo bem então, verei o que posso fazer. Com ou sem mandado, vai levar tempo. Aposto que há mais de cem edifícios nessa parte destacada do mapa.

— Cento e vinte e quatro — confirmou Eve. — O que você puder fazer para reduzir esse número já será uma vantagem. Está na hora de recebermos uma lufada de sorte. Talvez você encontre algo.

— Seria algo para dar graças, num dia como o de hoje. Eu te aviso assim que encontrar alguma coisa.

Sentindo-se renovada, ela voltou a analisar os relatórios e começou a fazer anotações.

Capítulo Vinte e Um

Por volta das onze horas, o desejo que Reinhold sentia por salgadinho de cebola não conseguiu mais ser represado. Torturar alguém dava a maior fome. Ele enxugou o suor do rosto, porque aquilo também era um trabalho pesado; verificou o AutoChef e depois os armários.

Droga!

Ele tinha se esquecido de mandar o androide comprar salgadinho de cebola.

O AutoChef, a despensa, a geladeira e o freezer estavam muito bem abastecidos. Mas não havia um único pacote do salgadinho.

E ele *precisava* comer aquilo.

Pensou em reiniciar o androide e mandá-lo comprar o que queria no mercadinho do prédio. As lojas de comida estariam todas fechadas, mas ele sabia que havia um mercadinho aberto 24 horas por dia, no mezanino. Decidiu que poderia dar a si mesmo um intervalo um pouco mais longo, talvez curtir um passeio curto, ou até mesmo uma bebida na boate do prédio, que também ficava no mezanino.

Joe já estava caído de novo, e não era muito divertido espancar um cara inconsciente. O esforço era muito grande e a recompensa não era tão legal.

Tinha usado a mangueira, o porrete, uma pequena tocha elétrica e palitos de dente feitos de metal... haja inspiração!... além do estilete profissional que o androide tinha usado para cortar o plástico.

Não era à toa que estava com tanta fome.

Deixou o homem ensanguentado, queimado, sangrando e inconsciente na poltrona e foi se lavar.

Cantou no chuveiro, se masturbou e cantou de novo.

Colocou roupas limpas — uma calça jeans nova preta com detalhes em tachinhas prateadas, uma camisa azul com gola de padre, jaqueta de couro e botas. Ele parecia um homem rico.

Não podia se esquecer de proteger a roupa nova com capas protetoras, antes de voltar ao trabalho. Não queria manchar nem rasgar suas roupas da moda.

Conferiu se estava com o cartão de acesso, as senhas, a identidade nova em folha, os novos cartões de crédito e dinheiro vivo, para o caso de querer usá-lo por aí.

Deu uma última olhada no espelho e viu um cara meio perigoso, sexy, um bad boy bem-sucedido. Bateu de leve no adesivo de pelos debaixo do queixo para ele não descolar. Em breve deixaria a barba crescer naquele pedaço, faria uma mosca de verdade, pensou, e saiu do apartamento assobiando.

Deu uma passada no bar antes de mais nada. Luzes azuis esfumaçadas pareciam escorrer pelas paredes e uma banda holográfica se apresentava no palco. Achou que o lugar estaria mais cheio àquela hora; queria ver muitas pessoas sexy, perigosas e bem-sucedidas como ele, mas muitas das mesas e dos bancos altos junto da bancada estavam vazios.

Zona morta, pensou, com certa irritação. Mas já que estava lá, foi até o bar. Pediu um uísque puro, como já tinha visto homens descolados fazerem nos filmes.

— Uísque da casa ou quer escolher a marca? — quis saber o barman de ombros largos, que lançou para ele um olhar entediado que o fez se empinar e inflar o peito na mesma hora.

Bateu com o indicador várias vezes sobre a bancada e decretou:

— Quero o melhor!

— Deixa comigo.

Ele não sentou na banqueta, preferiu ficar de pé, apoiando-se no balcão. Esperava que as pessoas reparassem nele quando lançou um olhar frio e distante para todos. Dois casais dividiam uma mesa perto do palco, e as mulheres eram maravilhosas.

Imaginou-se indo até lá e acenando com a cabeça como se dissesse "vamos sair daqui juntos?" Elas topariam na hora, pensou. Deixariam aqueles bundões de pau mole sem pensar e correriam atrás dele como boas vadias.

Fariam o que ele mandasse e deixariam que ele fizesse com elas o que bem quisesse.

Talvez ele as matasse depois, só para ver qual seria a emoção de matar uma pessoa que ele não conhecia.

O barman colocou o copo de uísque na frente dele.

— Quer abrir uma comanda ou vai pagar agora?

— Vou pagar agora.

Com um aceno de cabeça, o barman entregou um envelope preto para ele, com o valor do uísque.

— Cadê o movimento desse lugar? — questionou Reinhold.

— Está tudo meio parado hoje. Feriado. Muitas pessoas já estão fora da cidade ou de saída para algum lugar. Sexta-feira vai ficar mais agitado. Vamos ter uma banda tocando ao vivo.

— Talvez eu volte. — Ele abriu o envelope e fez um esforço para não arregalar os olhos ao ver o valor. Caraca, dava para comprar cinquenta canecas de cerveja pelo preço de uma dose daquele uísque.

Interpretou o olhar impassível do barman como pena e deboche e desejou ter levado o seu taco. Em vez disso, colocou sobre o balcão seu novo cartão de crédito e ergueu o copo.

Tomou um gole longo e quase sufocou. Sentiu seus olhos lacrimejarem e se virou rapidamente, como se estivesse dando uma olhada mais longa ao redor.

Ele nunca tinha provado uísque, mas tinha certeza de que aquele barman babaca o tinha enganado, certamente lhe cobrara um uísque caro e lhe servira uma porcaria qualquer.

Ah, mas ele pagaria por aquilo, prometeu Reinhold a si mesmo. Ele faria questão de fazer o idiota pagar.

Forçou-se a beber tudo, só para provar que era homem. Em seguida, assinou a conta com a rubrica que vinha treinando nos últimos dois dias.

Guardou o cartão e saiu.

Atendente imbecil, pensou. Uma noite dessas ele esbarraria com o Ceifador, não demoraria muito. Será que ele iria gostar de ter ácido derramado goela abaixo?

Desesperado por qualquer coisa que tirasse o sabor do uísque, entrou no mercadinho e pegou um salgadinho de cebola sabor queijo e bacon (um dos seus favoritos), uma caixa tamanho família de balas macias de frutas, duas barrinhas de chocolate e um refrigerante de uva.

Passou as coisas pelo caixa e começou a tomar o refrigerante enquanto um androide ensacava o restante.

Faminto, abriu o saco do salgadinho enquanto ia em direção ao elevador. Mastigando e sugando, subiu para seu apartamento.

Deixou para dar uma olhada pelo espaço no dia seguinte, pensou. Antes de sua celebração pessoal de Ação de Graças. Veria se o mesmo barman estava trabalhando e anotaria o nome dele.

Depois, faria uma pequena pesquisa sobre seu futuro alvo.

Joe ainda estava inconsciente, tão apagado que nem os tapas o trouxeram de volta.

Não era divertido brincar com um idiota adormecido, decidiu Reinhold.

Levou seus lanches para o quarto, assistiu a alguns filmes e dormiu um pouco. Começaria a trabalhar mais com Joe na manhã seguinte.

Tinha muitas coisas para testar no seu velho amigo antes da hora de cortar o peru.

Roarke trabalhou até meia-noite e meia, coordenando tudo com Feeney, McNab e Callendar. Como eles, pretendia deixar o trabalho no modo automático e ir dormir, mas estava muito envolvido com os dados.

Tinha visto um progresso real quando eles conseguiram desembaraçar a rota inicial, mas encontraram outra camada oculta abaixo dela. E depois, outra camada mais profunda.

Ele tinha desenvolvido um respeito considerável pela falecida Sra. Farnsworth. Se ela estivesse viva, ele a teria contratado para ocupar qualquer cargo.

Tinha conseguido decifrar os primeiros códigos e ficou muito feliz. Até perceber que ela havia trocado os códigos novamente para a seção seguinte.

Foi inteligente, teve que admitir. Ela quis se certificar de que o seu assassino não poderia... ou provavelmente não conseguiria descobrir seu padrão. E fez isso no mesmo tempo em que devia estar aterrorizada, provavelmente sentindo muita dor.

A questão é que ela era tão boa naquilo que Roarke estava levando muito mais tempo para decifrar tudo. Ele recuperou mais uma vez todo o material apagado de forma cuidadosa, byte por byte, de forma lenta e amarga; em seguida tornou a analisar tudo para encontrar a mensagem que — agora tinha certeza — ela deixara oculta.

Amanhã eu decifro, prometeu a si mesmo, e tomou meia garrafa de água. Por Deus, ele *conseguiria* desvendar tudo na manhã seguinte.

Ligou o processamento automático, passou a mão no rosto e foi atrás de Eve. Tinha certeza de que ela estaria desabada de sono, àquela hora.

E não estava errado.

Ela estava com a cabeça tombada sobre a mesa, o gato enrolado na ponta do cotovelo.

Ele notou, pelos movimentos sutis do seu corpo, que ela estava sonhando. Temendo um pesadelo, foi até ela e sussurrou suavemente em seu ouvido enquanto a erguia devagar e a pegava no colo.

— Está tudo bem agora. Estou com você.

— Eu disse que conseguiria — murmurou ela.

— E você vai — assegurou ele, deitando-a mais nos braços.

— O que? — Os olhos dela se abriram, escuros e turvos. — Ah, droga! Eu caí no sono.

— Você tem direito. Começou a trabalhar antes do amanhecer e, se continuarmos aqui por mais tempo, vamos completar vinte e quatro horas.

— Eu estava conversando com a sra. Farnsworth.

Ele sorriu um pouco quando o gato se apressou para chegar primeiro ao quarto.

— Ah, sério mesmo? Acontece que, de certa forma, eu também estava fazendo isso. O que ela tinha a dizer?

— Ela está muito irritada

— E está errada? Ela colocou o nome dele e o codificou em separado ao longo de vários pontos.

— O quê? — Eve arregalou os olhos no instante exato em que ele a colocou sobre a cama. — O quê?!

— Jerald Reinhold. Encontramos o nome dele e uma breve declaração, pelo que desvendamos até agora. A mensagem diz: "Jerald Reinhold fez isso."

— Mas onde está o dinheiro? Qual o nome que ele está usando? Onde foi que...

— Se soubéssemos, teríamos colocado esse nome no mapa da nossa busca.

Ele tirou as botas dela e ouviu seu gemido involuntário de alívio.

— Já anexamos o que temos às nossas rotinas de busca, isso já foi um milagre, ainda mais com essa mensagem codificada dentro do programa. Ela não facilitou as coisas, deixou tudo escondido... muito bem escondido. Provavelmente sabia que ele não era um completo idiota em informática e tentou ser bem cuidadosa. Fizemos um progresso excelente, Eve — assegurou Roarke. — Fomos muito além do que qualquer um de nós que conhece criptografia poderia ter esperado, a essa altura do campeonato.

— Ok, tudo bem. Ela codificou o nome dele e o acusou diretamente. Isso acrescenta peso à acusação. Apesar de não precisarmos de nenhum, um peso extra nunca é demais. — Ela trocou de foco. — E quanto aos inquilinos?

— Estamos verificando um por um. São muitos prédios, tenente, e nem todos os dados estão atualizados por causa do...

— Feriado — completou Eve. — Essa droga de feriado.

Seu tom mordaz quase o fez sorrir.

— Exato. Mas ordenei uma busca nos meus prédios, para todos os novos inquilinos e/ou formulários para aceitação de novos moradores. A lista completa de nomes estará pronta amanhã, com ou sem feriado.

— Obrigada.

— Joguei uma chave inglesa nas engrenagens dos planos do meu pessoal para o feriado, e a lista completa não vai demorar muito; logo eles poderão voltar a rechear o peru para a celebração de amanhã.

— Muitos guardas estão me xingando também. Os setores que fazem buscas na linha de frente cumprem vinte e quatro horas por dia sete dias por semana, em rodízio. Esses estão me xingando mais ainda. Mas basta uma pessoa que o tenha visto ou que dê o alarme para entrarmos em ação.

— Vamos cuidar de tudo isso amanhã.

Ambos se despiram enquanto conversavam, a agora rastejavam para a cama.

— Não quero ir ao necrotério amanhã, Roarke.

— Você está fazendo tudo que pode para evitar isso.

— Eu sei. — Ela se enroscou nele no escuro e torceu que aquilo fosse o suficiente.

Quando o *tele-link* de Eve a acordou pouco depois das cinco da manhã, ela tateou em busca do aparelho.

— Bloquear vídeo! — ordenou, enquanto Roarke mandava que as luzes se acendessem em vinte por cento. — Dallas falando!

— Tenente? Puxa, sinto muito por acordá-la tão cedo.

— É você, Mal? — Instantaneamente acordada, ela se colocou sentada. — O que houve?

— É que... A gente não está conseguindo falar com o Joe. Provavelmente não é nada de mais, mas estou meio assustado e minha mãe disse que eu devia falar com você.

— Ok. — Ela repassou as informações na cabeça. — Ele teve um encontro ontem à noite, certo?

— Então, é isso que eu achei estranho. Ele não apareceu. A Priss me ligou à meia-noite me xingando, porque achou que o Joe tinha dado um bolo nela para sair comigo ou com o Dave. Só que nem eu nem ele vimos o Joe. Ela disse que ele mandou uma mensagem para ela ontem à tarde avisando que talvez se atrasasse um pouco; tinha ido encontrar um novo cliente. Depois disso não apareceu mais e não respondeu às mensagens de texto nem aos áudios. Eu e Dave fomos até a casa de Joe. Ele não atendeu.

— Tudo bem, Mal. — Ela não precisava de intuição porque a notícia era alarmante por si só, e a adrenalina tinha invadido o seu organismo. — Pode me passar o nome e o número da mulher com quem ele ia sair?

— Claro, claro. — Ele informou os dados completos. — A questão é que... Bem, não seria exagero dizer que talvez ele tenha ficado com outra pessoa; talvez tenha tido sorte e esteja na casa dessa outra mulher, em qualquer lugar. E pode ser que não esteja respondendo às suas mensagens porque não quer merda nenhuma com a vida, entende? Mas é assustador.

— Ainda bem que você falou comigo. Se ele ficou com alguma outra mulher, faz ideia de quem possa ter sido?

— Não... Liguei para algumas garotas com quem ele já ficou, mas nada. Por outro lado, ele é bem capaz de sair com mulheres que nunca viu na vida, se tiver chance. Então...

— Entendi. Vou ver o que eu posso fazer. Depois eu te ligo.

Ela desligou e passou a mão no cabelo, por pura frustração.

— Joe Babaca!

— Isso eu entendi. — Como a conhecia e a compreendia bem, Roarke lhe entregou o café que tinha programado enquanto ela falava com Mal.

— Talvez ele esteja com alguma estranha, mas eu acho que não. Avisou que talvez se atrasasse porque ia conhecer um cliente novo. Dinheiro, status e sexo... tudo isso o atrai. Reinhold conhece seus pontos fracos. Pode tê-lo atraído com uma oportunidade de negócio. Preciso dar uma olhada na casa de Joe.

— Sei disso. Vou com você.

— Você pode ser mais útil aqui. Quer eu encontre Joe ou não, o que você conseguir nas suas pesquisas vai me ajudar mais.

Ele poderia argumentar, mas concordava com ela.

— Só aceito isso se você também ceder e não for até lá sozinha.

Ela teria discutido se não visse a lógica daquilo. Não havia tempo para brigas, lembrou a si mesma.

— Vou levar alguns guardas e acordar Reo, nossa assistente da Promotoria, para lhe pedir um mandado. Preciso ter autorização para entrar no apartamento. Se ele não estiver lá, volto em uma hora. Se estiver lá transando com alguma estranha, volto ainda mais depressa. Se ele estiver lá e morto, vou demorar mais.

— E se Reinhold estiver com ele?

— Eu vou agradecer muito.

Demorou menos de uma hora porque as ruas estavam vazias e ela pisou fundo. E voltou na mesma velocidade.

Conseguiu evitar os parentes quando entrou correndo em casa e subiu, mas ouviu vozes adultas abafadas, bebês chorando e crianças conversando.

Encontrou Roarke concentrado, trabalhando no computador.

— Ele não estava lá — anunciou. — Nada indicava violência ou que alguém estava sendo mantido lá dentro. Conversei rapidamente com a mulher em quem ele deu o bolo. Agora ela está preocupada, em vez de chateada. Acordei McNab e falei para ele rastrear o *tele-link* de Joe Babaca, mas ele não conseguiu porque o aparelho está desligado. Se e quando for ligado, vamos tentar de novo. Por que sua família está acordada e batendo papo pela casa às seis da manhã?

— Na Irlanda já é meio da manhã — explicou ele. — Sem contar que muitos são agricultores que normalmente acordam antes das seis da manhã. Acho que estou conseguindo algo, e talvez tenha mais sorte se você parasse de falar.

Ela semicerrou os olhos, mas parou de falar e foi programar mais café.

— Reinhold o pegou.

Roarke se virou para ela. A impaciência fervia dentro dele, pois sabia que estava perto de conseguir algo. Mas notou claramente o estresse no rosto de Eve.

— Os homens saem com estranhas, querida, sem que as moças façam muito esforço.

— Eu sei, são uns porcos. Mas ele tinha feito reserva para jantar num lugar sofisticado; não cancelou nem apareceu. Acordei a gerente do restaurante só para confirmar isso. Ela não ficou nada satisfeita.

Ontem ele saiu do trabalho se gabando de que ia conversar com um novo cliente em potencial que era muito rico. Acordei o chefe dele para conferir e ele confirmou essa informação. Mandei McNab analisar o computador do trabalho do Babaca e o *tele-link* corporativo, caso haja mais alguma informação lá sobre o novo cliente. Só que...

— Você acha que Reinhold é o tal novo cliente, ligou para o *tele--link* pessoal do Babaca e não há registro algum dessa chamada. E se o Babaca confirmou o encontro com ele, também fez isso do tablet pessoal.

— Isso é que eu acho, mas McNab... e ele que não reclame disso... vai descobrir tudo, com certeza. Mas o Joe não está morto. — Aquilo não era uma pergunta, notou Roarke. Nem mesmo uma suposição. Eve tinha certeza absoluta. — Ele vai querer ter o poder e essa animação por mais tempo.

"E a dor. A cada assassinato que se passa, ele demora mais com a vítima. — Pensando nisso e considerando a lógica e o padrão do assassino, ela começou a andar de um lado para o outro tentando relaxar. — Pela linha do tempo, Joe Babaca provavelmente chegou ao local depois das seis da tarde. Por aí. Reinhold iria querer mais tempo dessa vez. Um dia, talvez dois. E ele sabe que hoje é um grande feriado; a menos que tenha se isolado do mundo, mas acho que não. Ele também sabe que Joe era esperado em algum lugar. E sabe que, com as notícias, a imprensa e a investigação, se ele não aparecer hoje vamos começar a procurá-lo. — Ela andava de um lado para o outro e tomava café. — Ele iria gostar disso.... de torturar Joe enquanto acompanha o noticiário. Temos algum tempo. Algumas horas, talvez, quem sabe um dia. Só isso. Ele não vai ter controle o suficiente para prolongar tanto assim. — Só então ela olhou para Roarke. — Vou estragar suas grandes férias em família.

— *Nossas* férias — corrigiu ele. — E não há uma única pessoa aqui nesta casa que não valorize mais uma vida humana do que a sua presença na hora de cortar o peru. Não há uma única pessoa aqui que não entenda o que está em jogo.

— Ok. Ok. — O tom casual com o qual ele demonstrava o seu apoio a fez se sentir menos culpada. — Vou para o escritório. Vou deixar as portas fechadas. Não quero que uma das crianças fique traumatizada pelo resto da vida se vir o quadro de assassinatos. Peabody vai chegar daqui a meia hora, e McNab também vem assim que investigar todos os equipamentos no escritório de Joe Babaca. Eu mandei que ele viesse direto procurar você.

— Vou gostar muito da ajuda dele.

— Roarke, assim que você encontrar qualquer coisa interessante sobre os novos inquilinos, ou alguma novidade na busca por esse maldito código criptográfico...

— Você será a primeira a saber. Estou quase lá — garantiu ele mais uma vez. — Se meus cálculos estão certos, não vou levar mais que uma ou duas horas. No máximo! Preciso de um pouco de precioso silêncio.

— Tudo bem. — Ela saiu levando a caneca de café.

Eve mergulhou no trabalho durante algum tempo, tentando refazer todos os passos de Joe. Teve de apelar para a raiva com a má vontade das cooperativas de táxi, todas no ritmo do feriado.

Se ele pegou um táxi, não tinha sido na porta do trabalho, nem nos dois quarteirões próximos.

Pediu às autoridades de trânsito que pesquisassem em seus vídeos armazenados, pois havia uma chance de Joe ter pegado o metrô. Identificá-lo poderia estreitar a área de busca.

E depois ligou para Mira. Em vez do estilo habitual, Mira estava com o cabelo preso num rabo de cavalo curto. O estilo... ou a falta dele... a fazia parecer mais jovem aos olhos de Eve.

— Sinto muito, doutora. Sei que está cedo, mas...

— Não tem problema, já estou acordada há quase uma hora. Tenho muito o que cozinhar.

— A senhora vai cozinhar?

— Dennis e eu vamos cozinhar porque minhas filhas ameaçaram... isto é, prometeram — emendou, com um sorriso —, chegar aqui para me ajudar às oito da manhã. O que foi?

— Ele pegou mais uma vítima: Joe Klein. Estou tentando reduzir os possíveis lugares onde ele possa estar. Acho que tem um apartamento próprio agora, dentro ou muito perto do seu antigo bairro. Ele quer aparecer e ostentar. Estamos conseguindo listas dos novos inquilinos na área, mas são muitas possibilidades.

— Ele está num apartamento em um prédio com serviços personalizados — garantiu Mira, logo de cara. — Certamente não é uma casa isolada ou geminada.

— Por quê?

— Ele é sociável e quer se exibir. Não é um sujeito solitário. No fundo, quer fazer parte de uma espécie de "colmeia". E quer ser importante nessa colmeia.

— Ok.

— Procure primeiro nos edifícios mais novos... mais sofisticados, se é que você me entende. Seus pais valorizavam a tradição, o antigo, as velhas histórias. Ele quer o oposto disso. Priorize os mais exclusivos.

— Eu estava pensando nisso pelas mesmas razões, mas levei em consideração o custo alto...

— Ele não vai se preocupar com isso — interrompeu Mira, com firmeza. — Conseguiu mais dinheiro do que jamais sonhou, e tem certeza de que continuará acumulando mais a cada crime. Certamente está em um lugar perto de boates, centros de jogos eletrônicos, bares e boas lojas que façam entregas em domicílio. Ele quer status. Sempre quis isso, mas faltou a ambição ou a ética para alcançá-lo. Agora, ele acha que encontrou tudo o que sempre quis.

— Ok, sim, eu também vejo isso. Suas ideias foram muito úteis, doutora. Obrigada.

— Espero que você o encontre, Eve. Vou lhe desejar Feliz Dia de Ação de Graças, porque acredito que você vai conseguir celebrar isso hoje.

— Obrigada. Desejo o mesmo para a senhora.

Ela voltou ao mapa, apagou os prédios isolados, os geminados e os que tinham mais de uma década, mas deixou os que tinham sido completamente reformados em estilo moderno.

— Assim está melhor — murmurou, analisando os resultados.

Começou a cruzar referências com as listas de inquilinos que Roarke lhe entregava aos poucos.

Xingou em voz alta quando seu *tele-link* de mesa tocou.

— Dallas falando! — atendeu, com impaciência, e viu que Peabody acabara de entrar, muito agitada.

— Tenente Dallas, aqui fala a policial Stanski da Divisão de Fraude e Crimes Financeiros.

— O que você quer, Stanski? — quis saber Eve, e, vendo o olhar de cãozinho pidão que Peabody exibiu, ergueu o polegar e apontou para a pequena cozinha e o AutoChef.

— Recebemos um alerta automático por volta da meia-noite e ninguém reparou. Há pouca gente trabalhando devido aos feriados e tudo mais.

— Fale logo, Stanski, pelo amor de Deus.

— Sim, claro. Estou ligando apenas para dizer que acabamos de receber uma notificação que não faz muito sentido. É a respeito de um cartão que pertence a um tal de Anton Trevor; ele tem um código que não compreendemos porque está fora dos padrões... mas ele traz um alerta de que devemos notificar você o mais depressa possível. Portanto, estou notificando você o mais depressa possível.

— Sou da Divisão de Homicídios, Stanski, não da Fraude e Crimes Financeiros.

— Sei disso, tenente, claro que sei. — O rosto redondo de Stanski transmitia uma seriedade absoluta, e seu sotaque denunciava que ela era do Queens. — Aqui diz que só você, tenente Eve Dallas da Divisão de Homicídios, pode liberar o uso desse cartão. Você quer que a gente bloqueie o cartão de Anton Trevor, autorize a compra, fazemos o quê?

— Eu não... Espere só alguns segundos. — Algo formigou na base do pescoço de Eve enquanto ela fazia uma busca rápida.

— Computador, mostre a identidade de Anton Trevor, cidade de Nova York, estado de Nova York. Ele deve ter entre vinte e três e vinte e oito anos. Isso deve bastar.

Entendido. Processando... Resultados exibidos na tela um.

— Puta merda. Puta merda!

— O que foi, tenente? — perguntou Stanski, com ar de dúvida.

— Não desligue. Onde esse cartão foi usado?

— Tenho essa informação comigo. Foi num lugar chamado Bar on M, e outra compra foi feita logo em seguida no Handy Mart. Ambos ficam no centro de serviços do Condomínio New York West, que fica na...

— Já tenho o endereço. — Aquele era um dos prédios que estavam no seu mapa. Era um dos edifícios *de Roarke*! — Espere mais um pouco, Stanski. Não notifique as lojas e não bloqueie o cartão. Não faça nada até eu te falar.

— Por mim, tudo bem.

— Envie-me tudo o que você tem e espere meu retorno — pediu ela. Desligou e deu um pulo da cadeira assim que Roarke abriu as portas do escritório.

— Eu o encontrei! — disseram, ao mesmo tempo. Ambos franziram a testa. — O quê?

Então Roarke levantou uma mão e disse.

— Diga você primeiro.

— Ela... Farnsworth... deve ter colocado um alerta de fraude na nova carteira de identidade dele. O alerta apontou para mim quando ele a usou para fazer compras com o cartão. Ela viu as reportagens, sabia que eu era a investigadora principal. O novo nome dele é Anton...

— Trevor! — terminou Roarke. — Eu cheguei a esse nome através dos códigos que ela deixou criptografados nas transferências. Ele é o mais novo inquilino do...

— New York West! — Dessa vez foi Eve que completou a frase.

— Pronto.

— A gente pegou o Jerry! — anunciou Eve, quando Peabody voltou da cozinha com um café e um donut.

Peabody se espantou:

— O que houve?!

— Reinhold está usando uma nova identidade. Seu nome agora é Anton Trevor. Notifique McNab. Quero ir para lá agora, mas sem alarde. Convoque McNab, Baxter, Trueheart...

— Baxter foi para a casa da irmã em Toledo, ontem à noite — interrompeu Peabody.

— Merda. Chame o Carmichael e o Sanchez. — Ela fez uma pausa para pensar se um deles também estava tomando café da manhã na maldita Toledo. — Faremos uma reunião via *tele-link* — continuou ela. — Quero seis policiais veteranos, Peabody. Roarke, eu preciso que você...

— Alerte a segurança do prédio — disse ele. — Conheço muito bem essa rotina. Pode deixar que eu cuido de tudo que você vai precisar. Começando por isto... — Ele ordenou que o computador mostrasse os novos dados que levantara. — Esse é o andar em que ele está e a planta do apartamento. Já listei as especificações completas da construção, então você verá marcados aqui todos os pontos de saída.

— Isso facilita as coisas. — Eve entrou em modo de "estratégia de operação" ao aquecer os ombros. — Ok, ele tem um elevador privativo... vamos desligá-lo. Vejo duas outras saídas... vamos fechá-las. Ele vai estar armado só Deus sabe com o quê, então precisaremos de equipamento de proteção. Quero escutas e visão a distância o mais rápido possível. E não quero que ele vá até aquele terraço e veja um bando de policiais na rua, entrando no prédio. Quero ver o quadro geral — pediu a Roarke —, para poder montar esta operação.

Quando ele entregou todo o material, Eve pegou o *tele-link* para comunicar tudo ao comandante.

McNab chegou à Central assim que ela começou a reunião com a equipe pelo *tele-link*.

Tudo ia acontecer de forma direta e simples, na visão de Eve. Tudo estava devidamente autorizado. Bem planejado e sem falhas legais.

Ela andava de um lado para o outro enquanto expunha suas ideias; sentia a necessidade de se mexer, sabia que precisaria cobrir todas as contingências. Tinha sua arma presa ao coldre por cima do suéter macio no mesmo azul vívido dos olhos de Roarke, que Sinead havia tricotado para ela. Vestia uma calça muito usada e botas velhas, as primeiras roupas que agarrou quando foi se vestir, pouco antes do amanhecer. Mas existia em seus olhos o brilho direto e perigoso de uma policial pronta para a missão

— É assim que a operação vai funcionar — continuou. — McNab vai cuidar das imagens remotas e das escutas, Roarke vai ficar com a segurança; ambos vão desligar todos os eletrônicos e a energia do apartamento, quando eu entrar no prédio. A Equipe A seremos eu, Peabody e Prince, todos na porta do andar principal do apartamento. Na Equipe B teremos os detetives Carmichael e Sanchez, os policiais Rhodes e Murray, todos na porta externa do andar de cima do apartamento, mas vocês só devem entrar quando eu der o sinal. Os guardas Kenson e Ferris vão manter posição aqui neste ponto, para bloquear e dispersar todo e qualquer civil de entrar na zona de ação. Entendido?

— Sim, tenente.

— Nada de luzes, sirenes nem patrulhinhas no raio de um quarteirão do prédio alvo. É obrigatório equipamento de proteção. E, de novo: se o suspeito for visto saindo do prédio antes desta operação, deve ser derrubado. Se for visto dentro do prédio, acompanhem o caminho que ele faz, mas não se envolvam. Vamos nos movimentar agora — acrescentou. — Entrem em silêncio e esperem minhas ordens. Todas as armas devem estar em modo de atordoamento médio.

Ela girou, agarrou o casaco que Roarke trouxe e andou, mas parou de repente ao ver que Sinead estava parada na porta que alguém deixara aberta. Estava segurando um bebê e estava com a mão no ombro de Sean, que parecia alegre e fascinado com o movimento.

— Ahn... temos que sair. Desculpem. Estamos com pressa.

Ela não disse mais nada, apressou-se e desceu a escada. Roarke fez uma pausa e ficou para trás mais um momento.

— Estaremos de volta logo, eu aviso você.

Então ela saiu correndo, com o restante da equipe.

— Vovó! — Sean lançou para Sinead um olhar de admiração e alegria. — Eles vão atrás do bandido?

— Isso mesmo. Vamos descer e tomar um chá.

Reinhold teve uma noite de rei e acordou com os gritos roucos e soluçantes de Joe.

— Caraca! — Reinhold rolou na cama, espreguiçou-se e bocejou. — Que sujeito fresquinho!

Ele foi até o AutoChef do quarto para preparar um chocolate quente com camada extra de *chantilly*. Enquanto bebia, ficou diante da janela, observando Nova York, a cidade que certamente o temia.

Ficou pensando que, quando todos percebessem que Joe não tinha aparecido na casa da mãe por volta do meio-dia... para ficar com seu padrasto, seu irmão, a cunhada feia e os filhos ainda mais feios, além de Stu, o primo gordo sempre acompanhado da avó com cara de xixi, — eles e o resto da cidade iriam temê-lo ainda mais.

Ele seria o assunto de todas as mesas da celebração do Dia de Ação de Graças. Jerry Reinhold, o assassino que fazia o que queria, matava quem queria, quando queria

Com toda calma do mundo, ele colocou roupas vagabundas novamente, porque, sendo feriado ou não, iria *trabalhar*. Saiu do quarto e foi até o quarto de hóspedes para ligar o androide.

— Bom dia, senhor. Alguém parece estar sentindo dor.

— Não se preocupe com ele. Não fale com ele nem dê ouvidos a ele. Entendeu, Idiota?

— Sim, senhor.

— Desça e me prepare alguns... como é mesmo?... ah, sim, ovos beneditinos, duas fatias de pão torradas com geleia de morango e o que combinar com isso para beber. Depois volte aqui, limpe o meu quarto e cuide das minhas roupas. Eu aviso se precisar de você lá embaixo.

— Sim, senhor.

Antes de descer, Reinhold se olhou no espelho. Decidiu vestir uma roupa melhor mais tarde, talvez assistir a um jogo de futebol. Lembrou que devia mandar o androide conseguir alguns ingressos, os melhores, para o jogo dos Giants. Talvez também resolvesse tomar algum drinque bem chique no terraço.

Tinha planejado manter Joe por ali durante mais uma noite, porque estava se divertindo. Mas se o filho da puta continuasse gritando daquele jeito...

Desceu para o andar de baixo.

Joe certamente parecia muito pior. Seu rosto estava todo ensanguentado e machucado. Logo ele, que sempre tinha sido um sujeito vaidoso e presunçoso. Agora sua cara estava toda arrebentada. Os cortes superficiais tinham parado de sangrar, algo que ele mexeria depois do café da manhã. E as queimaduras pareciam círculos e listras de carvão.

Reinhold pegou o porrete e aplicou mais um golpe descuidado em Joe.

— Cale essa boca, senão vou cortar sua garganta e acabar com essa porra.

— Por favor... Deus, por favor. — As palavras saíam distorcidas por entre os dentes quebrados. — Acho que estou morrendo, estou muito machucado. Não me machuque mais, por favor, cara, por favor! Vou fazer tudo que você quiser. Vou lhe dar tudo que você quiser.

— É mesmo? Isso pode funcionar. Você tem grana, Joe. Ganhou uma bolada em Las Vegas e tem muito mais. Talvez, se me der as suas senhas para eu poder ficar com toda a sua grana, eu deixe você viver.

— Qualquer coisa! Pode ficar com tudo. Eu... eu também tenho as senhas das contas do meu tio Stan.

— Tá falando sério? — Com um sorriso, Reinhold dirigiu-se a uma cadeira próxima. — Quero o meu café! — ordenou ao androide.

— Eu encontrei as senhas dele quando estava ajudando ele com algumas coisas. Ele tem uma bela grana, Jerry. Vou limpar as contas dele para você, é só você me soltar. Prometo que, se você me deixar ir, eu pego tudo para você.

— Vou pensar a respeito.

— Por favor, eu preciso de água. Você pode me dar um pouco de água, por favor?

Recostando-se na sua cadeira, Reinhold pegou sua faca e garfo da bandeja que o androide lhe trouxe.

— Você não está vendo que estou tomando meu café da manhã? Cale a boca antes de me irritar mais. Você! — disse ele, para o androide. — Ligue o telão, já deve estar na hora do desfile. — Ele sorriu e cortou seus ovos beneditinos. — Seria muito ruim se a gente perdesse o desfile, Joe. Apenas... Relaxe e se divirta.

Capítulo Vinte e Dois

Eve combinou tudo com sua equipe enquanto seguia para lá. Não podia correr riscos, nem perder tempo expondo seu plano numa reunião presencial. Havia muita gente envolvida e muitas formas de divulgar que a polícia iria se reunir na entrada do Condomínio New York West. Um vazamento na imprensa ou na Internet poderia alertar Reinhold.

Ela acreditava, com toda sua força, que Joe Babaca ainda estava vivo. Ainda havia tempo de salvá-lo. Mas por Joe ser tão babaca, ele poderia extrapolar o limite de Jerry.

Ela não queria chegar poucos minutos atrasada, dessa vez.

Quando disse isso a Roarke, ele pegou na mão dela.

— Logo depois que a gente chegar, ele vai estar completamente sem saída. E teremos as imagens e as escutas ligadas logo em seguida.

Poucos minutos, pensou ela. Torceu para que o tempo estivesse do lado deles, dessa vez.

— A sorte virou — afirmou ela. — A sorte virou a nosso favor. Precisamos reconhecer isso. Nós dois encontramos o novo nome dele exatamente ao mesmo tempo. Tudo se encaixou.

— Porque você não desistiu durante três dias e noites.

— Por causa disso, mas também graças à sra. Farnsworth. Ela conseguiu fazer uma coisa fenomenal.

— Admito, eu gostaria de tê-la conhecido.

— Você queria era ter contratado ela — emendou Eve, e ele riu.

— Você me conhece muito bem.

— Sanchez já está no local, Dallas — disse Peabody, do banco traseiro. — O detetive Carmichael vai chegar em menos de um minuto. Os guardas também estão chegando.

— Estou falando com a sua chefe de segurança, Roarke — anunciou McNab. — A vaga de estacionamento que você indicou já está liberada. Temos vigilância nos corredores dos dois andares de Reinhold.

— Excelente, e aqui estamos.

— O prédio é muito bonito. — Peabody esticou a cabeça para ver a torre. — Brilhante, e todo esse vidro parece cintilar.

— Foco na operação, Peabody — ordenou Eve, e saltou da viatura no instante em que Roarke parou, junto do meio-fio. — Ligar filmadora! Pessoal da equipe, liguem suas filmadoras e coloquem-se em posição! Quero todos os elevadores impedidos de parar no andar dele, exceto o seu elevador privativo, assim que a Equipe chegar ao corredor do segundo andar.

— Senhor — Uma morena alta e curvilínea se aproximou de Roarke. — Estamos todos a postos, aguardando instruções.

— Tenente, esta é a chefe de segurança do prédio, Veronica Benston.

— Olá, tenente. — Benston acenou para Eve. — Não houve atividade alguma fora da sua área-alvo. As duas outras unidades no primeiro andar do apartamento do suspeito e uma no segundo andar não estão ocupadas no feriado, porque os inquilinos estão fora da cidade. Os outros inquilinos residentes, conforme você nos instruiu, ainda não foram notificados de qualquer atividade policial.

— Dê-me o resumo à medida que avançamos. Vamos entrar!

— Deixamos esse elevador livre para vocês. — Benston liderou o caminho, deu o nome das pessoas e das atividades existentes no andar que seria o alvo da operação.

— Você fica como apoio, Benston. Obrigada pela ajuda e pela rapidez. — Eve saltou no andar de Reinhold. Enviou um sinal de positivo para a Equipe B e seguiu em frente, enquanto eles subiam para o corredor do segundo andar.

— Desligar o elevador privativo dele e bloquear todo o acesso e as saídas para este andar. Roarke, quero todos os sistemas de segurança dele desligados, inclusive os alarmes e as luzes de emergência.

— Benston, você se importaria?

— Já está feito, senhor. — Ela bateu no fone de ouvido. — Desliguem tudo — ordenou ela. — Os alarmes dos dois andares do apartamento também.

— Já estou na porta do corredor — avisou Eve, pelo comunicador.

Benston ofereceu a chave mestra e Eve a usou para entrar. Em seguida sacou sua arma e passou pela porta.

— Como estão as leituras e as escutas, McNab?

— Estou trabalhando nisso — Ele se agachou e começou a teclar num aparelho portátil. — Este lugar tem ótimos filtros — disse ele, com ar distraído. — E uma blindagem excelente. Eu levaria muito mais tempo se não tivesse as especificações. — Lançou um sorriso de agradecimento para Roarke. — Isso me poupou um trabalhão. Vejo duas fontes de calor humano, tenente, e um sinal robótico, tudo no primeiro andar. Nada humano nem robótico no segundo andar.

Eve se agachou e estudou a tela.

— Os dois estão na sala principal. — Segundos depois, ouviu soluços suplicantes.

— Consegui sons — murmurou McNab.

Por favor... Deus, por favor, acho que estou morrendo.

— Equipe B em posição — disse Sanchez pelo comunicador.

— Esperem aí. O suspeito e a vítima estão na sala principal. Também há um androide no primeiro andar.

Eu... eu também tenho as senhas das contas do meu tio Stan.

Eve ergueu o punho e sinalizou:

— Esperem! — completou ao ver a fonte de calor que identificou como Reinhold se afastando de Joe.

— Ele está sentado ao lado do androide. Há uma boa distância entre ele e a vítima. Abra a porta por completo — pediu a Roarke. — Devagar e em silêncio. Aproxime-se, Equipe B. Devagar e em silêncio.

Relaxe e divirta-se, Joe.

Eve ergueu três dedos.

— Quando eu chegar no três — murmurou.

Ela entrou agachada, com agilidade; Peabody entrou, igualmente ágil, com a arma para a parte de cima da sala.

Reinhold soltou um guinchinho agudo. Não havia outra palavra para descrevê-lo, pensou Eve, com desdém. Ele gritou como uma garotinha assustada, jogou sua bandeja de comida para o alto e correu em direção à escada.

— Parado! Parado e mãos para o alto!

Em vez disso, enquanto a Equipe B atacava do alto da escada, ele se afastou, pegou um vaso e o jogou na direção de Eve. Errou por muito, e o vaso se estilhaçou no chão.

Eve pensou em lançar uma rajada de atordoar em Reinhold, enquanto ele corria em círculos, jogando nos policiais tudo o que lhe viesse à mão, enquanto Joe gritava. Caramba, como ela queria atordoá-lo. Para evitar isso, atirou-se de cabeça sobre as pernas dele.

Ele caiu e deslizou pelo chão, chutando, se debatendo e acrescentando mais barulho aos gritos de Joe, até que Eve pressionou a arma contra a bochecha dele.

— Ah, me dê só um motivo, seu escroto!

— Sai de cima de mim, me larga, sai. Mate ela! — ordenou ao androide, que exibia um olhar tão angustiado quanto um androide era capaz imitar.

Eve forçou os braços de Reinhold para trás e o algemou.

— Jerald Reinhold, você está preso por múltiplas acusações de assassinato em vários graus, sequestro, fraude de identidade, invasão de domicílio e outras acusações adicionais. Você tem o direito de permanecer em silêncio — completou.

Com a ajuda de Peabody, conseguiu colocá-lo em pé.

Jerry continuou a espernear, mas se deixou ser carregado enquanto Eve terminava de recitar os direitos e obrigações legais dele, até ela decidir que já tinha aturado demais tudo aquilo.

— Policial Carmichael! Leve esse escroto para a delegacia. Coloque-o sob o nível máximo de segurança na Central, até segunda ordem.

— Deixa comigo, tenente.

— E alguém, por favor, chame os paramédicos e uma ambulância para aquele pobre coitado.

— Já chamei, tenente! — disse o detetive Carmichael, pelo comunicador. — Estão a caminho.

Guardando a arma no coldre, Eve foi até onde Joe estava e fez que não com a cabeça.

— Você está num estado lastimável, Joe, mas vai sobreviver.

— Ele me machucou. Ele me machucou feio.

— É, eu sei. — Eve ficou olhando enquanto Roarke e um dos policiais da operação cortavam as cordas e as fitas adesivas que o imobilizavam. — Desculpe o meu atraso. Da próxima vez que você pensar em dar um risinho de deboche para um policial, lembre-se disso.

— Água! — implorou, e Eve conseguiu sentir alguma pena. — Por favor. Ele não me deu nem mesmo água.

— Aqui está. — Peabody segurou uma xícara contra os lábios dele. — Devagar. Chegamos a tempo. Conseguimos salvar você, Joe.

— Me desculpem... De verdade. Eu não ouvi vocês.

— Tudo bem. Vai ficar tudo bem.

Talvez ficasse mesmo, pensou Eve, mas ele ter sido tão babaca tinha lhe custado um preço altíssimo.

Ela tomou um bom tempo ao interrogar Reinhold. Escolheu deixá-lo esperando um pouco, ficando nervoso. Com sua equipe, analisou cada centímetro do apartamento, entregou os aparelhos eletrônicos, incluindo o androide, para McNab e para Feeney, que apareceu quando os paramédicos saíam do apartamento carregando Joe. Feeney parecia um pouco chateado por eles não terem esperado sua chegada.

Ela achou interessante, e um pouco triste, quando viu que Reinhold havia estocado um banquete tradicional de Ação de Graças completo. E se perguntou se ele planejava comer antes ou depois de matar um de seus amigos mais antigos.

Ergueu a minisserra quando Roarke se aproximou.

— Uma nova ferramenta para ele. Acho que ele a teria testado nos dedos da vítima, talvez nas mãos e nos pés. Depois, ele a usaria para esquartejar Joe em pedaços menores e mais facilmente descartáveis... certamente aqueles sacos de lixo industrial que encontramos serviriam para retirar os pedaços do local do crime.

— Que ideia linda. E concordo com você. Peguei o androide — acrescentou. — O drive de memória está intacto desde quando Reinhold o reprogramou, antes de assassinar Farnsworth. Vai ser uma prova muito forte para a promotoria.

— Só temos provas sólidas... e uma testemunha viva.

— Então você vai ao hospital em algum momento, não ao necrotério.

— Feliz Dia de Ação de Graças.

— Para a maioria de nós. Também falei com a corretora de imóveis que providenciou o aluguel. Foi fácil rastrear tudo.

Com ar tranquilo, Roarke olhou em volta, no primeiro andar, e, mesmo sob as circunstâncias adversas, encontrou espaço para apreciar a decoração do local.

— Reinhold alugou o apartamento ontem e já garantiu a compra de toda a mobília.

— Móveis caríssimos e da última moda. Combinavam com o que ele queria, e assim ele poupou tempo.

— Humm... Afinal, você estava certa sobre o estilo dele, mas ele teve a sorte, mais uma vez, de encontrar um lugar que já estava mobiliado.

Os lábios de Eve se abriram em um sorriso afiado e sombrio.

— A sorte muda, e estou prestes a terminar com a dele para sempre. Vou enviar os eletrônicos para McNab... e para Feeney, já que ele ficou chateado porque eu não o afastei da esposa e da família no dia da sua folga. Tudo bem. Eles vão registrar o equipamento, guardar tudo e depois estão livres. Sanchez e Carmichael vão trabalhar com a equipe de peritos para lacrar e proteger a cena do crime; logo em seguida também serão liberados. Peabody vai ficar comigo mais um pouco. Vou ter que falar com o Reinhold ainda hoje. Agora mesmo! Se tudo correr bem, estarei em casa a tempo para o jantar de Ação de Graças.

— *Nós* estaremos — corrigiu ele. — Eu vou com você.

— Mas a sua família...

— Você é a minha família, em primeiro lugar. Vou avisar ao resto do pessoal, e, se não voltarmos em um horário razoável, eles podem começar sem a gente.

— Tudo bem, então. — Se o interrogatório demorasse muito, ela o expulsaria dali, pensou Eve. Mas precisava começar agora! — Peabody! Vamos ter uma boa conversa com Jerry.

— Estou ansiosa para isso.

Enquanto Roarke dirigia a viatura até a Central, Eve foi pensando em qual estratégia adotaria com Jerry. Ela já sabia tudo sobre ele de cor. Somando o perfil de Mira com suas próprias observações, conversas com amigos, colegas de trabalho e supervisores, ela já sabia o que ele era e acreditava saber como ele pensava.

— Você vai ser a tira boa, Peabody.

— Ah, droga!

— Ele vai responder às perguntar da tira má... No caso, eu. Vai dar desculpas e tentar seguir uma linha de raciocínio qualquer. Vai bancar o fodão, desde que consiga se manter, por instinto, dentro do papel. E também vai responder à tira boa... Você. Vai olhar para você e enxergar alguém disposto a lhe dar margem de manobra para as próprias desculpas. Ele não é inteligente o suficiente para entender essa dinâmica, o ritmo desse dueto e como esse empurra-e-puxa só serve para enfraquecer suas versões.

Roarke deu uma olhada no rosto mal-humorado de Peabody, pelo retrovisor.

— Tira bom & tira mau é um clássico porque funciona — lembrou ele. — E você, Peabody, sempre sabe quando entrar em cena com um toque mais suave. Isso é magistral.

Quando Peabody se animou, Eve olhou de relance para Roarke. Aquilo é que era magistral.

Na garagem, ela tentou pegar a caixa de evidências que encontrara na cena do crime. Roarke a empurrou de lado e ele mesmo a ergueu.

— Vou identificar logo de cara como o interrogatório todo vai correr — disse Eve, olhando para ele. — Se eu achar que a coisa vai se arrastar durante horas, eu vou te mandar algum sinal, ou simplesmente sair e te avisar. Mas vamos fazer um trato.

— Adoro fazer tratos.

— Se o papo estiver difícil e atolado, você vai para casa conduzir a cerimônia de fatiar o peru. Depois, volta para cá. Vou te avisar quando achar que estou quase terminando. Sua tia não deve sentir o peso de estar no comando da festa para a qual ela é convidada — acrescentou Eve.

— Bom argumento. — Ele carregou a caixa enquanto subiam pelo elevador. — Tudo bem então, estamos combinados.

Satisfeita com isso, Eve saiu do elevador.

— Peabody leva a caixa para dentro da sala. Ele vai olhar para mim e me enxergar como a responsável pelo interrogatório. Terá medo de mim, e vou fazer com que tenha mesmo. Ele é um covarde, e o medo vai desmontá-lo. Ele vai tentar forçar a barra no início e depois vai apelar para você — avisou a Peabody. — Você tem quase a idade dele, não vai se apresentar como a principal figura de autoridade e se mostrará solidária... até certo ponto. Chame-o sempre pelo primeiro nome. Isso constrói uma ligação entre vocês e vai reforçar a imagem de que eu não o respeito.

— Entendi. Ele está na Sala de Interrogatório A.

— Vou ficar na Sala de Observação — disse Roarke. — Boa sorte para vocês duas.

— A sorte agora está do nosso lado. — Eve entrou na frente.

Conforme as instruções que ela dera a caminho dali, ele tinha sido levado para a Sala de Interrogatório, mas sem algemas, porque algemas indicariam que ele era perigoso. Os guardas que o tinham tirado da carceragem e o levaram para o andar de cima não tinham pronunciado uma única palavra. Não tinham feito perguntas, nem respondido nada.

Ele estava sentado sozinho na sala, com todas as luzes acesas. Assim que entrou, Eve percebeu que ele transpirava. Havia gotas de suor acima do seu lábio superior e na testa.

— Tenente Eve Dallas e detetive Delia Peabody entrando na Sala de Interrogatório para conversar com Jerald Reinhold — anunciou ela. Em seguida, leu uma série de acusações enquanto se sentava. — Jerald Reinhold, você foi devidamente informado de seus direitos no momento em que foi fichado. Você entende todos os seus direitos e obrigações com relação a isso?

— Eu não quero falar com você.

— Esse é um dos seus direitos. Você entende isso, bem como os direitos e as obrigações atualizados pela lei, e que lhe foram recitados?

Ele virou a cabeça e olhou para a parede lateral, como se fosse uma criança emburrada.

— Ok, muito bem. Peabody, providencie para que ele seja levado de volta para a cela da carceragem.

— Eu não vou voltar para lá!

Eve simplesmente se levantou e se virou na direção da porta.

— Tudo bem, tudo bem! Caraca! Sim, eu entendi a porra dos meus direitos e todas essas merdas.

— Ótimo. — Ela voltou e tornou a se sentar. — Podemos fazer isso do jeito rápido e fácil, Jerry. Pelo amor de Deus, né, nós pegamos você no flagra torturando Joe. Você já tinha feito um estrago nele.

— Vocês entraram na minha propriedade privada. Isso é uma violação dos meus direitos. Você não pode usar nada do que encontrou, a partir do momento em que violou meus direitos.

— Isso é sério? — Ela se recostou na cadeira e riu. — Essa é a sua defesa? Se você gosta de assistir a séries policiais fictícias, devia ao menos prestar atenção. Já ouviu falar de "causa provável", Jerry? Ou de mandados judiciais devidamente emitidos e exercidos? Você sequestrou e manteve em cativeiro um indivíduo contra a sua vontade, além de lhe provocar graves danos corporais. Você agrediu o referido indivíduo; o que é considerado agressão qualificada, agressão intencional, agressão com intenção de matar e assim por diante; você planejou assassinar esse indivíduo para depois esquartejá-lo e descartá-lo.

— Você não pode provar nada disso!

— Posso provar *tudo*! Comecemos pela primeira parte. Você sequestrou Joseph Klein.

— Não sequestrei, não! — Sua voz falhou um pouco quando ele apontou o dedo para ela, duas vezes. — Ele foi me ver. Ele entrou na minha casa porque quis. E eu estava só brincando com ele, simplesmente zoando um pouco com ele.

— É assim que você chama? Bateu na cabeça dele com um taco de beisebol, quebrou os dentes dele, as maçãs do rosto, a mandíbula, queimou-o com uma tocha e o cortou em vários lugares. E você está chamando isso de zoar?

— Ele me sacaneou, eu sacaneei ele. Isso é autodefesa. Ele... — Seus olhos se moveram rapidamente para a esquerda e para a direita. — Ele veio até a minha casa e me *ameaçou*. Eu me protegi!

— E, como ele te ameaçou, você achou que amarrá-lo a uma poltrona, e agredi-lo iria configurar autodefesa? Você é um idiota, Jerry!

— Eu não sou idiota! — Seu rosto adotou um tom muito forte de vermelho, e depois o pescoço, como se sua fúria precisasse sair pelos poros. — Sou mais inteligente que você, e mais inteligente que a maioria das pessoas. Já provei isso.

— Provou como?

— Fiz o que tinha que fazer. Consegui tudo que precisava para chegar lá.

— Começando por esfaquear a própria mãe mais de cinquenta vezes.

— Eu não sei do que você está falando. — Ele desviou o olhar novamente. — Eu nem estava lá. Entrei e encontrei os meus pais mortos. Foi horrível!

Ele cobriu o rosto com as mãos.

— Você está me dizendo que chegou em casa e já encontrou seus pais mortos, Jerry? — Peabody fez sua magistral cara de espanto e acrescentou um toque de horror solidário na voz. — Caramba!

— Foi... — Ele deixou cair as mãos e, pela primeira vez, olhou para Peabody. — Eu nem consigo descrever. Eu falei para eles não abrirem a porta para ninguém, mas eles nunca me ouviam. E quando eu entrei, eles estavam caídos lá... em meio a todo aquele sangue!

— Ah, fala sério! — murmurou Eve, mas Peabody balançou a cabeça de pesar.

— Vamos lá, tenente. Nós chegamos a nos questionar sobre isso. O que você fez, Jerry?

— Não sei exatamente. Ficou tudo meio confuso na minha cabeça. Eu fiquei apavorado. Talvez tenha desmaiado ou tive uma espécie de... não sei ao certo... convulsão, ou algo assim.

— Então você nem se lembra do que fez depois. Em que momento você os encontrou, exatamente? — incentivou Peabody

— Ahn... acho que foi na sexta-feira à noite. Eu cheguei em casa e...

— Por onde você tinha andado?

— Por aí. Mas enfim, nada fazia sentido, entende?

— Você se recuperou da convulsão em tempo para roubar o relógio que vendeu depois? Em tempo de transferir todas as economias da vida dos seus pais para as contas que você abriu?

A pergunta de Eve o trouxe de volta.

— Aquele dinheiro todo passou a ser meu, eles estavam mortos. Eu não sabia mais o que fazer. Estava com medo e... não estava pensando direito. Por que você não chega em casa e encontra seus pais mortos; vamos ver como você reagiria.

— Com certeza foi horrível, mas... Você devia ter chamado a polícia, Jerry — disse Peabody, com voz suave.

— É, pois é. Eu sei disso agora, mas na hora eu simplesmente não sabia o que fazer.

— Mas sabia que tinha que pegar o dinheiro e os objetos de valor que eles tinham no apartamento. Conseguiu pensar em como retirar o dinheiro transferido para você mesmo, logo na segunda-feira de manhã — apontou Eve. — E teve tempo para reservar uma bela suíte num hotel de luxo, onde comeu e bebeu como um rei nas noites de sábado e domingo.

— Isso não é crime! — Mas ele enxugou o suor acima do lábio. — Eu precisava de dinheiro para sobreviver, certo? Precisava de tempo para pensar, soube que a polícia estava atrás de mim e precisava de tempo para descobrir o que tinha acontecido, e então...

— Então foi até o apartamento de Lori Nuccio e usou a chave que você não devolveu depois que ela te deu um pé na bunda. Ao entrar lá, você a torturou e a matou.

— Nada disso! Eu que terminei com ela, não o contrário. A relação não estava dando certo, então eu a larguei. Ela implorou para eu ficar com ela e lhe dar mais uma chance. Só depois é que eu descobri o que aconteceu, quando ouvi que ela também estava morta. A mesma pessoa que matou meus pais também matou Lori.

— Bom, nesse ponto nós concordamos.

— Mas... e quanto à sra. Farnsworth? — continuou Peabody, lançando para Reinhold um olhar preocupado.

— Foi a mesma coisa com ela! — Seu rosto foi tomado pela empolgação quando ele agarrou sua fantasia e seguiu com a história. — Exatamente a mesma pessoa fez isso comigo, só para tentar me ferrar. Estão vendo? Que tudo foi feito com a intenção de foder com a minha vida. Vocês, da polícia, viriam atrás de mim... talvez até me *matassem* antes de eu conseguir provar minha inocência. O Joe quem fez tudo isso. — Eve quase viu uma lâmpada de história em quadrinhos acender sobre a cabeça de Jerry. — Eu sabia que só podia ser o Joe. Ele é louco, qualquer um sabe disso, e estava com muita inveja de mim. É por isso que eu mandei convidá-lo para conhecer minha casa nova, para brincar com ele. Eu precisava fazê-lo confessar tudo que fez para em seguida entregá-lo a você.

— Uau! — Peabody torceu para parecer chocada e impressionada, em vez de mostrar o desgosto absoluto que ela sentia. — Então Joe matou seus pais, Lori e a sra. Farnsworth porque estava revoltado e com ciúmes?

— Exatamente. Ele deu em cima da Lori algumas vezes e ela sempre dava um toco nele. Ela que me contou esse lance. Ele estava com raiva disso também. Zombou de mim quando eu perdi uma grana em Las Vegas e continuou me pagando bebidas para eu ficar um pouco zonzo e continuar apostando tudo que tinha. Ele me fez perder todo aquele dinheiro. E... ahh... Ele sabia que eu não tinha nada contra a sra. Farnsworth. Ela me ensinou muita coisa. Mas ele me zoou e *sacaneou* muito por causa da minha reprovação na escola, então eu fiz parecer para ele que a considerava uma vaca. Estava tentando salvar a minha pele. Então ele foi até lá e a matou, só para poder me culpar.

— Isso é muito sério, Jerry! — ajudou Peabody.

— Sei disso, pô! — Tentando parecer sincero, ele balançou a cabeça para cima e para baixo. — Joe é completamente louco, é o que eu acho. Mas ele já estava pronto para reconhecer isso. Já tinha me contado um pouco do que fez, mas eu ainda não tinha ligado a filmadora. Ele contou que a minha mãe chamou ele para entrar, começou a preparar um sanduíche... ela fazia coisas desse tipo. Foi nessa hora que ele pegou a faca e começou a esfaqueá-la — Ele cobriu o rosto com as mãos novamente. — Ai, mamãe! — gemeu, desesperando-se.

— Minha nossa! E seu pai, onde estava nessa hora? O Joe te contou?

— Ele disse que pegou o taco de beisebol no meu quarto, se escondeu e ficou lá esperando até meu pai chegar em casa. Foi então que ele também o espancou, bateu muito nele. E depois simplesmente deixou os dois lá.

— Engraçado... — disse Eve. — Como foi que ele conseguiu entrar e sair do seu prédio sem aparecer nas câmeras de segurança?

Opa... pensou ela, ao ver que os olhos de Reinhold foram de um lado para o outro mais uma vez.

— Ah, é que às vezes esses aparelhos não funcionam direito. O zelador do prédio devia consertar e fazer a manutenção do sistema, mas nunca faz isso. É um preguiçoso.

— Então a segurança da entrada... por um passe de mágica... mostra você entrando na quinta à noite, bem tarde, e mostra que você só tornou a sair de casa no sábado à noite, com malas a tiracolo. E esse mesmo sistema, também de forma mágica e misteriosa, nunca mostrou Joe entrando ou saindo do prédio.

— Pode acontecer.

— Bem, pelo menos podemos confirmar isso com o zelador — declarou Peabody, com ar de dúvida.

— Ele simplesmente vai mentir.

— Você sabe tudo sobre mentirosos — disse Eve. — Deixe-me só te fazer uma pergunta. Umazinha só, que está me incomodando um pouco. Como foi que você conseguiu a identidade falsa e tanto dinheiro para pagar adiantado o aluguel daquele apartamento caro e sofisticado?

— Eu... ganhei um dinheiro em Las Vegas e não contei aos caras. E paguei a um sujeito que conheci em um bar pela nova identidade.

— Que sujeito? Que bar? Quanto custou?

Eve quase cuspiu as perguntas.

— Um cara que eu conheci, sei lá quem é! Foi num bar qualquer. Paguei acho que... talvez uns... mil dólares. Não, acho que foram quinhentos dólares.

— Papo furado, mentira, tudo mentira! — Eve empurrou o corpo para a frente e invadiu o espaço dele, que recuou. — Você saiu de Las Vegas cheio de dívidas. Não conheceu um especialista em identidades falsas num bar qualquer, e obviamente não conseguiu um ótimo técnico que fez o serviço completo, lidando com um banco de dados gigantesco, por quinhentos dólares. Você é um idiota mentiroso. Pegamos os computadores que você roubou da sra. Farnsworth quando a torturou, e depois a matou. Aqueles mesmos computadores que você mandou o androide levar para vender numa casa de penhores. A identificação do material bate com a dos computadores que pertenciam a ela.

— Eles foram apagados. Tiveram todas as memórias apagadas! — Desesperado, ele se inclinou e quase encostou o rosto no de Eve. — Você que é a mentirosa!

— Como você sabe que eles foram apagados, Jerry?

— Eu... — Recostando-se novamente, ele passou a língua ao redor dos lábios, para umedecê-los. — *Eu imaginei, né.* O Joe não é burro. Ele teria limpado tudo antes de vender.

— Você devia ter prestado mais atenção às aulas de informática da sra. Farnsworth, Jerry. Com a ajuda dos técnicos certos e do equipamento certo... e pode acreditar que a Polícia de Nova York tem as duas coisas... é possível recuperar quase qualquer memória apagada. Sua identidade nova foi falsificada nos computadores dela!

— Está bem, está bem. É que eu não queria causar problemas para ela.

— Ela está morta, Jerry!

— Eu protegi a sua... ahn... reputação. Ela fez a nova identidade e outras coisinhas para mim. Fui até lá, expliquei as coisas e ela me ajudou. Foi por isso que o Joe a matou. Fez isso depois que eu saí.

— Só que ela já estava morta quando você saiu, Jerry. Já estava morta quando você saiu carregando sua mochila nova estilosa e a mala *dela*; quando você pegou um táxi e foi a uma clínica porque ela havia conseguido quebrar o seu pé!

— Não fui eu. Quem fez tudo isso foi Joe. — Ele começou a chorar, jorraram lágrimas de terror e autopiedade. — Eu não fiz nada. Me esquece! Eu não fiz nada!

— Nós temos testemunhas. Nós rastreamos você, seu burro. Sabemos onde você comprou a tintura para o cabelo, o produto para mudar a cor dos olhos e o bronzeador. — Eve se colocou em pé novamente. — Além de tudo isso. — Ela começou a despejar sobre a mesa um monte de provas lacradas. — Aqui estão a fita adesiva, a corda, a faca. Esta minisserra você pretendia usar para esquartejar Joe, e esses sacos seriam usados para descartar as diversas partes do corpo dele.

— Eu não fiz isso! Não fui eu! Foi o androide que comprou essas coisas.

— Comprou algumas delas, sim, por ordens suas. Ele era o androide da sra. Farnsworth. E ainda temos isto aqui.

Eve levantou o saco de evidências e segurou a mecha do cabelo de Lori Nuccio.

— Como você conseguiu o cabelo de Lori, Jerry?

— Ela me deu. Tipo uma prova de amor.

— Sério? Como foi que ela conseguiu fazer isso se foi a pessoa que a retalhou toda que cortou a mecha, antes de matá-la? Ela havia acabado de pintar o cabelo naquela tarde, Jerry! Com essa cor!

— Isso deve ser... eu misturei as coisas. Você está me confundindo. Joe estava com essa mecha. Ele a trouxe com ele. Até me mostrou isso, para provar que tinha matado Lori.

— *Você* matou Lori e se divertiu com isso. Você deixou a cueca que usava no banheiro dela, seu imbecil.

— Joe plantou tudo isso. Ele me contou.

Eve sentou-se.

— Nada disso vai colar, Jerry. Esse papo não dá nem para o início da conversa. Além de tudo, a sra. Farnsworth deixou uma declaração feita diretamente do seu leito de morte, e fez isso no próprio computador. Criptografou uma mensagem bem debaixo do seu nariz de bobalhão, enquanto você a aterrorizava. Ela colocou o seu nome nessa acusação, Jerry. Só isso já seria o suficiente para condenar você.

— Isso é uma mentira! Ela não fez isso!

— Fez sim, Jerry. — Peabody falou com toda a calma do mundo, forçando o máximo de empatia que conseguiu no seu tom de voz. — Está tudo ali, criptografado.

— Ela fez isso para se vingar de mim, apenas isso. Ela sempre teve raiva de mim.

— Então por que fez a sua nova identidade? Por que ela te ajudou?

— Eu... Você está me confundindo. Está me confundindo de propósito. Quero um advogado. Quero um advogado e não vou mais falar com você.

— Isso é um direito seu. — Eve começou a encaixotar as evidências novamente. — Peabody, leve-o de volta para a carceragem.

— *Não vou* mais voltar para lá. — Gritando, ele agarrou a borda da mesa como se quisesse se fixar onde estava. — Quero um advogado agora mesmo. Tenho muito dinheiro. Posso contratar o melhor advogado que existe e ele vai fazer você se arrepender.

— Você não tem dinheiro nenhum, Jerry — corrigiu Eve.

— Eu tenho milhões!

Ela suspirou.

— Jerry, Jerry, seu idiota. Todo o seu dinheiro foi conseguido por meio da prática de vários crimes. Nada disso é seu.

— Tudo que meus pais tinham é meu. A lei diz isso.

— Na verdade não, porque você os matou.

— Ela tem razão quanto a isso, Jerry. Você não vai ter acesso a esse dinheiro. — Peabody também se levantou. — Vou notificar a Defensoria Pública para mandar alguém. Só que, com o feriado, pode ser que só na próxima segunda-feira eles tenham chance de designar alguém.

— Não vou esperar até segunda-feira.

— Se você quer um advogado, vai ter de ser assim. — Eve deu de ombros. — E pode demorar um pouco até conseguir um defensor público.

— Eu quero um advogado *agora*! — Seus olhos ficaram selvagens e gotas de saliva voaram. — Quero usar meu dinheiro para contratar um advogado, sua vagabunda!

— Essa vai ser uma merda difícil de conseguir, Jerry. Mas vamos trabalhar para arranjar um defensor público, como é seu direito.

— Não ouse ir embora dessa sala! Volte aqui, sua vadia burra. Volte aqui agora mesmo!

— Você exerceu os seus direitos e solicitou um advogado. Esta conversa está encerrada até que você esteja devidamente representado. Abra a porta, sim, Peabody?

— Eles que se fodam, esse bando de advogados. Não quero mais um advogado. Quero que você volte aqui. E quero ir para casa!

Calma como um lago num dia sem vento, Eve se voltou para ele.

— Neste momento você está abrindo mão do seu direito de ser representado por um advogado?

— Ah, que se foda, estou abrindo mão, sim. Estou explicando que foi o Joe que matou todos eles, e você continua tentando me culpar. Você só está putinha porque eu fui mais inteligente que você.

— Ah, sim, com isso eu concordo. Se você fosse mais inteligente do que eu, obviamente eu ficaria muito puta. — Eve baixou a caixa e tornou a se sentar na cadeira. — Aqui está outra pequena... Como foi mesmo que Roarke chamou?... Chave-inglesa que vou jogar nas engrenagens da sua história. Joe tem álibis fortes para a hora da morte da sua mãe, para a hora da morte do seu pai, para a morte da sua ex e para a morte da sra. Farnsworth. Você acha que não verificamos essas coisas, Jerry?

— Ele está mentindo. Você está mentindo! Quero outra policial aqui.

— Esse *não é* um dos seus direitos. Você os matou, Jerry, matou todos eles. E gostou de fazer isso. Finalmente encontrou o que estava faltando na sua vida, não foi? E ficou rico fazendo isso. Conseguiu tudo que sempre quis, tudo que "merecia". Todos os idiotas que sacanearam você ao longo da vida? Você se vingou deles. E era muito bom nisso. Você se destacou na porra desse trabalho.

— Pode ter certeza disso.

— Essa descoberta vocacional aconteceu no instante em que você enfiou aquela faca na sua mãe, não foi?

Eve manteve o olhar fixo no dele e manteve seu tom calmo e suave. Elogie e ameace, pensou. Faça malabarismos com os elogios, as ameaças, e então jogue os fatos.

— Ela estava incomodando você. "Arrume um emprego, caia fora, levante a bunda da cadeira." Era uma megera irritante, você já tinha aguentado o bastante de tudo aquilo. Quem não ficaria revoltado? Então você pegou a faca bem ali na cozinha, onde ela estava preparando um sanduíche para você; e então a retalhou. E descobriu, naquele momento, que tinha encontrado a sua verdadeira vocação.

— Ela não largava do meu pé. Eles iam me expulsar de casa! Simplesmente me expulsar! O que eu poderia fazer?

Arrumar um trabalho, pensou Eve.

— Então você os matou. Matou sua mãe com a faca. Depois, esperou até que seu pai voltasse do trabalho e o espancou até a morte com seu velho taco de beisebol.

— Foi legítima defesa. Eu precisava me proteger, não é? Eles me deixaram louco. A culpa é toda deles! Fiz o que tinha que fazer para me proteger.

— O que você tinha que fazer... — repetiu Eve, com um aceno de cabeça. — Então você pegou o dinheiro deles e seus objetos de valor. Ficou no apartamento com os cadáveres deles dois... da noite de sexta-feira até a noite de sábado.

— Ué... Eu não tinha como ficar lá para sempre, né?

— Certo. Claro que não. E ainda precisava de mais um tempo para transferir o dinheiro para as suas contas, fazer um levantamento de toda a grana que eles tinham, abrir outras contas no seu próprio nome e transferir o dinheiro todo para lá, usando as senhas deles.

— Era o *meu* dinheiro! — lembrou ele. — Meus pais, minha herança. Eles me deviam aquela grana.

— Foi tudo muito inteligente — disse Peabody, conseguindo imprimir alguma admiração ao seu tom de voz. — Puxa, veja só o jeito como você transferiu todo aquele dinheiro, depois sacou tudo rapidinho na segunda-feira, e ainda ficou um tempo naquele hotel fantástico, planejando os próximos passos.

— As pessoas me subestimam. Esse é o problema delas. Eu planejei as coisas e fiz tudo certinho. Vocês espalharam meu nome e meu rosto em todas as telas do país, mas não conseguiram me encontrar. Tenho muitas habilidades.

— E usou essas habilidades em Lori, na segunda-feira à noite.

— Aquela vadia não me respeitava. É outra que vivia reclamando, resmungando, pentelhando. Ela me humilhou, então eu também humilhei ela. Ela merecia.

— Você tirou a roupa e cortou o cabelo dela — disse Eve. — Rasgou as roupas novas dela. Chegou a gozar na calça quando a estrangulou, não foi, Jerry? Essas suas habilidades são poderosas. Você finalmente encontrou sua fonte de poder.

— Foi a melhor gozada que eu já dei, e olha que foi sozinho. Ela mereceu o que recebeu. Foi legítima defesa! — repetiu, pontuando a mesa com o dedo. — Tudo o que eu fiz. Precisava cuidar de mim mesmo. É um direito meu.

— Em que sentido matar a sra. Farnsworth foi autodefesa? — questionou Eve.

— Ela arruinou a minha vida. Fodeu com as minhas notas para parecer que eu tinha sido reprovado, e eu perdi um verão inteiro indo para a aula de recuperação. Meus próprios amigos zombaram de mim. Fiz com que ela me devolvesse a própria vida, só isso. Fiz com que ela me desse uma nova vida. Isso é justo.

— Você a agrediu, amarrou-a com cordas e fitas adesivas, forçou-a a gerar novos dados com um novo nome, uma identificação fraudada e cartões de crédito falsos para você transferir os fundos e as propriedades dela para as suas novas contas.

— Ela me *devia* aquilo! Todos me deviam. Eles achavam que eu não era nada. Mas aí eu transformei todos em nada. É justo — repetiu. — Tenho todo o direito de cuidar de mim mesmo.

Eve olhou para Peabody.

— Quero ter certeza de que entendemos tudo, Jerry — disse Peabody. — Você matou sua mãe, seu pai, Lori Nuccio e a sra. Edie Farnsworth; você sequestrou, agrediu, torturou e planejou matar Joe Klein porque eles lhe deviam... já que tiveram culpa na ruína em que transformaram sua vida. Portanto, tirar a vida deles foi justo. Pegar o dinheiro e as propriedades deles foi justo.

— Isso mesmo. Foi exatamente isso! — Satisfeito com o resumo, ele assentiu com a cabeça vigorosamente, olhando para Peabody. — Todos eles foderam com a minha vida, então eu fodi com a vida deles. Você viu meu apartamento novo? Aquilo é quem eu sou agora. E sei muito bem que você está errada sobre o dinheiro — disse para Eve. — É tudo meu. Está tudo no meu nome e nas minhas contas. Posse é mais da metade de qualquer coisa. Ouvi isso em algum lugar. O dinheiro está em minha posse, então é melhor você me arranjar um advogado muito bom aqui e agora, senão vou processar vocês. Foi tudo em legítima defesa, e eu não quero voltar para aquela cela. Você não pode me obrigar.

Ele cruzou os braços sobre o peito e projetou o queixo para a frente. Como uma criança desafiando a mãe.

— Oh, Jerry, Jerry... Não consigo sequer começar a explicar o quanto estou feliz por desiludir você. — Eve se permitiu um suspiro longo, feliz, e exibiu um sorriso largo. — Não tenho palavras para descrever o quanto meu coração canta de gratidão, por este momento. Você está sendo acusado de homicídios, seu idiota. Uma acusação de homicídio em segundo grau, três de primeiro grau, uma de agressão intencional e mais um monte de acusações relacionadas a esses atos. Você não vai mais voltar para aquela cela, Jerry. Você vai passar o resto de sua vida pequena, estúpida e miserável em uma gaiola.

— Não vou, não! Não vou para a cadeia.

Eve o deixou pular da cadeira e correr para a porta, e simplesmente esticou o pé para ele tropeçar. E sim, sentiu seu coração cantar baixinho quando ele deu de cara no chão.

— Realmente, você não vai para a cadeia — concordou ela, ao lhe prender as algemas, enquanto ele chorava imensas lágrimas de autopiedade e soluçava pelo seu dinheiro. — O nome do lugar para onde você vai é penitenciária. E aposto que vai ser uma nojenta e horrível, fora do planeta, onde eles amassam covardes como você no almoço.

— Pode deixar que eu o levo para a ficha — ofereceu Peabody, enquanto ajudava Eve a erguer Reinhold do chão.

— Nada disso. Vamos delegar essa tarefa para algum guarda com má sorte que esteja de serviço esta noite. Há um belo jantar com peru à nossa espera.

— Oba!

Juntas, elas arrastaram o flácido e soluçante Reinhold para fora da sala e o deixaram para enfrentar sozinho o restante da sua vida.

Epílogo

Ainda tinham de resolver a papelada e contactar algumas pessoas. Afinal, não havia como fugir dos procedimentos. Mas Eve calculou que elas iriam conseguir ir para casa num espaço de tempo razoável.

Ela não tinha estragado a comemoração do Dia de Ação de Graças.

— Champanhe! — decretou Roarke. — Para as duas! Pelo excepcional trabalho de equipe na sala de interrogatório.

— Champanhe? — Peabody fez uma dancinha no banco traseiro do carro, antes de saltar. — Ai, caramba.

— Foi um bom dia — comentou Eve. E mal podia esperar pelo dia seguinte para ir falar com Joe Babaca no hospital.

Ela entrou em casa e mergulhou num mar de vozes, músicas, aromas de macieira queimando na lareira, velas tremeluzindo, flores e comida.

Em uma família, pensou.

Todos estavam espalhados pela sala tocando instrumentos musicais. Alguns estavam dançando, inclusive, reparou Eve, com considerável choque, o enorme Crack — dono de uma boate de sexo que tinha a pele cheia de tatuagens e adereços com penas. A pele branca irlandesa da garotinha que ele segurava brilhava contra sua pele negra.

A pequena Bella, filha de Mavis, agarrava as mãos de McNab e batia os pezinhos, tentando imitar a dança que rolava solta.

Eles chamavam aquela dança de *ceilín*, pelo que Eve lembrava da sua visita à fazenda da família, em Clare. Eles devem ter trazido um pouco das tradições irlandesas para o feriado americano, Eve supôs.

Combinava perfeitamente.

Antes de ela ter chance de escapar — ou sequer de pensar nisso — um deles (um dos tios, não dos primos) passou zunindo, pegou-a pelos braços e a levou para o vórtice do redemoinho.

Ela conseguiu soltar um "Não, nada disso!", mas ele simplesmente a arrancou do lugar e a girou em círculos.

Ela riu e cambaleou um pouco quando ele a colocou de volta no chão. No fim dá música, ouviam-se os aplausos entusiasmados.

O barulho não acabou. Um milhão de perguntas e comentários explodiram, como se aquilo fosse uma entrevista coletiva.

— Calma agora, todo mundo! — ordenou Sinead. — Vocês estão muito em cima dele! Ian contou que você conseguiu capturar seu homem — adicionou. — E está tudo bem com o mundo.

— Por enquanto, sim.

— Isso já é o suficiente. Estávamos nos divertindo esperando vocês.

— Não deixem que nossa chegada os interrompa. — Ela pegou a taça de champanhe que Roarke lhe ofereceu. — Puxa, você foi rápido!

— A garrafa já estava aberta.

Nadine se aproximou e deu em Eve um abraço muito forte e totalmente inesperado.

— Eu amo! Cada um deles! — murmurou, no ouvido de Eve. — Amo todos e quero me casar com eles.

— Quanto você já bebeu?

— A quantidade certa. Gente, eles são muito divertidos! Você é muito sortuda, Dallas.

— Estou me sentindo bem sortuda.

— E eu estou me divertindo como nunca! — Afastando-se um pouco, Nadine pegou sua taça de champanhe e a ergueu como brinde. — E vou conseguir uma entrevista exclusiva com você e Roarke, juntos, no meu programa *Now*.

— Não, você é que pensa.

— Ah, mas é *claro* que eu vou. — Diversão e carinho dançavam nos astutos olhos verdes de Nadine. — Vou deixar você bêbada o suficiente para concordar com tudo antes de comermos a torta.

— Boa sorte com isso.

— Estou me sentindo sortuda, também. Olha, o Morris vai tocar sax. Tenho vontade de me casar com ele quando o vejo tocar sax.

Um dos tios cantou uma melodia emocionante ao lado de Morris, e metade da sala derramou lágrimas. Mas Eve notou que todos tinham gostado.

Mavis surgiu do nada para lhe dar um abraço apertado. Depois foi a vez de Charles. Todos pareciam precisar de um abraço.

— Consegui o nome e o contato que você me pediu — anunciou Charles. — No fim das contas, você não precisou dele.

— Estou feliz por não ter precisado.

Ela começou a recuar discretamente. Tinha de se livrar do coldre e guardá-lo lá em cima. Mas olhou para baixo ao ver Sean e Nixie olhando fixamente para ela.

— O que foi?

— Você pegou o cara mau — afirmou Sean.

— É, nós pegamos.

— Antes você acertou ele com uma boa rajada de atordoar?

Seu espertinho violento, pensou Eve. Ela gostava disso nele.

— Não. E só derrubei ele no chão. Duas vezes.

— Já é alguma coisa.

— Ele matou pessoas — disse Nixie.

— Matou, mesmo.

— Agora não vai mais matar ninguém.

— Não, não vai.

Ela concordou com a cabeça e sorriu.

— Eu trouxe a sua surpresa.

— Ah, trouxe? Então me entregue.

Ela correu para Elizabeth e pegou um retângulo fino embrulhado num papel dourado.

Receber presentes sempre era estranho para Eve, então ela rasgou o papel como se arrancasse o curativo de uma ferida... com um único gesto rápido. E viu um belo desenho dela mesma, emoldurado.

Ela estava em pé com os olhos duros, a arma em punho, e o casaco esvoaçando. Aquilo lhe fez lembrar a ilustração de uma das *graphic novels* clássicas de Roarke... E era igualmente fantástica.

— Fui eu que desenhei, mas Richard me ajudou.

— Só um pouco — confirmou ele.

— Ajudou muito — sussurrou Nixie.

— É ótimo. Fabuloso. Eu pareço poderosa.

Nixie riu e lançou um olhar para seus pais adotivos.

— Foi uma tarefa que a minha terapeuta me passou. Ela falou para eu fazer o desenho da pessoa a quem eu me sinto mais grata no dia de Ação de Graças. Pensei muito sobre quem escolheria, porque também sou muito grata a Elizabeth, a Richard e a Kevin. Só que eu não teria nada para agradecer a eles, se não fosse por você. Também escrevi um texto na parte de trás do desenho. Isso também era parte da tarefa e do presente.

— Ah. — Eve virou o desenho e viu que era uma moldura de dois lados. E enquanto lia o que estava escrito em caligrafia cuidadosa, sentiu um nó na garganta.

— Você pode ler para a gente? — perguntou Sinead. Erguendo o olhar, Eve notou que todo o movimento da sala tinha cessado e todos esperavam por ela. — Você leria o texto para nós, Eve?

— Eu...

— Acho que é melhor eu ler. — Compreendendo a situação, Roarke pegou o quadro.

A pessoa a quem sou mais grata por este Dia de Ação de Graças é a tenente Eve Dallas. Ela me manteve em segurança quando eu estava com medo e triste. Ela me levou para a casa dela com Roarke, Summerset e Galahad, para que ninguém pudesse me machucar, nem mesmo as pessoas más que mataram a minha família e a minha amiga.

Ela me disse a verdade. Ela me prometeu que encontraria os malvados e garantiria que fossem punidos. E Roarke disse que ela nunca iria descansar enquanto não fizesse isso. Ele também me disse a verdade.

Ela me ajudou a encontrar Richard, Elizabeth e Kevin. Eles não são minha mãe, meu pai e meu irmão de verdade. Mas são minha família agora, e eu sei que não há problema algum em amá-los. Isso não significa que eu também não ame minha mãe, meu pai e meu irmão.

Dallas não me tratou como um bebê. Ela me disse que eu era uma sobrevivente, e que isso era importante. Trabalhou duro e até se machucou, mas encontrou as pessoas más e garantiu que elas fossem punidas.

Ela me disse a verdade. Ela manteve sua promessa. Portanto, ela é a pessoa a quem eu mais agradeço por este Dia de Ação de Graças.

Assinado: Nixie Swisher.

— Muito bem, Nixie. — Roarke se inclinou para beijar sua bochecha. — Muito bem escrito.

— Ficou bom? — perguntou a Eve.

— Ficou muito bom — ela conseguiu dizer. — Eu ahn... Vou colocar isso na parede da minha sala, na Central. Isso vai me lembrar de dizer a verdade e cumprir as promessas.

— Sério?

— Foi o que eu fiz com você, não foi?

Nixie jogou os braços ao redor da cintura de Eve, e logo em seguida correu para Elizabeth dizendo:

— Ela gostou!

— É, ela gostou. — Elizabeth enviou a Eve um sorriso aguado e pressionou seu rosto contra o cabelo de Nixie.

— Isso foi lindo, uma fofura só. — Sinead se levantou. — É uma maneira perfeita de nos levar ao nosso jantar, na minha opinião. Vamos. Com este monte de gente, vamos levar quase uma hora para sentar.

— Será que a senhora me permite? — Summerset ofereceu a Sinead o seu braço e lançou para Roarke um leve aceno de cabeça, antes de conduzir todo o povo para a sala de jantar.

— Preciso de um minuto — murmurou Eve.

Roarke apenas a puxou para junto de si e beijou-lhe o topo da cabeça.

— Ela é uma garota forte e graciosa — disse ele. — Você a ajudou a acreditar que as coisas poderiam ficar bem, de novo.

— Ela perdeu tudo, e olhe só para ela. Ela tem coração; também tem graça e uma tremenda coragem. Então você olha para Reinhold e se pergunta por quê. Mas nunca terá a resposta, e mesmo assim se pergunta.

Mais firme, ela recuou.

— De qualquer modo, Sinead tem razão. Tudo está bem, e é o suficiente. É melhor a gente se agarrar a isso, enquanto o temos.

— E hoje temos muito.

— Temos, sim. Vamos nos empanturrar até ficarmos enjoados.

— Eu topo.

Ela levou mais alguns instantes para se aproximar do restante das pessoas porque foi colocar a moldura com o lado do desenho para fora sobre a cornija da lareira, acima das achas de macieira e entre as velas bruxuleantes.

— Eu pareço fodona nessa foto.

— Querida Eve, *você é* fodona.

— Errado você não está.

Ela pegou na mão dele e ambos foram se juntar à família, aos amigos e à festa. E ela sentiu-se grata pelo agora.

Este livro foi composto na tipografia Adobe
Garamond Pro, em corpo 13/16, e impresso em
papel offset no Sistema Cameron da
Divisão Gráfica da Distribuidora Record.